## DIE NÄCHSTE GENERATION
# STAR TREK™

## JOHN VORNHOLT

# KRIEGS-
# TROMMELN

*Roman*

Star Trek®
The Next Generation™
Band 27

Deutsche Erstausgabe

WILHELM HEYNE VERLAG
MÜNCHEN

HEYNE SCIENCE FICTION & FANTASY
Band 06/5312

Titel der Originalausgabe
WAR DRUMS
Übersetzung aus dem Amerikanischen
von Horst Pukallus

Redaktion: Rainer Michael Rahn
Copyright © 1992 by Paramount Pictures
Erstausgabe by Pocket Books/Simon & Schuster, Inc., New York
Copyright © 1995 der deutschen Ausgabe und der Übersetzung
by Wilhelm Heyne Verlag GmbH & Co. KG, München
Printed in Germany 1995
Umschlagbild: Pocket Books/Simon & Schuster, New York
Umschlaggestaltung: Atelier Ingrid Schütz, München
Technische Betreuung: M. Spinola
Satz: Schaber Satz- und Datentechnik, Wels
Druck und Bindung: Ebner Ulm

ISBN 3-453-08567-1

*Für meine Kumpel
Barbara Beck
und
Steve Robertson.*

*»Wo die Kriegstrommel ruft,
schweigt das Gesetz.«*

Altes irdisches Sprichwort

# 1

Schlagartig verstummte ein wirrer Chor von Vogelrufen, als drei Frauen und drei Männer eine stark mit Dickicht bewachsene Lichtung betraten. Sie trugen Körbe, Eimer, Decken und verschiedenartiges Handwerkszeug. Alle sechs hatten schlichte, braune Kleidung aus handgenähten Materialien sowie schwere Stiefel an, wie es sich für Siedler auf einer urtümlichen Welt empfahl. Ihre Stimmen klangen leise, als ob sie sie aus Respekt vor dem durchaus einem Dom vergleichbaren Blätterdach des Waldes dämpften. Die hohen, schwarzen Bäume hatten jeder einen Durchmesser von ungefähr einem Meter.

Die wenigen Worte, die man hören konnte, galten dem schönen Wetter, drehten sich um Kinderstreiche oder waren Geplauder, wie es sich unter Nachbarn ergab.

Zwei Frauen machten sich in der Mitte der Lichtung daran, die knöchelhohe Schicht aus Blättern, Zweigen und Ästen fortzufegen, die seit dem letzten heftigen Regen den Waldboden bedeckte. Danach breiteten sie ordentlich eine Decke aus und packten den Inhalt aus den Picknickkörben.

Unterdessen teilten sich die vier übrigen Personen in zwei Gruppen auf: eine aus zwei Männern und eine aus einem Mann und einer Frau. Sie stellten die Körbe und das Werkzeug bei den Bäumen ab und besahen sich die dicken Baumstämme genauer. Bald störte Gehämmer den Waldfrieden. Die zwei Gruppen schlugen Zapfhähne tief in die Baumstämme. Während die Frauen gefüllte Eier und Sandwiches auf der Decke auslegten, hängten die vier anderen Siedler Eimer unter die Zapfhähne; dabei spekulierten sie über die Qualität des Safts, den sie gewannen.

Plötzlich durchdrang ein animalisches Kreischen die idyllische Waldesruhe. Zwischen den Bäumen sprang eine nackte Gestalt hervor und mitten in das bereitgelegte Essen. Sie war haarig, aber nicht behaart genug, um ein Affe zu sein. Auf der Stirn der Kreatur sah man eindeutig erkennbare Höcker.

Eine der beiden Frauen auf der Decke ergriff die Flucht, doch die andere langte auf den Boden ihres Picknickkorbs und holte einen Handphaser heraus. Aber anscheinend war das Geschöpf auf diese Maßnahme gefaßt. Wüst attackierte es sie, schlug sie mit einem schwungvollen Hieb nieder und prügelte dann auf sie ein, bis sie reglos dalag. Dann wurden die Picknickkörbe, die Eßutensilien und jedes in Reichweite befindliche Bröckchen Nahrung von dem Klingonen zusammengerafft.

Denn um einen Klingonen handelte es sich ganz offensichtlich bei dem Wesen.

Erschrocken wollten die anderen Menschen einschreiten, doch ehe sie der Frau zu Hilfe eilen konnten, kamen mit Geheul weitere nackte Klingonen aus dem Wald geschwärmt. Sie fielen wie ein Wolfsrudel über die Menschen her.

Die Konfrontation entartete zu einem blutigen Handgemenge, bei dessen Anblick Captain Picard sich vor Unbehagen im gepolsterten Sessel wand. Aber er nahm den Blick kein einziges Mal vom Bildschirm. Er hatte schon Klingonen bei Gewalttätigkeiten gesehen, doch so etwas noch nie. Klingonen waren Krieger, die das Kämpfen als Hochgenuß empfanden. Gleichzeitig jedoch schätzten sie Rituale und

Waffentechnologie, legten Wert auf Regeln für Krieg und Kampf.

Dagegen standen die abgemagerten, ungepflegten Klingonen in dieser visuellen Aufzeichnung kaum höher als Tiere. Sie knurrten wie Bestien. Sie kratzten und bissen, statt die Auseinandersetzung ehrlich und aufrecht zu führen.

Das Ziel des Überfalls waren unverkennbar die Picknickkörbe und Nahrungsmittel, denn der zuerst auf die Lichtung gestürmte Klingone suchte schleunigst damit das Weite. Seine Kameraden hatten offenbar nur die Aufgabe, seine Flucht zu decken. Sobald er fort war, versuchten sie nämlich, sich eilends ebenfalls abzusetzen und zu zerstreuen.

Drei Menschen lagen still, alle blutüberströmt, auf dem Boden. Ein stämmiger Mann jedoch wollte die Klingonen nicht ungestraft entwischen lassen. Er taumelte ihnen hinterher und zückte einen Handphaser. Unterschiedslos schoß er auf die Flüchtenden. Der grelle Strahl der Waffe traf einen Klingonen geradewegs in den Rücken. Er torkelte um die eigene Achse und sank zusammen. Der Getroffene war so klein, daß es sich nur um einen Jugendlichen handeln konnte.

Nun wechselte die Szene. An dieser Stelle ließ sich die erste offenkundige Löschung von Aufnahmen bemerken. Kolonisten schleppten den benommenen klingonischen Gefangenen in eine ummauerte Siedlung. Er hinkte und war mit blauen Flecken übersät. Jemand hatte ihm einen Lumpen um die Hüfte geschlungen, so daß er nicht mehr völlig nackt umherlief. Die Schwellungen und Blutergüsse seines Gesichts konnten unmöglich von einem Sturz oder dem Phaserschuß verursacht worden sein.

Der Junge wirkte, als wäre er auf den Tod gefaßt. Sein zerschlagenes Gesicht behielt einen stolzen, trotzigen Ausdruck. Mit dieser Miene, dachte Picard, sah er tatsächlich wie ein Klingone aus, nicht wie ein Geschöpf des Waldes.

»Ende der visuellen Aufzeichnung«, sagte eine tiefe Stimme.

Der Bildschirm erlosch, und die Beleuchtung im Beobachtungszimmer der *Enterprise* schaltete sich wieder ein. An dem ovalen Tisch saßen die vertrauenswürdigsten Mitglieder der Crew: Der Erste Offizier Will Riker, Commander Data, Dr. Beverly Crusher, Commander Geordi LaForge, Counselor Deanna Troi, Fähnrich Ro Laren und Transporterchef O'Brien. Der massige Bärtige, der mit dem Phaser auf den Klingonenjungen gefeuert und ihn gefangengenommen hatte, stand in der Nähe. Doch die Blicke aller Anwesenden fielen jetzt auf den breitschultrigen Sicherheitsoffizier am unteren Ende des Tischs, Lieutenant Worf.

Der Klingone saß zusammengesunken in seinem Sessel. Seine Atmung ging keuchend, während er immer noch die inzwischen dunkle Mattscheibe anstarrte.

Einer nach dem anderen wandten die Versammelten schließlich den Blick von Worf. Eine Ausnahme bildete der Mann an der Vorderseite der Räumlichkeit. Raul Oscaras musterte den hochgewachsenen Klingonen voller Haß.

»Lieutenant Worf«, knirschte er, »wollen Sie noch immer leugnen, daß es Klingonen sind, von denen wir angegriffen werden?«

Die Zähne zusammengebissen, setzte Worf sich auf. »Nein, nicht. Gleichzeitig ist jedoch offensichtlich, daß Sie einen schweren Verstoß gegen die Starfleet-Vorschriften begangen und Ihren Gefangenen mißhandelt haben.«

»In dem Jahr, seit wir auf Selva seßhaft sind«, erwiderte Oscaras, »hat diese nomadisierende Klingonenbande uns zweiundvierzigmal überfallen. Wir haben elf Tote zu beklagen. Neunundsechzig Personen sind verletzt worden. Unsere Kinder können die Siedlung nicht verlassen, um in den wunderschönen Wäldern des Planeten zu spielen, weil befürchtet werden muß, daß sie ermordet werden. Unseren Wissenschaftlern ist es unmöglich, Selvas einheimisches Leben zu erforschen. Unsere Mediziner haben keine Möglichkeit, nach für Medikamenten geeigneten Pflanzen zu suchen. Als wir uns auf Selva niedergelassen haben, hatten wir keine einzige Phaserwaffe dabei. Heute ist der Replikator ständig in Betrieb, um neue Exemplare zu produzieren. Nur bewaffnete Gruppen trauen sich noch aus der Siedlung. Und da glauben Sie, wir sollten diese Wilden verhätscheln?«

Ehe Worf etwas entgegnen konnte, hob der Captain eine Hand, um die Situation zu entschärfen. »Es nutzt nichts, wenn wir uns gegenseitig Vorwürfe machen«, sagte er. »Mr. Oscaras ...«

»*Präsident* Oscaras«, berichtigte ihn der Mann.

»Präsident Oscaras«, fing Picard von vorn an, »wir bedauern Ihr unerfreuliches Schicksal. Neu-Reykjavik ist eine Föderationskolonie. Starfleet hat uns geschickt, um das Problem zu beheben. Egal was Sie gegenwärtig von Klingonen halten, ich darf Ihnen versichern, daß *das* keine typischen Klingonen sind. Ich habe geraume Zeit bei Klingonen verbracht und dort nie ein derartiges Betragen erlebt. Sie sind ein Kriegervolk, ja. Aber sie beachten strenge Verhaltensregeln und haben sehr viel Stolz. Sie benehmen sich nicht wie wilde Tiere.«

Oscaras blickte, das Kinn verkrampft, durchs Sichtfenster aufs atemberaubend weite Sternenmeer hinaus. »Ich wünschte, Sie könnten ihre Kriegstrommeln hören«, sagte er halblaut. »Sie trommeln stundenlang, manchmal die ganze Nacht lang. Die Kinder weinen, niemand kann schlafen. Wir haben versucht, sie zu verjagen. Aber sie sind quasi mit dem Wald eins geworden. Sie übernachten in den Bäumen oder buddeln sich in die Erde ein. Trotz allem, was Sie sagen, Captain: Sie *sind* Tiere. Sie müssen uns helfen, sie zur Strecke zu bringen.«

»Ich verstehe das einfach nicht«, äußerte Riker. Verstimmt beugte er sich vor. »Die Föderation fördert ausschließlich Kolonien auf unbewohnten Planeten. Waren die Klingonen schon dort, als Sie eingetroffen sind, oder sind sie erst später aufgekreuzt?«

Der klobige Mann schnitt eine mürrische Miene.

»Wir hatten Selva – neben anderen Planeten – drei Jahre lang observiert. Es sind keinerlei Anzeichen intelligenten Lebens entdeckt worden. Sie können sich die Untersuchungen anschauen. Aber jetzt, nachdem wir gesehen haben, wie die Klingonen im Wald hausen, ist klar, daß sie sich vor uns versteckt hatten. In den ersten paar Monaten der Besiedlung fiel uns nichts auf, nur ab und zu fehlte dies oder das. Es gibt heimische Tiere auf dem Planeten. Deshalb haben wir angenommen, die selvanischen Faultiere oder Maulwurfsratten hätten Nahrung stibitzt. Aber dann sind diese Klingonen wohl mutiger geworden. Die Überfälle fingen an. Zuschlagen und abhauen, immer dieselbe Methode. Sie sind nie um Kontaktaufnahme bemüht gewesen. Von Anfang an haben sie gewaltsam geraubt, was sie wollten.«

Grimmig nickte Picard. »Dann ist es für uns das erste Gebot, schnellstens herauszufinden, woher sie gekommen sind.« Er wandte sich an Worf. »Lieutenant, ich schlage vor, Sie setzen sich mit dem klingonischen Oberkommando in Verbindung und klären, wie es möglich ist, daß sich auf Selva Klingonen aufhalten.«

Worf zuckte zusammen, als wäre er aus einem Zustand der Besinnung geschreckt worden. »Jawohl, Sir«, antwortete er, indem er aufstand. »Mit Ihrer Erlaubnis möchte ich die Nachforschungen unverzüglich einleiten.«

»Einverstanden«, sagte Picard.

In offensichtlicher Erleichterung verließ Worf das Beobachtungszimmer. Kaum hatte die Tür sich hinter ihm geschlossen, beugte sich Raul Osacaras über den Konferenztisch.

»Captain Picard«, meinte er, »wenn ich offen sprechen darf: Ich bezweifle, daß man in dieser Angelegenheit Ihrem Klingonen vertrauen kann.«

Die Lippen straff zusammengepreßt, warf Jean-Luc Picard dem Gast einen bösen Blick zu.

»Erstens, Präsident Oscaras, ist er nicht *mein* Klingone. Er ist ein Klingone, der im Dienst Starfleets steht, und zudem ein wertvolles Mitglied unserer Crew. Ich versichere Ihnen, daß er wegen der Vorgänge auf Selva ebenso unglücklich wie Sie ist. Zweitens: Sollten die Ermittlungen ergeben, daß die Klingonen *vor* den Siedlern auf Selva gewesen sind, haben *Sie* durch die Errichtung einer Kolonie auf einem bewohnten Planeten gegen die Erste Direktive verstoßen.«

»Wir haben nichts gewußt!« entgegnete Oscaras empört.

Data hob den Kopf. »Unwissenheit schützt nicht vor Strafe«, zitierte er einen alten Grundsatz.

»Gott steh mir bei...!« stöhnte Oscaras. »Warum hat man von allen Raumschiffen Starfleets ausgerechnet *Sie* geschickt?« Sein wütender Blick fiel von Data auf Fähnrich Ro, die verlegen den knochigen Wulst zwischen ihren Augen berührte. »Die Hälfte Ihrer Besatzung besteht ja nicht aus Menschen.«

»Das stimmt«, sagte Fähnrich Ro. »Aber wir kommen irgendwie zurecht.«

Andeutungsweise schmunzelte Will Riker, bevor seine Miene wieder ernst wurde. »Präsident Oscaras, an Ihrer Stelle würde ich mir solche Gedankengänge erst gar nicht angewöhnen«, warnte er den Selvaner. »Täglich begegnet die Föderation neuen nichtmenschlichen Völkern. Manche sind nicht einmal humanoid. Es mag sein, daß Ihre Siedlung zu hundert Prozent von Menschen bewohnt wird. Dies gilt aber ganz offenkundig nicht für Ihren Planeten.«

Der klotzige Mann seufzte und senkte den Kopf. »Ich bitte um Entschuldigung«, nuschelte er. »Wenn man monatelang das Opfer eines Guerillakriegs ist, wird man wohl leicht ein bißchen ... unvernünftig. Sie müssen uns dabei helfen, irgendeine Lösung zu finden.«

Captain Picard nickte und erhob sich aus dem Sessel. »Das werden wir tun«, beteuerte er. »Zur Zeit ist es auf Ihrer Seite des Planeten Nacht. Wahrscheinlich möchten Sie zu den Siedlern zurückkehren. Wir betreiben unsere Recherchen und beamen am Morgen eine Landegruppe hinab.«

Oscaras deutete eine Verneigung an. »Vielen Dank, Captain.«

»Mr. O'Brien ist unser Transporterchef. Er sorgt dafür, daß Sie wohlbehalten nach Hause gelangen.«

»Bitte hier entlang«, sagte O'Brien, indem er zur Tür strebte.

»Eine Frage noch«, rief Deanna. »Ist der gefangene Klingone zwecks Befragung abkömmlich?«

»Ja«, gab Oscaras zur Antwort. »Aber er schweigt sich aus. Wir haben es sowohl mit dem Universaltranslator wie mit Zeichensprache versucht.«

Nachdem O'Brien den übelgelaunten Besucher aus dem Beobachtungszimmer geleitet hatte, wandte Picard sich an seinen Offiziersstab. »Ich ersuche um Vorschläge«, sagte der Captain.

»Wenn es Ihnen recht ist«, sagte Data, »möchte ich gerne Lieutenant Worf bei den Nachforschungen behilflich sein.«

»Von mir aus«, antwortete Picard. »Sichten Sie für den Fall, daß in diesem Raumsektor ein Notruf oder etwas anderes auf verschollene Klingonen hinweist, auch die Starfleet-Archive.«

Geordi meldete sich zu Wort. »Ich führe eine vollständige Sensorsondierung des Planeten durch. Vielleicht gibt's dort noch mehr, wovon die Siedler nichts wissen.«

»Fähnrich Ro wird Sie unterstützen«, ordnete der Captain an. Sorgenvoll schüttelte er den Kopf. »Beverly, welchen Eindruck hatten Sie von dem... Vorfall?«

Die rothaarige Bordärztin runzelte die Stirn. »Einiges an der Aufzeichnung stört mich. Um die Aufnahmen gemacht haben zu können, muß außerhalb der Lichtung ein Beobachtungsposten gewesen sein. Und dann kommt jemand zum Picknick ausgerechnet dorthin? Und haben Sie gesehen, wie mager und unterernährt die Klingonen waren? Man könnte wirklich fast glauben, die Siedler hätten den Überfall provoziert.«

»Sie wußten, daß die Klingonen in der Umgebung waren«, meinte Deanna Troi. »Sie wollten Beweismaterial. Ich habe gespürt, daß Präsident Oscaras ein sehr gerissener Mensch ist. Es kann sein, daß er die Überfälle zum Anlaß genommen hat, um in der Kolonie seine Macht zu festigen.«

»Ja, das ist denkbar«, bestätigte Picard. »Und man hat sich reichlich Zeit gelassen, bis Starfleet benachrichtigt worden ist. Nummer Eins, wir beide befehligen die Landegruppe. Wer begleitet uns?«

Riker schaute sich um, ehe er die Frage beantwortete. »Counselor Troi, Dr. Crusher und Data. Normalerweise nähme ich auch Worf mit, aber...«

»Aber wir lassen Lieutenant Worf lieber an Bord«, sprach Picard die Überlegung seines Ersten Offiziers aus, »bis wir wissen, wie viele Siedler so wie Präsident Oscaras über Klingonen denken. Fähnrich Ro, ich wünsche, daß Sie ebenfalls mitkommen.«

Knapp nickte die gertenschlanke Bajoranerin. »Danke, Sir.«

»Dann ist alles klar«, sagte Picard. »Die Landegruppe trifft sich in zehn Stunden in Transporterraum drei.«

»Es ist besser, wir schlafen uns alle noch mal gründlich aus«, riet Dr. Crusher. »Möglicherweise müssen wir dort unten ganz schön aufgeweckt vorgehen.«

Worf stieß ein Brummen der Ungeduld aus. Er verheimlichte seinen Verdruß über den Archivar, der ihn warten ließ, nicht im geringsten. Auf dem Bildschirm der Waffenkonsole gab es nichts als das zackige klingonische Staatswappen zu sehen.

Der Lieutenant mußte einräumen, daß man bei den Klingonen weder die besten noch die gewissenhaftesten Archivare antraf. Zudem gewöhnten die wenigen Klingonen, die diesen unbeliebten Beruf wählten, sich oft eine unglaubliche Arroganz an. Dieser schlaksige Archivar war dermaßen griesgrämig, daß sich dafür selbst der niedrigste klingonische Attentäter geschämt hätte.

Das Bild kippte, und als nächstes sah Worf den Archivar wieder auf seinem Sitz Platz nehmen. »Die angeforderte Information ist als geheim eingestuft«, teilte er in boshaftem Ton mit. »Wir dürfen sie nicht an die Föderation weiterleiten. Sie müssen sich wegen der Freigabe an die Sicherheitsorgane wenden oder eine Sondergenehmigung des Rates einholen.«

»Ich möchte lediglich eine Information über eine Handvoll Flüchtlinge«, stellte Worf mit Knarrstimme fest. »Es geht um vor zehn Jahren stattgefundene Ereignisse. Damals gab es eine Anzahl von Übergriffen der Romulaner auf die Kapor'At-Kolonien.«

»Alle dortigen Kolonien wurden aufgegeben«, versetzte der Archivar. »Kapor'At ist vollständig geräumt worden.«

»Ja, das weiß ich«, fauchte Worf. Trotz seines Ärgers versuchte er sich zu beherrschen. »Diese Information ist auch in der Geschichte der Föderation verzeichnet. Aber was ist aus den Klingonen geworden, die vor den romulanischen Feindseligkeiten flüchten mußten? Könnten sie ins Plyrana-System geflohen sein? Es befindet sich direkt zwischen Kapor'At und den Heimatwelten.«

»Es ist ein Siedlungsabkommen mit den Romulanern abgeschlossen worden«, entgegnete der Archivar in gelangweiltem Tonfall. »Die Geheimhaltung aller Aufzeichnungen ist Bestandteil der Vereinbarung.«

»Aber jeder weiß doch darüber Bescheid«, knurrte Worf. »Es steht doch in der offiziellen Föderationsgeschichte. Zweifellos müssen Informationen über den Aufbruch der Flüchtlinge und ihren Verbleib vorhanden sein.«

»Es sind welche da«, gestand der Bürokrat. »Sie sind aber geheim.«

Gerade als Worf vor Wut platzen wollte, trat Data an seine Seite. Der Androide neigte den Kopf über den Bildschirm. »Guten Tag«, grüßte Data.

»Wer sind Sie?« erkundigte sich der klingonische Archivar.

»Lieutenant Commander Data«, antwortete der Androide. »Ist Ihnen bekannt, daß in Absatz drei von Artikel siebenhundertneunundvierzig des Allianzvertrags zwischen dem klingonischen Imperium und der Föderation ein freizügiger Austausch *aller und jeder* Informationen festgelegt steht, die zur Auffindung und Rettung gestrandeter Flüchtlinge beitragen können? Wir verfolgen die Absicht, durch bewaffnete Ausschreitungen der Romulaner heimatlos gewordene, verschollene Klingonen aus ihrer Misere zu retten. Dies Vorhaben hat vor allen Erwägungen der Datensicherheit Priorität.«

»Sind Sie sicher?« fragte der Klingone mit sichtlichen Bedenken.

»Sie behaupten, Archivar zu sein«, sagte Data. »Schlagen Sie im Vertrag nach.«

»Die erwünschte Information ist zehn Jahre alt«, murrte der Klingone. »Wieso versuchen Sie heute noch, sie zu retten?«

»Wieso versuchen Sie«, lautete Datas Gegenfrage, »uns bei ihrer Rettung zu behindern?«

Der Archivar schnitt eine grämliche Miene. »Öffnen Sie Ihre Datenübertragungsfrequenz. Ich übermittle Ihnen die Daten. Ich wüßte es zu schätzen, wenn Sie die Weitergabe vertraulich behandeln.« Der Bildschirm erlosch.

Eilig gab Worf der Konsole den Befehl zur Entgegennahme einer Subraum-Nachricht ein. Sobald die Bestätigung erfolgte, ließ er sich im Sessel zurücksinken. Er schaute Data an und nickte ihm zu. »Danke. Sie haben genau gewußt, wie mit ihm geredet werden muß.«

»Ich verstehe die Denkweise der Bürokraten vorzüglich«, sagte der Androide. »Mit festen Regeln und Vorschriften fühlen sie sich am wohlsten. So wie ich.«

»Aber im Gegensatz zu Ihnen«, antwortete Worf, »möchten sie lieber nicht selbst denken.«

»Vielen Dank«, sagte Data. »Ich fasse das als Kompliment auf. Welche Ermittlungsergebnisse erwarten Sie?«

»Ich habe mir die visuelle Dokumentation der Selva-Siedler noch zweimal angesehen und an mehreren Stellen gestoppt. Ich schätze den ältesten darauf erkennbaren Klingonen auf etwa fünfzehn terranische Jahre. Erwachsene habe ich keine bemerkt. Wie schon der Captain klarzustellen versucht hat: Das Verhalten dieser Gruppe ist untypisch für Klingonen.«

»Die Ursache dürfte sein, daß sie ohne die Vorzüge der klingonischen Traditionen aufgewachsen sind«, meinte Data. »Darum sind ihre aggressiven Tendenzen nicht kanalisiert worden.«

»Genau«, brummte Worf. »Im Kriegsfall ist es bei den Klingonen Brauch, die jüngsten Kinder fortzuschicken. Alle anderen bleiben und melden sich zum Kampfeinsatz. Zum Kampf bis in den Tod, wenn es sein muß. Deshalb habe ich hinsichtlich kriegerischer Auseinandersetzungen um klingonische Kolonien vor rund zehn Jahren nachgeforscht. Das Kapor'At-Sonnensystem ist von Klingonen besiedelt worden, aber die Romulaner beanspruchen es für sich. So wie sie es immer machen. Folglich war ein Konflikt unabwendbar. Die Romulaner führten eine Reihe von Überfällen durch und zwangen schließlich die Klingonen zum Verlassen des Sonnensystems. Dokumente der Föderation erwähnen den Konflikt und die Besiedlung. Sie enthalten jedoch keine Einzelheiten über Evakuierungsraumschiffe und Flüchtlinge. Kapor'At ist ungefähr zweiundvierzig Lichtjahre von hier entfernt. Also ist es vorstellbar, daß ein Evakuierungsraumschiff nach Selva verschlagen worden ist.«

Data nickte und betrachtete Worfs Konsole. »Die Datenübertragung ist abgeschlossen«, konstatierte er. »Möchten Sie, daß ich die Informationssammlung durchsehe? Ich kann es in fünf Prozent der Zeit erledigen, die Sie bräuchten.«

»Damit bin ich gern einverstanden«, stimmte Worf zu. »Ich will mich lieber gut ausschlafen, bevor morgen früh die Landegruppe hinabgebeamt wird.«

Data kopierte die eben übermittelten Informationen. »Sie gehören diesmal nicht zur Landegruppe«, sagte der Androide.

»Nicht?« Worf war höchst überrascht.

»Der Captain möchte bei den Siedlern die Stärke der antiklingonischen Stimmung ausloten, bevor er Sie mit solchen Einsatzbedingungen konfrontiert«, erklärte Data. Er sah die kompakten Datenpakete fast so schnell durch, wie der Computer sie entpacken und auf die Bildfläche projizieren konnte.

»Vielleicht sollte ich ihm dafür dankbar sein«, brummte Worf leise. Er schaute sich auf der Kommandobrücke um. Nur Besatzungsmitglieder der Ablösungsschicht waren anwesend. Sie konzentrierten sich auf die Beibehaltung des Orbits um Selva. »Wenn Menschen einmal gegen Klingonen Haß entwickelt haben, kann man ihre Einstellung kaum noch ändern.«

»Daraus wird auch umgekehrt ein Schuh«, entgegnete der Androide. »Trotz der siebzig Jahre Frieden bleibt die eingefleischte Antipathie bei beiden Völkern eine starke Emotion. Da, ich glaube, ich habe die Information gefunden, die Sie suchen.«

Data trat von der Konsole zurück und ermöglichte Worf das Betrachten des Bildschirms. »Während der schlimmsten Angriffe brachte die Der'Nath-Kolonie achtundvierzig kleine Kinder an Bord eines Frachters nach Kling«, las Worf den Text laut ab. »Der Frachter ist dort nie eingetroffen. Ebensowenig wurde je ein Wrack geborgen. Es wird vermutet, daß das Frachtraumschiff von den Romulanern vernichtet worden ist.«

»Ich glaube, daß Ihre Theorie stimmt«, sagte Data. »Falls der Frachter von den Romulanern nur beschädigt wurde, kann er das hiesige Sonnensystem durchaus noch erreicht haben.«

»Der Frachter gehörte zur *ChunDab*-Klasse«, stellte Worf fest. »Das heißt, es könnte in Selvas Atmosphäre eingetaucht sein. Kein Kind war damals älter als sechs Jahre. Dies korrespondiert mit dem heutigen Alter der

Klingonen in der visuellen Dokumentation sichtbaren. Der Pilot dürfte die erstbeste erreichbare Landmasse angesteuert haben. Also ist es logisch, daß das Frachtschiff in Küstennähe gelandet sein müßte.«

»Sollte sich erweisen, daß die verwilderten Klingonen Überlebende des Frachters sind«, wollte Data wissen, »wie würden die Klingonen in dieser Angelegenheit offiziell reagieren?«

Worf furchte die höckrige Stirn. »Das ist schwer vorauszusagen. Aufgrund der Weise, wie die damaligen Vorgänge vertuscht und die Aufzeichnungen als Geheimsache eingestuft worden sind, nehme ich an, daß der Rat das Zurückweichen vor den Romulanern als Blamage empfindet. Vielleicht haben die Romulaner die Kapor'At-Siedler ausbezahlt oder mit dem Rat eine Geheimabmachung über die Abtretung Kapor'Ats getroffen. Wie Sie wissen, gibt es zwischen Romulanern und gewissen klingonischen Fraktionen verdeckte Machenschaften. Außerdem ereigneten sich diese Vorfälle in einer für das Imperium sehr unsicheren Periode.«

»Sie wollen damit der Ansicht Ausdruck verleihen«, folgerte Data, »der Rat wünscht vielleicht gar nicht, daß die Überlebenden gefunden werden und alle Welt an die Geschehnisse um Kapor'At erinnert wird.«

Versonnen nickte Worf. »Ich glaube, wir sollten den Captain wecken.«

Captain Picard saß auf der Bettkante, in einen beigefarbenen Morgenmantel gehüllt. Aufmerksam lauschte er, während Worf und Data ihm Informationen, Theorien und Schlußfolgerungen in bezug auf die geheimnisvollen klingonischen Jugendlichen vortrugen. Anschließend trat er zur Computerkonsole seines Quartiers und sah die erhaltenen, angeblich geheimen Daten selbst ein.

»Wir können von der Annahme ausgehen, daß wir

es mit den verschollenen Kindern zu tun haben«, stimmte er zu. »Aber solange wir nicht das Wrack des Frachters aufgespürt oder die Kinder anhand ihrer medizinischen Daten identifiziert haben, bleibt das reine Theorie.«

»Captain, es ist unbedingt erforderlich, daß wir mit dem Gefangenen sprechen«, sagte Worf. »Er ist der Schlüssel zur Lösung des Rätsels.«

»Oscaras weiß es zwar noch nicht«, bemerkte Picard, »aber wir werden den Jungen in unseren Gewahrsam nehmen. Und wenn nur zu seinem Schutz.«

»Ich habe erfahren, daß ich der morgigen Landegruppe nicht angehöre«, antwortete Worf. »Früher oder später muß aber jemand hinunter und die Jugendlichen lokalisieren. Logischerweise bin dafür ich die richtige Person.«

»Ganz meine Meinung«, pflichtete Picard ihm bei. »Vorher sollte aber geklärt sein, wie weit die Siedler mit uns kooperieren. Data, welche Rechte haben die Klingonen laut Vorschrift?«

Der Androide hob den Kopf. »Die Klingonen sind Verbündete der Föderation und genießen deshalb die gleichen Rechte wie Föderationsbürger«, erteilte er Auskunft. »Da ihre Anwesenheit auf Selva der Ankunft der Kolonisten zeitlich vorangegangen ist, dürfen sie gemäß gesetzlicher Ausführungsbestimmung Nummer dreitausendeinhundertvierundvierzig, Abschnitt fünf, Absatz acht nicht gegen ihren Willen von dem genannten Planeten entfernt werden. Unter normalen Umständen hätten die Siedler zur Niederlassung ihre Erlaubnis gebraucht.«

Picard seufzte und rieb sich die Augen. »Ich glaube, wir schieben die juristische Problematik auf, bis wir die beiden Gruppierungen soweit zur Vernunft gebracht haben, daß sie sich nicht mehr gegenseitig umbringen. Sich mit Oscaras und den Siedlern zu einigen, wird schwierig genug. Aber wie kommen wir mit einer Horde Jugendlicher zurecht, die allein im Wand aufgewachsen ist?«

»Wir drei sprechen Klingonisch, Captain«, sagte Data. »Falls die Überlebenden Kenntnisse ihrer Muttersprache behalten haben, können wir uns mit ihnen verständigen. Wenn wir sie mit Insignienkommunikatoren ausstatten, die die Universaltranslator-Funktion enthalten, sind sie dazu imstande, jedes Crewmitglieder und jeden Kolonisten zu verstehen.«

»Wir dürfen mit der Aktion nicht mehr warten«, behauptete Worf hartnäckig. »An Bord des Raumschiffs waren Mädchen und Jungen. Sie erreichen jetzt das Alter, in dem sie selbst Kinder haben können.«

»Und in dem sie ihre Verhaltensmuster und gesellschaftlichen Regeln endgültig festlegen«, fügte Data hinzu. »Zu unserem Vorteil ist, daß die Erste Direktive für Verbündete keine Gültigkeit hat. Alle Klingonen sind unsere Verbündeten, ob sie es wissen oder nicht.«

Picard schob das Kinn nach vorn. »Wir müssen sie ausfindig machen und ihnen helfen, so gut wir dazu in der Lage sind«, erklärte er. »Lieutenant Worf, bitte informieren Sie das klingonische Oberkommando über unseren Verdacht. Wir müssen ihm die Gelegenheit lassen, eine Empfehlung zu geben.«

»Jawohl, Sir«, sagte Worf.

»Und Sie, Data, speichern die Koordinaten, wenn wir mit dem Gefangenen reden«, befahl der Captain. »Dann können wir ihn jederzeit heraufbeamen.«

Im Maschinenraum der *Enterprise* betrachtete Fähnrich Ro am System-Hauptdisplay bunte Grafiken und gradierte Computerdarstellungen. Sie sah sich ehrfurchterregende Berge, Ozeane, Schluchten und andere geologische Formationen aus sonst unzugänglichen Blickwinkeln an, zum Beispiel die Unterseite eines Vulkans.

Der Bordcomputer sammelte enorme Datenmengen. Aber Ro hatte schon die Durchsicht auf einen späteren Zeitpunkt verlegt. Vorerst wollte sie sich nur einen allgemeinen Eindruck verschaffen, um zu sehen, ob die laufende Sensorsondierung irgendwelche planetaren Besonderheiten anzeigte.

Commander Geordi LaForge betätigte sich auf der anderen Seite des System-Hauptdisplays. Beide stießen sie gleichzeitig auf die Computerwiedergabe der Erdbebenrisse und tektonischen Kontinentalplatten.

»Es ist ein sehr junger Planet«, stellte Ro nachdenklich fest. »Kein Wunder, daß er bisher kein denkendes Leben hervorgebracht hat. Er befindet sich noch in der Evolution.«

»Ja...« Geordi runzelte die Stirn. »Diese Kontinentalplatten passen nicht gerade wie 'n Puzzle zusammen. Was halten Sie von dem Gebiet, das sich die Kolonisten ausgesucht haben?«

»Reichlich Wasser«, antwortete die Bajoranerin. »Sie siedeln auf dem geologisch ruhigsten Kontinent. Die Niederlassung liegt nahe genug am Meer – die Distanz beträgt ungefähr zwanzig Kilometer –, um die Vorteile warmer Strömungen zu nutzen. Gleichzeitig ist sie ausreichend entfernt, um keine Schäden durch Stürme zu erleiden. Schließt man die vierzig Prozent der planetaren Oberfläche aus, die von Gletschern bedeckt sind, bleibt wenig stabile Landmasse übrig. Einen Wolkenkratzer möchte ich da unten nicht bauen. Trotzdem bin ich der Auffassung, die Siedler haben die Sache richtig angepackt. Mein Volk existiert in weit ungemütlicheren Verhältnissen.«

»Ich wette, daß der Ozean durchweg lebensfeindlich ist«, meinte Geordi. »Er enthält erhebliche Bestandteile an Salz und Mineralien. Wie das Tote Meer auf der Erde. Aber diese vielen Heißwasserquellen und Vulkane müssen für eine ganz beträchtliche Erwärmung sorgen.«

»Dann ist es wohl wie in einem riesigen Kurort«, sagte Ro. Für eine Sekunde verzog sich ihr gewöhnlich ernstes Gesicht zu einem Schmunzeln. »Ich würde mir die Zustände gerne mal ansehen.«

»Ich auch«, gestand Geordi. »Der ganze Planet verkörpert quasi das Gegenteil der Erde. Das Wasser ist warm und für Leben ungeeignet, während es auf dem Land kalt ist und ausgedehnte Gletscher gibt. Ich glaube auch, daß die Siedler die günstigste Gegend gewählt haben.«

»Nur sind die Klingonen vor ihnen dagewesen.«

Geordi ließ ein Aufseufzen hören. »Ich bin mir nicht sicher, daß der Captain das Problem lösen kann. Jedenfalls behalte ich den Planeten unter Beobachtung, während Sie unten sind. Vielleicht erkenne ich ja doch noch irgendwas Auffälliges. Wenigstens kann ich Ihnen regelmäßig 'ne Wettervorhersage durchgeben.«

»Es kann sein, daß die Aktion schwierig wird«, äußerte Ro mehr im Selbstgespräch als zu Geordi. »Am besten gehe ich nun ins Bett.«

Der Chefingenieur lächelte. »Passen Sie drunten gut auf sich auf, Fähnrich«, ermahnte Geordi sie.

Die Bajoranerin rang sich ein Grienen ab. »Haben Sie gemerkt, daß ich in der Landegruppe der Vorzeige-Fremdling bin?«

Geordi zuckte mit den Schultern. »Tja, irgendwann müssen die Kolonisten einfach kapieren, daß kein Volk allein im Universum ist. Ich glaube, der Captain nimmt Sie auch aus anderen Gründen mit. Meines Erachtens hat er mit Ihnen eine überlegte Wahl getroffen. Wahrscheinlich bringen Sie für beide Parteien Verständnis auf... beziehungsweise für jeden, der sich auf einer neuen Welt abrackert, um etwas aufzubauen.«

»Manchmal wünsche ich mir, wir Bajoraner wären

mehr wie die Klingonen«, sinnierte Ro. »Wären wir aggressiver, verstünden wir wie Wilde zu kämpfen, bräuchten wir uns nicht von einem zum anderen Planeten scheuchen zu lassen. Aber jetzt ist es zu spät... Wir sind zivilisiert.«

»Kann doch jedem passieren«, sagte Geordi. »Geben Sie auf sich acht.«

»Klar, Commander. Gute Nacht.«

Fähnrich Ro machte sich auf den langen Weg zu ihrem auf Deck 8 gelegenen Quartier. Sie benutzte keine Turbolifts, um ein wenig Bewegung zu haben. Sie spazierte durch zahllose Korridore, durch leere Laboratorien und Sportstätten. Zu guter Letzt erreichte sie Deck 10. Dort betrat sie die größte und beliebteste Freizeiteinrichtung der *Enterprise*, den Gesellschaftsraum des Vorderdecks. Diese Lokalität war das Reich ihrer besten Freundin an Bord des Raumschiffs, der geheimnisvollen Wirtin Guinan.

Um diese späte Stunde herrschte im Gesellschaftsraum mehr Ruhe als normalerweise; nur das Schimmern der Sterne, das man durch die Fenster sehen konnte, belebte die Räumlichkeit. An der Backbordseite schwebte unter dem Raumschiff die rostbraune Kugel des Planeten Selva.

Einige Augenblicke lang verharrte Ro am Fenster und besah sich den Planeten. Endlich bemerkte sie neben sich eine exotisch gekleidete Person.

»Aus der Gerüchteküche verlautet, daß du in einigen Stunden hinabbeamst«, sagte Guinan.

»Ja, stimmt«, bestätigte Ro. »Eigentlich sollte ich schlafen. Ich kann's aber nicht.«

»Warum nicht?« fragte Guinan. »Ist doch 'n ganz leichter Auftrag: Überwindung von Fanatismus und Furcht.«

»Klarer Fall.« Die Bajoranerin seufzte und verschränkte die Arme auf der Brust.

»Besonders der Furcht vor dem anderen.«

»Dem anderen?«

»Dem Fremden«, sagte Guinan. »Dem Ungewohnten. Vor dem, der sich nicht an dieselben Regeln wie man selbst hält. Du bist dein Leben lang die Andersartige gewesen. Und nun sollst du Menschen lehren, sich davor nicht zu fürchten.«

»Ich bezweifle, daß mir dafür genug Zeit bleibt«, entgegnete Ro. »Ich glaube nicht, daß der Captain die Absicht hat, mich unten einzubürgern.«

Guinan war auch dieser Ansicht. »*Ich* bezweifle, daß der Captain überhaupt schon weiß, *was* er will. Aber ich habe das Gefühl, für dich wird es kein normaler Einsatz. Ich ahne, daß du drunten dringend gebraucht wirst.«

»Ich bin bloß zum Vorzeigen dabei«, murrte Ro. »Man schleppt mich mit, um den Siedlern zu verdeutlichen, daß wir friedlich zusammenleben können. Counselor Troi, Dr. Crusher, Captain Picard ... das sind die Leute, die wirklich zählen.«

»Auf seine Weise zählt *jeder*«, erwiderte Guinan. »Man muß Vorbild sein. Soll ich dir einen Tee zubereiten, der dir beim Einschlafen hilft?«

»Nein«, sagte die Bajoranerin. »Zum Nervössein habe ich keinen Grund. Ich bin sicher, daß ich bald wieder von dem Einsatz abkommandiert werde. Voraussichtlich komme ich noch morgen zurück. Dann kann ich dir erzählen, wie es unten aussieht.«

»Vielleicht.« Geheimnisvoll lächelte Guinan. »Egal wann, bitte laß dich blicken und erzähl's mir. Ich bin sehr neugierig.«

»Ich verspreche es dir«, antwortete Ro. »Gute Nacht.«

»Angenehme Träume«, sagte die Wirtin der *Enterprise*.

## 2

Die aus drei Frauen, zwei Männern und einem Androiden bestehende Landegruppe materialisierte im Flirren lichter Säulen durcheinandergewirbelter Moleküle auf dem zentral gelegenen Platz der Ortschaft Neu-Reykjavik, Planet Selva. Dann machten sich Captain Picard, Commander Riker, Lieutenant Commander Data, Fähnrich Ro, Dr. Crusher und Counselor Troi daran, das kleine Dorf in Augenschein zu nehmen. Es war die Heimat von etwas über zweihundert Seelen.

Weil Deanna Troi einiges über das Bekenntnis der Siedler zu Genügsamkeit und schlichtem Dasein gelesen hatte, war sie auf den Anblick eines bescheidenen Weilers gefaßt gewesen, einen Ort vielleicht aus Lehmhütten und mit Rasen gedeckten Häuschen. Statt dessen stand sie jetzt mitten in einer Festung.

Die Wohnbauten und öffentlichen Gebäude waren häßlich und aus rostigem, verzinktem Metall errichtet worden. Mindestens fünfzehn Meter hoch ragte rundum die gleichfalls aus verstärkten Metallplatten gebaute Mauer der Kolonie empor; Stacheldraht und geschärfte Metallzacken krönten die Mauerkonstruktion. Jede Ecke der Mauer und das überdachte Tor wurden von Türmen geschützt, die Ähnlichkeit mit geschlossenen Hochsitzen hatten.

Auf dem Dorfplatz wuchsen drei schwarze Bäume. Doch im Vergleich zum üppigen Sprießen der übrigen Flora, die man außerhalb der metallisch glänzenden

Mauer wuchern sah, wirkten sie einsam und verlassen. Die Bäume auf dem Platz und die in unmittelbarer Nähe der Mauer hatte man rigoros beschnitten – wahrscheinlich damit niemand aus ihrem Geäst über die Mauer springen konnte.

Nahebei stand ein sechs- oder siebenjähriges Kind und glotzte die Ankömmlinge voller Staunen an. »Kommt ihr, um die Trommler zu töten?« erkundigte sich das Mädchen.

Will Riker kniete sich hin und blickte der Kleinen in die Augen. »Wir haben nicht vor, irgendwen zu töten«, stellte er klar. »Wir wollen für Frieden sorgen. Ist das nicht viel schöner?«

»Nee.« Entschieden schüttelte das Kind den Schopf. »Mein Vati sagt, es gibt kein' Frieden, bis daß sie tot sind.«

Ehe dieser beunruhigende Wortwechsel fortgesetzt werden konnte, umringten zahlreiche erwachsene Siedler sowie Kinder sämtlicher Altersstufen die Landegruppe. Alle trugen sie die gleiche schlichte, braune, aber praktische Bekleidung. Und samt und sonders hatten sie die argwöhnische Miene aufgesetzt, die aussagte: *Wir haben kein Vertrauen zu Fremden.* Für Deanna Trois Empfinden ähnelten sie wegen ihrer Verdrossenheit Gefangenen, ein Eindruck, den der Stacheldraht und die Mauer noch verstärkten.

Der Counselor fiel auf, daß mehrere Kolonisten Fähnrich Ro angafften, als ob sie ihr am allerwenigsten trauten. Doch die schlanke Bajoranerin schien die Blicke gar nicht zu bemerken. Sie las die Meßdaten ihres Tricorders ab.

Präsident Oscaras bahnte sich einen Weg durch die Menschenmenge. »Willkommen!« tönte er laut. »Hätten wir gewußt, wann Sie eintreffen, wäre es möglich gewesen, eine offizielle Begrüßungsfeier vorzubereiten.«

»Wir möchten Ihr gewohntes Leben nicht durcheinanderbringen«, gab Picard zur Antwort, indem er sich zum Lächeln zwang.

Voller Bitterkeit schüttelte Oscaras den Kopf.

»Da gibt's kein Problem. Wir führen sowieso kein normales Leben, weil niemand sich noch aus dem Ort wagt. Ursprünglich hatten wir die Absicht, unsere Existenz ausschließlich auf die Reichtümer dieses Planeten zu stützen. Der Saft der Bäume könnte die Grundlage sein. Nur haben die Wilden es uns unmöglich gemacht. Unser Replikator sollte uns lediglich zur Überbrückung der Zwischenzeit dienlich sein, bis wir Pflanzungen angelegt und die erste Ernte eingebracht haben. Jetzt sind wir in jeder Beziehung von ihm abhängig; er produziert alles, von Kleidern bis zu Nahrungsmitteln. Ich habe Ihnen ja schon auf dem Schiff erzählt, daß wir nie den Wunsch hatten, Phaser zu fabrizieren. Aber auch damit versorgt uns jetzt der Replikator.«

»Verfügen Sie über einen Transporter?« fragte Data nach.

»Nein«, lautete Oscaras Auskunft. »Das ist ein Zugeständnis, das ich verworfen habe. Wenigstens bleiben wir fit, wenn wir zu Fuß gehen und unsere Sachen tragen.«

Beverly Crusher ging in die Knie, um das kleine Mädchen zu untersuchen, mit dem Riker vorhin gesprochen hatte. Sie lächelte freundlich, während sie den medizinischen Tricorder vom schmutzigen Gesicht der Kleinen bis zu ihren Stelzenbeinen hinabbewegte.

»Ich bin Ärztin«, klärte Beverly das Kind auf. »Ich will nur mal nachschauen, ob du dich auch wohl fühlst. Gefällt es dir hier?«

»Ich möchte nach Hause«, sagte das Mädchen wahrheitsgemäß. »Zurück nach Island.«

Eine rothaarige Frau, die wie eine erwachsene Version der Kleinen aussah, faßte sie an den Schultern und erteilte ihr eine Rüge. »Dein Zuhause ist hier, Senna. Das weißt du doch ganz genau. Du sollst nicht dauernd quengeln.«

»Sie hat mich ja *gefragt*«, begehrte das Mädchen auf.

»Außerdem gibt es hier eine Menge Leute«, sagte ein junger Mann, »die gerne nach Hause zurückkehren würden.«

Seine Äußerung hatte ein lautstarkes Gemisch von Buhrufen und gedämpfter Zustimmung zur Folge.

»Schluß mit dem Gequatsche!« schnauzte Oscaras. Rasch bewirkte sein strenger Blick Schweigen. »Die *Enterprise* ist nicht gekommen, damit man sich unser Gejammer anhört oder uns zur Erde zurückfliegt. Sie ist da, um diesen Planeten bewohnbar zu machen, indem sie das Geschmeiß ausmerzt, das uns plagt.«

Diese Behauptung rief Beifall hervor. Picard schaute voller Mißbehagen die anderen Landegruppenmitglieder an; dann stieß er ein Räuspern aus. Er räusperte sich so lange, bis der Jubel verebbte.

»Es ist mir sehr unangenehm, Ihnen das mitteilen zu müssen«, sagte der Captain, sobald Schweigen herrschte, »aber die Klingonen haben auf diesen Planeten ein ebenso großes Anrecht wie Sie. Vieles weist darauf hin, daß sie Kriegsflüchtlinge und Überlebende einer Raumschiff-Bruchlandung sind. Ist das der Fall, leben sie hier schon neun Jahre länger als Sie. Unser Vorhaben ist, mit ihnen in Verhandlungen zu treten und sie zu einem friedlichen Zusammenleben mit Ihnen zu überreden.«

Etliche Pfiffe der Ablehnung und höhnisches Gelächter quittierten Picards Worte. Andere Siedler standen fassungslos da und stierten ihre Besucher an, als hätten sie zwei Köpfe.

Deanna spürte eine verwirrende Vielfalt von Emotionen, deren Bandbreite von Verzweiflung und Sichfügen bis zu Wut und Ungläubigkeit reichte. Dies hier war eindeutig nicht die glücklichste Kolonie der Föderation. Die Counselor mahnte sich angesichts des Drucks, unter dem diese Menschen wegen der ständigen Gefahr von Überfällen schon lange lebten, zum Mitgefühl. Sie versuchte, sich die Freude auszumalen, die sie beim ersten Betreten dieser gänzlich naturbelassenen Welt empfunden haben mußten. Und dann hatten – nach dem Einsetzen der Angriffe – Furcht und Fanatismus um sich gegriffen.

»Da können Sie genausogut mit den Bäumen reden«, spottete ein Kolonist.

Eine Frau ließ ihren Zorn an Oscaras aus. »Versprochen haben Sie uns, Sie würden uns helfen. Aber in Wirklichkeit sind Sie auf *ihrer* Seite ... auf der Seite der Wilden!«

Der Präsident schnitt ein böses Gesicht.

»Ich habe angekündigt, daß ich bei der Föderation Hilfe anfordere, mehr nicht. Man weiß ja gar nicht, mit wem wir's zu schaffen haben. In dem Raumschiff darf sogar ein Klingone mitfliegen. Aber wenigstens sind diese Leute so anständig, uns mit seinem Besuch zu verschonen. Sollen sie doch in den Wald hinausziehen und die Klingonen suchen. Dann merken sie bald, daß es keine Möglichkeit des friedlichen Umgangs mit diesen Bestien gibt.«

Dieser Vorschlag fand offenbar nicht jedermanns Billigung. Lauter Streit brach aus. Viele Kolonisten entfernten sich aus der spontanen Bürgerversammlung; ihre Mienen widerspiegelten Unwillen und Resignation.

Deanna fühlte sich dazu gedrängt, etwas zu tun oder zu sagen, was die schlechte Stimmung auflockern könnte. Die Betazoidin deutete auf die stählerne Palisade, die die Niederlassung einfriedete.

»Wir möchten Ihnen dazu verhelfen, daß Sie diese

Mauer niederreißen können«, rief sie. »Ist es nicht das, was Sie wollen? Daß Sie sich freizügig auf dieser Welt bewegen können, die Sie selbst sich erwählt haben? Noch mehr Tote und noch tieferer Haß werden dahin nicht den Weg ebnen.«

»Können Sie sie nicht einfangen?« fragte die rothaarige Mutter des etwa sechsjährigen Mädchens. »Befördern Sie sie zu ihrem Volk zurück. Das ist eine Lösung, die uns recht wäre.«

Mehrere Siedler schlossen sich dem Einfall an und befürworteten ihn. Picard streckte die Hände in die Höhe, um sich Gehör zu verschaffen.

»Wir kontaktieren das klingonische Oberkommando, um es über die hiesige Situation zu informieren«, erklärte er. »Im Moment haben wir allerdings erst sehr wenig mitzuteilen. Also müssen wir vorher die selvanischen Klingonen finden und mehr über sie in Erfahrung bringen. Ich muß Sie nachdrücklich darauf hinweisen, daß eine Gefangennahme der Klingonen und ihre Vertreibung von diesem Planeten gegen ihren Willen auf jeden Fall nur das wirklich allerletzte Mittel sein kann.«

»Überlassen Sie uns bessere Scanner und wirksamere Waffen!« schrie ein untersetzter Mann. »Dann räumen wir ohne Ihre Unterstützung mit denen auf!«

Aufgrund der vielstimmigen Beifallsrufe mußte Deanna den Rückschluß ziehen, daß dies wohl der bislang populärste Vorschlag war. Oscaras schüttelte, seinen Gästen zugewandt, den Kopf; möglicherweise vertrat er die Ansicht, gegen diese Stimmungslage, wie unsinnig sie sich auch äußerte, sei nichts zu machen.

»Da sehen Sie Marta«, sagte er, indem er auf eine bildhübsche Blondine wies. »Sie hat beim ersten Überfall ihren Mann verloren. Das ist Joseph. Seine Frau gehörte einem Forscherteam an, das die Lebensweise der Maulwurfsratten untersuchte... So lautet unser

Name für das weitverbreitetste Säugetier des Planeten. Nur wegen der Verpflegung in ihrem Rucksack wurde sie totgeschlagen. Und fragen Sie Lucius nach dem Andenken, daß er von seiner Begegnung mit den Trommlern zurückbehalten hat: eine Narbe, die vom Hals bis zum Bauchnabel verläuft. Und du, Edward... Was ist deinem Sohn zugestoßen?«

Ein alter Mann leckte sich über die trockenen Lippen, bevor er antwortete. »Sie haben ihn zerfleischt... wie wilde Tiere.«

Captain Picard schluckte, ehe er dazu Stellung nahm. »Wir sind nicht hier, um diese Greuel zu rechtfertigen. Sie leben seit vielen Monaten mit derlei schrecklichen Vorkommnissen. Wir hören davon erst heute. Aber die Klingonen sind Bundesgenossen der Föderation. Die Gesetze schützen sie.«

»Aber sie kennen doch gar kein Gesetz!« widersprach Marta.

»Dann sind sie nicht wie Klingonen erzogen worden«, erläuterte Picard. »Was wissen Sie denn eigentlich über sie? Nichts. Nur daß sie Sie angreifen und Nahrung rauben. Haben Sie ihnen jemals Lebensmittel überlassen? Je versucht, mit ihnen Frieden zu schließen?«

Der Greis namens Edward wackelte mit dem Kopf. »Du hast recht, Oscaras. Sollen sie in den Wald gehen. Wenn sie erst ein paar Söhne und Töchter verloren haben, kommen sie schon zur Vernunft.«

»Vielleicht sollten wir nun mit dem Gefangenen reden«, empfahl Data.

Eine dunkelhäutige Frau näherte sich Data und beschnüffelte ihn mißtrauisch. »Was bist denn du für einer?« fragte sie.

»Ein Androide«, gab Data Auskunft. »Erschaffen wurde ich durch Dr. Singh...«

»Data, wir wollen uns jetzt nicht damit aufhalten«, unterbrach ihn der Captain. »Es bleibt noch genug

Zeit, um uns gegenseitig kennenzulernen. Präsident Oscaras, ich glaube, es ist ratsam, wir nehmen uns den Gefangenen so bald wie möglich vor.«

»Kommen Sie mit«, forderte der Bärtige die Landegruppe auf. »Ich zeige Ihnen unterwegs noch rasch die Siedlung.«

Oscaras führte seine Gäste an den größten der rostigen Metallbauten vorüber, deren Ansammlung Deanna wie eine Festung vorkam.

»In dem Gebäude sind unser Replikator, die Subraum-Funkanlage, das wissenschaftliche Labor und das Krankenrevier untergebracht«, erklärte Selvas Präsident. »Ich glaube, da gibt's nichts, was Sie nicht kennen. Familien haben eigene Wohnhäuser. Die jüngeren, ungebundenen Männer und Frauen haben Schlafsäle auf der anderen Seite des Platzes. Das lange Gebäude dort hinten ist unser gemeinschaftlicher Speisesaal. Es dient aber auch als Gerichtssaal und Freizeitzentrum. Nach unserer ursprünglichen Planung sollten die Familien weit über das Waldgebiet verteilt leben, in großzügigen Wohnsitzen mit viel Land rundherum. Aus naheliegenden Gründen mußten wir den Plan aufgeben. Gegenwärtig leiden wir unter Platzmangel. Darum mußten wir die Familien sogar zum Verzicht auf weitere Kinder auffordern, bis unser Problem behoben ist.«

»Ist Ihnen bekannt, wie viele Klingonen dort leben?« fragte Riker, indem er auf den Wald deutete.

»Sie kommen in kleinen Grüppchen«, antwortete Oscaras. »Wir haben nie mehr als eine Handvoll auf einmal gesehen.«

»Falls es die Klingonen sind«, sagte Picard, »für die wir sie halten, müssen es knapp unter fünfzig sein.«

Oscaras gab ein hohles Auflachen von sich. »Wenn es fünfzig wären«, behauptete er hämisch, »hätten sie uns längst allesamt massakriert.«

Vor einer ebenfalls mit Rost überzogenen Hütte ohne Fenster blieb er stehen. Die Behausung sah noch abgenutzter und verwitterter als die übrigen Bauwerke der Ortschaft aus. An den Seiten der dicken Eisentür wies das Wellblech Beulen auf, als hätte jemand versucht, sich durch die Wand zu boxen.

»Darin halten Sie den Gefangenen fest?« vergewisserte sich Beverly Crusher; sie war sichtlich schockiert.

»Da hat er es besser, als er's verdient«, entgegnete Oscaras mit mürrischer Miene. »Auf jeden Fall besser, als er's von früher gewohnt ist.« Der Kolonistenpräsident senkte seine Lautstärke. »Hätte sich bei uns die Mehrheit durchgesetzt, wäre der Klingone schon wegen Mordes exekutiert worden.«

Picard machte ein finsteres Gesicht. »Auf der Erde ist die Todesstrafe seit Jahrhunderten abgeschafft.«

»Würden auf der Erde derartige Kreaturen leben«, erwiderte Oscaras, »hätte man sie wiedereingeführt. Eines sage ich Ihnen lieber vorher: Der Häftling bleibt ständig gefesselt, aber ausschließlich zu seinem eigenen Schutz. Er ist immer wieder mit solcher Gewalt gegen die Wände gerannt, daß wir Sorge hatten, er könnte sich verletzen.«

Während Oscaras Hand an den schweren Riegel legte, der die Tür verschloß, bemerkte Deanna, daß Captain Picard und Data einen Blick wechselten. Kaum merklich nickte Data. Sofort begriff Troi, daß der Androide einen geheimen Befehl erhalten hatte.

Die Counselor ermahnte sich dazu, bei allem, was sie auf diesem Planeten sah, gelassen zu bleiben und es nicht zu bewerten; doch die Emanationen des Hasses und Grauens, die dem grob zusammengeschweißten Schuppen entströmten, schlugen ihr regelrecht auf den Magen. Unwillkürlich wich sie zurück, als Oscaras den Riegel beiseiteschob und die Tür öffnete.

Im Innern der Hütte war es dunkel und stinkig wie

in einer steinzeitlichen Höhle. Captain Picard rümpfte die Nase, trat aber ohne zu zögern ein. Als die restliche Landegruppe folgen wollte, winkte Oscaras ab.

»Für alle ist drinnen zuwenig Platz«, sagte er.

»Dr. Crusher und Counselor Troi gehen hinein«, befahl Riker. »Data, Ro und ich warten hier draußen.«

Dr. Crusher eilte schon in die Behausung. Widerwillig schloß Deanna sich an. Das Zaudern der Counselor beruhte nicht auf Furcht oder Abscheu; vielmehr schreckte die Gewißheit sie ab, daß ihre Meinung über menschliches Verhalten sich nun verschlechtern sollte.

»Wir brauchen Licht«, rief Picard ins Freie.

»Entschuldigung«, sagte Oscaras. Er langte an die Innenseite des Türrahmens und nahm eine batteriebetriebene Laterne von einem Haken. Er schaltete sie ein und hängte sie wieder an die Wand.

Ein Aufkeuchen entfuhr Deanna, als ihr Blick im Lampenschein auf den Insassen der elenden Bude fiel. An einer rostigen Wand hockte in bemitleidenswertem Zustand ein junger Klingone. Man hatte ihn mit Gurten gefesselt und in eine Art Zwangsjacke gesteckt. Rings um ihn lagen Brocken fauliger Speisen und des eigenen Kots. Er blinzelte und wandte von der ungewohnten Helligkeit das Gesicht ab. Dann zog er die dünnen, verdreckten Knie an den Brustkorb, als fürchtete er, geprügelt zu werden.

Angestrengt schluckte Picard. Dann bemühte er sich um ein Lächeln. »*Chay'. tlhlngan Hol Dajatlh'a?*« fragte er.

Erstaunt zwinkerte der Klingone zu ihm hoch, schüttelte sich verfilzte Strähnen schwarzen Haars aus dem Gesicht. Anschließend senkte er die Knie ein Stück weit, und es hatte den Anschein, als wollte er etwas sagen; dann jedoch entblößte er unregelmäßige Zähne und stieß ein Fauchen aus.

Beverly Crusher wirkte, als wäre sie doppelt so wütend wie der gefesselte Klingone. »Binden Sie ihn unverzüglich los!« verlangte sie von Oscaras. »So hält man ja kein Tier, geschweige denn einen Humanoiden.«

Oscaras schob den Kopf zum Eingang herein und bot bei seiner Antwort allen Takt auf, zu dem er sich nötigen konnte. »Davon rate ich ab, Doktor. Er hat schon mehrere Personen gebissen. Außerdem würde er sofort zu fliehen versuchen.«

»Würden Sie's an seiner Stelle etwa nicht?« hielt Crusher ihm barsch entgegen. »Befreien Sie ihn von den Fesseln, damit ich ihn untersuchen kann!«

»Eine vorläufige Untersuchung können Sie auch so durchführen«, sträubte sich Oscaras. »Oder darf ich Ihnen vorschlagen, ihn vorher mit einem Phaser zu betäuben?«

Deanna beobachtete den Klingonen, der die Auseinandersetzung anscheinend interessiert beobachtete. Wahrscheinlich war es das erste Mal, daß er Zeuge wurde, wie jemand dem Oberhaupt seiner Peiniger widersprach. In seinen geröteten Augen – wie wild sie auch blickten – stand eindeutig Intelligenz. Sie schätzte sein Alter auf etwa dreizehn Erdjahre.

Trotz der erniedrigenden Umstände behielt er eine Art von primitiver Würde bei. Deanna hatte ähnliches auf Fotos prächtiger Wildtiere gesehen, die man auf der Erde in vergleichbar erbärmlichen Einrichtungen namens Zoo hielt. Sie war darüber heilfroh, daß der Captain beschlossen hatte, Worf nicht mitzunehmen. Nach diesem Anblick hätte der Sicherheitsoffizier etliche Kolonisten mit bloßer Hand erwürgt.

»Ich habe eine bessere Idee«, sagte Picard. »Lassen Sie uns ihn an Bord der *Enterprise* beamen. Dort kann Dr. Crusher ihn in unserer Krankenstation in aller Ruhe untersuchen. Außerdem können wir dann feststellen, ob es Lieutenant Worf möglich ist, sich mit ihm zu verständigen.«

»Das ist leider unmöglich«, legte Oscaras Einspruch ein. »Nachdem Sie da sind, ist nun seine Aburteilung fällig. Zudem hoffen wir, daß seine Kumpane einen Befreiungsversuch unternehmen. Wenn sie trommeln, heult er. Also wissen sie, er ist hier.«

»Sie lehnen es ab, ihn in unsere Obhut zu geben?« Picard äußerte sich auf eine Weise, als wollte er diesen Punkt lediglich klarstellen und keine neue Meinungsverschiedenheit auslösen.

»Zu meinem Bedauern habe ich keine Wahl«, antwortete Oscaras. »Bis auf weiteres jedenfalls nicht. Ich bringe die Frage gerne bei den Kolonisten zur Sprache. Aber die letztendliche Entscheidung liegt bei mir.«

Beverly Crusher wirkte wutentbrannt genug, um Oscaras den Kopf abzureißen. Picard warf ihr einen Blick zur, der sie zur Selbstbeherrschung mahnte. Der Captain führte irgend etwas im Schilde, schlußfolgerte Deanna. Das bewog sie dazu, sich mit der eigenen Meinung zurückzuhalten.

»*Pich vlghajbe*«, sagte der Captain, indem er sich zum zweitenmal an den Gefangenen wandte.

Auch diesmal blinzelte der Junge den Captain überrascht an, als wäre er der Ansicht, so ein geschniegelter, flachköpfiger Fremder könnte unmöglich seine Sprache beherrschen. Das bestärkte Deanna in ihrer Vermutung, daß die selvanischen Klingonen auf sich allein gestellt dem Kindesalter entwachsen sein mußten; höchstwahrscheinlich hatten sie bis zur Ankunft der Siedler keine anderen humanoiden Lebewesen gekannt. Dann war ihre Welt – ihr gesamtes Wissen – über den Haufen geworfen worden, und darauf hatten sie mit Gewalt reagiert.

»*Lu*«, grunzte der Junge.

Picard schmunzelte verhalten und verließ die Hütte. Beverly schenkte dem Jungen ein Lächeln der Ermutigung und folgte dem Captain ins Freie. Deanna tat das gleiche.

Oscaras erregte einen mißgestimmten Eindruck. »Worüber haben Sie mit ihm gesprochen?« erkundigte er sich in vorwurfsvollem Ton.

»Wenn Sie es möchten, lasse ich Ihnen gerne Klingonisch-Unterricht erteilen«, versetzte der Captain barsch. »Ich wünsche, daß der Gefangene keinen Schaden erleidet.«

»Darauf gebe ich Ihnen mein Wort«, sagte Oscaras. »Wie beabsichtigen Sie nun zu verfahren?«

»Wir kehren aufs Schiff zurück, um unser Vorgehen zu erörtern«, lautete Picards Entgegnung. Er berührte seinen Insignienkommunikator. Ein Zirpen drang aus dem Gerät. »Transfer für sechs Personen.«

»Aye, Sir«, ertönte Transporterchef O'Briens Stimme.

Oscaras entfernte sich rückwärts, während seine sechs Starfleet-Gäste entmaterialisierten.

Rasch sprangen Picard und seine Begleitung von der Transportplattform der *Enterprise*. Der Captain winkte Data zu. »An die Kontrollen«, befahl er. »Beamen Sie ihn unverzüglich herauf.«

»Vielen Dank«, sagte Beverly mit einem Seufzer der Erleichterung zu Picard. »Ich lasse in der Krankenstation ein Bett vorbereiten und mit einem Stasisfeld sichern.«

O'Brien machte an der Transporterkontrollkonsole Platz für Data. Der Androide gab die Koordinaten ein. »Die Fesseln transferiere ich nicht mit«, kündete er an.

»Nummer Eins«, wies der Captain den Ersten Offizier an, »Handphaser auf schwache Betäubungswirkung adjustieren.«

Der bärtige Offizier hakte seinen Phaser vom Gürtel und stellte ihn befehlsgemäß ein. Gespannt warteten die Anwesenden, bis auf der Transportplattform eine knochige, geduckte Gestalt materialisierte. Erschrokken starrte der Klingone einen Augenblick lang umher. Dann erst bemerkte er das Fehlen seiner Fesseln. Er sprang auf und schnellte sich mit einer Flinkheit, die sämtliche Umstehenden verblüffte, von der Transportplattform herab.

Fast hatte er die Tür erreicht, als Riker endlich angelegt hatte und ihn mit einem grellen Strahlschuß fällte. Kurz taumelte der junge Klingone noch, und Data vollführte einen Satz zu ihm hinüber, fing ihn auf. Der Androide hob den besinnungslosen Jungen auf die Arme, als wäre er ein federleichtes Schaumstoffgebilde.

»In die Krankenstation mit ihm«, rief Beverly. Sie eilte voraus.

»Brücke an Picard«, erscholl die vertraute Stimme Geordi LaForges.

Der Captain berührte seinen Kommunikator. »Hier Picard.«

»Präsident Oscaras möchte Sie sprechen. Anscheinend ist er fürchterlich sauer.«

»So?« Picard lächelte. »Ich nehme den Anruf im Bereitschaftszimmer entgegen. Bis ich dort bin, soll er schmoren.«

Der Captain verließ den Transporterraum. Riker und Deanna Troi folgten ihm. Nur O'Brien und Fähnrich Ro blieben zurück.

»Was ist denn da drunten passiert?« wollte der rotgesichtige Transporterchef erfahren.

Man hörte Fähnrich Ro die Besorgnis an, als sie seine Frage beantwortete. »Möglicherweise haben wir Partei ergriffen.«

Im Bereitschaftszimmer setzte Captain Picard sich an seinen Tisch und schaltete den Monitor ein. Sofort stierte ihn das dunkel angelaufene Gesicht von Raul Oscaras an.

»Wie können Sie es wagen, unseren Häftling zu entführen?«

»Ich bin davon überzeugt, daß ich jede Menge gesetzlicher Vorschriften finden kann, die mir diese Maßnahme gestatten«, antwortete der Captain. »Sehr wahrscheinlich lassen sich sogar welche finden, die es mir ermöglichen, *Sie* zu verhaften. Was die Behandlung Gefangener betrifft, kennt die Föderation strenge Verhaltensmaßregeln. Wie wütend man auf sie ist, spielt dabei keine Rolle.«

Präsident Oscaras' Miene wurde etwas friedlicher; aber er blieb trotzig. »Captain, darf ich Sie fragen, wie *Sie* den Klingonen in Gewahrsam halten? Entweder wird er eingesperrt, oder Sie haben ihm ein Beruhigungsmittel gespritzt. Soviel ist mir klar.«

Picard runzelte die Stirn.

»Er befindet sich in ärztlicher Behandlung. Wir kommen nicht an der Tatsache vorbei, daß *irgendwer* versuchen muß, diesen jungen Klingonen zum Freund zu gewinnen. Sie sind ja offensichtlich dazu nicht bereit. In diesem Wald existiert eine beträchtliche Vielfalt von Lebensformen. Wir können nicht unterscheiden, ob es sich dabei um Klingonen, Faultiere, Maulwurfsratten oder ein anderes Lebewesen handelt. Sie selbst haben den Stamm in neunmonatiger Suche nicht aufgespürt. Wenn Sie für die ganze leidige Problematik wirklich eine Lösung anstreben – und nicht bloß Rache –, sollten Sie lieber allmählich mit uns zusammenarbeiten.«

Oscaras zog ein Gesicht, als fühlte er sich beschämt; er senkte den Kopf. »Sie haben recht, Captain«, gestand er ein. »Unsere Begegnung hat einen schlechten Anfang genommen. Ich hatte gehofft, die visuelle Dokumentation des letzten Überfalls würde ausreichen, um Ihnen zu verdeutlichen, mit wem wir es zu tun haben. Vielleicht hat Ihnen die heutige Unterhaltung mit einigen Siedlern einen Eindruck davon vermittelt, wie schrecklich das alles für uns ist. Sie leben an Bord eines Raumschiffs. Wenn es Ihnen irgendwo mißfällt, schwirren Sie einfach in einen anderen Teil der Galaxis ab. Dazu haben wir keine Möglichkeit. Darum sind wir tief enttäuscht und völlig verbittert.«

»Das ist mir vollauf klar«, beteuerte Picard, indem er gleichfalls ein wenig einlenkte. »Sie leben im Kriegszustand, und Krieg hat Verrohung zur Folge. Ich versichere Ihnen, ich habe Friedensverhandlungen weit größeren Maßstabs geführt, Konflikte zwischen ganzen Welten beigelegt. Möglicherweise sind das leichtere Aufgaben gewesen als die Lösung Ihres Problems. Wir wissen nicht einmal, wo wir die Gegenseite antreffen können.«

Flehentlich hob Oscaras die Hände. »Geben Sie uns noch eine Chance, Captain«, bat er. »Darf ich Sie und Ihre Offiziere heute zum Abendessen bitten? Behalten Sie den klingonischen Häftling, solange Sie wollen. Wir werden kein Wort mehr darüber verlieren.«

»Gerne«, sagte Picard. »Wir beamen uns in sechs Stunden zu Ihnen. Picard Ende.« Der Captain deaktivierte den Bildschirm; danach betätigte er eine andere Taste. »Lieutenant Worf, würden Sie bitte zu mir ins Bereitschaftszimmer kommen?«

»Jawohl, Sir«, erklang die dunkle Stimme des Klingonen.

Weil Picard ihn auf der Brücke erreicht hatte, kam der Sicherheitsoffizier schon einen Moment später herein. Er nahm Habachthaltung ein und wartete.

»Setzen Sie sich«, forderte Picard ihn auf. »Sind Sie inzwischen über die Ereignisse drunten auf dem Planeten informiert?«

»Nur in geringem Umfang«, teilte Worf ihm mit. »Soviel ich weiß, ist der gefangengenommene Klingone an Bord transferiert und in die Krankenstation eingewiesen worden.«

»Man hatte ihn eingesperrt wie ein Tier«, eröffnete Picard dem Klingonen ohne jede Beschönigung.

Worf knirschte mit den Zähnen und stieß ein unterdrücktes Brummen aus.

»So habe ich auch empfunden«, sagte Picard. »Aber jetzt ist mir klar, daß diese Handvoll Menschen und Klingonen da unten gegeneinander Krieg führen. Ich habe mit Menschen gesprochen, deren Männer, Frauen oder Kinder von Klingonen brutal ermordet wurden. Infolgedessen ist den Siedlern jedes Gespür für Verhältnismäßigkeit und Menschlichkeit abhanden gekommen. Nach aller Wahrscheinlichkeit sind diese Klingonen in völliger Gesetzlosigkeit aufgewachsen. Sie kennen nur die Regeln des Überlebens. Haben Sie mittlerweile in dieser Sache das klingonische Oberkommando kontaktiert?«

»Ja.« Worfs Miene verdüsterte sich. »Mein Gesprächspartner war Tang. Wie ich befürchtet hatte, will man den Verlust der Kapor'At-Kolonien nicht mehr ins Gerede bringen. Die Dokumente sind unter Verschluß, die offizielle Geschichte ist umgeschrieben worden. Und so will man es belassen. Ich vermute, man könnte die Überlebenden im geheimen zu den Heimatwelten repatriieren. Aber mit offiziellen Zusagen oder gar Unterstützung brauchen wir nicht zu rechnen.«

»Dann müssen wir die Sache allein in Ordnung bringen.« Grimmig nickte Picard. »Worf, Sie müssen das Vertrauen dieses Burschen in der Krankenstation erringen und ihn zu Ihrem Freund machen. Ich glaube, er beherrscht noch ein wenig Klingonisch. Wenn Sie ihm einiges nochmals vermitteln, können wir uns besser mit ihm verständigen. Dr. Crusher und Counselor Troi werden Ihnen behilflich sein, soweit sie dazu imstande sind. Er wird zu den beiden aber nie in gleichem Maße wie zu Ihnen Vertrauen entwickeln. Und im übrigen hatten Sie völlig recht: Sie müssen auf den Planeten hinab und sämtliche Verschollenen ausfindig machen.«

»Ja, Captain.« Worf nickte. »Ich bin jederzeit bereit.«

»Für die Dauer dieses Auftrags sind Sie vom Brückendienst und allen sonstigen Pflichten entbunden. Sagen Sie mir Bescheid, wann Sie mit dem Einsatz auf dem Planeten beginnen, und was Sie dafür brauchen. Abtreten.«

»Jawohl, Sir.« Worf nickte ein zweites Mal. Er stand auf, entfernte sich zur Tür, drehte sich dort aber noch einmal um. »Ich weiß, wie es ist, Waise und von seinem Volk abgeschnitten zu sein... Aller Tradition und Gesetze der Gemeinschaft zu entbehren. Meine Adoptiveltern haben sie mir zurückgegeben. Ich werde das gleiche für die Überlebenden von Kapor'At tun.«

»Daran zweifle ich nicht im geringsten«, sagte Picard. »Viel Glück.«

Als ihn noch etliche Meter von der Krankenstation trennten, konnte Worf das Geheul und Geschrei hören, das durch die Tür in den Korridor drang. Der Sicherheitsoffizier verfiel in Laufschritt und stürmte gerade rechtzeitig hinein, um Beverly Crusher aufzufangen, die ihm rücklings in die Arme taumelte. Beinahe hätte sie den Inhalt des Injektors, den sie in der Faust hielt, ihm verpaßt.

»Gott sei Dank, daß Sie kommen«, japste die Bordärztin. »Er macht hier einen Aufstand.«

Behutsam schob Worf die Medizinerin beiseite und drang eilends in die inneren Räume der Krankenstation vor. Ein neues Heulen schrillte. Worf erblickte einen abgemagerten, beschmutzten Klingonen. Mit klauenähnlichen Händen schlug er nach zwei Angehörigen des Pflegepersonals, die sich mit Tabletts zu schützen versuchten. Anscheinend baute die geduckte Gestalt vor allem darauf, daß die schiere Lautstärke seines Geschreis die Pfleger verscheuchen konnte. Worf bewunderte die Lungenkraft des Jugendlichen.

Er wandte Worf den Rücken zu, so daß der Sicherheitsoffizier den Jungen einen Moment lang betrachten konnte. Es ließ sich nahezu in der Luft spüren, wie der von Furcht geschüttelte Lümmel sich zusammenzureimen versuchte, wo er eigentlich war, und verzweifelt überlegte, was er unternehmen sollte. Auf alle Fälle mochte er von niemandem angefaßt werden.

Mit einem Wink schickte Worf die beiden Pfleger in den Hintergrund. Dann bewies er seine eigene Lungenkraft, indem er mit tiefster Dröhnstimme »*YitamchoH!*« brüllte.

Der halbwüchsige Klingone wirbelte herum und starrte entgeistert etwas an, das er noch nie gesehen hatte – einen erwachsenen Klingonen. Zwischen den eingesunkenen Wangen sackte ihm der Unterkiefer abwärts. Er stolperte rückwärts, während Worf langsam auf ihn zuging.

»Hast du einen Namen?« fragte Worf auf klingonisch.

Der Junge schüttelte den Kopf. Aber das sollte keine Antwort sein, sondern war unzweideutig ein Zeichen seiner Ungläubigkeit. Es hatte den Anschein, als wäre er sich gar nicht vorzustellen fähig, daß an einem so seltsamen Ort ein ihm ähnliches Geschöpf eine Abart seiner Sprache sprechen sollte.

Plötzlich sprang er auf einen Pfleger zu und entwand ihm das Tablett. Er packte es mit einer Hand und fing mit der anderen darauf zu trommeln an. Seine langen Fingernägel schlugen einen frenetischen Takt. Der Junge begleitete das Getrommel mit Heulen und kehligen Grunzlauten, als wäre Worf ein böser Geist, den er damit vertreiben wollte.

Der Sicherheitsoffizier blieb stehen. Er hoffte, daß der scheußliche Krawall dadurch ein Ende nahm.

»Kannst du auch sprechen«, fragte Worf gereizt, »oder bloß Lärm veranstalten?«

Für einen Moment unterbrach der Junge das Trommeln. »Bin ich tot?« fragte er leise.

Worf lachte, und diese unvermutete Lautäußerung brachte den jungen Klingonen noch stärker außer Fassung. Ebenso stiftete sie ihn zu noch wüsterem Trommeln und Heulen an.

»Genug, genug, ich bitte dich, hör auf«, rief Worf. Unverändert sprach er klingonisch. »Dir geschieht nichts Schlimmes. Ich verspreche es dir.«

»Wir sollten wohl auch nicht über ihn lachen«, riet Dr. Crusher. »Unterhalten Sie sich einfach so freundlich wie möglich mit ihm.«

Zu erleben, wie der ältere Klingone und die rothaarige Frau miteinander redeten, zog den Jugendlichen offenbar in eine Art von Bann. Er beendete die wilde Trommelei und wartete ab. Sein furchtsamer Blick huschte wachsam von der einen zur anderen Person.

»Ich bin Worf«, stellte der Sicherheitsoffizier sich vor, indem er auf seine Brust tippte. »Hast du auch einen Namen?«

»Turrok«, antwortete der Junge.

»Willkommen an Bord der *Enterprise*, Turrok«, sagte Worf.

# 3

Die heikle Pattsituation zog sich hin; auf der einen Seite standen Worf, Beverly Crusher und zwei Pfleger, auf der anderen ein furchterfüllter, konfuser klingonischer Jugendlicher. Turrok hatte nur ein Blechtablett als improvisierte Trommel zur Hand; dagegen verfügten die *Enterprise*-Crewmitglieder über Injektoren und Phaser. Aber der dürre Junge harrte in sichtlichem Starrsinn geduckt vor ihnen aus. Worf war sich darüber im unklaren, was er als nächstes machen sollte.

»Es hat keinen Zweck, daß ich weiter mit ihm rede«, erklärte Worf voller Frust. »Mein Eindruck ist, er versteht nicht einmal die Hälfte von dem, was ich sage. Er hat eine völlig vermurkste Sprache.«

»Wären Sie im Alter von vier Jahren im Wald ausgesetzt worden, würde es Ihnen ähnlich ergehen«, äußerte Beverly. »Je länger Sie mit ihm reden und ihn zum Sprechen zwingen, um so mehr wird sich seine Sprache verbessern. Ich möchte ihm ungern ein Sedativum verabreichen. Das wäre uns keine Hilfe. Aber er muß gesäubert werden, und ich will ihn untersuchen.«

»Ich halte ihn für gesund«, meinte Worf.

»Diese Umgebung dürfte ihm total fremdartig vorkommen«, sagte Beverly. Sie berührte ihren Insignienkommunikator. »Crusher an Picard.«

»Hier Picard«, antwortete der Captain in seinem üblichen knappen Ton.

»Jean-Luc, unser Gast ist wach. Allerdings ist er so

ziemlich außer sich vor Furcht. Worf hat sich in begrenztem Umfang mit ihm verständigen können. Immerhin wissen wir jetzt, daß sein Name Turrok lautet.«

»Das ist ein glänzender Einstieg«, antwortete Picard. »Ist es möglich, Sie irgendwie zu unterstützen?«

»Ich glaube, ja«, bestätigte Crusher. »Könnten Sie vielleicht auf dem Holo-Deck so etwas wie ein neutrales Waldszenario etablieren lassen?«

»Ohne weiteres«, versicherte der Captain. »Ich beauftrage sofort LaForge damit.«

»Würden Sie bitte auch die Anweisung geben, Lieutenant Worf, Turrok und mich direkt hinzubeamen, wenn das Szenario steht? Vielleicht wäre es auch nützlich, Deanna Troi einzubeziehen.«

»Wird erledigt«, versprach Picard. »Bleiben Sie an Ihrem Standort.«

»Ach, Jean-Luc, könnten Sie außerdem unserem Gast etwas zu essen und saubere Kleidung besorgen?« fragte Beverly.

»Wir sparen an nichts, um es unserem jungen Freund hier angenehm zu machen«, stellte Picard in Aussicht. »Wir heften ihm sogar einen Insignienkommunikator an. Dann hat er Zugriff auf den Universaltranslator und kann uns alle verstehen. Picard Ende.«

»Bist du hungrig?« fragte Worf den Jungen auf klingonisch.

Turrok verkniff die Lider und starrte ihn begriffsstutzig an.

»Essen?« verdeutlichte ihm Worf.

Achtsam nickte Turrok. Die langen, verfilzten Haare fielen ihm in die Stirn.

»Setzen Sie die Unterhaltung fort«, empfahl Beverly. »Verwenden Sie möglichst viele klingonische Vokabeln. Die Erlebnisse und der Wortschatz der Kindheit stecken noch in seinem Kopf. Vielleicht können wir diese Erinnerungen wecken.«

»Erst einmal muß er Vertrauen zu mir haben«, sagte Worf.

Bevor darüber die Diskussion fortgeführt werden konnte, lösten sich die Körper des Lieutenants, Crushers und Turroks im Gleißen des Transporterstrahls auf. Turrok ließ das Tablett fallen und faßte in äußerstem Entsetzen nach seiner Magengegend, während er laut aufheulte. Noch ehe sein Heulen verstummte, rematerialisierten er und die beiden Crewmitglieder inmitten eines heimeligen Walds. Von einem strahlend blauen Himmel drang Sonnenschein durch das leichte Wiegen des Geästs hoher Eichen.

Auf dem Absatz fuhr Turrok herum. Anscheinend konnte er kaum glauben, wo er sich befand. Er öffnete den Mund und trillerte einen Pfiff, der sich wie ein Vogelruf anhörte. Er wartete, aber es ertönte keine Antwort.

»Er will seine Kameraden rufen«, sagte Worf.

»Sie sind aber nicht da«, antwortete Beverly. »Er wird bald merken, daß er nicht in seinem gewohnten Wald ist.«

Zwischen den Bäumen kam Geordi mit einem großen Tablett voller Obst und Stullen hervorgeschlendert. Ihm folgte Deanna Troi mit einem Bündel Kleidungsstücke unter dem Arm. Beide lächelten dem verwirrten Klingonen freundlich zu.

»Ist es so recht?« erkundigte Geordi sich bei Worf.

Der Sicherheitsoffizier zuckte die Achseln. »Stellen Sie's ihm hin. Dann werden wir's ja sehen.«

Geordi tat es und achtete darauf, sich dem Jugendlichen nicht zu weit zu nähern. Deanna entfaltete die mitgebrachte Kleidung und legte sie auf den Boden.

»Ich glaube«, sagte die Counselor, »die Sachen passen ihm.«

»Iß«, sagte Worf in klingonischer Sprache zu dem

Jungen. Er wies auf das Essen und die Bekleidung. »Das ist alles für dich.«

Vorsichtig kniete Turrok sich hin und beschnupperte das Essen. Endlich packte er eine geschälte Banane und stopfte sie sich ganz in den Mund. Danach verfuhr er mit einem Sandwich ebenso.

Geordi schmunzelte. »Na, jedenfalls hat er Appetit wie ein Klingone.«

Worf widmete seinem Bordkameraden einen kurzen Blick des Unmuts, bevor er seine Aufmerksamkeit wieder auf den hungrigen Jungen lenkte. »Sein Name ist Turrok«, informierte er Geordi und Deanna. »Sein Klingonisch ist zurückgeblieben. Ich bin mir nicht sicher, wieviel er von allem versteht, was ich zu ihm sage.«

Deanna lächelte. »Meines Erachtens erzielen Sie ausgezeichnete Fortschritte, Worf. Ich spüre, daß seine Furcht und sein Mißtrauen schwächer werden. Das Holo-Deck zu benutzen, war eine gute Idee.«

»Aber wie soll es nun weitergehen?« fragte der Klingone.

»Schließen Sie mit ihm Freundschaft«, schlug die Betazoidin vor. »Mehr können Sie momentan nicht erreichen.«

»Das Holo-Deck steht Ihnen zur Verfügung, so lange Sie es brauchen«, sagte Geordi. »Das Programm simuliert den Mount Gilead Park im mittleren Nordamerika. Dort hinter der Anhöhe sind ein Teich, ein Stausee und Wanderer, die Picknick machen. Niemand wird Sie stören. Aber wenn Sie lieber ohne Leute in der Nachbarschaft arbeiten möchten, sagen Sie's nur dem Computer. Am Staudamm ist eine prächtige Uferstelle, um Langusten zu fangen.«

»Und zum Baden«, regte Beverly an.

»Langusten?« wiederholte Worf ratlos. »Was sind Langusten?«

»Kleine Süßwasser-Krustentiere«, erklärte ihm Geordi. Er spreizte Daumen und Zeigefinger weit auseinander.

»Sie sind geschickt darin, Bindungen zu Kindern knüpfen«, sagte Deanna zu Worf, um ihn zu ermutigen. »Vielleicht können Sie ihn später mit Ihrem Sohn bekannt machen.«

Worf seufzte tief auf, während er zuschaute, wie Turrok das Essen hinabschlang. Seinen Sohn ließe er nicht einmal zwei Sekunden lang in der Gesellschaft dieses wilden Geschöpfs. »Es ist wohl sinnvoller«, meinte er gedämpft, »Sie lassen uns zwei allein.«

»Viel Erfolg«, wünschte Geordi und klopfte dem Klingonen auf den breiten Rücken. »Ich mache mich wieder an die Sensorsondierung des Planeten. Dort gehen einige interessante Dinge vor.«

»Mit seiner Untersuchung kann ich noch warten«, sagte Beverly. »Geben Sie mir aber Bescheid, sobald er einschläft. Oder wenn Sie Hilfe brauchen.«

Nochmals nickte Worf. Er sah Geordi und den zwei Frauen nach, während sie zwischen den Bäumen verschwanden. Dann drehte er sich um und musterte den niedergekauerten Jungen, der sich das Essen in den Mund stopfte, als könnte es ihm jeden Moment weggenommen werden. Turroks wachsame Augen standen nie still. Unablässig hielt er nach Gefahren Umschau.

Er wischte sich Krümel vom Kinn und heftete den Blick auf Worf. »Mag sie nicht.« Er deutete in die Richtung, wohin die Menschen sich entfernt hatten. »Töte sie.«

Worf furchte die massige Stirn. Er wußte nicht genau, ob er das gebrochene Klingonisch richtig interpretiert hatte.

»Töte sie«, wiederholte Turrok. Er fuhr mit der Hand durch die Luft, als hätte er einen Speer oder einen Dolch in der Faust.

Der ältere Klingone schüttelte den Kopf. »Sie sind meine Freunde. Meine Kameraden.«

Turrok strich mit den Fingern über seine Brauenhöcker, als wollte er verdeutlichen, daß die Menschen anders aussahen. Worf kniete sich vor dem Jungen auf den Boden. Turrok wich um mehrere Meter zurück. Erst als er sich davon überzeugt hatte, daß der hünenhafte Klingone ihm nichts antun wollte, kroch er zurück zum Essen.

Worf ließ ihn erst einmal weiterfuttern. »Warum willst du sie töten?« fragte er nach einer Weile. Mit der Faust vollführte er die gleiche Geste, die vorhin Turrok gemacht hatte.

»Schlecht!« fauchte der Junge. Er zeigte an den Himmel.

»Aber du nimmst ihre Nahrung«, sagte Worf und wies auf die Essensreste auf dem Tablett. »Ihr Essen ist nicht schlecht.«

Turrok schaute zur Seite, als widerstrebte es ihm, diesen Sachverhalt einzugestehen. »Balak sagt's«, antwortete er schließlich.

»Ist Balak euer Anführer? Euer Häuptling?«

»Häuptling.« Turrok nickte. Plötzlich sprang er auf. »Ich will heim!«

»Heim.« Worf nickte, während er sich bedächtig erhob. »Wie weit erinnerst du dich an dein Heim? Erinnerst du dich an irgend etwas aus der Zeit, bevor Balak euer Häuptling wurde?«

»Bevor Balak...?« Der Gedanke, es könnte schon vor Balak etwas gegeben haben, blieb dem Jugendlichen so fremd, daß er eine verkniffene Miene der Ratlosigkeit schnitt.

»Du bist Klingone«, stellte Worf mit Nachdruck fest. »Du entstammst einem stolzen Erbe. Du hast eine Geschichte. Entsinnst du dich an deine Eltern?«

»Eltern?« wiederholte Turrok. Er lauschte auf den Klang des ihm offenbar unvertrauten Worts.

»Computer«, befahl Worf, »die Menschen der Simulation sind gegen Klingonen auszutauschen. Klingonische Familien.«

»Austausch wird erledigt«, erteilte die weibliche Stimme des Bordcomputers Antwort.

»Komm«, sagte Worf, indem er sich bückte und die saubere Kleidung an sich nahm. »Wir machen einen Spaziergang.«

Sie wanderten aus dem abgeschiedeneren Teil des Walds zu einem Rastplatz. Dort hatte man eine großartige Aussicht auf einen kleinen, kobaltblauen, inmitten eines schönen Runds aus Bäumen gelegenen See. Rings um rustikale Tische und Bänke befaßten sich Dutzende klingonischer Familien mit Kochen und Grillen, Spielen, dem Tischedecken und herzhaftem Schmausen. Worf hätte bemängeln können, daß die Spiele, mit denen diese simulierten Klingonen sich abgaben, weniger derb waren, als echte Klingonen sie mochten; doch in diesem Fall ging es um den Eindruck, den sie bei dem Jungen erwecken sollten.

Auf gewisse Weise wirkten diese eher menschlich geprägten Klingonen in der für Menschen eigentümlichen Umgebung wahrscheinlich sogar effektiver, als es wirkliche Klingonen getan hätten. Kinder rannten umher, Mütter und Väter fütterten die Kleineren, alle beteiligten sich am Zubereiten der Mahlzeiten. Das Treiben war dermaßen idyllisch, daß Worf Sodbrennen bekam. Aber auf Turrok übte es die gewünschte Wirkung aus. In geradezu ehrfürchtiger Bewunderung gaffte er diese geballte Verherrlichung des Familienleben an.

»Auch du hast eine Mutter und einen Vater gehabt, so wie du es hier siehst«, erklärte Worf. »Innerhalb der Galaxis leben Milliarden von Klingonen.«

»Milliarden?« plapperte der Bursche das Wort verständnislos nach.

»Viel mehr als Tausende«, sagte Worf, weil er meinte, diese Größenordnung wäre Turrok begreiflicher. »Du, Balak und die anderen – ihr seid nicht allein. Wie sind sehr viele.«

Als wiese der Junge diesen Gedanken von sich, schüttelte er den Kopf. Dann hockte er sich auf die Fersen und brach in Geheul aus. Er schluchzte ein langgezogenes Klagegeschrei hervor, als wollte er den Himmel um Beistand anflehen. Worf kauerte sich neben ihn und wartete, bis er das Gewinsel verebbte.

»Du hast eine Menge zu lernen«, meinte der Sicherheitsoffizier. »Das gilt für euch alle. Du mußt mich zu Balak und den anderen Angehörigen eures Stamms bringen.«

Während er mit den Tränen rang, deutete Turrok auf den ihm fremden Wald ringsum. »Sie sind nicht da«, flennte er.

»Ich weiß«, sagte Worf. Er seufzte und blickte hinüber zu dem kleinen Damm, an dem der See sich staute. »Komm, wir gehen Langusten fangen.«

Captain Picard schloß den Reißverschluß seiner weinroten Uniformjacke und betrat die Transportplattform. Will Riker, Data und Fähnrich Ro folgten ihm.

Fähnrich Ro wandte sich an Riker. »Ich schlage vor, Sie schließen gleichfalls Ihre Jacke, Commander. Nach unseren Messungen kann es abends auf Selva ziemlich kühl werden.«

»Danke, Fähnrich«, sagte Riker, indem er den Rat beherzigte. »Sie entwickeln sich ja regelrecht zur Selva-Expertin.«

»Das ist im Rahmen dieser Aktion auch meine Aufgabe«, entgegnete Ro unwirsch.

»Es könnte erforderlich sein, daß wir alle zu Selva-

Experten werden«, sagte Picard. Er blickte sich um und überzeugte sich davon, daß seine Begleiter sich richtig aufgestellt hatten. Dann nickte er Transporterchef O'Brien zu. »Fertig.«

Wieder rematerialisierten sie auf dem Dorfplatz Neu-Reykjaviks. Diesmal war es allerdings dunkel. Zudem wehte ein scharfer Wind, der sie dazu bewog, den Kragen hochzuklappen. Über ihren Köpfen wirbelten bedrohlich aussehende, perlmuttartig gefärbte Wolken den Abendhimmel entlang.

Kleine Laternen hingen neben den Türen der Gebäude. An jeder Ecke der Siedlung strahlten auf hohen Gestellen riesige Scheinwerfer. Einige leuchteten über die Einfriedung ins Umland hinaus; die Mehrzahl jedoch erhellte die Reihen flacher, häßlicher Bauten. Sämtliche Lichter schwankten besorgniserregend im Wind und warfen gespenstische Schatten, die wie Geister durch die Ortschaft gaukelten.

»Jetzt merke ich, was Sie mit Kühle gemeint haben«, ächzte Riker, den es schauderte.

»Ohne die Nähe der warmen Meeresströmungen«, sagte Ro, »wäre das Dorf unbewohnbar.«

»Diese Leute haben Häuser«, überlegte Riker laut. »Aber wie halten die Klingonen es draußen im Wald aus?«

»Falls Präsident Oscaras eine Tatsache beschrieben und sich nicht lediglich aus Geringschätzigkeit so geäußert hat, als er von den Klingonen behauptete, daß sie sich in die Erde ›einbuddeln‹«, spekulierte Data, »hätten sie dadurch sehr wohl Unterschlupf und Wärme.«

»Wo sind die Siedler?« fragte Picard. Sein Blick schweifte durch die menschenleeren Straßen.

Plötzlich fiel der Lichtkegel eines Scheinwerfers ihm mitten ins Gesicht und blendete ihn. Picard, Ro und Riker bedeckten die Augen mit den Händen und taumelten rückwärts. Data dagegen blickte nur neugierig in die grelle Helligkeit.

»Löschen Sie den Scheinwerfer!« brüllte Picard. »Sie blenden uns.«

»Verzeihung«, rief eine Stimme. Der Lichtstrahl schwenkte langsam zur Seite. Nun konnte man den verantwortlichen Posten auf einem der Wachtürme stehen sehen. »Ohne Sondererlaubnis darf nach der Sperrstunde niemand auf die Straße. Ich schlage vor, Sie melden sich im Speisesaal.«

»Danke«, grummelte Picard.

Gegen den Wind machte das Grüppchen sich auf den Weg zu dem öffentlichen Gebäude, das Oscaras ihnen am Tage gezeigt hatte. Ehe das Quartett die halbe Strecke zurückgelegt hatte, hörte man mit einemmal ein sonderbares, rhythmisches Geräusch. Zuerst dachte der Captain, irgendwo schlüge im Wind eine lockere Tür oder etwas ähnliches; aber dafür erschollen die Töne in zu schneller Folge.

Er hielt an, um zu lauschen. Data, Riker und Ro taten das gleiche. Ob es daran lag, daß der Wind drehte, oder ob das Geräusch jetzt an Lautstärke zunahm, wurde nicht klar – doch auf einmal klang es so deutlich wie die eigenen, zittrigen Atemzüge. Rings um das Gelände der Siedlung – anscheinmäßig von allen Seiten – dröhnte unablässiges Trommeln.

Nicht nur die vier Ankömmlinge hörten es. Auf den Türmen begannen die Posten mit den Scheinwerfern den pechschwarzen Wald abzusuchen. Aus dem Speisesaal traten Oscaras und eine Handvoll Männer und Frauen mit gezückten Phasern in die mit Lärm erfüllte Nacht heraus. Zur Begrüßung nickte Oscaras dem Captain zu, doch seine Aufmerksamkeit galt den dumpfen Schlägen, die durch die Dunkelheit hallten.

»Wie nahe sind sie?« erkundigte Picard sich bei Data.

»Ungefähr dreißig Meter vor der Mauer«, lautete die Auskunft des Androiden. »Sie haben die Siedlung umzingelt und bewegen sich beim Trommeln langsam vorwärts. Meines Erachtens verwenden sie hohle Baumstämme.«

Oscaras und seine bewaffnete Begleitung kamen auf die Gäste zu. »Sie warten darauf, daß ihr Kumpan ihnen mit Geheul antwortet«, erläuterte der klotzige Mann. »Das ist einer der Gründe, warum es mir lieber gewesen wäre, Sie hätten ihn nicht auf Ihr Raumschiff mitgenommen. Wahrscheinlich denken sie jetzt, wir hätten ihn umgebracht.«

»Und was werden sie dann anstellen?« fragte Riker.

»Das weiß ich so wenig wie Sie«, sagte Oscaras. »Sie sind nicht gerade das, was man berechenbar nennt.«

Irgendwo hörte man hinter einer geschlossenen Tür gedämpft ein Kind weinen. Angesichts des böigen Winds, der an allem rüttelte, sowie der Schatten, die zu dem unheimlichen Trommelklang tanzten, konnte Picard es niemandem verdenken, wenn er Angst hatte. Allmählich fragte er sich, wie diese Menschen hier eigentlich geistig gesund geblieben sein mochten. Vielleicht waren sie nicht mehr so ganz normal.

Plötzlich erklang ein schreckliches, lautes Klirren, als wäre irgendwelches Metall ins Getrommel einbezogen worden. Der Posten auf dem östlichen Wachturm stieß einen Schrei aus. Mit einem Krachen erlosch sein Scheinwerfer.

»Sie schleudern Steine«, röhrte Oscaras. »Licht auf Turm zwei!«

Die übrigen Wächter versuchten ihre Scheinwerfer in die genannte Richtung zu schwenken. Aber der unstete Wind behinderte ihre Bemühungen. Als es endlich gelang, den dunkel gewordenen Wachturm mit einem ruhigen Lichtkegel anzustrahlen, sah man an ihm dämonische Gestalten umherturnen.

»Durchbruch an Turm zwei!« zeterte Oscara. Allerdings hatte allem Anschein nach niemand eine klare Vorstellung davon, was nun unternommen werden sollte.

Der Präsident zielte mit dem Phaser auf den Wachturm, und ein blendendheller Strahl versengte das Dach. Rasch fiel Picard dem Mann in den Arm. »Schalten Sie die Phaser auf Betäubung!« befahl er. »Außerdem sollten wir erst einmal hin und nachschauen, was überhaupt los ist.«

Data, Riker und Ro faßten das als Anweisung auf; sie liefen über den Platz auf den dunklen Turm zu, hakten unterwegs die Phaser vom Gürtel. Picard erreichte die östliche Ecke der Siedlung gerade noch rechtzeitig genug, um mehrere flinke, nachtschwarz bemalte Gestalten zu erspähen. Sie huschten über die Außenwand des Turms und verschwanden.

Als erster stand Data an der Strickleiter des Turms und kletterte sofort hinauf; Riker und Ro blieben mit schußbereiten Waffen unter ihm stehen. Sie behielten die Einfriedung im Augenmerk. Das Getrommel dröhnte weiter; nun jedoch entfernte es sich mit jeder Sekunde. Bald klang es weniger furchterregend.

»Seien Sie vorsichtig, Data«, warnte Riker den Androiden.

Data nickte. Er hob die kleine Bodenklappe des Turm-Schutzraums und schob den Kopf hindurch. Einen Moment später schaute er herab. »Die Angreifer sind fort«, meldete er. »Aber es liegt ein medizinischer Notfall vor.«

Riker schlug auf seinen Insignienkommunikator. »Riker an Transporterraum«, rief er. »Fertigmachen zum Transfer einer Person in die Krankenstation.«

Data stieg in den Schutzraum des Turms. Picard erklomm die Strickleiter, dichtauf gefolgt von Raul Oscaras.

Der Captain zwängte sich durch die Klapptür. Data kauerte neben einer Gestalt, die ausgestreckt und völlig reglos auf dem Boden lag. Der Androide nahm seinen Tricorder aus der Gürteltasche und bewegte ihn am Körper des Menschen entlang. Hinter sich hörte Picard Oscaras sich die Strickleiter heraufquälen und dabei vor Anstrengung keuchen. Doch er achtete nicht auf den Präsidenten, sondern näherte sich dem Liegenden. Plötzlich fiel Licht in den Turm und schuf brutale Klarheit. Picard schluckte schwer, als er den scheußlichen roten Schnitt durch die Kehle des Wächters und die Blutlache auf dem rohen Holzboden sah.

»Er ist tot«, sagte Data. »Todesursache: Blutverlust und Schock.«

»Verfluchtes Höllengeschmeiß!« wetterte Oscaras und schüttelte beide Fäuste gegen den Abendhimmel. »Jetzt sind es *zwölf* Tote! Brauchen Sie noch mehr Beweise dafür, Picard, daß das nichts als Bestien sind? Sie sind sogar schlimmer als Tiere, denn Tiere töten nicht zum Vergnügen.«

Der Captain öffnete den Mund, um etwas zu erwidern. Aber in keiner Sprache gab es irgendwelche Worte, die einem Toten noch nutzen oder eine dermaßen verfahrene Situation retten konnten.

»Ich mache Sie persönlich dafür verantwortlich, Picard!« schimpfte Oscaras. »Sie haben meinen Gefangenen fortgeschafft. Darum dachten diese Lumpen, er sei tot. Noch nie sind sie so dreist gewesen, jemanden auf dem Gelände der Siedlung anzugreifen. Diesmal hatten sie einen guten Grund – ihr Rachedurst. Aber das ist etwas, was wir alle kennen.«

Wie zur Antwort auf Oscaras Drohung erschollen aus dem finsteren Wald wilde Trommelklänge und unmenschliches Triumphgeheul.

# 4

Turrok lachte in jugendlichem Übermut, während er oberhalb des Staudamms durch das kalte, kniehohe Wasser stapfte. Er fischte nach Geschöpfen, die kleinen, weißen Hummern ähnelten. Mit beeindruckender Blitzartigkeit tauchte er den Arm ins Wasser, und seine Hand schoß mit einem zappelnden Krustentier hervor, das er ohne Umschweife in den Mund schob und voller Behagen kaute.

Worf saß am Ufer und schüttelte den Kopf. Er rief sich in Erinnerung, daß der Junge in Wahrheit nur eine Langustenkopie hinabschlang. Sie wurde wie die Nahrung an Bord der *Enterprise* von Synthesizern hergestellt. Trotzdem verstörte der Anblick Worf ein wenig. Mittlerweile hatte Turrok rund ein Dutzend der glibberigen Kreaturen verzehrt, und es sah nicht so aus, als ob er von ihnen genug hätte. Falls der Bursche je in die klingonische Zivilisation repatriiert wurde, fand er bestimmt Geschmack an *ghargh*.

Der Junge ließ sich rückwärtskippen und klatschte bis zu den Schultern ins Naß. Auch das hatte er schon ungefähr ein Dutzend Mal gemacht. Er lachte, während er mit beiden Händen Wasser schöpfte und es sich über den Kopf goß. Dr. Crusher kann jedenfalls zufrieden sein, dachte Worf. Turrok nahm freiwillig sein Bad.

Der Jugendliche wühlte unter Steinen und holte noch eine Languste hervor. Er bot den Fang Worf an. »Für dich.«

»Danke«, antwortete der Sicherheitsoffizier. »Aber ich habe schon gegessen.«

Turrok betrachtete das Krustentier und beschloß, ihm das simulierte Leben zu schenken. Er warf es ins Wasser zurück. »Schöne Gegend«, sagte er, indem er im Wasser plantschte wie ein Kind. »Ich mag nicht mehr heim.«

Das war eine gänzlich neue Anwandlung. Worf runzelte die enorme, höckrige Stirn. Während der Unterhaltung hatte Turrok sich relativ zügig auf einen gewissen klingonischen Wortschatz besonnen. Worf war kein Experte in Entwicklungspsychologie, sich jedoch darüber im klaren, daß Turrok im Alter von drei oder vier Jahren längst ein umfangreicheres Vokabular gehabt haben mußte. Ungefähr in dem Alter war er auf Kapor'At von seiner Familie getrennt worden. Anfangs hatte er viele Worf unbekannte Begriffe verwendet. Aber inzwischen sprach er fast ausschließlich Klingonisch.

Er und Worf wurden rasch Freunde. Counselor Troi würde erfreut sein. Damit stand nur noch eine Frage offen: Was sollte als nächstes geschehen?

»Wir können hier nicht bleiben«, sagte Worf. Er versuchte, sich eine für den Jungen glaubhaftere Begründung als die Wahrheit auszudenken; daß dieser Wald keine Realität war, müßte für Turrok unfaßbar sein. »Wir müssen Balak und die anderen aufsuchen.«

»Warum?« fragte der Jugendliche patzig.

Wenn Turrok sich wie ein trotziges Kind aufführte, hatte Worf keinerlei Bedenken, einen genervten Erwachsenen zu spielen. »Hilfst du mir nicht, euren Stamm zu finden«, gab er streng zur Antwort, »bringe ich dich ins Dorf zu den Flachschädeln zurück.«

»Nein!« kreischte der Junge. »Sie sind böse! Sie schlagen mich.«

»Was hast du denn anderes verdient?« hielt Worf ihm kaltschnäuzig entgegen. »Ihr müßt lernen, in Frieden mit diesen Menschen zu leben. Auch ich lebe und arbeite bei den Menschen. Im großen und ganzen sind sie so wie wir.«

Der Bursche richtete sich auf; Wasser troff ihm vom mageren Körper und aus dem strähnigen Haar. »Wenn ich dich zu Balak führe«, erkundigte er sich, »bringst du mir dann bei, so wie du zu sein?«

»Ja«, versprach Worf, indem er gleichfalls aufstand. »Ich werde dich lehren, ein Klingone zu sein. Dann wirst du, wenn du kämpfst, ehrenvoll kämpfen. Nicht wie ein Vieh.«

Turrok senkte den Kopf. »Ich kann dich Balak und dem Stamm vorstellen«, sagte er trübsinnig. »Aber vielleicht töten sie dich.«

»Vielleicht«, räumte Worf ein. »Aber dann sterbe ich wie ein Klingone. Nicht wie ein Tier, das sich in die Büsche schleicht.«

»Ich werde den See vermissen«, sagte Turrok. Er blickte sich im Wald-Szenario um.

»Wir kommen mal wieder her«, verhieß Worf ihm mit einem Lächeln. Er streckte dem Jungen die Hand entgegen und zog ihn aus dem Stausee. Dann reichte er ihm die graue Montur. »Du hast mit den Menschen weniger Schwierigkeiten, wenn du Kleider trägst.«

Turrok lachte. »Wir laufen bloß nackt rum, weil es sie erschreckt.«

Captain Picard saß in seinem Bereitschaftszimmer. Die Aufgabe, die er als nächstes zu erledigen hatte, war ihm unangenehm. Er mußte Starfleet den schon überfälligen Bericht über die auf Selva erzielten Fortschritte erstatten – falls man überhaupt von Fortschritten reden konnte. Als Admiral Bryant ihm den Auftrag erteilt hatte, den Planeten anzufliegen und »das Problem der Siedler zu beheben«, waren nur sehr lückenhafte Informationen vorhanden gewesen.

Es gab keine ›unwichtigen‹ Föderationskolonien; die Selva-Siedlung allerdings war außergewöhnlich klein und ohne jeden strategischen Wert, sah man einmal davon ab, daß sie ihren Sitz nahe der umstrittenen Grenze zwischen dem Klingonenimperium und dem Reich der Romulaner hatte. Diese Grenze war heute relativ friedlich und umfaßte de facto eine neutrale Zone. Dort befanden sich auch die verlassenen Klingonenkolonien von Kapor'At. Neu-Reykjavik hatte genau die richtige Größe für eine Föderationskolonie in diesem Sektor: Es war nur ein winziges, bescheidenes Kaff.

Dennoch stand die Kolonie im Krieg und unter Belagerung. Ihr Feind war eine Personengruppe, die es dort eigentlich nicht geben dürfte und die keiner Zuständigkeit irgendeiner Macht des Universums unterlag. Selbst wenn das klingonische Oberkommando nicht sein Desinteresse bekundet hätte, wäre es zweifelhaft gewesen, ob es etwas zur Lösung des Problems hätte leisten können. Nur die Zeit konnte dem Blutvergießen auf Selva ein Ende machen und die Wunden heilen. Aber Zeit war etwas, das der Captain der *Enterprise* nur selten im Überfluß verfügbar hatte.

Er aktivierte die in seinen Tisch integrierte Kom-Konsole. »Picard an Kommunikation«, sagte er. »Bitte kontaktieren Sie Admiral Bryant auf Starbase dreiundsiebzig. Sobald Sie ihn erreicht haben, verbinden Sie ihn mit meinem Bereitschaftszimmer.«

»Aye, Sir«, bestätigte ein kesser junger Fähnrich weiblichen Geschlechts. »Initiiere Subraum-Funksignal.« Nach ungefähr einer Minute meldete die junge Frau sich wieder. »Admiral Bryant, Sir.«

Wenige Sekunden später erschien auf Picards Bildschirm das runde, leutselige Gesicht eines der angesehensten Starfleet-Admirale. »Hallo, Jean-Luc«, grüßte der Admiral mit einem Lächeln.

»Hallo, Admiral«, antwortete der Captain, indem er das Lächeln erwiderte. »Gut sehen Sie aus.«

»Seit zwanzig Jahren sehe ich nicht mehr gut aus.« Bryant rang sich ein Lachen ab. »Aber es ist nett von Ihnen, so was zu sagen. Also, wie steht's auf Selva? Worum ging die ganze Aufregung?«

Ohne Beschönigung schilderte Picard der Reihe nach die erschreckenden Festellungen, die sie auf dem Planeten gemacht hatten, angefangen beim ersten Gespräch mit Präsident Oscaras bis zum Mord an dem Wachtposten vor erst einer Stunde. Stumm vor Entsetzen lauschte Admiral Bryant.

»Davon hatte ich nicht die geringste Kenntnis«, beteuerte er anschließend. »Was ist in diese Leute gefahren? Wieso haben sie uns nicht schon vor Monaten benachrichtigt?«

Picard schüttelte den Kopf. »Sie legen Wert auf Eigenständigkeit«, erklärte er dem Admiral. »Deshalb dachten sie, sie könnten die Sache allein regeln. Kann sein, sie hatten auch Sorge, die Föderation würde die Kolonie auflösen.«

»Diese Möglichkeit ist noch keineswegs vom Tisch«, meinte der Admiral. »Was empfehlen Sie?«

»Es ist zwar gefährlich, aber wenn Lieutenant Worf es schafft, den Gefangenen zum Freund zu gewinnen, kann er uns zu den übrigen Klingonen führen. Dann wollen wir versuchen, alle Beteiligten zu einem friedlichen Zusammenleben zu überreden. Sollten wir damit scheitern, muß eben die eine oder andere Gruppe verlegt werden. Auf alle Fälle müssen wir als erstes die Klingonen finden.«

»Das könnte dauern«, schlußfolgerte Bryant. »Ich lasse Ihnen so viel Zeit, wie ich verantworten kann.«

»Danke«, sagte der Captain.

»Viel Glück. Bryant Ende.«

Der Bildschirm wurde dunkel, und Picard ließ sich

im Sessel zurücksinken. Wenigstens gab es keine dringenden Angelegenheiten, die andernorts ihr Einschreiten verlangten. Erneut drückte er die Taste der Kom-Konsole. »Picard an Worf«, sagte er.

»Hier Worf«, ertönte die vertraute, tiefe Stimme des Sicherheitsoffiziers.

»Wie kommen Sie mit unserem jungen Freund voran?«

»So gut, wie man es erwarten kann. Er hat eingewilligt, mich zu den anderen Klingonen zu bringen.«

»Das ist eine gute Neuigkeit«, antwortete Picard. »Ich möchte in einer Stunde im Beobachtungszimmer eine Besprechung veranstalten.«

»Darf Turrok mich begleiten?« wollte Worf wissen. »Mir ist unwohl bei der Vorstellung, ihn jemand anderes zu überlassen.«

»Warum nicht?« sinnierte Picard. »Je schneller er sich an uns gewöhnt, um so besser. Lieutenant, wer von der Crew soll Sie und Turrok bei der Suche nach den übrigen Klingonen begleiten?«

Ein kurzes Schweigen folgte. »Um sie nicht zu erschrecken, wäre mir eine kleine Gruppe lieber. Ich glaube, Data und Counselor Troi dürften am nützlichsten sein.«

»Ich bedanke mich«, sagte Picard. »Wir erörtern alle Fragen in einer Stunde genauer.«

Jean-Luc Picard, Will Riker, Data, Deanna Troi, Geordi LaForge und Fähnrich Ro warteten gespannt im Beobachtungszimmer. Endlich glitt die Tür auf, und Worf trat mit einem jungen Klingonen ein, der eine graue Montur trug. Auf seiner schmalen Brust glänzte ein Insignienkommunikator.

Auf der Schwelle zögerte der Jugendliche. Worf mußte ihn vorwärtsschieben, ehe er endlich eintrat. Alle Anwesenden außer Data lächelten freundlich.

Niemand wagte hastige Bewegungen, die den Jungen hätten erschrecken können. Der Androide betrachtete auf einem Handcomputer Informationen. Fähnrich Ro bemerkte, daß Worf dem Burschen ausreichenden Bewegungsspielraum ließ; gleichzeitig jedoch blieb der Sicherheitsoffizier stets nahe genug bei ihm, um im Fall einer Gewalttätigkeit jederzeit zum Eingreifen imstande zu sein.

»Willkommen, Turrok«, sagte Picard und deutete auf den ovalen Tisch. »Möchtest du dich setzen?«

Dank seiner gewachsenen Klingonischkenntnisse und der Nachhilfe des Universaltranslators verstand der Junge die Worte des Captains. Überrascht schaute er Worf an.

»Wir haben eine Konferenz einberufen«, erläuterte Worf. »Wahrscheinlich betreffen einige Themen auch dich. Deshalb darfst du dabeisitzen und zuhören. Solange du das Abzeichen da trägst, kannst du alles verstehen.« Er zeigte auf den glänzenden Insignienkommunikator.

Turrok nickte und belegte schleunigst einen leeren Platz direkt neben Picard. Es freute den Captain, bei ihm einen sympathischen Eindruck erregt zu haben.

»So, dann wollen wir mal anfangen«, eröffnete Picard die Sitzung. Er lächelte dem Jungen zu. Während der Captain sprach, starrte Turrok ihn voller Faszination an. »Turrok hat angeboten, Lieutenant Worf zu den anderen Selva-Klingonen zu führen. Möglicherweise ist das eine riskante Strategie. Aber wir müssen das Risiko auf uns nehmen. Worf ist der Ansicht, daß Commander Data und Counselor Troi ihm dabei behilflich sein können, die Klingonen zum Einstellen ihrer Überfälle und zum Friedensschluß mit den Kolonisten zu bewegen. Grundsätzlich bin ich ebenfalls dieser Auffassung. Allerdings bereitet das Ausmaß der damit verbundenen Gefährdung mir keine geringe Besorgnis.«

Der Captain sah Deanna Troi an; auch Will Rikers Blick ruhte auf der Counselor.

Die Betazoidin lächelte. »Ich bin sicher, daß mir in Datas und Worfs Gesellschaft nichts zustoßen kann. Und sollte eine wirklich ernsthafte Gefahr drohen, können wir uns ja an Bord der *Enterprise* beamen lassen.«

»Ich würde sie gerne auf den Planeten begleiten«, sagte Geordi. »Fähnrich Ro und ich haben auf der Grundlage der bisher gesammelten Meßdaten ein paar Simulationen erarbeitet. Ungefähr tausend Kilometer vor der Küste zeichnet sich eine kritische Veränderung ab. Wenn sich dort die tektonischen Platten weiter verschieben, stehen interessante seismische Aktivitäten bevor. Und zwar ziemlich bald.«

»Ich schließe mich dieser Beurteilung an«, meldete sich Data zu Wort. »Ich habe diese Extrapolationen nachgeprüft. Der Planet ist weniger stabil, als die Siedler berichtet haben.«

»Sie können in wenigen Minuten Präsident Oscaras persönlich darüber informieren«, antwortete Picard. »Er wartet im Bereitschaftsraum. Es tut mir leid, Geordi, aber ich behalte Sie lieber an Bord. Ich möchte, daß Sie einen Stufe-drei-Diagnose-Check durchführen, solange wir im Orbit sind und ein bißchen Zeit haben. Wenn Fähnrich Ro in dieser Sache mit Ihnen zusammengearbeitet hat, sollten wir vielleicht sie in der Niederlassung stationieren. Sie kann die Sensorsondierung von dort aus vornehmen. Wird zusätzliche Ausrüstung erforderlich, läßt sie sich jederzeit nachliefern. Wie denken Sie darüber, Fähnrich?«

In ihrem Sessel straffte sich Fähnrich Ro. »Abgesehen von dem Umstand, daß ich, immer wenn ich unten bin, die Feindschaft der Siedler spüre, freue ich mich, die Forschungstätigkeit fortsetzen zu können.« Sie verschwieg, daß Guinan so etwas vorhergesagt hatte.

Verständnisvoll schmunzelte Picard. »Sicherlich verstehen Sie, Fähnrich«, merkte er an, »daß Ihre Anwesenheit da unten mehr als einem Zweck dienen soll. Außerdem weiß ich aus Erfahrung, daß Sie auch unter schwierigen Bedingungen zurechtkommen.«

Ro reagierte auf das Lob mit einem Nicken. »Danke, Captain.«

Mit einer abschließenden Gebärde klatschte Picard die flache Hand auf den Tisch. »Dann ist also alles klar. Worf, Data und Troi werden mit Turrok hinabtransferiert, um mit der Klingonengruppe in Verbindung zu treten. Und Ro wird in Neu-Reykjavik einquartiert.« Er wandte sich an seinen bärtigen Ersten Offizier. »Nummer Eins, würden Sie bitte Präsident Oscaras aus dem Bereitschaftsraum holen?«

»Jawohl, Sir«, gab Riker zur Antwort. Er schwang sich aus seinem Sessel und strebte zur Tür.

Die Anwesenden warteten. Ro lächelte, als sie bemerkte, daß Turrok den Sicherheitsoffizier nachzuahmen versuchte, indem er so still und steif wie möglich im Sessel saß. Worf schenkte ihm ein andeutungsweises Grinsen der Beifälligkeit. Aber zwei Klingonen, egal wie sittsam sie sich benahmen, waren nicht gerade das, was Raul Oscaras zu sehen wünschte, als er das Beobachtungszimmer betrat.

»Was hat denn *das* zu bedeuten?« schnob er und zeigte auf den jungen Klingonen.

Turrok bleckte die Zähne und wäre beinahe von seinem Platz aufgesprungen. Doch Picard legte ihm eine Hand auf die Schulter, um ihn zu beschwichtigen. »Du bist hier willkommen«, betonte er in klingonischer Sprache. Dann heftete er einen strengen Blick auf Oscaras. »Wenn Sie unseren Beistand wollen«, warnte er ihn, »sollten Sie sich mindestens so gut wie dieser Junge benehmen.«

Mit böser Miene setzte der Kleiderschrank von

einem Mann sich an den Tisch. Er hörte ausdruckslosen Gesichts zu, während Geordi ihm die Entdeckung erklärte, daß sich vor der Küste seismische Aktivitäten ankündigten.

»Das ist doch tausend Kilometer von uns entfernt«, entgegnete Oscaras. »Wir wissen, daß Selva nicht der perfekte Planet für Siedler ist, aber das gilt genauso für die Erde und jede andere Welt. Glauben Sie mir, vor der Wahl des Siedlungsstandorts haben wir umfangreiche Forschungen betrieben.«

Sein Blick fiel auf Turrok. »In mancher Hinsicht waren sie vielleicht nicht gründlich genug. Aber wir sind nach bestem Wissen und Gewissen der Überzeugung gewesen, daß außer uns alles Leben auf Selva aus heimischer Fauna besteht. Ich wüßte nicht, wie ein Erdbeben in tausend Kilometer Entfernung uns schaden sollte.«

»Unabhängig davon haben wir die Absicht, Fähnrich Ro in Ihrer Niederlassung zu stationieren, damit sie die seismischen Vorgänge permanent überwacht«, konstatierte Picard unbeirrt. Er fügte hinzu, daß Worf, Data und Troi die gefährliche Aufgabe übernahmen, die Selva-Klingonen aufzuspüren und zu Freunden zu gewinnen.

Oscaras wirkte fassungslos. »Wenn Sie Ihre Untergebenen in den Tod schicken möchten, ist das Ihre Sache«, brummte er halblaut. »Wir haben ein komplettes seismologisches Labor. Was im Ozean vorgeht, ist uns genau bekannt. Aber mir ist folgendes viel wichtiger: Ist Ihnen eigentlich klar, daß kein einziger Angehöriger der Landegruppe ein *Mensch* ist?«

Nun blickte Picard erstaunt drein. »Nein«, lautete seine Antwort. »Das ist mir nicht aufgefallen. Ich dachte, ich sende die vier fähigsten und tüchtigsten Crewmitglieder, die an Bord tätig sind. Sollten Sie irgendwann Beschwerden über ihre Leistungen vorzutragen haben, höre ich sie mir gerne an. Aber das war das letzte Mal, daß ich mir Klagen über ihre *Herkunft* angehört habe. Ist das deutlich genug ausgedrückt?«

»Vollständig«, sagte Oscaras und stand auf. »Dann kehre ich wohl besser nach Hause zurück und bereite die Siedler darauf vor. In ein paar Stunden wird's bei uns Tag. Gehe ich richtig in der Annahme, daß Sie die Aktion morgen früh beginnen?«

»Bereiten Sie sie gut vor«, brummte Worf.

Oscaras machte eine äußerst knappe Verbeugung. »Ich finde den Weg zum Transporterraum allein«, sagte er. »Auf Wiedersehen.« Er stapfte zur Tür hinaus.

Wie alle anderen saß auch Ro für einen langen Moment in betroffenem Schweigen da. Zu guter Letzt faßte Turrok das allgemeine Empfinden zusammen, indem er ein lautes Prusten der Verachtung ausstieß.

Atem kondensierte zu Dampfwolken, als in der freudlosen Ortschaft Neu-Reykjavik fünf Gestalten materialisierten. Selvas Morgendämmerung, befand Fähnrich Ro, war womöglich noch kälter als die Nacht. Zum Glück hatten sie sich darauf eingestellt. Mit Ausnahme Datas trugen alle Landegruppenmitglieder dicke, gefütterte Jacken. Turrok war anscheinend besonders stolz auf seine Jacke; er spielte ständig mit dem Reißverschluß.

Vorsichtig ging Worf ein paar Schritte. Dies war sein erster Besuch auf Selva, und er wirkte, als befürchtete er, man würde ihn ohne Zögern steinigen. Data scannte das unmittelbare Umfeld mit seinem Tricorder. Ro betrachtete den leeren Dorfplatz und die abweisende Einfriedung, die das Gelände umgab.

Sie nahm den Rucksack vom Rücken. »Ich bin schon am Ziel«, sagte sie zu Deanna. »Möchten Sie noch schnell mit mir tauschen?«

»Nicht unbedingt«, erwiderte die Betazoidin.

Aus dem Gemeinschaftsspeisesaal kamen Oscaras und eine Anzahl anderer Kolonisten auf die Landegruppe zu. Sobald er die Menschen sah, schmiegte sich Turrok so dicht an Worf, als wollte er unter die Jacke des Sicherheitsoffiziers schlüpfen. Mehrere Meter vor der Landegruppe aus zwei Klingonen, zwei weiblichen Humanoiden und einem Androiden blieben die Siedler stehen.

»Guten Morgen«, grüßte Oscaras in sehr geschäftsmäßigem Ton. »Möchten Sie mit uns frühstücken? Oder haben Sie vor, sofort auszurücken?«

»Wir haben gegessen«, antwortete Worf.

Oscaras hob eine Hand an den Mund. »Ist am Tor alles in Ordnung?« brüllte er zu dem Posten auf dem Turm über dem Eingangstor der Siedlung hinauf.

»Alles klar!« schrie der Wächter.

»Tja, dann viel Glück«, sagte Oscaras zu der Landegruppe. »Immerhin dürfte die Bande ja heute gute Laune haben, nachdem sie gestern einen von uns ermordet hat.«

»Unsere Kommunikatoren sind auf Kontakt mit der *Enterprise* programmiert«, äußerte Data, ohne auf die Bemerkung einzugehen. »Wir können sie adjustieren. Es könnte aber vorteilhaft sein, einen Kommunikator mitzuführen, mit dem Sie direkt erreichbar sind.«

»Gute Idee«, meinte Oscaras. Er holte einen Handkommunikator aus der Tasche und händigte ihn dem Androiden aus. »Falls Sie auf die Horde stoßen und Ärger kriegen, rufen Sie uns an. Ich halte Ihre Aktion zwar für Unsinn, aber ich will nicht, daß jemandem von Ihnen etwas passiert.«

»Können Sie uns noch mehr Ratschläge geben?« erkundigte sich Deanna Troi.

»Ja«, bestätigte der Präsident. »Sollten Ihnen die Vorräte ausgehen, können Sie sich von den Bäumen ernähren. Alles daran ist eßbar. Schmeckt das Wasser alkalihaltig, trinken Sie's nicht. Schütteln Sie regelmäßig Ihre Kleider aus, es gibt hier eine sehr giftige Heuschreckenart. Die Maulwurfsratten werden schnell angriffslustig, wenn sie sich bedroht fühlen. Aber das alles ist bestimmt auch Ihrem Führer bekannt.«

»Lassen Sie sich von denen bloß nicht die Phaser wegnehmen«, rief hinter Oscaras ein hochgewachsener, blonder Mann.

Turrok hielt schon auf das Tor zu und versuchte Worf mitzuziehen. Deanna und Data drehten sich um und folgten ihnen.

»Wir informieren Sie regelmäßig«, rief Data über die Schulter.

Worf, Data, Troi und Turrok wurden weder mit frohem Winken noch unter Tränen in den Wald verabschiedet. Der Posten im Wachturm des Tors drückte einen Knopf, der die schwere Metallpforte öffnete. Mit einem Gefühl des Mißbehagens sah Ro ihre Begleiter die Siedlung verlassen. Als sie sich umwandte, war sie allein mit den Kolonisten. Geduldig wartete sie ab, bis es ihnen beliebte, sie anzusprechen.

»Normalerweise schlafen ledige Frauen im Schlafsaal, Fähnrich Ro«, wandte Oscaras sich an sie. »Aber ein Ehepaar war so zuvorkommend, Ihnen für die Dauer Ihres Aufenthalts das eigene Haus zur Verfügung zu stellen.«

Das hieß mit anderen Worten, dachte Ro, daß niemand mit mir zusammenwohnen mochte. »Ich bringe mein Gepäck gleich dort unter«, sagte sie. »Aber am meisten interessieren mich das Laboratorium und die seismologische Ausstattung.«

Oscaras stellte eine dunkelhaarige, herbe Frau neben ihm vor. »Dr. Drayton ist Leiterin unseres wissenschaftlichen Ressorts. Ihr unterstehen Sie bei Ihrer Tätigkeit.«

»Unser Labor öffnet erst um acht Uhr«, sagte Drayton.

»Das ist höchst leichtsinnig«, warf Ro ihr vor. »Angesichts der Stärke der seismischen Aktivitäten sollten Sie eine permanente Sensorüberwachung einrichten.« Sie wandte sich Oscaras zu. »Lassen Sie das Ehepaar wieder in sein Haus ziehen. Ich schlafe im Labor. Wo befindet es sich?«

»Einen Moment mal«, fuhr Drayton auf. »Ich leite das Labor. Und ich erteile die Anweisungen.«

Ro musterte sie mit einem neutralen Blick. »Sie dürfen gerne die Leiterin bleiben, und Sie können von mir aus so viele Anweisungen geben, wie Ihnen passen«, gestand sie ihr zu. »*Meine* Anweisung besagt jedenfalls, daß ich die seismischen Aktivitäten dieses Planeten messen soll. Dabei können Sie mir behilflich sein oder nicht. Behindern lassen ich mich von Ihnen nicht. Wo sind die Scanner? Dort in dem Gebäude?«

Die Bajoranerin schlang sich den Rucksack über die Schulter und strebte auf das zweite der beiden größten Bauwerke der Kolonie zu. Dr. Drayton machte Anstalten, sie zurückzuhalten, doch Oscaras faßte die Frau am Arm. Ro konnte, während sie sich entfernte, noch ihre Unterhaltung mitanhören.

»Lassen Sie sie gehen«, sagte der Präsident. »Wir benötigen den Beistand der *Enterprise*. Wenn das der Preis ist, den wir dafür entrichten müssen, gut. Aber ich möchte, daß sie inner- und außerhalb des Labors ständig beobachtet wird. Ich will wissen, mit wem sie spricht und worüber. Calvert, Sie übernehmen diese Aufgabe.«

»Ja, Sir«, antwortete ein Mann. »*Diese* Person im Auge zu behalten, ist leicht.«

Schon wenige Meter hinter der trostlosen Außenmauer der Niederlassung erwies sich Selva als völlig andere Welt. Trotz seines hünenhaften Körperbaus fühlte Worf sich wie ein Floh auf dem Rücken eines großen, haarigen Hundes. Die schwarzen Bäume schienen bis in die Stratosphäre emporzuragen. Durch ihr üppiges, jadeschwarzes Laub hindurch ließen sich vom Himmel nur schmale Streifen erkennen.

Die Bäume wuchsen so dicht nebeneinander, daß Worf sich nicht fortbewegen konnte, ohne mit den Schultern die Stämme zu streifen. Bald merkte er, daß ein sirupartiger Saft an seinen Schultern klebte, der aus der dünnen Baumrinde sickerte. Worf entsann sich an Oscaras' Hinweis. Er strich mit dem Finger über einen Stamm und lutschte ein wenig Saft. Zwar roch er wie ein Putzmittel, aber er schmeckte angenehm süßsauer.

Turrok ging voraus, Worf, Deanna Troi und Data folgten ihm. Den älteren Klingonen erstaunte das zügige Marschtempo, das der Junge vorlegte. Im feuchten Humus des Waldbodens gab es keine Anzeichen irgendeines Trampelpfads.

Man hatte den Eindruck, weit und breit allein zu sein. Doch die Landegruppenmitglieder waren nicht die einzigen höheren Organismen unter dem schwarzen Gewölbe des Blätterdachs. In den Ästen über ihren Köpfen regten sich Lebewesen. Sie schnarrten, schnalzten und grunzten. Manche folgten der Landegruppe ein kurzes Stück des Wegs.

Worf vermutete, daß es sich um die selvanischen Faultiere handelte, von denen man ihm erzählt hatte. Aber wahrscheinlich waren auch Vögel dabei.

An den Baumstämmen wimmelte es von Insekten und anderen winzigen Geschöpfen, die sich von dem Saft ernährten. Einmal blieb Turrok an einem Baum stehen und pellte etwas schon lockere Rinde ab. Er klaubte eine ungefähr daumengroße, schwärzliche Made heraus.

Turrok hielt die Larve Worf hin. »Languste?«

Der Sicherheitsoffizier schüttelte den Kopf. Sein Schützling zuckte die Achseln und schob sich die

Larve in den Mund. Während er den Marsch fortsetzte, kaute er zufrieden.

Plötzlich entfuhr Deanna ein Aufkeuchen. Sie schrak zurück. Worf drehte sich um und sah, was sie erschreckt hatte. Die Schicht aus teils modrigen Blättern und Ästchen zu ihren Füßen wellte sich, als wühlte etwas sich darunter hindurch. Mit dem Stiefel trat Worf das Laub fort und erblickte gerade noch das Hinterteil eines größeren Nagetiers, das in ein Erdloch verschwand. Zwei kleinere Exemplare flitzten ihm nach. Wie anscheinend alles in diesem Wald hatten Mutter und Junge ein schlankes, schwarzes Äußeres.

Data war hinter Deanna stehengeblieben. Einen Moment lang betrachtete er die Stelle, wo der Bau liegen mußte. »Das müssen die Maulwurfsratten sein, die erwähnt worden sind«, sagte er dann, indem er den Kopf hob.

Deanna rümpfte die Nase. »Putzige Viecher, was?«

»Meinen Sie?« fragte Data. »Ich hätte sie als abstoßend eingestuft.«

»Das war ein Scherz«, erklärte die Betazoidin.

»Ha-ha-ha«, machte Data monoton. Offenbar wollte er höflich sein.

Worf blickte auf und bemerkte, daß Turrok sich schon in einiger Entfernung befand. Ungeduldig winkte der Jugendliche. »Kommt«, rief Worf. Von neuem durchquerte er das labyrinthische Gewirr der Baumstämme.

»Turrok«, erkundigte sich Data auf klingonisch, sobald sie den Jungen eingeholt hatten, »woher weißt du, daß wir in die richtige Richtung gehen?«

»Der Saft fließt am stärksten an der Seite, die dem Meer zugewandt ist«, gab Turrok Auskunft, während er den nächststehenden Baum betastete. »Und riecht ihr nicht das Meer?«

Gleichzeitig schüttelten die drei *Enterprise*-Crewmitglieder den Kopf.

»Na, aber ich«, sagte Turrok.

»Und wie willst du dadurch euer Lager finden?« fragte Worf.

»Dadurch nicht«, antwortete Turrok. »Sondern so...«

Er suchte den laubbedeckten Untergrund ab, bis er einen herabgefallenen Ast fand; er prüfte seine Tauglichkeit, indem er ihn sich mehrmals in die Handfläche schlug. Dann lief er ein Stück weiter, bis er einen anscheinend für seinen Zweck geeigneten, umgestürzten Baumstamm entdeckte. Die Zeit, ungezählte Insekten sowie sonstige Tiere hatten den Stamm ausgehöhlt.

»Meister Wühlmaul«, sagte er in höflichem Tonfall zu dem Baumstamm, »bitte leih mir dein Heim für meine Fernstimme.«

Er klopfte leicht mit dem Ast auf den Stamm, bis ein großes, schwarzes Nagetier heraushuschte. Angesichts der Störer runzelte es die Schnauze und bleckte nicht zu verachtende, spitze Zähne. Worf griff nach seinem Phaser. Da beschloß die Maulwurfsratte, wie es schien, die Bitte zu erfüllen. Sie grub sich in den fauligen Humus ein und entschwand trotz ihrer Größe innerhalb von Sekunden in der Erde.

Nun schlug Turrok seine provisorische Trommel kräftiger. Dumm-dumm-dumm. Pause. Dumm-dumm-dumm. Pause. Dumm-dumm-dumm. Pause. Das Trommeln bewog die unsichtbaren, aber normalerweise geräuschvollen Tiere in den Baumwipfeln zu seltsamem Schweigen. Der Junge wiederholte sein Trommelzeichen viele Male. In den Pausen lauschte er auf Antwort.

Zu guter Letzt hörte Worf zwei in der Weite des Waldes kaum vernehmbare leise Schläge, denen nach einer Pause noch zwei folgten; das Zeichen wurde zweimal wiederholt. Turrok beantwortete es mit einer komplizierten Aneinanderreihung von Schlägen und Pausen, die den Lieutenant an den Morse-Code erinnerte, den er in seiner Jugend auf der Erde erlernt hatte. Worf blickte Data an: der Androide analysierte und speicherte diese primitive, jedoch wirksame Form der Kommunikation. Bei Bedarf würde er sie einwandfrei nachahmen können.

Endlich beendete Turrok sein Trommeln und lauschte. Längeres Schweigen herrschte, bevor der andere, ferne Trommler mit einer Reihe verwickelter Takte antwortete, die eine Art ständigen, gleichbleibenden Refrains beinhalteten.

Turrok warf den Ast beiseite und ging nun in eine etwas abweichende Richtung. Er winkte den Crewmitgliedern, daß sie ihm folgen sollten. Wenn man ein scharfes Gehör hatte, erkannte Worf, fiel es leicht, dem rhythmischen Schlagen zu seinem Ursprungsort zu folgen.

Allerdings erweckte Turrok keinen allzu erfreuten Eindruck. »Der Stamm ist froh, weil ich noch lebe«, sagte er, während man den Marsch wiederaufnahm. »Aber nicht froh über euer Kommen. Vielleicht sterbt ihr, ehe der Tag vorbei ist. Oder ihr müßt töten.«

Nach dieser Äußerung wechselten Deanna und worf sorgenvolle Blicke. Das Getrommel aus der Tiefe des Waldes klang nun noch bedrohlicher. Dennoch wanderte die Gruppe zielstrebig darauf zu. Die Beine schienen dem fernen Rhythmus von sich aus zu gehorchen.

# 5

Fähnrich Ro stand vom Seismographen auf, nachdem sie seine Messungen mit den Ergebnissen einer Sensorsondierung des Meeresbodens im benachbarten Küstenbereich verglichen hatte. Es war keine Veränderung eingetreten. Sie verlagerte ihre Aufmerksamkeit auf eine noch in Gang befindliche Analyse der weiter entfernten ozeanischen Regionen. Auf diesem Planeten füllte die Lava der unterseeischen Vulkane die Mulden des Meeresbodens, statt neue Inseln und Höhenkämme zu erschaffen. Das war keine zwangsläufig negative Entwicklung; jedoch ließ der Effekt der umfangreichen submarinen Ablagerungen auf die tektonischen Platten sich nicht voraussehen.

Diese planetaren Krustenplatten ähnelten den Bruchstücken einer vielfach gesprungenen Eierschale. Und sie waren – auf planetare Größenordnung übertragen – fast genauso dünn. Ein Umstand machte die Situation allerdings kritischer als bei einer geplatzten Eierschale: Die Platten überlappten sich an mehreren Stellen. Besonders ernst war die Lage an dem Punkt etwa tausend Kilometer vor der hiesigen Küste.

Unter der zerbrechlichen Planetenkruste drängte geschmolzenes Felsgestein – Magma – nach oben; Kräfte tief im Innern der Weltkugel schoben es aufwärts. In der betroffenen Gegend mußte, überlegte Ro, ein wahres Unterwasser-Inferno tosen. Sie stand vor einem Dutzend Fragen, die sich nur durch langfristige

Beobachtung beantworten ließen, zum Beispiel: Welche Auswirkungen hatten das unablässige Heißwerden und Abkühlen auf die Schieferstruktur des Felsgesteins der Krustenplatten? Konnten die Platten ein starkes Beben verkraften oder würden sie zerbersten?

Den vorhandenen Aufzeichnungen zufolge hatten die Siedler sich ähnliche Fragen gestellt, aber nur wenige Antworten gefunden. Nachdem geklärt worden war, daß im Ozean kein Leben existierte, hatten sie sich um dringendere Angelegenheiten gekümmert. Das Meer sorgte dafür, daß sie diesen Teil des Planeten bewohnen konnten; das war alles, was für sie Bedeutung hatte. Ro konnte ihnen deswegen keinen Vorwurf machen; allein die Erforschung der Meeresströmungen hätte einen Ozeanographen für den Rest des Lebens beschäftigt. Zudem blieb die Aussagekraft von Informationen begrenzt, die man durch digitale Meßdaten, Grafiken und Verwerfungsvektoren gewann.

Irgendwann mochten Selvas Bürger vielleicht über eine Flotte von Tauchbooten verfügen, mit denen sie den unruhigen Meeresgrund erkunden konnten. Davon jedoch war heute noch keine Rede. Solange sie sich nicht einmal ungefährdet fünfzig Meter weit von der eigenen Siedlung entfernen durften, verschwendeten sie naturgemäß keinen Gedanken an die Erforschung einer tausend Kilometer entfernten Unterwasserregion.

Den gesamten Morgen hindurch, während eine Anzahl Wissenschaftler zur Arbeit erschien, fühlte sich Ro, von mißtrauischen Blicken beobachtet. Einige von ihnen hatten, wie es aussah, kaum etwas zu tun; deshalb stellte sich für Ro die Frage, ob sie vielleicht nur aufkreuzten, um sie im Auge zu behalten. Allerdings waren im selben Gebäude der Replikator, die Subraum-Funkanlage sowie die Krankenstation untergebracht; also war es denkbar, daß die dort tätigen Personen lediglich aus Neugier mal ins Labor schauten.

Weder verunsicherte die Aufmerksamkeit Ro sonderlich, noch ärgerte sie sich darüber. Wie Guinan es ihr verdeutlicht hatte: Hier war sie die Fremde, und zwar in mehr als einer Hinsicht. Ihre Freundin hatte ihr geraten, mit gutem Beispiel voranzugehen. Und genau das hatte Ro vor.

Ein Paar Augen jedoch empfand sie als interessanter als den Rest. Es gehörte einem zierlichen Mädchen mit sommersprossigem Gesicht. Nach Ros Schätzung mußte es ungefähr zwölf Jahre zählen. Trotzdem hatte es offenbar im Labor eine Aufgabe: Es beschäftigte sich fleißig mit der Pflege einer Reihe von Pflanzen, die unter ultravioletten Lampen in hydroponischer Pracht gediehen. Die Kleine versorgte sie nicht nur mit Nährstoffen, sondern vermaß sie auch, prüfte die Temperatur, entnahm Proben und Kulturen, die sie unterm Mikroskop begutachtete.

Als Ro einmal ihren Blick erwiderte, lächelte sie; das war das erste Lächeln, das ein Siedler beziehungsweise eine Siedlerin der Bajoranerin gewährte.

Etwa um die Mittagszeit stand ein Großteil der Labormitarbeiter auf und verließ das Haus. Um zu essen, mutmaßte Ro. Sie wußte, wo der Speisesaal zu finden war; er befand sich im zweiten großen Gebäude der Ortschaft. Ohne Einladung hingehen zu müssen, schreckte Ro nicht ab. Den Eindruck, *hungrig* zu sein, wollte sie aber nicht machen. Sie beschloß, nach der Rückkehr der Laboranten zum Essen zu gehen.

Da kam das sommersprossige Mädchen auf einmal zu ihr. »Hallo«, sagte es, indem es vor der Konsole mit dem Seismographen stehenblieb. »Ich bin Myra Calvert.«

»Nenn mich Ro«, antwortete die Bajoranerin mit einem Lächeln.

»Hier sind sie nicht besonders nett zu dir, was?« meinte Myra. »Erst reden sie nicht mit dir, dann hauen sie zum Mittagessen ab, ohne dich mitzunehmen.«

»Tja«, entgegnete der Fähnrich, »wenn sie nicht mit mir reden, kann ich ihnen nichts erzählen.«

»Ist das wegen der Falten an deinem Kopf?« fragte Myra. »Was bist du denn eigentlich?«

»Ich bin Bajoranerin«, gab Ro Auskunft. »Wahrscheinlich hast du noch nie von meinem Volk gehört.«

»O doch, natürlich«, widersprach Myra belustigt. »Ihr seid von den Cardassianern aus eurer Heimat vertrieben worden. Jetzt habt ihr keinen eigenen Heimatplaneten mehr. Und nirgendwo will man euch lange dulden.«

Beeindruckt lächelte Ro. »Stimmt genau. Du bist sehr gut informiert.«

Myra zuckte mit den Schultern. »Alle sagen, ich wäre 'n Wunderkind. In Wahrheit behalte ich bloß alles, was ich lese. Aber deshalb geht's mir wie dir. Keiner mag mich so richtig.«

Verständnisvoll nickte Ro. »Da haben die anderen eben Pech. Woran arbeitest du?«

»Ich lerne Botanik«, erklärte die Zwölfjährige voller Stolz. »Es ist aber schwierig. Ich kann nicht in den Wald wandern, um Musterexemplare zu sammeln. Trotzdem weiß ich schon mehr über die selvanische Flora als meine Lehrer. Sie wollen, daß ich die irdischen Pflanzen studiere. Aber wozu soll das gut sein, wenn wir doch nicht auf der Erde sind?«

»Ich bin sicher«, sagte Ro zur Ermutigung des Mädchens, »du wirst einmal das maßgebliche Lehrbuch über Selvas Pflanzenleben schreiben.«

»Ich hoff's.« Myra seufzte. »Warum bist du runtergeschickt worden? Um auf Erdbeben aufzupassen?«

»Vielleicht besteht gar kein Anlaß zur Sorge, aber draußen im Meer gibt's eine wirklich sehr gefährliche Stelle.«

Achtsam lugte Myra im Labor umher; doch außer ihr und Ro war nur noch ein einziger Mitarbeiter anwesend. »Bei uns hören die Leute ungern schlechte Neuigkeiten«, sagte Myra mit gesenkter Stimme. »Seit Monaten versuch' ich 'ne Theorie zu beweisen, aber niemand beachtet mich. Weil ich bloß 'n Kind bin.«

»Worum geht's denn?« fragte Ro. »Ich höre dir zu.«

Gerade wollte das Mädchen antworten, als ein hochgewachsener, blonder Mann das Labor betrat. Anscheinend suchte er die Kleine. »Myra«, rief er in strengem Tonfall.

»Mein Vater«, flüsterte das Mädchen. »Er ist Sicherheitschef.«

»Ich bin hier«, rief Myra zurück. »Bei Ro.«

Der Mann kam herüber, wartete aber in mehreren Metern Abstand, als traute er sich nicht näher. »Bestimmt möchte der Fähnrich nicht gestört werden«, sagte er. »Komm mit.«

»Sie stört mich absolut nicht«, erwiderte die Bajoranerin. »Ihre Tochter ist ein sehr aufgewecktes Mädchen.«

»Kann Ro mit uns zu Mittag essen?« fragte Myra.

Der Mann räusperte sich, als entspräche das als allerletztes seinen Wünschen; ihm fiel jedoch keine gute Ausrede für eine Weigerung ein. »Na schön«, sagte er. »Zu lange dürfen wir aber nicht wegbleiben. Ich muß für den Fall in der Funkstube sein, daß die *Enterprise*-Landegruppe in Schwierigkeiten gerät. Sie kann jederzeit den Klingonen in die Arme laufen.«

»Ich möchte auch bald an den Seismographen zurück«, antwortete die schlanke Bajoranerin, indem sie aufstand. »Ich glaube, wir sind uns noch nicht vorgestellt worden. Ich bin Fähnrich Ro.«

»Gregg Calvert.« Mit merklichem Unbehagen nickte der Mann. »Myra haben Sie, wie ich sehe, ja schon kennengelernt. Sie schwatzt jedem ein Loch ins Ohr. Wenn sie lästig wird, dann ...«

»Vati!« empörte sich das Mädchen. »Hab' ich dir schon erzählt«, meinte es zu Ro, als hätte es vor, sich dadurch zu rächen, »daß Mutti vor langem gestorben und Vati Alleinerziehender ist?«

»Myra!« brummte Calvert. Verlegen grinste er den Fähnrich an. »Wenn's nach Myra ginge, wüßten Sie in zehn Minuten alles über uns.«

»Das wäre doch ganz nett«, sagte Ro.

Endlich, dachte Worf, als die Gruppe während des Marschs auf etwas stieß, das wie ein Trampelpfad durch die unüberschaubare Masse hochragender Bäume aussah. Er führte zu einem etwa zehn Meter breiten Fluß. Die Fluten, die da durch den Wald rauschten, wirkten bestürzend tief und tückisch. Glücklicherweise überspannte jedoch ein gefällter Baumstamm das Flußbett.

Turrok eilte ans andere Ufer, als benutzte er eine Brücke. Aber während Deanna langsam hinübertappte, hielt Data den Stamm kraftvoll fest.

»Was sind das für weiße Flecken auf dem Grund?« fragte die Counselor.

»Anscheinend handelt es sich um Muscheln«, antwortete Data. »Vielleicht eine Art von Süßwassermuscheln.«

Nach Deanna überquerte Worf den Fluß. Erleichtert bemerkte er, daß die schwarze Gummierung, die den Stamm überzog, ausgezeichnete Haftung bot. Anschließend hielt er den Stamm für Data. Unterdessen ging das entfernte Trommeln wie eine unheimliche Begleitmusik immerzu weiter; darunter mischte sich unablässig das Geraschel und Geschnarre unsichtbaren Getiers in den Baumwipfeln.

Data war so weitsichtig, unterwegs ständig den Tricorder zu checken; deshalb erkannte er als erster die Annäherung der Klingonen. »Mehrere größere Lebensformen bewegen sich auf uns zu.«

Nur widerwillig hakte Worf den Phaser vom Gürtel. »Phaser auf leichte Betäubungswirkung adjustieren«, ordnete er an.

Deanna, die selten einen Phaser mitführte, nahm ihre Waffe zur Hand und überprüfte die Justierung. Kaum erblickte Turrok die schimmernden Waffen, sprang er davon und verschwand zwischen den Bäumen außer Sicht.

»Warte«, rief Worf. Doch außer dem unheilschwangeren Trommeln ertönte keine Antwort. Ebensowenig ließ Turrok sich wieder blicken.

»Wie sollen wir sie nun finden?« fragte Deanna halblaut.

»Ich glaube, sie werden uns finden«, meinte Data, »und zwar bald.« Er schob seinen Tricorder zurück ins Gürtelhalfter und zückte statt dessen den Handphaser.

Plötzlich erscholl in den Wipfeln ein Getöse, das nach einer ungezügelten Flucht klang. Anscheinend suchten Dutzende unsichtbarer Geschöpfe schleunigst das Weite. Innerhalb von Sekunden lösten schattenhaft dunkle Gestalten sie ab. Rasch umzingelten sie die auf dem Waldboden befindliche Landegruppe.

Worf versuchte Ruhe zu bewahren und als Drohung auslegbare Gebärden zu vermeiden. Ihm war klar, daß er und seine Begleitung schneller niedergemacht werden konnten, als sie mit den Phasern zu zielen und zu schießen vermochten. Das Trommeln verstummte. Abgerissene Blätter umwirbelten die Gruppe wie ein schwarzgrünes Schneetreiben.

Der Sicherheitsoffizier berührte seinen Insignienkommunikator. »Worf an *Enterprise*«, sagte er leise. »Bereithalten zum Transfer dreier Personen an Bord. Auf mein Kommando.«

»Verstanden«, antwortete eine Stimme. »Koordinaten angepeilt und Transferbereitschaft hergestellt.«

Deanna trat neben den hünenhaften Klingonen.

»Das ist unfair«, sagte sie. »Sie begaffen uns, und wir können sie fast gar nicht sehen.«

»*NuqueH!*« schnauzte Worf. Er spähte zu einer Gestalt nach der anderen hinauf. Laub raschelte, während noch mehr aufmerksame Beobachter sich auf Ästen niederließen.

»Ich zähle elf«, sagte Data. »Jetzt dreizehn.«

Worf handelte spontan. Er streckte den Phaser in die Höhe und drehte sich langsam im Kreis, so daß die Wesen ringsum auf den Bäumen die Waffe deutlich sehen konnten. Dann hakte er die Waffe wieder an den Gürtel und hob die leeren Hände hoch. »Wir kommen in Frieden«, rief er auf klingonisch.

»Ist das klug?« fragte Data.

»Wir können hier nicht ewig herumstehen«, entgegnete Worf. »Anscheinend haben sie zuviel Furcht vor den Phasern, um sich zu zeigen.«

Deanna folgte seinem Beispiel und steckte den Phaser weg. Data verfuhr ebenso.

Nach diesem Zugeständnis erscholl ein kehliger Befehl in einer Sprache, die nicht einmal der Universaltranslator zu dolmetschen vermochte. Eine Gestalt schwang sich aus den Bäumen herunter und sprang zwei Meter vor Worf auf den Waldboden. Der Sicherheitsoffizier erblickte eine magere junge Frau seines Volkes. Sie starrte ihn an, als wäre er ein Geist oder ein Trugbild. Nacheinander ließen sich weitere Klingonen vom Geäst herab. Schließlich hatte eine ganze Rotte dürrer, in zerlumptes schwarzes Tierfell gehüllter Klingonen die Landegruppe umstellt.

Einer streckte die Hand aus, um Data anzufassen, und der Androide duldete gutmütig, daß er berührt wurde. Das junge Mädchen vor Worf traute sich nahe genug heraus, um die knochigen Höcker seiner Stirn zu betasten. Nachdem es sich davon überzeugt hatte, daß er mitsamt seinen Brauenhöckern eine Realität verkörperte, fuhr es mit der Hand über die eigene Stirn, grinste und wich zurück. Eine andere junge Frau schlich auf Deanna zu und wollte über ihre Brüste streichen; das allerdings verwehrte die Counselor ihr so höflich wie möglich.

Die Jugendlichen verständigten sich mit primitiven Brumm- und Grunzlauten. Am liebsten hätte Worf sie angeschrien, sie sollten sich wie Klingonen benehmen. Aber er rief sich in Erinnerung, daß sie keine Gelegenheit gehabt hatten, um die Erziehung zu echten Klingonen zu genießen.

Auf einmal wichen mehrere Jugendliche zurück, als ob Furcht sie packte. Worf drehte sich um und sah, wie Turrok von einem Burschen, der mindestens einen Kopf größer als er war, herangeschubst wurde. Worf schätzte ihn auf sechzehn Jahre. Damit war er wohl der älteste der Verschollenen. Selbst für einen erwachsenen Klingonen mußte er als ausgesprochen groß gelten. Sehnige Muskeln spannten sich unter seiner engen Kleidung aus Tierfell. Finsteren Blicks musterte er Worf, während er Turrok auf Armlänge vor sich hielt.

Der jüngere Bursche wirkte völlig eingeschüchtert. Worf bemerkte, daß seine Starfleet-Montur mehrere Risse aufwies. Die übrigen minderjährigen Klingonen küßten praktisch den Boden, als der lange Lümmel aufkreuzte. Es gab kaum Zweifel daran: Er war Balak.

»Turrok kehrt heim, aber verdorben von den Flachschädeln!« maulte der Junge in gutturalem Klingonisch. »Heute abend unterwirft er sich der Probe auf Verderbtheit.«

Unter den übrigen Klingonen entstand Gemurmel, das für Worfs Begriffe andeutete, Turrok drohte statt eines Willkommens eine Art der Bestrafung. Der Sicherheitsoffizier trat auf Balak zu.

»Turrok ist sehr tapfer gewesen«, sagte er mit dem schlichtesten klingonischen Vokabular, das ihm einfiel.

»Er ist eingesperrt und geschlagen worden. Aber er hat seine Ehre gewahrt. Er verdient es, daß man ihn als Held begrüßt.«

Hämisch feixte Balak. »Wir ehren nur Tote als Helden. Wer bist du? Ein Liebling der Flachköpfe?«

Innerlich kochte Worf vor Wut. Aber er beherrschte sich. Er wußte, daß von den nächsten Sekunden der Erfolg der gesamten Aktion und viele Leben abhingen.

»Das sind Data und Deanna Troi«, stellte er seine Begleitung vor. »Ich bin Worf. Wir kommen von einem großen fliegenden Schiff, das durch den Himmel reist.«

Das Mädchen, das ihn angefaßt hatte, stieß ein Aufkeuchen aus. Es hatte den Anschein, als wollte es etwas sagen. Doch ein grimmiger Blick Balaks veranlaßte es zum Schweigen. »Wir brauchen euch nicht«, knurrte er Worf an. »Haut ab. Seid froh, daß ihr noch lebt.«

»Ihr braucht uns sehr wohl, und zwar dringend«, widersprach Worf. »Ihr seid nicht in diesen Wäldern geboren worden. Es gibt ein ganzes Imperium eines Volkes, das aus Leuten wie euch und mir besteht. Von dort stammt ihr. Wir tragen den Namen ›Klingonen‹.«

»Ein Imperium?« schnob Balak höhnisch. »Euer Imperium und euer fliegendes Schiff sollen diese Welt von den Flachköpfen säubern. *Dann* heiße ich euch willkommen.«

»Entschuldige bitte«, sagte Data in forschem Klingonisch. »Du bist im Unrecht, wenn du deine Leute gegen die Menschen – oder Flachköpfe, wie du sie nennst – zu Feindseligkeiten anstiftest. Überall in der Galaxis – außer hier – leben Klingonen und Menschen in Frieden zusammen.«

Wutentbrannt ging Balak auf Data los. »Sag du mir nicht«, schrie er, »was ich tun soll!«

Wie ein Panther sprang er den Androiden an und versuchte ihn zu erwürgen. Sein Überraschungsangriff brachte Data kurz aus dem Gleichgewicht. Doch der Androide fing sich augenblicklich ab und löste energisch die Fäuste des Klingonen von seinem Hals. Balaks Miene verzerrte sich vor Erbitterung, Schmerz und Staunen angesichts der Mühelosigkeit, mit der Data ihn sich vom Leib hielt.

»Mit einem derartigen Betragen erreichst du gar nichts«, erklärte Data voller Mißbilligung. »Versprichst du, uns nicht anzugreifen, wenn ich dich freigebe?«

»Messer!« brüllte Balak. »Messer!«

Rings um Worf, Deanna und Data ertönte das typische Geräusch, das man hörte, wenn Klingen aus Scheiden gerissen wurden. Ehe Worf den Phaser ergreifen konnte, hatten zwei Flegel Deanna gepackt und setzten ihr die Dolche an die Kehle. Eine der Waffen war ein zugeschliffenes Besteckmesser, die andere eine rohe Steinklinge; trotzdem sahen beide gefährlich aus.

Worf schlug auf den Insignienkommunikator. »Transfer für drei Personen«, rief er ins Gerät. »Aktivieren!«

Während die Klingonen ihre Klingen an Deannas Hals hielten, gleißte plötzlich die Gestalt der Counselor und verschwand. Ein anderer Jugendlicher beabsichtigte, Worf den Dolch in den Rücken zu bohren. Aber er taumelte durch den eigenen Schwung zu Boden, weil sein Stich nur leere Luft traf. Auch Balak, durch Datas Entmaterialisierung aus dem Griff des Androiden befreit, stürzte.

Worf, Data und Troi materialisierten auf einer Transportplattform der *Enterprise.* Deanna, die in Erwartung des Todes die Augen geschlossen hatte, langte sich an den Hals. Sie stellte fest, daß sie infolge eines unbedeutenden Schnitts blutete. Erst jetzt schluckte sie und wagte wieder zu atmen.

Worf und Data eilten an ihre Seite. »Sind Sie wohlbehalten, Counselor?« fragte Data.

»Ich blute«, antwortete Troi. »Aber ich glaube, es ist keine ernste Verletzung.«

»Ihr Urteil trifft zu«, bestätigte ihr der Androide. »Die Schnittwunde wird ohne ärztliche Behandlung heilen.«

Worf schüttelte den Kopf. Er wirkte niedergeschlagen. »Ich habe versagt«, brummelte er. »Ich konnte sie nicht dazu bringen, auf mich zu hören.«

Data hob den Kopf. »Ich glaube«, merkte er an, »wir befassen uns nicht mit der leichtesten Aktion, die wir uns je vorgenommen haben.«

»Was sollen wir als nächstes machen?« fragte Deanna.

»Wir müssen umkehren«, empfahl der Androide. »Je rascher, um so besser. Sonst stehen wir vor der Aufgabe, sie ohne Hilfe wiederzufinden.«

»Es ist unnötig, daß Sie uns begleiten«, meinte Worf zu der Betazoidin. »Für Sie ist es da unten zu gefährlich.«

»Unfug.« Deanna schmunzelte. »Nach der kleinen Vorstellung, die wir eben geboten haben, möchte ich doch nun wirklich ihre Gesichter sehen. Wahrscheinlich erlauben sie sich so etwas wie vorhin kein zweites Mal.«

Worf wandte sich an den verdutzten Transporter-Operator. »Retransferieren Sie uns an die Koordinaten, von denen Sie uns gerade heraufgebeamt haben«, lautete seine Anweisung. »Sorgen Sie zuverlässig dafür, daß die Transporterkontrollen ununterbrochen bemannt sind. Der Platz darf für keine einzige Sekunde unbesetzt sein. Klar?«

»Jawohl, Sir«, sagte der junge Offizier, indem er schwer schluckte. Worf, Data und Deanna stellten sich wieder auf die Transportplattform. Alle drei nahmen die Phaser vom Gürtel.

»Aktivieren!« befahl Worf.

Zum zweitenmal innerhalb weniger Minuten wurden die drei Crewmitglieder in ihre Moleküle zerlegt und anschließend wieder zusammengesetzt. Die Phaser schußbereit, drehten sie sich nach allen Seiten – aber nirgendwo war einer der wilden Klingonen zu sehen. Die Landegruppe stand allein in Selvas majestätischem Urwald.

In den Wipfeln johlte ein Tier und schien sie mit heulendem Gelächter zu verspotten.

# 6

Data las von seinem Tricorder Informationen ab. »Die Biosignale sind nicht eindeutig«, sagte er. »Ich glaube jedoch, daß die Klingonen sich zügig in östlicher Richtung entfernen. Vielleicht können wir ihnen folgen.«

»Gehen Sie voran«, rief Worf und hakte den Phaser wieder an den Gürtel.

Ohne Zeit mit nutzlosem Gerede zu vertun, eilte das Trio durch den Wald. Es orientierte sich ausschließlich an Datas Tricorder-Messungen. Unbeirrbar marschierte der Androide voran. Worf und Deanna stolperten bisweilen in der hohen Laubschicht, die den Waldboden bedeckte. Mehrmals mußte Deanna rennen, um ihre beiden Begleiter einzuholen. Sie wußte nicht, wie lange sie dieses Tempo mithalten konnte. Doch sie war froh darüber, daß sie gemeinsam mit Beverly Crusher so oft in den Sportstätten der *Enterprise* trainiert hatte.

Nur einmal hielten die drei kurz an, als aus ihren Kommunikatoren eine altbekannte Stimme drang. »Picard an Landegruppe.«

»Hier Worf«, meldete sich der Klingone.

»Lieutenant«, sagte der Captain, »bei mir ist gerade eine beunruhigende Information aus Transporterraum eins eingegangen. Der Operator hat mitgeteilt, daß sie aufgrund eines Notfalls an Bord zurückgebeamt wurden und Counselor Troi verletzt worden ist.«

»Ich habe kaum was abgekriegt«, beschwichtigte Deanna den Kommandanten. »Es ist bloß 'n Kratzer.«

»Haben Sie Kontakt zu den Klingonen?« wollte Picard wissen.

»Das war der Fall«, gab Worf Auskunft. »Wegen des zwischenzeitlichen Retransfers an Bord haben wir sie aber aus den Augen verloren. Im Moment versuchen wir sie wiederzufinden.«

»Data«, fragte der Captain, »wie ist die Situation genau?«

»Gegenwärtig folgen wir den Klingonen«, antwortete der Androide. »Unsere erste Kontaktaufnahme mit ihnen würde ich nicht als erfolgreich einstufen. Es hat ein kurzes Gespräch stattgefunden, dann haben sie uns angegriffen.«

»Das Problem ist ihr Anführer«, erklärte Deanna. »Ich glaube, er empfindet uns als Gefahr für seine dominierende Stellung.«

»So ist das also«, sagte Picard. »Gehen Sie keine unnötigen Risiken ein. Bestimmt gibt es noch andere Methoden, um die Angelegenheit anzupacken.«

»Es wäre interessant, sie zu erfahren«, meinte Data. »Zur Zeit müssen wir jedoch dringend die Verfolgung fortsetzen. Momentan schweben wir in keiner Gefahr.«

»Halten Sie uns auf dem laufenden«, befahl der Captain. »Picard Ende.«

Data checkte seinen Tricorder und entschied sich für eine veränderte Richtung. Er tat einen Schritt vorwärts und fiel augenblicklich in ein offenbar tiefes, mit Zweigen und Laub getarntes Loch.

»Data!« schrie Deanna und sprang vor, um dem Androiden zu helfen. Ihre Füße rutschten auf dem feuchten Waldboden aus. Worf umschlang ihre Hüfte und riß sie vom bröckeligen Rand der Grube zurück.

»Data!« donnerte die Stimme des Klingonen. »Hören Sie mich?«

»Ich bin unbeschadet«, ertönte eine Stimme, die klang, als käme sie aus der Tiefe eines Brunnenschachts. »Ich glaube, diese Grube ist angelegt worden, um Tiere zu fangen. Es befinden sich mehrere bei mir. In der Tat knabbern zwei große Maulwurfsratten an mir, während ich mit Ihnen spreche. Möglicherweise bin ich gezwungen, sie zu töten. Allerdings ist hier etwas noch Unerfreulicheres vorhanden.«

»Was denn?« fragte Worf.

»Ein in Verwesung begriffener, teils verzehrter Leichnam.«

Mit aller Vorsicht schob der Klingone sich Schritt um Schritt auf die schlecht erkennbare Grube zu. »Was für ein Leichnam?« hakte er nach. »Eines Menschen?«

»Mit hundertprozentiger Gewißheit kann ich es nicht feststellen«, teilte der Androide mit. »Mein Eindruck ist jedoch, der Tote ist Klingone.«

»Verfluchte Schurken!« wetterte Worf.

»Welche Schurken?« fragte Deanna.

»Die Halunken, die so eine Falle anlegen und dann nicht nachschauen, was hineingeraten ist.«

»Wir sollten keine voreiligen Schlußfolgerungen ziehen«, empfahl die Betazoidin. »Die Klingonen könnten ein Mitglied ihrer Horde zur Strafe hineingestoßen haben. Ich halte Balak zu so etwas für durchaus fähig.«

»Die Grube ist tief«, hallte Datas Stimme aus der Erde. »Die Tiefe beträgt über fünf Meter. Boden und Wände sind glatt. Das weist auf die Verwendung moderner Technik hin. Vielleicht sogar von Phasern.«

»Dann waren es die Kolonisten«, brummte Worf. »Wer könnte es sonst gewesen sein? Sollen wir die Leiche bergen?«

»Ich wüßte nicht, welchem Zweck das dienen sollte«, entgegnete Data. »Sie ist bis zur Unkenntlichkeit verwest. Ich allerdings würde die Grube gerne verlassen.«

Worf streckte sich auf dem Untergrund aus, schlang einen muskulösen Arm um einen Baumstamm und langte mit dem anderen Arm in die Grube hinab. Um ein zusätzliches Gegengewicht zu bilden, packte Deanna die Füße des Klingonen und stemmte sich mit den Beinen gegen zwei Bäume.

Worfs Gesicht verzerrte sich, während Data an seinem Arm wie an einem Tau heraufkletterte. Schließlich reckten sich die Hände des Androiden aus der Grube und umfaßten die Schultern des Klingonen. Data zog sich an Worfs Rücken empor, bis er ein Bein über den Rand des Erdlochs heben und vollends herausklettern konnte.

Data richtete sich auf und schlug vor, die verhängnisvolle Falle vollständig freizulegen. Nachdem das getan worden war, knipste Worf seine Taschenlampe an und spähte in die unheimliche Düsternis hinab. Deanna guckte ihm über die Schulter und sah ein skelettiertes Gesicht grinsen. Im Haar der Leiche hockte ein fettes Nagetier. Rasch wandte Troi sich ab.

»Und da behaupten die Kolonisten«, knurrte Worf, »sie seien zivilisiert.«

Befremdet betrachtete Data seinen Tricorder und tippte mehrmals mit dem Finger darauf. »Anscheinend hat der Sturz meinen Tricorder beschädigt«, sagte er. »Wahrscheinlich sind die Klingonen inzwischen außerhalb der Tricorder-Reichweite. Außerdem haben sie Furcht vor elektronischen Geräten. Vielleicht sollten wir ihnen ohne Tricorder folgen. Mein integrierter Orientierungspeiler hat die allgemeine Fortbewegungsrichtung der Klingonengruppe gespeichert.«

Deanna rang sich ein Lächeln ab. »Kann sein, sie helfen uns, indem sie wieder zu trommeln anfangen.«

»Vielleicht«, meinte Data. »Wahrscheinlicher ist jedoch, daß sie uns ein zweites Mal angreifen.«

»Also weiter«, rief Worf.

Die drei Landegruppenangehörigen machten einen großen Bogen um die mörderische Grube und marschierten tiefer in den Wald. Aber von da an waren sie vorsichtiger und strebten langsamer vorwärts.

Zu ihrer Überraschung hatte Fähnrich Ro viel Vergnügen beim Mittagessen mit Myra Calvert und ihrem Vater Gregg. Die Speisen schmeckten ziemlich gut; das war nicht weiter verwunderlich, kamen sie doch aus dem gleichen Typ von Synthetisierer, den man an Bord der *Enterprise* benutzte. Der eigentliche Unterschied, erfuhr Ro von Myra, bestand darin, daß die Siedler den Replikator zur Versorgung mit Rohlebensmitteln verwendeten, die sie dann mittels herkömmlicher Küchenkünste zubereiteten, zum Beispiel Zwiebeln und Reis. Schließlich hofften sie nach wie vor, daß sie zu guter Letzt doch noch ihr Land bestellen könnten, wie sie es sich ausgemalt hatten. Dazu hoffte Myra beizutragen, indem sie unter den einheimischen Pflanzen nach den wohlschmeckendsten und nahrhaftesten Gewächsen forschte.

Obwohl Gregg Calvert während der Mahlzeit wenig redete, wurde deutlich, daß er seine Tochter sehr liebte. Er war so stolz auf sie, wie ein Vater es auf eine Zwölfjährige, die unzweifelhaft mehr Grips als er hatte, nur sein konnte, und machte daraus auch keinen Hehl. Ro sprach beim Essen noch weniger als Gregg. Sie gab sich damit zufrieden, sich von Myra das Leben in der Kolonie schildern zu lassen. Das Mädchen vermischte seine Beschreibungen mit einigem an Familiengeschichte.

Myras Mutter und Vater hatten sich auf der Ikarus kennengelernt. Das für wissenschaftliche Aufgaben konzipierte Spezialraumschiff erkundete damals Asteroidengürtel, die eine Gefährdung der kommerziellen Raumfahrt verkörperten. Gregg war Sicherheitsbeauftragter gewesen, ein Posten, auf dem er an Bord eines wissenschaftlichen Raumfahrzeugs kaum etwas zu tun hatte. Dagegen erledigte seine Frau Janna die riskante Arbeit, mit einem Shuttle in Asteroidenansammlungen zu kreuzen und sie zu kartografieren.

Nur zwei Jahre nach Myras Geburt trat an den Stabilisatoren von Jannas Shuttle eine Panne auf; es kollidierte mit einem Asteroiden. Die gesamte Besatzung kam ums Leben.

Durch den Tod seiner Frau vergrämt, hatte Gregg sich von der Raumfahrt abgewandt und war mit seiner kleinen Tochter zur Erde heimgekehrt. Nach ein paar Jahren ziellosen Daseins zog Raul Oscaras' verheißungsvolle Propaganda für ein sinnerfülltes Leben in einer autarken Kolonie auf einer unerforschten Welt ihn in den Bann. Für das Versprechen eines langen Flugs ohne Wiederkehr übernahm Gregg die Position des Sicherheitschefs der künftigen Kolonie Neu-Reykjavik.

Vor Ro zuzugeben, daß die ursprünglich als ruhiger Job eingeschätzte Betätigung sich längst zum Alptraum ausgewachsen hatte, schämte Gregg sich nicht. Beim zweiten Klingonenüberfall war er selbst verwundet worden. Erst danach hatten die Siedler die Idee gehabt, sich mit Phasern zu bewaffnen.

Unausgesprochen blieb bei seinen Äußerungen die Auffassung, daß Captain Picards Ansatz zur Problemlösung grundfalsch sei. Ro ahnte, daß Gregg lieber mit einer Armee Soldaten den Wald durchkämmt und die Klingonen ausgerottet hätte, ehe noch mehr Unheil geschah. Sie konnte ihm seine Haltung kaum zum Vorwurf machen. Sie wußte, daß zahlreiche Bajoraner gegenüber den Cardassianern die gleiche Einstellung hegten.

Als sie wieder am Seismographen saß, hatte sie Schwierigkeiten, sich auf ihre Tätigkeit zu konzentrieren. Der Hauptgrund war, daß sich draußen im Observationsgebiet, tausend Kilometer entfernt im leblosen

Ozean, nichts geändert hatte. Ro verspürte den widersinnigen Drang, aufzustehen und die rund zwanzig Kilometer zur Küste zu laufen, nur um einen Blick aufs Meer zu werfen. Nicht daß sie dort irgend etwas hätte sehen können; doch die Instrumente und Meßdaten anzustarren, half ihr nicht beim Bewältigen ihrer Furcht vor den immensen Naturgewalten, die in der Kruste dieses jungen Planeten rumorten.

Schon nach einem halben Tag in Neu-Reykjavik verstand Ro, weshalb die Kolonisten so angespannt waren, sich so gereizt verhielten. Tatenloses Warten war die Hölle. Und sie alle lebten in einem Zustand ständigen Wartens.

Während Dunkelheit sich über den ohnehin trüben Urwald senkte, fingen erneut die Trommeln zu dröhnen an. Data, der immer noch vorausmarschierte, hob den Kopf und lauschte für einen Moment. Dann schlug er eine völlig andere Richtung ein.

Deanna war froh, daß sie endlich wieder eine verläßliche Orientierung hatten. Seit der Beschädigung von Datas Tricorder waren sie buchstäblich blindlings durch den Wald getappt. Der Stand der Sonne war keine Hilfe gewesen: Wegen der Dichte des Walds sah man sie meist nur als ein gelegentliches Funkeln im üppigen Blätterdach.

Nach Datas Sturz in die Fallgrube hatte die Landegruppe sich ziemlich langsam weiterbewegt. Die Betazoidin fühlte sich nicht müde. Sie hatte den Eindruck, als wäre es erforderlich, erst einmal ein paar Stunden lang durch den Wald zu streifen: Vielleicht konnte man die Klingonen erst dann verstehen, wenn man vorher ihre Welt verstand.

Niemand hatte sich über die Dauer des Marschs beklagt. Worfs zunächst erheblicher Ärger und Verdruß infolge des mißlungenen ersten Kontaktversuchs waren verflogen. Die düsteren Bäume ringsum, das Zirpen der Vögel und Schnattern sonstiger Tiere in den Wipfeln sowie das Rascheln klammen Laubs unter den Füßen übten eine besänftigende Wirkung aus. Selbst das Trommeln schien sich mit dem natürlichen Lebensrhythmus des Planeten im Einklang zu befinden.

Plötzlich begriff Deanna, weshalb die Siedler Selva zu ihrer neuen Heimat erwählt hatten. Sie waren durch eben diesen Wald gezogen – während die Klingonen sich vor ihnen verbargen – und hatten das Empfinden gehabt, willkommen zu sein und aufgenommen zu werden. Deutlicher als je zuvor erkannte Deanna die Notwendigkeit und Richtigkeit der Hilfsaktion. Dieser Planet brauchte lebende Geschöpfe, weil er selbst zu wenige hervorbrachte.

Die einzige Unstimmigkeit in allem, was Troi bisher gesehen und gehört hatte, war der Leichnam in der Fallgrube. Irgendwie paßte er nicht zu den Verhältnissen. Irgend etwas daran widersprach dem Eindruck, den die Counselor von den Klingonen und den Kolonisten gewonnen hatte. Nicht die Tatsache des Todes war es. Die völlige Bedenkenlosigkeit und Unbarmherzigkeit speziell dieser Art zu töten hatten Troi verstört. Sie konnte sich von keiner der beiden verfeindeten Gruppierungen vorstellen, daß sie eine solche Falle anlegte und anschließend unbeachtet ließ.

Sogar Worf, der schon mehr als genug Tod gesehen hatte, war betroffen gewesen. Die Betazoidin beschloß, dies unerquickliche Rätsel aufzuklären, und wenn sie jede einzelne Person befragen mußte, die auf diesem Planeten wohnte.

Die Landegruppe beschleunigte wieder ihr Marschtempo, weil es dunkelte und der Trommelschlag lauter wurde. Außerdem erkannten die drei voraus eine bemerkenswerte Besonderheit; seit sie am Morgen den Fluß überquert hatten, war es die erste Abweichung von der ausgedehnten Gleichförmigkeit des Urwalds. Die Bäume grenzten unmittelbar an eine Erhebung. Allerdings handelte es sich um keine normale Anhöhe. Das Trio gelangte zu einem steilen Erdhügel, auf dem junge Bäume wuchsen, die erst die Größe von Schößlingen erreicht hatten.

»Eine außergewöhnliche Entdeckung«, konstatierte Data, während er an der Seite des Hügels emporstapfte. »Das ist die erste Erhebung, die wir sehen. Sie hat einen vollkommen ovalen Umriß. Ich würde sagen, jemand hat sie aufgeschüttet.«

»Aufgeschüttet?« wiederholte Worf. »Wozu sollte irgendwer einen Berg Erde aufschütten?«

»Solche Maßnahmen sind keineswegs unbekannt«, antwortete Data. »Auf der Erde haben Menschen früher außerordentlich großangelegte Erdhügel geschaffen, manchmal in Schlangenform. Sie sind im Nordabschnitt des Ohio entdeckt worden.«

»Welchen Zweck hatten sie?« erkundigte sich Deanna.

»Es waren Grabhügel«, lautete die Auskunft des Androiden. »Ihre Größe sollte die Großartigkeit des darin begrabenen Herrschers verdeutlichen. Aufgrund ihrer Maße und der leichten Erkennbarkeit aus der Luft gibt es darüber hinaus Spekulationen, ob sie nicht auch zur Kommunikation mit Himmelswesen dienten. Wäre dieser Hügel hier auf natürliche Weise entstanden, wären die Bäume so hoch wie im übrigen Wald. Aber sie sind es eindeutig nicht.«

»Scht«, machte Worf. »Hören Sie mal.«

Alle hielten den Atem an. Das Trommeln nahm nochmals an Lautstärke zu.

»Sie kommen näher«, stellte Data fest. »Möglicherweise sind sie auf dem Weg zu diesem Hügel.«

»Hier oben können wir zu leicht gesehen werden«, sagte Worf. »Gehen wir lieber zwischen den Bäumen in Deckung.« Er eilte den Hang hinab.

Data und Deanna folgten ihm. Am Waldrand kauerten sie sich in der immer tieferen Dunkelheit zusammen.

»Dieser Standort ist zur Beobachtung gut geeignet«, flüsterte Data. »Da Turrok im Gegensatz zu uns das Meer gerochen hat, müssen wir annehmen, daß die Selva-Klingonen einen stark ausgeprägten Geruchssinn entwickelt haben. Deshalb ist es vorteilhaft, wenn Sie beide in Windrichtung bleiben.«

Niemand sprach mehr ein Wort, während langsamer Trommelschlag über die Lichtung dröhnte wie bei einem Begräbnis. Im letzten Abendlicht zog eine feierliche Prozession aus dem Wald zum Vorschein.

Vorn gingen zwei Trommler. Ihnen folgten sechs Gestalten, die etwas auf den Schultern schleppten, das sehr nach einem großen, überwiegend geschlossenen, nur an einer Seite vergitterten Käfig aussah. Danach kamen zwei Klingonen, die einen Strick hielten; das andere Ende des Stricks war um den Hals einer einzelnen Gestalt gebunden. Anscheinend hatte man dieser Person zudem die Hände auf den Rücken gefesselt. Den Schluß bildeten ungefähr zehn weitere jugendliche Klingonen. Damit betrug ihre Gesamtzahl um die zwanzig. Allen voran schritt eine imponierend hochgewachsene Erscheinung, die den Rest der Mitwirkenden um mindestens Kopfeslänge überragte. Der lange Kerl schlug fortwährend mit einem Messer auf einen Brocken Metall.

Zum Takt der Trommeln erklomm der Zug den Erdhügel und verharrte auf der Höhe. Die Teilnehmer zeichneten sich gegen den geröteten Abendhimmel ab. Das Getrommel hörte auf. Gleichzeitig stellte man den rechteckigen Käfig hochkant auf.

Es blieb unmöglich, die Gesichter zu unterscheiden. Aber Deanna bezweifelte keine Sekunde lang, daß der gefesselte Gefangene Turrok war; und der großgewachsene Klingone mit dem Messer mußte Balak sein. Alle übrigen Mitglieder der Horde schlossen einen engen Kreis um diese beiden und den Käfig.

In einer großspurigen rituellen Geste streckte Balak das Messer über seinen Schopf empor. »Messergott, Bringer des Todes und der Wahrheit«, leierte er auf klingonisch einen Singsang, »offenbare uns, ob Turrok von Verderbtheit angesteckt ist. Koste sein Blut und enthülle uns die Wahrheit. Ist er schuldlos, schenke ihm das Leben. Ist er verderbt, *töte ihn!*«

Teils bejubelte die restliche Rotte sein Geschwafel, teils stieß sie lediglich beifälliges Gegrunze aus. Danach schlugen die Trommler einen wilden Takt, und die im Kreis verteilten, jungen Klingonen klatschten dazu mit den Händen.

Balak zertrennte die Stricke an Turroks Hals und Handgelenken. Dann packte er den Jungen und schubste ihn in den Käfig; die Käfigtür verschloß er mit einem Riegel. Anschließend hob er das Messer hoch über den Kopf, als hätte er vor, den Eingesperrten kurzerhand zu erdolchen. Unwillkürlich schnappte Deanna nach Luft. Aber sofort stockte ihr vor Schreck der Atem. Balak bohrte das Messer in eine Seitenwand des Käfigs, wo die scharfe Klinge das Holz durchdrang. Ihre Spitze war auf Turrok gerichtet.

Der kräftige gebaute Klingone griff sich den Käfig an den Kanten und kippte ihn um. Danach rollte er ihn zum neben ihm stehenden Klingonen. Nacheinander wälzte einer den Käfig zum nächsten, so daß der Kasten im Kreis wanderte. Der Rhythmus der Trommeln wurde immer schneller, während jeder Mitwirkende des schaurigen Zeremoniells die Kiste weiterwälzte. Zahllose Male plumpste der Jugendliche im Innern des Käfigs ins Messer.

Worf gab einen Knurrlaut von sich und sprang auf; doch Data hielt ihn zurück. »Er kann längst tot sein«, raunte der Androide. »Wenn wir das Ritual stören, riskieren wir es, sie unwiderruflich zu brüskieren.«

Worf nickte und schaute fort.

Endlich umfingen Balaks kraftvolle Arme das Behältnis und brachten es zum Stillstand. Schlagartig verstummte das Getrommel. Offenbar war die Zeremonie zu Ende. Viele Hände griffen nach dem Riegel, öffneten den Käfig, zogen den blutüberströmten Jungen heraus. In atemloser Spannung wartete Deanna auf den schlußendlichen Ausgang der grausamen Urteilsfindung.

»Er lebt«, gellte die Stimme eines Mädchens. »Er lebt!«

Dieses Mal erscholl lauteres Jubelgeschrei. Die Klingonen hoben Turrok auf ihre Schultern, als wäre er ein siegreicher Held. Er selbst allerdings hatte anscheinend kaum noch genügend Kraft, um die Arme zu rühren. Zum Dröhnen eines nun freudigen, stets wiederholten Trommelwirbels trugen die Jugendlichen den Überlebenden des Gottesurteils unter Gelächter vom Erdhügel hinab in den Wald.

Einige Augenblicke später stand Balak allein auf dem Hügel. Er riß sein Messer aus der Holzwandung des Käfigs und wischte es an seiner Brust ab. Dann schnupperte er einen Moment lang in der Luft, als käme ihm irgend etwas verdächtig vor. Deanna fragte sich, ob sie es sich nur einbildete, oder ob er wirklich genau zu ihr herüberblickte. Endlich schob der junge Klingone das Messer in die Scheide, lud sich mühelos den Käfig auf die Schultern und folgte den anderen.

»Mit Balak werden wir uns wohl noch auseinandersetzen müssen«, bemerkte Data.

»Ja«, brummte Worf wütend. »Das kann man wohl sagen.«

»Wir sollen wir sie jemals dazu bewegen, die Waffen niederzulegen und in Frieden zu leben?« fragte Deanna leise, indem sie den Kopf schüttelte.

»Um ihr Vertrauen zu erlangen«, sagte Data, »könnte einer von uns sich ihrer Verderbtheitsprüfung unterziehen. Es darf unterstellt werden, daß dieser Hügel der spirituelle Mittelpunkt ihres Daseins ist. Also sollten wir hier lagern und auf ihre Wiederkehr warten.« Er stand auf und stieg zum zweitenmal den Hang empor.

Deanna schaute Worf an und zuckte die Achseln. »Ich habe keine besseren Einfälle. Sie?«

»Ja«, entgegnete der Klingone gedämpft. »Aber sie laufen alle darauf hinaus, Balak die Zähne einzuschlagen.« Er schnappte sich seinen Rucksack und stieg dem Androiden nach. Die Betazoidin schloß sich an.

Fähnrich Ro hob den Blick zu dem winzigen, vergitterten Fenster über den an der Wand aufgehängten Wetterkarten und sah, daß es Nacht geworden war. Obwohl das gesamte übrige Personal das Labor verlassen hatte, hatte sie nicht das Gefühl, ihre Arbeit getan zu haben. Im Verlauf der letzten Stunde hatte die Bajoranerin mit dem Seismographen einen Signalgeber gekoppelt, der sie bei einer signifikanten Erhöhung der Meßwerte wecken sollte. Außerdem hatte sie auf den ruhelosen Meeresboden zwei Scanner eingepeilt und zeichnete die Bewegung nahezu jedes Sandkorns auf. Mehr konnte sie nicht leisten, ohne bei Tag und Nacht wachzubleiben. Aber sie beabsichtigte, direkt neben den Apparaten auf einem Klappbett zu schlafen, das sie sich im Replikatorraum verschafft hatte.

In der Stille hörte sie im Obergeschoß Leute hin und her gehen. Gregg Calverts Mitarbeiter hielten an der Kom-Konsole Wache. Auch der im selben Stockwerk installierte Replikator blieb rund um die Uhr in Betrieb, um die 212 Kolonisten – in gewissem Umfang gegen ihren Willen – mit allem Erforderlichen zu versorgen. Mehr Gesellschaft als den Klang der hohlen

Schritte brauchte Ro momentan nicht, bis Myra sich einfand – falls sie es überhaupt tat.

Nach dem Mittagessen war das Mädchen zum Schulunterricht gegangen; es hatte aber versprochen wiederzukommen, sobald es möglich war. Ro konnte sich viele Gründe für ein Ausbleiben vorstellen. Sie hoffte, daß die beklemmende Atmosphäre Neu-Reykjaviks sich bald änderte. Myra und die übrigen Kinder verdienten eine schönere Zukunft.

Die Überdruckregulation der Metalltür zischte. Ro drehte sich um, erwartete, Myra zu sehen. Statt dessen erblickte sie die Laborleiterin, Dr. Louise Drayton. Die kleine, brünette Frau kam auf sie zu, als wollte sie ihr sang- und klanglos den Kopf abhacken. Zwar hatte die Wissenschaftlerin sich den ganzen Tag lang vom Fähnrich ferngehalten; doch Ro hatte sich nie eingebildet, die letzte Konfrontation mit der Frau ausgestanden zu haben.

Drayton zeigte auf das Klappbett. »Was soll denn das bedeuten?« fuhr sie Ro an.

»Es ist zum Schlafen«, antwortete Ro und widmete ihre Aufmerksamkeit dem auf den Hochsee-Meeresboden gerichteten Scanner.

»Sie können doch mein Labor nicht in ein Puff verwandeln!« fauchte die Wissenschaftlern. Sie versetzte dem Klappbett einen Tritt, so daß es auf die Seite kippte.

»›Puff‹ ist eine mir unbekannte Vokabel«, entgegnete Ro mit trockener Gelassenheit.

»Klar«, schnaubte die Frau. »Sie sind ja kein Mensch. Weshalb sind Sie geschickt worden? Um uns hier was unter die Nase zu reiben?«

»Ich weiß Ihre Lektion in ausdrucksstarker terranischer Umgangssprache zu schätzen«, sagte Ro. »Allerdings habe ich andere Aufgaben zu erledigen. Hat Ihr Besuch irgendeinen Zweck?«

»Ja, er hat einen Zweck.« Die Frau schnitt eine bitterböse Miene. »Mir ist die Anweisung gegeben worden, Sie im Labor zu dulden. Aber ich habe dieses Labor zu leiten, und die Moral ist bei uns sowieso längst mies genug. Also will ich versuchen, mit Ihnen zurechtzukommen. Wir zwei müssen uns bloß an ein paar Regeln halten.«

»Und was wären das für Regeln?« fragte Ro.

Drayton atmete tief durch, um sich zu beruhigen. »Wenn Sie sich nicht offen gegen mich stellen und meine Autorität nicht untergraben«, sagte sie dann, »mache ich ein paar Zugeständnisse. Es gibt gute Gründe, warum niemand im Labor schlafen darf. Aber wenn Sie's unbedingt wollen, sollen Sie Ihren Willen haben. Bloß bestehe ich darauf, daß Sie mich vorher fragen, ehe Sie irgendwelche Maßnahmen treffen.«

Ro nickte. »Also gut. Ich frage Sie. Aber ich kann nicht zulassen, daß Sie mich bei der Erfüllung meines Auftrags behindern.«

Grimmig lächelte die kleine Frau. »Ich werde mich von Ihnen auch nicht behindern lassen«, antwortete sie. »Gute Nacht.«

Bedächtig schlenderte Dr. Drayton durch das Labor, überprüfte den Stand einiger Experimente und sah sich die Darstellungen auf einigen Computermonitoren an. Einmal blieb sie stehen und hob einen auf den Fußboden gefallenen Gummihandschuh auf; mit einer Gebärde der Geringschätzigkeit warf sie ihn in einen Abfallbehälter.

Fähnrich Ro behielt die Frau im Auge, bis die Außentür des Gebäudes mit einem Knall hinter ihr zufiel. Auch jetzt bezweifelte die Bajoranerin noch, daß sie den letzten Zusammenstoß mit Dr. Drayton erlebt hatte.

Auf der harten Erde des Hügels versuchte Deanna

Troi, es sich auf der Schlafmatte bequem zu machen. In einigen Metern Entfernung schnarchte Worf zufrieden vor sich hin. Data kauerte auf den Fersen; er beobachtete abwechselnd die Sterne und den pechschwarzen Wald.

Nicht daß die Counselor gefroren hätte. In ihren papierdünnen Schlafsack war ein nanotechnisches, mikroskopisch kleines Heizelement integriert; dieses hielt ihre Körpertemperatur konstant auf 36 Grad. Im Gegensatz zu Worf jedoch lag Deanna lieber weich. Würden sie im Wald übernachten, ging es ihr durch den Kopf, wäre es ihr möglich gewesen, unter der Schlafmatte eine zusätzliche Unterlage aus modrigem Laub und Reisig aufzuhäufen.

Für die nächste Nacht faßte sie den Vorsatz, rechtzeitig vor Anbruch der Dunkelheit für eine passable Polsterung zu sorgen. Jetzt jedoch mochte sie nicht zwischen den Bäumen im Finstern wühlen.

»Es steht Ihnen frei, Counselor, für die Dauer Ihrer Schlafperiode an Bord zurückzukehren«, sagte Data, als hätte er ihre Gedanken gelesen. Wahrscheinlich hatte er aber nur gehört, wie sie sich hin und her wälzte. »Ich kann Sie verständigen, wenn die Klingonen wiederkommen.«

»Das ist nett von Ihnen«, meinte Deanna, während sie sich rücklings ausstreckte. »Aber ich bleibe lieber bei Ihnen und Worf. Schliefe ich heute nacht in meinem Bett, könnte ich vielleicht morgen diesen verirrten jungen Leuten nicht mehr gegenübertreten. Es bereitet mir Schwierigkeiten, mich in sie einzufühlen. Hier in der Wildnis zu übernachten, ist vielleicht eine Hilfe. Was glauben Sie, was sie gegenwärtig treiben?«

»Naturgemäß hoffe ich, sie behandeln Turroks Verletzungen«, gab der Androide zur Antwort. »Es ist möglich, daß sein erster Kontakt mit der Klinge deren Winkel verändert hat. Dann können die danach erlittenen Wunden überwiegend oberflächlicher Art sein.«

»Reden Sie bitte nicht davon...« Es schauderte Deanna. »Ich könnte verzweifeln, wenn ich daran denke, daß es uns möglicherweise mißlingt, uns mit ihnen zu einigen und ihr Dasein positiv zu verändern. Dann müßten wir sie vielleicht einfach entführen, wie wir's mit Turrok gemacht haben.«

»Das ist eine Alternative«, räumte Data ein. »Aber es ist vorzuziehen, daß denkende Wesen ihre Entscheidungen selbst fällen. Sind Sie nicht dieser Ansicht?«

»Doch, Data. Erinnern Sie mich daran, ja?«

»Wie Sie wünschen.« Der Androide nickte. »Wie oft soll ich Sie daran erinnern?«

»Gute Nacht, Data.«

»Gute Nacht, Counselor.«

An diesem Abend kam niemand mehr ins Labor. Schließlich konnte Fähnrich Ro nicht mehr die Augen offenhalten, geschweige denn irgendwelche Displays anstarren. Während sie über die Familie Calvert und Dr. Drayton nachdachte, suchte sie die Toilette auf und legte sich dann auf ihr schlichtes Klappbett. Ihres Erachtens mußte sich hinter Dr. Draytons Anwesenheit in dieser entlegenen Kolonie eine interessante Geschichte verbergen. Ro nahm sich vor, Myra danach zu fragen, wenn sie sie das nächste Mal sah.

Die Nacht verlief ruhig, obwohl man ab und zu Trommeln hörte; allerdings ertönten sie aus ziemlicher weiter Entfernung. Selbst die Laute der Tiere im Wald und die Schritte im Obergeschoß klangen wie von fern und irgendwie unwirklich. Trotz aller Sorgen und trotz des ständigen Blinkens von Lichtern im Laboratorium überwältigte zuletzt der Schlaf die Bajoranerin.

Sie hatte keine Ahnung, welche Uhrzeit es war, als sie

erwachte. Im ersten Moment fühlte sie sich etwas desorientiert. Aber Ro wußte unzweifelhaft, was sie geweckt hatte. Sie spürte irgend etwas unter der Uniform über ihre Brust kriechen.

In ihrer Benommenheit tat sie, was in dieser Situation jeder getan hätte: Sie schlug mit der Hand auf den Brustkorb, um die Ursache des Kribbelns zu beseitigen. Sofort verspürte sie ein scharfes Stechen, der ihr den Atem verschlug. Sie keuchte. Ihr wurde klar, daß sie irgendwie in Schwierigkeiten geraten war; vorsichtig setzte sie sich auf die Bettkante.

Ro hatte sich nie so ganz an die Uniformvorschriften gewöhnt. Wie üblich hatte sie den Kragen offen. Zwischen ihren Brüsten pochte brennender Schmerz bis tief in den Körper. Ros sonstige Gelassenheit zerstob, sie verlor die Fassung. Sie zerriß den Uniformpulli. Ein Aufschrei entfuhr ihr, als etwas auf ihren Bauch hinabkroch und sie ein zweites Mal biß.

Sie sprang vom Bett auf und schüttelte den zerfetzten Uniformpulli aus. Ein jadegrünes Tier, das wie ein Stengel mit Beinen aussah, fiel auf den Boden. Unter normalen Umständen hätte Ro kein Leben ausgelöscht. Doch sie wollte das große Insekt nicht entwischen lassen, sondern klären, was sie da gestochen hatte. Gerade als es forthüpfen wollte, trat sie mit dem Fuß zu. Aus reiner Verzweiflung machte sie das Tier platt.

Über sich hörte Ro schnelle Schritte stampfen. Offenbar hatte ihr Schrei Aufmerksamkeit erregt. Plötzlich vermischten sich das wuchtige Hämmern ihres Herzens, das schmerzhafte Pochen in ihrer Brust und das rasche, panikartige Füßegetrappel zu einem gewaltigen Trommelwirbel, der ihr Hirn durchzuschütteln schien. Die Bajoranerin torkelte durchs Labor. In ihrem Schädel fühlten sich die Blutgefäße an, als müßten sie platzen. Widersinnige Formen und grelle Leuchterscheinungen marterten ihre Sinne.

Sie wußte, daß sie halluzinierte. Ihr war zumute, als hätte das zertretene Insekt sich in ihr Hirn gefressen. Aber sie war sich nicht bewußt, daß sie erneut zu schreien angefangen hatte.

Rings um sie lärmten gespenstische, hohl klingende Stimmen, Arme packten Ro. Sie wehrte sich gegen diese neuen Dämonen. »Krankenstation!« hörte sie irgendwen brüllen. Vielleicht war es sie selbst. Schmerz und Licht malträtierten ihren Kopf, strahlten abwärts in ihren Körper. Sie fühlte sich, als stünde sie in Flammen und zerschmelze.

Sie wußte, daß sie starb.

# 7

Ro sank unter brackig grünes Wasser und schnappte vergeblich nach Luft. Entsetzt zappelte sie, während das zähe Naß sie überschwemmte, ihren Brustkorb drückte und quetschte, bis es fürchterlich schmerzte. Mit angehaltenen Atem versuchte sie sich freizustrampeln, aber die Flüssigkeit ähnelte Sirup; jede verzweifelte Bewegung ließ sie tiefer sinken. Sie mußte sterben! Die Frage war nur noch, was sie als erstes umbrachte: der Atemmangel, der grauenhafte Schmerz in der Brust oder die dünnen Tentakel, die sie hinabzogen.

Sie schrie und schrie, ohne sich etwas bei der Absonderlichkeit zu denken, daß sie unter Wasser dermaßen schreien konnte. Immer tiefer sank sie in die klebrige Brühe ein, tief hinunter in die Dunkelheit.

Dann sah sie auf einmal über sich Lichter. Sie flirrten wie Gestalten in einem Transportfeld, schimmerten und flimmerten mal mehr, mal weniger deutlich. Wild schwamm Ro auf die Lichter zu. Plötzlich ging, dann lief sie. Sie mußte rennen, weil sie gejagt wurde – von riesigen Cardassianern mit Gesichtern wie Totenschädel! Sie glichen Riesen, denn Ro war wieder ein kleines Mädchen, sie rannte um ihr Leben.

Die hageren Wesen bekamen sie zu fassen und warfen sie auf den Boden. Sie schrie, trat um sich, weinte. Was ihr geschah, war Wirklichkeit. Es hatte sich ereignet. Sie kniff die Lider fest zusammen, während man sie fortschleppte, weil sie schon wußte, welcher Alptraum nun folgte.

Dort war er – ihr stets so mitfühlender Vater, ein Führer ihres Volkes. Zerschlagen und blutig kniete er da. Sobald er sie sah, schüttelte er sich wie ein Tier, das aus einem langen Schlaf erwachte, raffte sich hoch. »Nein!« brüllte er voller Zorn. Wütend blickten die Cardassianer ihn an. Knochen säumten ihre schwarzen Augen. Sie umringten ihn und schlugen von neuem auf ihn ein.

Ro wehrte sich – als kleines Mädchen –, wandte sich ab, doch dem scheußlichen Geräusch der Hiebe konnte sie sich nicht entziehen. Sie fühlte, wie sie in die barmherzige Finsternis einer Ohnmacht sackte.

Als sie erwachte, merkte sie, daß noch immer Arme sie umklammerten. Nein, keine Arme, es waren Gurte, die sie hielten. Sie lag in einer modernen Krankenstation, auf einen Untersuchungstisch geschnallt. Hinter ihr blinkten und piepsten auf irgendwie beruhigende Weise medizinische Monitoren.

»Ro«, rief eine helle Stimme. »Du bist wach!« Das fröhliche Gesichtchen Myra Calverts grinste auf sie herab. Es erinnerte sie an das Mädchen, das sie einmal gewesen war – bevor jene alptraumhaften Erlebnisse sich ihrem Gedächtnis unauslöschlich eingeprägt hatten.

»Ja, ich bin wach...« Die Bajoranerin stöhnte. »Aber offenbar bin ich festgeschnallt. Was ist passiert?«

»Du hast durchgedreht«, sagte Myra. Sie war von dem, was sie mitangesehen hatte, offensichtlich sehr beeindruckt. »Du warst total am Halluzinieren. Es war nötig, dich festzuschnallen, sonst hättest du dir bestimmt was angetan. Und vielleicht auch anderen Leuten. Ich hab' noch nie irgendwen derartig schreien gehört.«

Hinter dem Kopf des Mädchens schien ein anderes bekanntes Gesicht zu schweben. Man hätte meinen können, das rote Haar wäre mit Myras blondem Schopf verflochten.

»Hallo.« Dr. Beverly Crusher lächelte. »Wie schön, daß Sie wieder da sind.«

»Bin ich auf der *Enterprise?*« fragte Ro.

»Nein, Sie liegen in der Krankenstation der Siedlung«, antwortete Beverly. »Die Kolonisten kennen sich besser als ich mit diesen Heuschreckenbissen aus. Andererseits weiß ich besser über die bajoranische Physiologie Bescheid. Dank gemeinsamer Anstrengungen haben wir es geschafft, Sie durchzubringen.«

»Muß ich angeschnallt bleiben?«

»Das weiß ich noch nicht«, entgegnete Crusher. »Im Moment sind Sie offensichtlich geistig völlig klar. Bei diesem Insektengift sind allerdings Rückfälle nicht ausgeschlossen. Ich frage Dr. Freleng. Er spricht gerade draußen im Flur mit Captain Picard.«

Beverly ging hinaus. Myra hingegen blieb bei Ro. »Du kannst echt von Glück reden«, meinte Myra. »Du bist zweimal gebissen worden. Noch niemand hat *zwei* Bisse einer Grubenheuschrecke überlebt.«

»Das war's, was mich gebissen hat?« fragte Ro matt. »Eine Grubenheuschrecke? Irgendwas ist unter meiner Uniform rumgekrabbelt.«

»Ja, das war sie.« Myra runzelte die Stirn. »Es ist komisch... Wir haben hier extra Überdruckregulation, damit solches Viehzeug draußen bleibt. Ich muß die Terrarien überprüfen, um festzustellen, ob eines unserer Laborexemplare entwischt ist.«

»Wie lange... lieg' ich schon hier?«

»Ungefähr sechs Stunden«, gab Myra Auskunft. »Jetzt ist Frühstückszeit.«

Ro wollte weitere Fragen stellen, doch nun erschien ein ihr unbekannter, junger Mann an der Liege. Ihm folgten Beverly Crusher und Picard. Der Captain grinste.

»Ich bin Dr. Freleng«, sagte der junge Mann. Durch

ein Sichtinstrument schaute er in Ros Augen. »O ja, das sieht sehr gut aus. Was Ihre allgemeinen Körperfunktionen angeht, muß ich mich auf Dr. Crushers Wort verlassen, daß sie normal sind.«

»Fast normal«, schränkte Beverly ein. »Es muß sich um ein reichlich starkes Neurotoxin handeln.«

»Das kann man wohl sagen.« Freleng nickte. »Könnten wir mehr von den Heuschrecken fangen, wär's uns wahrscheinlich möglich, ein Gegengift zu entwickeln. Aber momentan fällt noch jede Reaktion unterschiedlich aus. Ein Mitglied eines Erkundungstrupps ist an einem Biß augenblicklich gestorben. Aber nachdem Präsident Oscaras gebissen wurde, saß er bloß einen ganzen Tag lang still und völlig unansprechbar da und lächelte selig vor sich hin. Tja, ich glaube, wir dürfen sie losschnallen.«

Während der junge Arzt die Gurte um Ros Brustkorb und Glieder löste, trat Captain Picard näher. »Hallo, Fähnrich«, sagte er voller Mitgefühl. »Sie müssen ja ganz schön was mitgemacht haben.«

Ro brachte ein Lächeln zustande. »Ich würd's ungern ein zweites Mal erleben.«

Picard blickte Freleng an. »Mit Erlaubnis des Doktors verlegen wir Sie auf die *Enterprise*«, kündete er an, »damit Sie sich in Ihrer gewohnten Umgebung erholen können.«

Erleichtert rieb Fähnrich Ro sich die aufgescheuerten Handgelenke. Sie hatte Muskelkater und fühlte sich so matt, als hätte sie die ganze Nacht hindurch Sport getrieben. »Vielen Dank, Captain«, sagte sie. »Aber ich muß mich hier wirklich ernsthaft mit den seismographischen Messungen befassen.«

»Commander LaForge hat den Seismographen übernommen«, antwortete Picard. »Nach dem, was Sie hinter sich haben, sollten Sie sich lieber etwas Ruhe gönnen, glaube ich.«

»Ärztlicherseits bestehe ich darauf«, äußerte Dr. Freleng. »Sie werden sich mindestens noch in den nächsten vierundzwanzig Stunden schwach fühlen. Sie sollten etwas essen, aber was Sie am dringendsten brauchen, ist Schlaf. Schlafen können Sie natürlich hier so gut wie überall.«

»Darf ich Ros Krankenpflegerin sein?« fragte Myra eifrig. »Bitte!«

Die beiden Mediziner wechselten heitere Blicke. »Ich wüßte keinen Grund, weshalb nicht«, sagte Freleng. »Medikamente braucht sie keine, nur Essen und Erholung. Ich muß Dr. Drayton Bericht erstatten.«

»Dr. Drayton?« wiederholte Ro. Sie versuchte, ihr Befremden aus ihrem Tonfall fernzuhalten. »Was hat sie damit zu tun?«

»Sie ist die Entomologin unserer Kolonie«, lautete Frelengs Antwort. »Sie legte eine genaue Dokumentation aller ernstzunehmenden Insektenstiche und -bisse an. Bezüglich der Grubenheuschrecken arbeitet sie an einem speziellen Projekt.«

Ro sank auf die Liege zurück. Mit einemmal wurde ihr wieder übel.

Bei Tagesanbruch sprang Worf nahezu senkrecht aus seinem Thermo-Schlafsack. Am Kribbeln seiner Nakkenhaare bemerkte er untrüglich, daß irgend etwas nicht stimmte. Aber der Wald wirkte, wenn auch etwas unheimlich, im großen und ganzen doch friedlich. Ein milchig-weißer Nebel trübte sowohl den Waldboden wie auch die Baumwipfel. Zwischen den Dunstschleiern ähnelten die schwarzen Baumstämme den Gitterstäben eines riesigen Gefängnisses. Der Erdhügel glich einer von Dünsten umwallten Insel.

Data hockte in aller Ruhe am Abhang und hielt mit der gleichen Gelassenheit Ausschau, mit der er auf der Kommandobrücke der *Enterprise* seine Konsole betrachtete. Einige Meter entfernt schlief zusammengerollt Deanna Troi.

»Sie sind da, nicht wahr?« fragte Worf.

»Ja«, bestätigte Data. »Sie beobachten uns seit schätzungsweise fünfunddreißig Minuten. Ich nehme an, sie haben sich noch nicht darüber geeinigt, wie sie auf unsere Anwesenheit reagieren sollen.«

»Da geht es ihnen genau wie uns«, brummte Worf. »Wie viele sind es nach Ihrer Meinung?«

»Im Moment nicht mehr als acht. Die Personen, von denen wir entdeckt worden sind, haben jedoch ständig Zulauf erhalten. Daher erwarte ich, daß sich noch mehr einfinden.«

Worf stand auf; er strengte seine Augen an, versuchte die Klingonen im nebelverschleierten Wald zu erkennen. Vergeblich. Endlich beschloß er, sich auf Datas Angaben zu verlassen. »Am besten rufen wir sie«, schlug er vor.

»Wir müssen Geduld zeigen«, empfahl der Androide. »Wir halten hier etwas besetzt, das für sie vielleicht als einziges hohen Wert hat: diesen Hügel, von dem ich vermute, daß er von ihnen aufgeschüttet worden ist. Also sollten wir den Besitz des Hügels gegen ihre Akzeptanz und Freundschaft einhandeln.«

»Sie sind der Ansicht, wir sollen hier warten, bis sie und zum Abhauen auffordern?«

»Genau«, gab Data zur Antwort.

Worf schlurfte an den Rand der Hügelkuppe und pinkelte in die kühle, diesige Luft hinab.

»Halt!« gellte eine von Bestürzung verzerrte Stimme aus dem Dickicht. »Nicht!« Eine verlotterte junge Frau trat hervor. Es war dieselbe Person, die so mutig Worfs Brauenhöcker berührt hatte. Sie sprach klingonisch. »Entweihe nicht unser Heiligtum! Was wollt ihr?«

»Das war ein kluger Schachzug«, flüsterte Data.

»Wir möchten mit euch Freundschaft schließen«,

antwortete Worf – ebenfalls in klingonischer Sprache –, indem er in Datas Richtung nickte. »Wir bleiben hier, bis ihr uns als Freunde anerkennt. So wie es Turrok getan hat.«

Unverständliches Getuschel wurde hörbar. Bei soviel Aufgeschlossenheit konnte Worf sich nur vorstellen, daß Balak noch irgendwo in einer Höhle schlief. Wahrscheinlich hatte niemand das Bedürfnis, ihn zu wecken. Es erleichterte Worf, daß ein paar der Älteren das Klingonische noch einigermaßen gut beherrschten. Bisher hatte es wenig genützt, aber die Möglichkeit zur mündlichen Kommunikation war von entscheidender Bedeutung. In ihrem Schlafsack wälzte Deanna Troi sich herum und verfolgte Worfs Verhandlungsbemühungen.

»Geht es Turrok heute früh besser?« erkundigte der Sicherheitsoffizier sich bei dem Mädchen am Fuß des Abhangs.

»Er lebt«, rief es. »Der Messergott sagt, Turrok ist nicht verdorbt. Vielleicht seid ihr auch nicht böse. Aber ihr kommt von den Flachschädeln.«

»Bin ich etwa ein Flachschädel?« erwiderte Worf. »Gestern hast du meinen Kopf gestreichelt. Ich bin wie ihr. Wir sind keine Feinde, sondern Brüder und Schwestern. Überall leben wir mit Menschen in Frieden und gegenseitigem Respekt. Nur hier nicht. Aber es gibt keinen Grund zur Feindschaft.«

Das Mädchen drehte sich um und sagte etwas zu den im Wald versteckten Jugendlichen.

»Sie machen Ihre Sache sehr gut«, raunte Deanna Worf zu. »Ich glaube, wir können sie überzeugen.«

»Bis sie das Messer zückt«, nuschelte Worf. »Wollen wir uns nicht zusammensetzen und darüber sprechen?« rief er hinunter. »Wir haben Essen dabei.«

»Ich komme«, versicherte das Mädchen. »Aber ich kann den anderen nichts befehlen.«

»Jeder ist uns hier willkommen«, versprach Worf. Er wandte sich zu Deanna und Data um. »Packen Sie aus, was wir an Essen haben«, sagte er leise.

Die Counselor und der Androide kramten Proteinriegel, Kekse sowie lösliche Trockennahrung heraus; letztere ließen sich durch manuelle Aktivierung der in die Verpackung eingearbeiteten Spezialchemikalien erwärmen. Obwohl Data normalerweise nichts aß, trug er den Großteil des Proviants der Landegruppe. Was sie mitführte, reichte unter gewöhnlichen Umständen für zwei Wochen. Lebensmittel sind kein Problem, dachte Worf, solang die *Enterprise* im Orbit kreist.

Als er wieder hinabschaute, sah er außer dem Mädchen drei heruntergekommene Burschen wacker den Hang ersteigen. Ihre Fäuste umklammerten die Griffe ihrer kruden Messer. Sie wirkten wachsam; doch ihre Nasenflügel blähten sich beim Duft der ungewohnten Speisen; er ließ sie ihre Furcht vergessen.

Data riß an einem Päckchen Kirschpastete die streifenförmigen Aktivatorfolie heraus, um es zu erwärmen. Sein scheinbar gewalttätiges Vorgehen erschreckte das Mädchen und dessen Begleiter. Alle vier duckten sich ängstlich.

»Es besteht keine Gefahr«, beteuerte Worf. »Er macht nur Essen für euch warm.«

»Warm?« wiederholte einer der Jungen voller Staunen.

»Was Essen angeht, verstehen sie sich auf Zauberei«, sagte das Klingonenmädchen. Dem Ton nach hatte sie es den anderen anscheinend schon oft erzählt, ohne daß sie es ihr je abgenommen hätten. »Sie können sogar welches aus Luft machen«, fügte das Mädchen hinzu.

Interessant, dachte Worf, als er sich vergegenwärtigte, wie nahe ihre ohne jede Vorbildung getroffene Vermutung der Wahrheit kam. Molekulare Synthese nach in einem Computer gespeicherten Musterdaten konnte man vereinfachend auch als etwas ›aus Luft machen‹ bezeichnen. Es freute Worf zu sehen, daß in diesen jungen Klingonen, obwohl sie keinerlei Vorzüge der Zivilisation kannten, angeborene Intelligenz steckte und sie durchaus Wissensdurst besaßen.

Counselor Troi trat an Worfs Seite. Sie öffnete die Hand und zeigte ihm einen Insignienkommunikator. »Ich möchte ihn dem Mädchen anstecken, damit es mich verstehen kann«, erklärte Deanna. »Würden Sie ihr wohl den Universaltranslator erläutern? Und daß das Gerät nicht schadet, sondern wir alle es tragen.«

»Natürlich«, antwortete der Klingone. Er deutete auf seinen Insignienkommunikator und wandte sich an das Mädchen. »Wir wünschen, daß du zum Zeichen unserer Freundschaft so eine Brosche trägst«, sagte er auf klingonisch. »Sie ist für dich keine Gefahr. Im Gegenteil, sie wird es dir erlauben, uns alle zu verstehen.«

Im ersten Moment schrak das dünne Mädchen zurück. Aber Deannas gewinnendes Lächeln überzeugte die Jugendliche. Sie hielt still, während Deanna den Kommunikator an einem Gurt unter ihrem Fellkleid befestigte. »Ich bringe die Brosche innen an«, erklärte die Betazoidin, »damit Balak sie nicht sieht.«

Verblüfft blinzelte das Mädchen, als es zum erstenmal die Flachschädel-Sprache verstand.

»Was eßt ihr normalerweise?« erkundigte sich Deanna.

Die entgeisterte Jugendliche klappte den Mund auf, um die Frage zu beantworten. Aber ihr fielen nicht die richtigen Worte ein. Also klaubte sie in paar Blättchen Gras auf und stopfte sie sich mit wenig Begeisterung in den Mund. Dann wies sie das rohe Fell vor, das sie am Leib hatte, als wollte sie sagen, daß sie den vorherigen Träger auch verzehrt hätte.

»Aha«, machte die Betazoidin. »Jetzt ist mir alles klar.« Sie reichte dem Mädchen eine Müslischnitte aus nahrhaftem Obst, Nüssen und Korn. »Probier mal das.«

Die Klingonin schob sich näher und riß ihr den Riegel aus den Fingern. Egoistisch verschlang sie ihn. Ihre drei Kameraden stießen Brummtöne hervor und schauten zu, als würden sie ihn ihr am liebsten entwinden.

»Es ist genug für alle da«, verhieß Data und teilte diverse Proteinriegel und Müslischnitten aus. Binnen Sekunden wurden sie verzehrt. Gleich spähten die jungen Klingonen am Lagerplatz der Landegruppe umher, um zu sehen, was sich im Gepäck noch an Eßbarem finden ließe.

»Ich bin Worf«, stellte der Sicherheitsoffizier sich den ängstlichen Frühstücksgästen vor. »Wie lauten eure Namen?«

»Ich heiße Wolm«, sagte das Mädchen mit einem Lächeln. Anscheinend freute es sich, weil es einen Namen ähnlichen Klangs hatte. Wolm zeigte der Reihe nach auf ihre drei Gefährten. »Pojra, Krell und Maltak.« Die Klingonen nickten und lächelten zurückhaltend, als sie ihre Namen hörten.

Data öffnete die Packung mit der inzwischen erwärmten Kirschpastete und verteilte sie scheibenweise an die vier Klingonen. »Das wird euch sicher schmecken«, sagte er. »Die meisten Humanoiden mögen süße Speisen.«

Danach beurteilt, wie sie die Scheiben hinunterschlangen, befand Worf, mußte es ihnen in der Tat hervorragend munden. Er erachtete dies als den richtigen Augenblick, um eine entscheidende Frage zu äußern. »Bekämt ihr solches Essen von den Siedlern, würdet ihr *dann* aufhören, sie zu überfallen?«

Wolm sah ihre Kameraden an, bevor sie darauf einging. Doch die drei Jungen trauten sich offensichtlich nicht, eine eigene Meinung auszusprechen. Zudem beanspruchte es sie zu stark, zu futtern und scheu umherzulugen, als befürchteten sie, irgendein schreckliches Ereignis könnte die Speisenverteilung plötzlich beenden.

»Ich ja«, antwortete das Mädchen zaghaft. »Aber wir haben Gesetze ... die das nicht gestatten.«

»Du meinst«, brummelte Worf, »ihr habt Balak.«

»Er ist die Stimme des Gesetzes«, behauptete das Mädchen leicht trotzig.

»Wo ist Balak momentan?« fragte Deanna.

»Bei der Göttin«, gab Wolm diesmal zur Antwort.

»Der Göttin?« wiederholte die Betazoidin. »Kannst du mir darüber Näheres erzählen?«

Wolm hatte andere Dinge im Sinn. Sie zeigte auf das leere Kirschpasteten-Päckchen. »Mehr«, verlangte sie.

Worf bemerkte acht weitere klapperdürre Klingonen. Sie kamen aus dem Wald geschlichen und erklommen den Erdhügel. Er sah, wie sie sich die Lippen leckten und den Mund wischten. Während Deanna und Data eilends Nahrungsmittel an sämtliche Klingonen ausgaben, berührte der Sicherheitsoffizier seinen Insignienkommunikator.

»Worf an *Enterprise*.«

»Hier Riker«, ertönte besorgt die Stimme des Ersten Offiziers. »Droht Ihnen Gefahr?«

»Nur daß uns der Proviant ausgeht«, antwortete Worf. »Können Sie fünfzehn komplette Menüs an unsere Koordinaten beamen?«

»Haben Sie besondere Wünsche?« fragte Riker. Man hörte ihm seine Heiterkeit an.

»Ich glaube, die Speisekarte spielt keine Rolle«, sagte Worf. »Vielleicht brauchen wir später noch mehr.«

Eine kurze Pause folgte. »Wir leiten Ihre Bestellung Transporterraum drei weiter«, gab Riker dann durch.

»Offenbar bereitet das viele Spazierengehen an frischer Luft Ihnen ja einen beachtlichen Appetit.«

Worf empfand die Bemerkung nicht als lustig. Er schnitt eine grimmige Miene. »Haben Sie je das Sprichwort gehört: ›Der Weg zum Herzen eines Klingonen führt durch seinen Magen?‹«

»Nein.« Riker lachte. »Noch nie.«

»Es sagt die Wahrheit«, betonte Worf in feierlichem Ernst.

»Die Lieferung muß jeden Moment eintreffen«, sicherte der Commander zu. »Ich muß Ihnen aber noch etwas Wichtiges mitteilen. Nehmen Sie sich vor dünnen, grünen Insekten von etwa zehn Zentimetern Länge in acht. Es gibt auf Selva eine sehr giftige Heuschreckenart. Ein Exemplar hätte vergangene Nacht beinahe Fähnrich Ro umgebracht. Aber anscheinend ist sie inzwischen übern Berg.«

»Das ist ja furchtbar«, sagte Deanna Troi, die alles mitangehört hatte. »Präsident Oscaras hat uns vor den Heuschrecken gewarnt. Ich bin aber davon ausgegangen, daß die Leute in der Siedlung davor sicher sind.«

»Offenbar nicht«, stellte Riker klar. »Der Captain ist auch im Dorf. Vielleicht sollten Sie ihn kontaktieren, sobald Sie etwas Zeit abzweigen können. Ich richte ihm aus, daß Sie jetzt beim Frühstück sind.«

»Vielen Dank«, sagte Worf. »Landegruppe Ende.«

Als der Sicherheitsoffizier aufblickte, sah er, daß Wolm ihn musterte. Das Mädchen lächelte. Flüchtig überlegte Worf, daß es in ein paar Jahren durchaus zu einer Schönheit entwickeln könnte – nach ein wenig Gewichtszunahme sowie dem Gebrauch jeder Menge Wasser und Seife.

Im nächsten Moment ärgerte er sich über diese Gedanken. Dann jedoch sah er ein, daß in dieser Situation niemand dagegen gefeit wäre. Die Überlebenden waren einmal Kinder gewesen; jetzt waren sie keine mehr. Sie standen an der Schwelle zum Erwachsenendasein. Es oblag ihm, einer kultivierten Betazoidin und einem Androiden, dafür zu sorgen, daß aus ihnen verantwortungsbewußte Klingonen wurden und keine blutdurstigen Räuber. Blieben sie sich selbst überlassen, mochten sie allesamt zu einem ganzen Klan von Balaks mißraten.

Auf dem Boden materialisierten fünfzehn Plastikteller mit dampfenden Gerichten. Natürlich mußte dieser Vorgang Worfs Angabe bestätigen, die Flachköpfe könnten aus Luft Essen machen. Das hinderte das Dutzend Klingonen jedoch nicht daran, sofort über die Speisen herzufallen. Ihr rasender Hunger verwandelte sich rasch in gierige Gefräßigkeit. Sie schlugen sich die Bäuche voll, als hätten sie Angst, nie wieder etwas Eßbares zu bekommen. Wie eine Meute Hunde stritten sie sich um Knochen und Brocken.

Angewidert von dieser Barbarei und entmutigt angesichts der Schwierigkeit der zugemuteten Aufgabe, schlenderte Worf zum anderen Ende des heiligen Erdhügels. Er schaute zu, wie die ersten morgendlichen Sonnenstrahlen den Nebel auflösten und von neuem den Blick auf den weiten Wald freigaben. Während er noch dastand und sinnierte, trat Deanna Troi an seine Seite.

»Sie haben fast alles aufgegessen«, sagte sie. »Was sollen wir nach Ihrer Auffassung als nächstes tun?«

»Ich will mir Turrok ansehen und mich vergewissern, daß er gesund wird«, antwortete Worf. »Danach wäre ich Ihnen für neue Anregungen dankbar.«

»Es ist eines, ihre Freundschaft mit Lebensmitteln zu erkaufen«, meinte Deanna, »aber etwas anderes, sie sich zu verdienen. Was halten Sie von Datas Idee, sich ihrem Gottesurteil zu unterwerfen?«

»Wollen wir auf ihr Niveau absinken«, fragte Worf

mißmutigen Gesichts, »oder sie zu uns heraufziehen?« Er schüttelte den Kopf, als wüßte er keine Antwort. »Am meisten wurmt mich, daß Klingonen diesen Hang haben, sich wie Wilde zu betragen. Würden Betazoiden oder Menschen sich nach ein paar Jährchen im Wald sich derartig benehmen? Ich glaube nicht.«

»Sie sollten mehr Geschichtsbücher der Menschen und Betazoiden lesen«, empfahl Deanna. »Was unsere Aufgabe so erschwert, ist der Umstand, daß sie keinen normalen Bezugsrahmen haben. Sie kennen nur ihre eigenartige Existenzweise, die sie sich aus einigen Kindheitserinnerungen und dem alltäglichen Überlebenskampf zurechtgelegt haben. Ich glaube, Sie sollten stolz auf sie sein. Immerhin haben sie überlebt und ohne alle Maßstäbe eine eigene Stammesgesellschaft aufgebaut.«

Worf runzelte die Stirn. »Darüber bilde ich mir eine Meinung, wenn ich mehr über ihre Gesellschaft weiß.«

Auf einmal durchhallte das Dröhnen einer einzelnen Trommel den friedlichen Morgen; es durchdrang den Wald mit ähnlicher Zudringlichkeit wie die Nebeldünste. Offenbar bildeten die stakkatohaften Trommelwirbel einen bestimmten Code. Mit angehaltenem Atem lauschten Wolm, Pojra, Krell, Maltak und die übrigen Jugendlichen.

Worf wunderte sich: Er hatte den Eindruck gehabt, sie ließen sich in ihrem Heißhunger durch nichts stören. Schließlich entfernten sie sich, nachdem jeder von ihnen so viel Nahrung wie möglich zusammengerafft hatte.

Während sie noch an einer Geflügelkeule nagte, stieg Wolm den Hügel hinab. »Wir müssen fort«, erklärte sie. »Balak ist zurück.«

»Wir begleiten euch«, sagte Worf.

»Nein«, riet das Mädchen. »Wir erzählen ihm, daß ihr hier seid. Dann will er euch sicher besuchen.«

»Wolm«, rief Data. »Gib Balak Bescheid, daß ich mich der Probe auf Verderbtheit unterziehen möchte, um unsere Ehrlichkeit zu beweisen.«

Fassungslos zwinkerte das Mädchen ihn an. Vermutlich war es noch nie vorgekommen, daß jemand von *sich* aus anbot, sich dem mörderischen Gottesurteil auszusetzen. »Ich sag's ihm«, versprach Wolm. Sie sprang den Hang hinab und verschwand im Wald.

Worf, Deanna und Data betrachteten die Überreste der fünfzehn Menüs sowie die zahlreichen zerrissenen, leeren Proviantpackungen. Sie sammelten die überwiegend saubergeleckten Teller sowie das Verpackungsmaterial, Knochen und sonstige Reste sorgsam ein. Zum Schluß stapelten sie alles auf einen Haufen. Dann hakte Worf den Phaser vom Gürtel, adjustierte ihn auf Stufe 11 und verdampfte den Abfall in einem Hitzestrahl.

»Vielleicht sollten wir Guinan kommen lassen«, sagte Deanna.

»Darf ich fragen, warum?« äußerte Data.

Die Counselor lächelte. »Weil wir anscheinend auf Selva das erste Restaurant eröffnet haben.«

»Mir entgeht das Lustige an der Situation«, brummte Worf. »Diese Jugendlichen brauchen mehr als Nahrungsmittel.«

Data hob den Kopf. »Tatsächlich sind sie an mehr als Essen interessiert«, meinte der Androide.

»An was außer Töten und Rauben?« erkundigte sich Worf.

Der Androide aktivierte seinen Insignienkommunikator. »Data an *Enterprise*.«

»Hier Riker«, meldete sich der Erste Offizier. »Sagen Sie bloß nicht, Sie brauchen schon wieder neue Verpflegung.«

»Nein, wir brauchen Geschenke«, antwortete Data. »Meines Erachtens muß der Replikator dazu imstande sein, ein Sortiment an Musikinstrumenten zu produzieren. Ich hätte gerne zwanzig Schlaginstrumente, beispielsweise Schnarrtrommeln, Kesselpauken, Tamburins, Rumbakugeln, Marimbas, Rasseln und Gongs.«

»Na gut.« Riker lachte vor sich hin. »Was haben Sie vor? Wollen Sie 'ne Marschkapelle gründen?«

»Ich bezweifle nicht, daß das bei ausreichender Vorbereitungszeit durchführbar wäre«, lautete Datas Entgegnung. »Unsere unmittelbare Absicht zielt jedoch darauf ab, Freunde zu gewinnen.«

»Ich checke den Replikator und prüfe nach, ob so was im Speicher vorhanden ist«, billigte Riker ihm zu. »Sie erhalten die Instrumente, so schnell sie fabriziert werden können.«

»Ich bedanke mich, Commander«, sagte der Androide. »Data Ende.«

Deanna Troi schüttelte den Kopf. »Ich bin mir wahrhaftig nicht sicher, ob die Kolonisten dafür Verständnis aufbringen.«

Myra Calvert nahm das Glas Apfelsaft von den Lippen der Patientin. »Der Doktor hat gesagt, du sollst schlafen«, schalt sie. »Warum schläfst du nicht?«

Fähnrich Ro mochte dem Mädchen nicht enthüllen, daß sie nicht einschlafen konnte, weil ständig die Frage sie marterte, ob der Heuschreckenbiß wirklich nur ein Unfall gewesen war; Myra brauchte nicht mit solchen Arten des Verdachts und Argwohns belastet zu werden. Doch mit wem könnte sie darüber reden? Präsident Oscaras? Captain Picard? Egal an wen sie sich wandte, es gäbe Aufsehen, das die Beziehungen zwischen den Siedlern und der *Enterprise*-Crew weiter verschlechtern müßte.

Zudem war sie keineswegs als erste und einzige Person von einer selvanischen Grubenheuschrecke gebissen worden; soviel stand fest. Daß das Insekt ohne irgend jemandes Nachhilfe den Weg unter ihren Uniformpulli gefunden hatte, war sehr wohl denkbar. Und Ros Unerfahrenheit mit den Lebensformen Selvas hatte zum Ergebnis gehabt, daß sie in der am wenigsten ratsamen Weise reagierte.

»Myra«, erkundigte sich Ro, »hat das Laboratorium irgendeine visuelle Überwachungsanlage oder ein automatisches Erfassungssystem, um festzuhalten, wer kommt und geht, und um welche Uhrzeit?«

»Nee«, antwortete die Kleine. »Warum fragst du?«

»Nur so.« Die Bajoranerin seufzte und ließ sich ins Kissen sinken. »Ich kann mich an nichts entsinnen. Also habe ich mich gefragt, ob's vielleicht von dem Vorfall eine visuelle Aufzeichnung gibt.«

Myra verdrehte die Augen. »Glaub mir, Ro, es ist besser, du siehst dir nicht auch noch an, was du durchgemacht hast. Die einzigen Überwachungsapparate, die wir haben, sind an der Mauer. Sie reichen aber nicht immer zur Warnung aus.«

»Reden wir über was anderes.« Ro bemühte sich um einen heiteren Tonfall. »Erzähl mir was von Dr. Drayton. Bis jetzt habe ich bloß einmal mit ihr gesprochen.«

»Dr. Louise Drayton«, begann Myra in einem derart mechanischen Tonfall, daß sie auf gespenstische Weise wie ein Computer klang, »geboren vor dreiundfünfzig Jahren in Ottawa, Terra. Doktorat in Entomologie an der Akademie der Wissenschaften auf Arkturus IV. Sie hat die ganze Galaxis bereist. Meinen Vati hat's ein bißchen gewundert, daß jemand mit ihrer Qualifikation sich diesem Siedlungsprojekt anschließt. Aber wie wir alle strengt sie sich bei der Klassifizierung der Flora und Fauna Selvas sehr an.«

»Hat sie bei einem der Überfälle einen Mann oder sonst einen ihr nahestehenden Menschen verloren?« Ro bemühte sich um einen unbekümmerten Ton.

Bei der Antwort wirkte Myra älter, als sie an Jahren zählte. »Ro, jeder hat bei den Überfällen irgend jemand verloren. Wir sind eine kleine Siedlung. Während sie im Wald Proben sammelte, hat Dr. Drayton einen Messerstich in die Schulter abgekriegt. Aber das hat sie nicht eingeschüchtert. Wäre es nicht verboten, wäre sie dauernd draußen. Die meisten hier verlassen das Gelände nicht mehr. Um nichts in der Welt.«

Ro seufzte laut. Sie mußte sich verdeutlichen, daß sie sich in einer Ortschaft voller schwergeprüfter Menschen aufhielt. Sie hatten sowohl körperliche wie auch seelische Narben davongetragen. Die Verhältnisse erinnerten sie stark an die Flüchtlingslager, in denen sie herangewachsen war; den Lagern, denen sie entronnen war, indem sie sich bei Starfleet bewarb. Hätte sie Louise Drayton vor zwei Jahren kennengelernt – statt heute, in einer von Gewalt geprägten Umgebung –, wäre sie vielleicht einer ganz anderen Frau begegnet. Mittlerweile neigte sie zu der Ansicht, daß es wohl albern und paranoid sei, die Schuld an einem Insektenbiß einer fremden Person zuzuschieben.

Eine angenehme, tiefe Stimme unterbrach ihre trübseligen Gedankengänge. »Darf ich eintreten?« Auf der Schwelle stand Gregg Calvert.

»Vati«, rief Myra freudig.

Ro winkte. »Bitte.«

Der gutaussehende blonde Mann kam herüber an Ros Bett. »Es ist mein Vater gewesen«, plauderte Myra stolz aus, »der dich gerettet hat.«

»So?« äußerte Ro. Sie belohnte Gregg mit dem gelungensten Lächeln, das sie sich unter den momentanen Umständen abringen konnte. »Herzlichen Dank.«

Gregg Calvert zuckte die Achseln. Er errötete auf diese für Menschen eigentümliche Art, die Ro als so faszinierend empfand. »Ich habe Sie bloß hier heraufgebracht.«

»Und sieh mal, wie du ihn zugerichtet hast«, meinte Myra vorwurfsvoll. Sie zeigte auf drei Schrammen auf der Wange ihres Vaters.

Der Fähnrich runzelte die Stirn. »Das war ich? Tut mir leid.«

Gregg lächelte. »Ich bin schon lange nicht mehr von einer Frau gekratzt worden.«

Bei dieser Bemerkung brauchte Ro sich nicht zum Lächeln zu zwingen; diesmal fiel es ihr leicht. Der Blick zwischen ihr und Gregg wurde lang und länger, bis er schließlich auf das Chronometer an seinem Handgelenk schaute.

»Ich wollte nur mal nachsehen, wie's Ihnen geht«, sagte er. »Präsident Oscaras hat eine Versammlung einberufen. Ich muß teilnehmen. Kümmert Myra sich gut um Sie?«

»Bestens.«

»Ich hoffe, Sie erholen sich soweit, daß Sie mit uns zu Abend essen können«, verabschiedete sich der Sicherheitschef. »Bis dann.«

»Vielen Dank für alles«, sagte Ro.

Der hochgewachsene Blonde verließ die Krankenstation. Ro und Myra blickten ihm nach.

»Ich glaube, er mag dich.« Myras Gesichtchen strahlte Freude aus.

»Du kannst von Glück reden, daß du so einen Vater hast«, konstatierte Ro. Sie dachte an ihren eigenen Vater und seinen schrecklichen Tod.

Sie wechselte das Gesprächsthema. »Gestern, vor diesem Zwischenfall, hattest du vor, mir was über eine Theorie erzählen«, sagte sie. »Du hast angedeutet, es wäre irgendwie eine schlechte Neuigkeit damit verbunden. Niemand wollte sie hören.«

»Ach ja«, rief Myra. »Das erste Mal hab' ich mich gewundert, als ich im Wald einen Baum fand, den ein Blitz umgeworfen hatte. Das war, bevor wir von der

Anwesenheit der Klingonen erfuhren. Da konnten wir noch überall rumlaufen, wie wir wollten. Jedenfalls, es war der dickste und höchste Baum, den ich je gesehen habe. Wahrscheinlich hat ihn deshalb der Blitz getroffen. Ich habe am Stamm die Baumringe gezählt. Es sind nur neunzig gewesen.«

»Aha«, machte Ro. Sie begriff das Bedeutsame dieser Entdeckung nicht.

»Kapierst du nicht, was das heißt?« fragte Myra. »Es war der größte Baum in dieser Gegend des Planeten, und er war bloß neunzig Jahre alt. Auf Selva ist das Jahr zwar zweiundfünfzig Tage länger als das Erdjahr. Für ungefähre Vergleichszwecke kann man sie aber gleichsetzen. Seitdem suche ich andauernd nach was, das älter als neunzig Jahre ist. Bis jetzt habe ich aber nichts gefunden.«

Interessiert stemmte Ro sich im Bett auf den Ellbogen hoch. »Soll das heißen, die ganze Vegetation da draußen ist nur neunzig Jahre alt?«

»Jawohl, genau«, bestätigte Myra. »Du darfst dich von der Höhe der Bäume nicht täuschen lassen. Sie wachsen schnell. Bis zu einem halben Meter pro Jahr. Viele von uns haben zu klären versucht, weshalb das Tier- und Pflanzenleben hier nicht vielfältiger ist. Ich meine, es wächst und lebt da so allerhand im Wald, aber viel weniger, als man erwarten dürfte. Meine Theorie ist, daß irgendwas oder irgendwer vor neunzig Jahren einmal alles, was es hier gab, beseitigt hat. Aber niemand will davon was wissen.«

»Hast du Karbon- und Molekularanalysen vorgenommen?« fragte Ro.

»Na klar«, bestätigte Myra leicht beleidigt. »Willst du dich etwa wie ein typischer Erwachsener benehmen und mir nichts glauben, nur weil ich erst zwölf bin?«

»Aber nein«, antwortete Ro. Sie lächelte und lehnte

sich zurück ins Bett. »Ich glaube dir. Aber falls du recht hast, und das gleiche passiert noch einmal...«

»Tja, dann ist unsere ganze Kolonie futsch«, sagte das Mädchen. »Und die Klingonen auch.«

Ro lag im Bett, betrachtete die rostige Metalldecke der Krankenstation und überlegte. »Hier gibt's keine Berge oder sonstigen geologischen Formationen, die wir untersuchen könnten, oder?«

»Nee, nichts«, lautete die Auskunft des Mädchens. »Diese gesamte Region ist völlig flach. Das ist irgendwie sehr merkwürdig.«

»Dann werde ich mir morgen die Küste ansehen«, kündigte Ro an.

»Tolle Idee.« Die Kleine kicherte. »Es wäre einfacher, du würdest einen Flug zur Erde verlangen. Man wird uns nicht erlauben, die zwanzig Kilometer bis ans Meer zu reisen.«

»Ich rede darüber mit deinem Vater, Präsident Oscaras und Captain Picard«, entgegnete Ro voller Entschlossenheit. »Schließlich haben wir ja die *Enterprise* im Orbit. Wir brauchen nicht zu Fuß zu gehen.«

»Ooooh, prima«, begeisterte sich Myra. »An Transporter hab' ich überhaupt nicht gedacht. Wenn du versprichst, daß du jetzt schläfst, mach' ich inzwischen meinen Vater weich.«

»Na schön.« Ro seufzte. Tatsächlich fühlte sie sich auf einmal sehr müde. Myras beunruhigende Theorie bot nun einen Anlaß zu ernsteren Sorgen, als übelwollende Kolonisten und giftige Insekten sie hervorrufen konnten. Diese Verlagerung entlastete den Teil ihres Bewußtseins, der sie zum Wachbleiben nötigte. Noch ehe Myra sich von dem Krankenbett entfernte, überwältigte der Schlaf Fähnrich Ro.

# 8

Worf beobachtete Data mit der Andeutung eines Lächelns auf den Lippen. Der Androide schlug mehrmals ein Tamburin und hielt es sich ans Ohr, als wollte er die Resonanz messen. Danach erprobte er die Rumbakugeln, die anscheinend nach altehrwürdiger Tradition aus echten Kürbissen hergestellt worden waren – ehe man sie sensorsondiert und die Daten in den Speicher des Replikators geladen hatte. Infolgedessen konnte man noch Jahrhunderte später derartige Rumbakugeln herstellen.

Viele der gelieferten Instrumente erregten den Eindruck, als stammten sie aus Museen. Ausnahmen stellten die Schnarrtrommel und die Kesselpauke dar: Sie blitzten vor brandneuem Chrom. Alles in allem hatte die *Enterprise* ihnen eine beachtliche Ausstattung an terranischen Schlaginstrumenten bereitgestellt, dazu zwei vulkanische Gongs.

Data nahm ein Paar Trommelschlegel zur Hand und ließ sie zusammenklacken. »Soll ich die Klingonen rufen?« fragte er Worf und Deanna.

»Welchen Code beabsichtigen Sie zu verwenden?« fragte Worf.

»Den zuletzt gehörten Code, den Balak benutzt hat, um die anderen Jugendlichen zu rufen. Ferner habe ich den Code gespeichert, in dem unsere Anwesenheit von Turrok gemeldet worden ist. Ebenso die verschiedenen Antworten sowie den Trommelrhythmus der Verderbtheitsprüfung. Möchten Sie, daß ich Sie in diesen Codierungen unterweise?«

»Im Moment nicht«, antwortete Deanna mit einem Schmunzeln. »Vielleicht sollten wir Captain Picard kontaktieren, bevor wir unsere Bekanntschaft mit Balak erneuern.«

»Einverstanden«, stimmte Worf zu. Er berührte seinen Insignienkommunikator. »Worf an Captain Picard.«

»Hier Picard«, ertönte die vertraute, markige Stimme. »Wo sind Sie, Lieutenant?«

»Das wissen wir selbst nicht genau«, gestand Worf. »Wir haben einen recht verschlungenen Weg hinter uns. Im Augenblick stehen wir auf einem großen Erdhügel. Data vermutet, daß er von den Überlebenden zu spirituellen Zwecken errichtet wurde. Gestern abend konnten wir hier eine Zeremonie beobachten. Außerdem wissen wir, daß der Hügel als Heiligtum gilt. Heute früh haben wir zwölf Klingonen mit Frühstück versorgt. Ferner haben wir von der *Enterprise* Trommeln und andere Musikinstrumente geordert, um sie ihnen als Geschenk zu überreichen.«

»Das klingt, als ob Sie Fortschritte erzielen«, sagte Picard. »Zögern Sie aber nicht, ins Siedlerdorf umzukehren, falls Ihnen die Sache zu riskant wird. Und hüten Sie sich vor einer gewissen Sorte Heuschrecken...«

»Wir sind über Fähnrich Ros Mißgeschick informiert«, stellte Deanna klar. »Wie geht es ihr?«

»Sie ruht sich aus. Aber sie stand wirklich auf der Kippe.«

»Captain«, sagte die Betazoidin, »gestern haben wir einen scheußlichen Fund gemacht. Eine Fallgrube, die anscheinend zu dem Zweck angelegt wurde, Tiere zu fangen. In der Grube lag aber ein toter, schon weitgehend verwester Klingone. Könnten Sie einmal Präsident Oscaras fragen, ob die Siedler im Wald Fallgruben gebuddelt haben, um Klingonen hineinzulocken?«

»Er steht direkt neben mir«, antwortete Picard, »und ich sehe seiner Miene an, daß er nicht weiß, wovon Sie sprechen.«

»Derartiges haben wir nie getan«, erklang eine barsche Stimme. »Ich wette, die Wilden selbst haben solche Löcher gegraben.«

Gedämpft murrte Worf etwas in den Bart. »Gruben dieser Art«, widersprach Data, »können sie ohne modernes technisches Gerät oder Phaser unmöglich zustande gebracht haben.«

»Sie wissen doch gar nicht, wozu sie imstande sind«, erwiderte Oscaras Stimme halblaut. »Uns ist von denen jede Menge Material gestohlen worden.«

»Ich habe nur aus Neugier gefragt«, behauptete Deanna. Für Worf sah sie allerdings mehr als neugierig aus: nämlich tiefbesorgt.

»Brauchen Sie zusätzliche Leute oder irgendeine andere Art von Unterstützung?« wollte Picard erfahren.

»Im Moment nicht«, gab Worf zur Antwort. »Data hat ihren Trommelcode gelernt und wird sie gleich herrufen.«

»Viel Glück«, wünschte der Captain. »Picard Ende.«

Worf stieß ein Stöhnen aus und wandte sich an den Androiden. »Dann versuchen Sie es einfach einmal.«

»Ich glaube, ich nehme die Kesselpauke«, sagte Data und hob das größte der Instrumente auf, als hätte es kein Gewicht. »Sie erzeugt eine höhere Lautstärke und einen tieferen Klang.«

Data baute die große Trommel vor sich auf und schlug einen komplizierten Takt, der sogar die Erde unter den Füßen der Landegruppe beben ließ. Worf blickte in Richtung Wald. Er fragte sich, wie man diesen neuen Annäherungsversuch wohl aufnehmen mochte. Mittlerweile mußte den Jugendlichen klar sein, daß die Fremdlinge den festen Willen hatten, ihr Vertrauen zu gewinnen. Aber ob sie je begriffen, daß Freundschaft sich mehr als Haß auszahlte?

Während Datas Trommelschlag hallte, erinnerte Worf sich an seine eigene Familie, an das Leid und die Demütigungen, die sie als Konsequenz politischer Machenschaften zu erdulden gehabt hatte. Sogenannte zivilisierte Klingonen bekämpften und töteten sich gegenseitig aus viel unerheblicheren Gründen als Hunger und Überlebensdrang. Vielleicht war es falsch, die Verschollenen als Wilde einzustufen. Zumindest verfolgten sie keine niedrigen Absichten.

Dann jedoch dachte er an Balak und fühlte, wie er unwillkürlich die Zähne zusammenbiß. Balak war ein Typ von Klingone, den er gut kannte: der Machtgierige, der durch Stärke und Einschüchterung herrschte. Und in Balaks Fall war es nicht nur das: Er hatte sich zudem zur Stimme des Gesetzes erhoben. Das hieß, wer ihn in Frage stellte, tat das gleiche mit dem geringen Maß an Ordnung, durch das die Existenz der Überlebenden geregelt wurde. Dazu paßte, daß Balak sowohl der größte wie auch älteste von ihnen war; er hatte von allen vor der gewaltsamen Vertreibung durch die Romulaner die längste Zeit mit ›zivilisierten‹ Klingonen verbracht.

Beim Gedanken an die Romulaner krampfte sich Worfs Magen zusammen. Was er auch von Balak und den anderen Selva-Klingonen halten mochte, eines hatten sie gemeinsam: Romulaner hatten sie ihren Familien entrissen und sie zu Waisen gemacht.

Data beendete sein Getrommel. Mit einer Reihe gewirbelter Stakkatos hörte man aus der Ferne einen Trommler antworten. Danach blieb es still im Wald. Die einzige Ausnahme bildete das krächzende Klagen eines Vogels, dem es wohl zuwider war, daß ihn morgens dermaßen viel Gedröhne störte.

»Balak kommt«, sagte der Androide.
»Woher wissen Sie, daß es Balak ist?« fragte Deanna.
»Jeder von ihnen hat seine Code-Signatur«, antwortete Data. »Ich habe es eben erst anhand von Balaks Antwort herausgefunden. Anscheinend verstimmt es ihn, daß ich seine Signatur gebraucht habe.«
»Es ist so, wie Sie gesagt haben«, grummelte Worf. »Wir müssen uns mit Balak auseinandersetzen.«
In angespannter Stimmung wartete die Landegruppe und spähte in den Wald. Der geheimnisvolle Erdhügel gab einen der wenigen erhöhten Aussichtspunkte ab, die einen Blick auf Selvas grauen Himmel ermöglichten. Über einem scheinbar endlosen Teppich jadeschwarzer Baumwipfel ging die Sonne auf; doch sie glich kaum mehr als einem gelben Schimmer, der die Wolkendecke durchflimmerte. Bis zum Mittag, dachte Worf, verflüchtigt sich der Nebel. Bis dahin blieb der Himmel von düsterem Dunst verhangen, der mit der Laune des Sicherheitsoffiziers harmonierte.
Zuerst näherte sich Trommelschlag. Der gleiche regelmäßige Marschtakt dröhnte heran, den sie am Morgen des Vortags gehört hatten. Dann verließen die Trommler den Wald. Ihnen folgten die jungen Klingonen mit dem aus Weiden geflochtenen Käfig, den man für die ›Probe auf Verderbtheit‹ benutzte. Diesmal umfaßte die Prozession keinen Gefangenen. Turrok war dabei; tapfer versuchte er zu laufen, aber zwei ältere Jungen mußten ihn stützen. Danach kam Balak. Zum Schluß erschienen die restlichen Stammesangehörigen, etwa ein Dutzend.
Der Häuptling der Verschollenen wirkte ziemlich mißgestimmt, während er sein Messer an das Stück Metall schlug. Er sah genau wie ein Klingone aus, dessen Führerschaft in Zweifel gestellt wurde.
Während der Zug den Erdhügel heraufstapfte, machten Worf und Deanna Anstalten zum Verteilen

der diversen Geschenke. Data hingegen ahnte anscheinend, daß die Angelegenheit sich nicht so leicht gestalten sollte, wie man es sich wünschen mochte; reglos blieb er stehen und erwartete das Weitere.

Die Jugendlichen betrachteten die fremdartigen Instrumente voller Neugierde. Einige lächelten sogar. Aber niemand verließ die Gruppe, um sie aus den ausgestreckten Armen der Fremden entgegenzunehmen.

Mit finsterem Gesichtsausdruck besah Balak sich die bereitgestellten Instrumente. »Erst gebt ihr uns Essen«, sagte er in klingonischer Sprache, »und nun Spielzeug. Haltet ihr uns für Kinder?«

»Nein«, erwiderte Worf. »Wir möchten mit euch Freundschaft schließen.«

»Wir haben *Gesetze!*« maulte der hochaufgeschossene junge Mann, als wäre sein Stamm das einzige Gemeinwesen des Universums, das Gesetze kannte. »Ihr müßt euch der Freundschaft als würdig erweisen.«

»Das wird geschehen«, antwortete Data. »Ich bin bereit, mich der Probe auf Verderbtheit zu unterziehen.«

»*Jeder* von euch muß sich einer Probe unterwerfen«, erklärte Balak. Er zeigte auf Deanna. »Sie hat sich der Probe der Auffindung zu stellen.«

Deanna schüttelte den Kopf. »Ich kann nicht einwilligen«, meinte sie zu Data, »solange ich nicht weiß, worum es sich handelt.«

»Dann äußern wir dazu nichts«, empfahl Data, »bis wir darüber mehr wissen.« Zum Zeichen der Zustimmung nickte Deanna.

Balak stierte Worf böse an. »Deine Probe werde *ich* sein.«

Was das bedeutete, verstand Worf vollkommen. Er bemerkte, wie Wolm und Turrok ihm aus dem Hintergrund zur Ermutigung zunickten. Der Sicherheitsoffizier verkniff sich ein Lächeln. »Du meinst«, fragte er, um sich der Absicht Balaks zu vergewissern, »einen Zweikampf?«

Eifrig nickte Balak, als könnte er das Duell kaum erwarten.

»Einen Kampf auf Leben und Tod lehne ich ab«, stellte Worf klar. »Wir sind hier, um Freunde zu gewinnen, und nicht, um jemanden zu töten.«

Balak streckte die Hände in die Höhe und bewegte die Finger. Nun schmunzelte Worf doch. »Mit bloßen Händen, ja.«

»In welcher Reihenfolge sollen die Prüfungen stattfinden?« erkundigte sich Data.

»Wer so dumm fragt, kommt als erster dran«, entgegnete Balak. »Wenn einer von euch versagt, zieht ihr ab und laßt uns ein für allemal in Ruhe. Sonst bringen wir euch um.«

Die Landegruppenmitglieder schauten einer den anderen an; offensichtlich blieb ihnen keine Wahl, als auf das Ansinnen einzugehen. »Aber wenn wir die Prüfungen bestehen«, fragte Worf, um vollständige Klarheit zu schaffen, »werdet ihr eure feindselige Haltung aufgeben und uns bei euch dulden?«

Diese Aussicht bereitete Balak offenbar starkes Unbehagen. »Ja«, rief jedoch mutig Wolm dazwischen. »So ist es gerecht.«

»Dafür gibt's kein Gesetz«, belferte Balak in grobem Tonfall.

»Wer zu einer Probe bereit ist, hat Anspruch auf Belohnung«, widersprach das Mädchen. »Das ist Gesetz! Als Turrok die Probe auf Verderbtheit bestanden hat, ist er wieder bei uns aufgenommen worden. Nach meiner Probe der Auffindung bin ich zur Gesetzemacherin ernannt worden. Wenn Worf gegen dich kämpft und siegt, darf er sich dem Stamm anschließen.«

»Er siegt nicht«, nuschelte Balak.

»Was gerecht ist«, betonte Wolm beharrlich, »muß gerecht bleiben.«

»Na gut«, knurrte Balak barsch. »Stellt euch im Kreis auf. Alle!« Er blickte Worf und Deanna gehässig an, als wollte er ihnen zumuten, bei der barbarischen Probe auf Verderbtheit aktiv mitzuwirken.

Die jungen Klingonen bildeten einen Kreis, während die Trommler einen langsamen Takt zu schlagen anfingen. Worf sah, daß einer der Trommler begehrlich die Schnarrtrommel beäugte. Aber allem Anschein nach wußte er: Jetzt war nicht der richtige Moment, um das Zeremoniell zu stören.

In einer Hinsicht sind diese Jugendlichen wie alle Klingonen, dachte Worf. Sie haben eine Vorliebe für Zeremonien und Formalitäten.

Eigenhändig packte der hünenhafte Sicherheitsoffizier den Käfig und stellte ihn senkrecht auf; Data schlüpfte mit einer Unbekümmertheit hinein, als beträte er einen Turbolift. Datas scheinbare, so beherzt wirkende Tapferkeit versetzte die jungen Klingonen sichtlich ins Staunen.

Balak schwang das Messer über den Kopf. »Messergott«, grölte er, »Bringer des Todes und der Wahrheit, offenbare uns, ob dieser flachschädelige Fremde verderbt ist. Koste sein Blut und enthülle uns die Wahrheit. Ist er schuldlos, schenke ihm das Leben. Ist er verderbt, töte ihn!«

Dieses Mal erlaubte er sich beim Einstechen des Messers in den Käfig nicht die geringste Nachlässigkeit. Kraftvoll rammte er die Klinge zwischen die dicksten Weidenstengel, so daß die Spitze mitten auf den Leib des Androiden wies. Dann verriegelte er sorgfältig die Klappe. Data schnitt eine völlig ausdruckslose Miene.

Indem er vor Anstrengung aufstöhnte, schlang Balak die muskulösen Arme um den Käfig und kippte ihn mehrmals um. Data flog im Innern umher.

Die Trommler schlugen wilde Wirbel, während jeder Stammesangehörige den Käfig über den Erdboden wälzte und seinem Nachbarn zurollte. Balak ließ dem Ritual seinen Lauf, bis alle von der Mühe schwitzten und schnauften. Dann griff er sich – anders als am Vorabend – den Käfig ein zweites Mal. Mit einem wuchtigen Stoß kippte er ihn den Hang des Erdhügels hinab. Mehrere junge Klingonen hörte man vor Entsetzen aufkeuchen. Der Käfig rumpelte bis an den Fuß der Erhebung hinunter und polterte zwischen die Bäume.

Worf fiel auf, daß man den Käfig sehr fest und solide gebaut hatte. Anders als der Sicherheitsoffizier es erwartet hatte, brach er, obwohl er beschädigt wurde, nicht auseinander.

Erschrocken blickten die Klingonen Worf und Deanna an; sie waren sich wohl sicher, daß die zwei auf den Tod ihres Freundes mit Gewalt reagieren würden. Aber die beiden schickten sich in Geduld, bis Data sich aus dem eingedrückten Käfig befreit hatte. Seine Uniform war in Fetzen gerissen worden, aber das tat der Einsatzfähigkeit des Androiden keinen Abbruch. Er raffte zusammen, was von dem Behältnis übrig war, und trug es den Hügel herauf.

»Ein recht abenteuerliches Erlebnis«, sagte er zu Balak, indem er ihm die Trümmer des Weidenkäfigs vor die Füße warf.

»*Qapla!*« jubilierte Wolm und reckte die Faust hoch in die Luft empor. Andere Klingonen unterstützten die Beifallsbekundung. Offensichtlich gewann die Landegruppe Anhänger. Turrok lachte lauthals.

Balak zitterte vor Wut. »Wie hast du...? Egal.« Er wandte sich an Deanna. »Du bist als nächstes dran... mit der Probe der Auffindung.«

»Ich erkläre sie ihr«, rief Wolm, indem sie vortrat. »Ich kann mich mit Deanna verständigen.«

Widerwillig nickte Balak.

»Deanna«, sagte die junge Frau, »die Probe der Auffindung ist eine Prüfung der Schlauheit. Eine Prüfung der Frauen. Wir können nicht stärker als Männer sein, aber wir sind klüger. Du mußt in den Wald laufen und dich verstecken. Können die Männer dich nicht finden, hast du die Probe der Auffindung bestanden.«

»Also ein Versteckspiel«, faßte Troi zusammen. »Von mir aus. Wieviel Zeit wird mir gewährt?«

»Eintausend Trommelschläge.«

Die Betazoidin schaute hinüber zu Data. Der Android teilte ihr durch ein Nicken mit, daß er keine Bedenken hegte. Lang ist die Frist nicht, dachte Deanna, aber ich brauche nicht länger. »Ich bin bereit«, sagte sie.

Mit kehligen Worten sammelte Balak die männlichen Stammesangehörigen um sich; geduckt stellten sie sich auf, um auf seinen Befehl auszuschwärmen.

Deanna achtete auf ein Zeichen, das den Anfang des Zeremoniells anzeigen könnte. Endlich gab Balak einem Trommler einen Wink. Der Junge schlug bedächtig einen einzelnen Takt. Etwas über eine Sekunde später vollführte er einen zweiten Trommelschlag. Da war Deanna schon den halben Hang hinab. Als der fünfte Trommelschlag erscholl, befand sie sich zwischen den Bäumen.

Sie lief, bis sie davon überzeugt war, außer Sicht zu sein. Dann lauschte sie und versuchte das Timing der Trommelschläge zu schätzen. Schließlich berührte sie ihren Insignienkommunikator.

»Troi an Transporterraum. Richten Sie den Transferfokus auf mein Signal ein und beamen Sie mich unverzüglich an Bord.«

»Peilung erfolgt«, ertönte die mit irischem Akzent gefärbte Stimme von Transporterchef O'Brien. »Aktivierung.«

Während erregte Stimmen und derbe Schritte durch den Wald hallten, wurde Counselor Troi in ein Versteck gebeamt, auf das die Selva-Klingonen nicht einmal im Traum gekommen wäre: Sie materialisierte auf der Plattform in Transporterraum 3.

»Hallo, Counselor«, begrüßte O'Brien sie. »Soll ich Commander Riker über Ihre Rückkehr in Kenntnis setzen?«

»Nicht nötig«, sagte Deanna, indem sie von der Plattform stieg. »Ich bleibe nur für etwa zwanzig Minuten. Wie geht's denn eigentlich Keiko und dem Töchterchen?«

O'Brien schenkte ihr einen Blick der Verwunderung. »Ausgezeichnet. Wir haben den Eindruck, die Kleine kriegt gerade den ersten Zahn. Ähm... Sie sollen dort unten doch eine Horde gemeingefährlicher Klingonen zähmen, oder irre ich mich?«

Deanna lächelte. »Genau das versuche ich gerade. Im Moment spielen wir verstecken. Aber das gehört zu unseren Bemühungen, um ihr Vertrauen zu gewinnen. Wie lange bin ich jetzt hier?«

»Rund eine Minute«, antwortete O'Brien. »Mal sehen... Bis jetzt sind Ihrer Landegruppe fünfzehn komplette Menüs und zwanzig Musikinstrumente hinuntergebeamt worden. Und jetzt spielen Sie Verstecken. Ist dieser Auftrag wirklich so gefährlich?«

Deanna hob das Kinn. »Sehen Sie die Narbe an meinem Hals?« fragte sie. »Gestern hatten Sie keinen Dienst, als wir an Bord gebeamt worden sind. Unmittelbar davor hatten zwei Klingonen mir die Gurgel durchschneiden wollen.«

»Aha.« O'Brien nickte, wirkte aber nach wie vor verwirrt. »Na, dann bin ich ja froh, daß sie sich statt dessen aufs Versteckspiel verlegt haben.«

»Ich auch«, seufzte die Betazoidin.

Während der restlichen Frist plauderten sie und O'Brien noch über dies und jenes; dann verabschiedete Deanna sich vom Transporterchef und kehrte auf den

Planeten um. Sie wurde an dieselben Koordinaten retransferiert, von denen aus man sie ins Raumschiff gebeamt hatte.

Statt des gleichmäßigen Zähltakts hörte sie Rufe und einen Trommelwirbel. Sie schlußfolgerte daraus, daß die Prüfung vorbei war, also schlenderte sie zum Wald hinaus und auf den Hügel. Mit Genugtuung sah die Counselor die wütenden Fratzen Balaks und einiger weiterer männlicher Stammesangehöriger. Wolm und die anderen Mädchen hingegen grinsten.

»Sie hat die Probe der Auffindung bestanden«, gab Wolm bekannt. »Deanna hat sich unserer Gemeinschaft als würdig erwiesen.«

Worf lächelte der Betazoidin zu. »Gut gemacht.« Er heftete den Blick auf Balak. »Jetzt ist es an der Zeit für meine Prüfung«, sagte er auf klingonisch.

Der junge Klingone nahm eine geduckte Haltung ein und kreiste achtsam um den Erwachsenen. »Ihr benutzt Tricks«, beschuldigte er die Landegruppe.

»Nichts da«, brummte Worf. »Keine Tricks.« Er stellte sich nach Art eines Ringers hin.

Die Trommler fingen einen Rhythmus zu schlagen an, der ganz der vorsichtigen Weise entsprach, in der die beiden Kontrahenten einander umtänzelten. Sämtliche anderen Anwesenden verteilten sich rundum in einem weiten Kreis. Deanna merkte, daß sie unwillkürlich den Atem anhielt. Angespannt beobachtete sie, wie die zwei muskulösen Klingonen sich gegenseitig maßen. Einer wartete auf den Angriff des anderen. Worf war etwas größer als Balak; aber beide Humanoiden hatten breite Schultern und beachtliche Muskelpakete.

Wegen der Tierfelle und des Drecks, die Balak bedeckten, sah er allerdings viel wilder aus. Daß er zwanzig Jahre jünger war, ließ sich ebensowenig leugnen. Beide Gegner fletschten die Zähne. Deanna fragte sich, ob der Verzicht auf Waffen wirklich garantierte, daß sie überlebten. Mit trockener Kehle schluckte die Counselor. Sie versuchte sich mit der Tatsache zu beruhigen, daß es nur eines Kommunikatoranrufs bedurfte, um Dr. Crusher und die Krankenstation der *Enterprise* zu alarmieren.

Balak sprang als erster den Widersacher an. Er krallte sich in Worfs Uniform und wollte ihn zu Boden reißen. Worfs Fäuste trafen Balaks Arme und Gesicht, doch die Plötzlichkeit der Attacke warf ihn aus dem Gleichgewicht. Schritt um Schritt drängte der jüngere Klingone ihn zurück. Worf taumelte rückwärts, knickte dabei frische Schößlinge nieder.

Dann jedoch duckte sich der Sicherheitsoffizier und rammte den Kopf in Balaks Leibesmitte, stieß den Jugendlichen für einen Augenblick von den Beinen. Die Kämpfer verklammerten sich mit den Armen ineinander und schnaubten wie Stiere. Worf richtete sich wieder zu voller Körpergröße auf, wand mit verzerrtem Gesicht eine Faust aus Balaks Griff und boxte ihn in die Magengrube. Ein rascher Schlagabtausch zwischen den beiden Riesen folgte. Mit nahezu ekstatischem Gewirbel der Schlegel versuchten die Trommler den Hagel der Hiebe passend zu untermalen.

Ein wüster Schlag Worfs auf Balaks Nase ließ das erste Blut spritzen. Der Jüngere heulte vor Wut und drosch die fleischigen Fäuste auf Worfs Ohren. Benommen sackte der Lieutenant auf die Knie. Balak trat ihn gegen den Mund, so daß der Sicherheitsoffizier rücklings hinstürzte.

Kaum hatte Worf sich auf alle viere hochgestemmt, da schwang sich der junge Klingone auf ihn und drückte ihn mit dem Gesicht ins Erdreich. Worf befand sich in einer sehr ungünstigen Lage. Der Anblick der zwei Duellanten erinnerte Deanna an Amateurringer, denen sie einmal auf der Erde zugeschaut hatte. Worf versuchte hochzukommen, konnte sich aber nur wie ein Krebs bewegen. Balak nutzte sein beträchtliches Körpergewicht aus, um ihn niederzuhalten. Er langte in Worfs Gesicht, um ihm die Nase abzureißen.

Worf brüllte, Erde im Mund, vor Schmerz, während er den Kopf drehte und Balaks Absicht vereitelte. Nervös trat Deanna um einen Schritt vor, ehe sie einsah, daß sie für Worf nichts zu tun vermochte. Sie blickte Data an. Der Androide hatte die Hand dicht neben dem Insignienkommunikator.

Der jüngere Klingone hob die verschränkten Hände über den Kopf, um seinen Gegner mit einem Doppel-Faustschlag zu erledigen. In letzter Sekunde jedoch vollführte Worf, indem er sich wie ein Wildpferd aufbäumte, einen ruckartigen Satz nach vorn; dadurch schleuderte er Balak vom Rücken. Er wälzte sich herum und brachte mittels einer Beinschere Balak zu Fall.

Beide Klingonen hatten blutige Gesichter, als sie sich aufrappelten. Worf zögerte keine Sekunde lang, sondern stürmte vorwärts, rammte ein zweites Mal den Schädel in Balaks Magengegend. Diesmal drängte Worf den Jüngeren zurück, und zwar so schnell, daß ein anderer Klingonenbursche nicht mehr rechtzeitig ausweichen konnte. Die beiden Hünen prallten gegen ihn, und alle drei torkelten den Rand des Erdhügels hinab.

Während sie den Hang hinunterrutschten, wollten Balak und Worf sich ständig von neuem an die Gurgel fahren, doch keiner von ihnen kam richtig auf die Beine. Erst in einem Dickicht am Waldrand endete das Abwärtsrollen. Der dritte Klingone flitzte aus dem Weg. Schon beim Emportaumeln traktierten die Duellanten sich wieder gegenseitig das Gesicht. Beide bluteten aus etlichen Platzwunden und keuchten vor Anstrengung.

Deanna biß auf ihrer Unterlippe herum. Der Kampf war ein scheußliches Schauspiel, dem sie zu gerne eine Ende gemacht hätte. Aber sie wußte nicht wie. Ebensowenig wußten es anscheinend die zwei Kontrahenten selbst.

Als Balak seinen älteren Gegner nochmals zu Boden zu ringen versuchte, bot Worf noch einmal alle Kraft auf und knallte Balaks Hinterkopf gegen einen tiefen Ast. Das Krachen, mit dem der Ast zerbrach, klang lauter als die Trommeln. Mit glasigem Blick schwankte der stämmige Jugendliche vorwärts. Worf duckte sich, um ihm einen Schwinger zu versetzen. Doch Balak sackte vornüber auf den Boden. Sobald er aufprallte, verstummten schlagartig die Trommeln. In ehrfürchtigem Staunen starrten die Zuschauer vom Erdhügel herab.

Worf wankte ein paar Meter weit, ehe er auf die Knie sank. Am nächsten befand sich der Selva-Klingone, der mit ihm und Balak den Hang hinabgepurzelt war; nun eilte der Junge an Balaks Seite. Worf verspürte keine sonderliche Sorge; er sah, daß Balaks Brustkorb sich hob und senkte. Der Bursche hatte einen harten Schädel und würde mit dem Leben davonkommen.

Worf fragte sich, ob Balak ähnliche Beschwerden wie er beim Atmen haben mochte. Er hatte schon oft genug Blessuren erlitten, um zu wissen, daß seine Rippen geprellt, wenn nicht sogar zum Teil gebrochen waren; wie sein Gesicht aussah – daran wollte er gar nicht denken. Trotz allem lächelte er, als Data und Deanna sich zu ihm knieten.

»Bedürfen Sie der ärztlichen Behandlung?« wollte Data wissen. Seine Hand schwebte in Höhe des Insignienkommunikators.

»Sie brauchen ... die *Enterprise* nicht ... zu kontaktieren.« Keuchlaute zerhackten Worfs Antwort. »Ich werd's überstehen.«

»Wir müssen Sie wenigstens notdürftig versorgen«, meinte Deanna. Sie langte in ihren Rucksack.

Worf wehrte ab. Er bemühte sich um eine ruhigere Atmung. »Lassen Sie's«, schnaufte er leise. »Sie sollen die Blutergüsse und Wunden sehen... damit sie sich später erinnern.«

Langsam näherten Wolm, Turrok und einige andere Klingonen sich Worf. Sie wirkten unsicher und verwirrt, als wäre ihr gesamtes Dasein auf den Kopf gestellt worden.

»Du hast ihn besiegt«, stellte Turrok halblaut fest, als wäre so etwas eigentlich ein Ding der Unmöglichkeit.

»Er ist ein würdiger Gegner«, gab Worf mit gedämpfter Stimme zur Antwort.

Einige Klingonen oben auf dem Erdhügel wußten, was sie zu tun hatten. Sie schnappten sich die Rumbakugeln, Tamburins und Rasseln, erzeugten einen Krawall, als wollten sie Tote erwecken. Immerhin weckten sie dadurch Balak. Er schüttelte sich, wälzte sich herum und hielt sich den blutüberströmten Schädel.

Er linste Worf an und lachte. »Guter Kampf.«

Worf nickte. Gequält verzog er das zerschlagene Gesicht zu einem Grinsen. »Sehr gut«, bekräftigte er Balaks Urteil. Als die zwei Klingonenhünen lachten, brachen auch alle Umstehenden in Gelächter aus.

Die jugendlichen Klingonen bemächtigten sich der Instrumente. Im Laufe der folgenden Stunden veranstalteten sie damit eine Menge Lärm.

# 9

»Was ist das für ein gräßlicher Krach?« murrte Raul Oscaras. »Wollen diese verfluchten Wilden uns denn eigentlich nie Ruhe gönnen?«

Auch Captain Picard mußte zugeben, daß die Art von Getöse, die schon den ganzen Nachmittag lang aus dem Wald ertönte, die Nerven gehörig zermürbte. Aber er erachtete es als momentan unklug, dem Präsidenten zu gestehen, daß die *Enterprise*-Landegruppe die Verantwortung für die Neuausstattung der verhaßten Klingonenbande mit Musikinstrumenten trug; also nickte er zum Zeichen der Zustimmung nur stumm.

Die Sitzung des inneren Führungszirkels von Neu-Reykjavik hatte fast den vollen Tag beansprucht. Am Vormittag war mit einer Diskussion über örtliche Angelegenheiten angefangen worden. Danach hatte man ausgedehnt zu Mittag gegessen. Während der Mittagspause hatte Picard Fragen nach früheren Missionen der *Enterprise* und verschiedenerlei durchlebten Abenteuern beantwortet.

Unter normalen Umständen war es ihm zuwider, eine Zuhörerschaft mit Geschichten zu unterhalten, deren Ereignisse die Leute als erstaunlich empfanden, die für ihn dagegen nicht mehr waren als alltägliche Vorkommnisse an Bord eines Raumschiffs. Aber Picard bedauerte diese einem planetaren Dasein verschriebenen Siedler, die noch nicht einmal leben durften, wie sie es sich erhofft hatten. Darum überwand er seine Abneigung und erzählte ihnen von den diversen Phänomenen, die er hatte beobachten können, seit er das Kommando über die *Enterprise* ausübte.

Alle schenkten ihm höchste Aufmerksamkeit: Präsident Oscaras, Vizepräsident Aryapour, Dr. Freleng, Sicherheitschef Calvert, Kommunikationschef Jansing. Nur eine dunkelhaarige Frau nicht, die man ihm als Dr. Louise Drayton, Leiterin des wissenschaftlichen Ressorts, vorgestellt hatte. Sie machte einen ungewöhnlich zerstreuten, desinteressierten Eindruck. Das verdroß den Captain ein wenig, weil alle anderen an seinen Lippen hingen.

Endlich war die Mahlzeit zu Ende. Gerade beabsichtigte Captain Picard, sich zu verabschieden und aufs Schiff zurückzukehren, da sprach der blonde Sicherheitschef ihn an.

»Eines möchte ich noch mit Ihnen absprechen, Sir«, sagte Gregg Calvert. »Heute früh habe ich mit meiner Tochter und Fähnrich Ro geredet. Die zwei wollen morgen eine Exkursion an die Küste durchführen. Bis dort sind es nur zwanzig Kilometer, aber marschieren kann man nicht, solange die Klingonenhorde ihr Unwesen treibt. Wären Sie bereit, eine kleine Personengruppe an Bord Ihres Raumschiffs und von dort aus ans Meer zu beamen? Dann könnte das Vorhaben mit einem Minimum an Gefahr verwirklicht werden.«

»Ich bestehe darauf, sie zu begleiten«, mischte Louise Drayton sich ein. »Seit drei Monaten versuche ich, eine Expedition zur Küste zu organisieren. Aber niemand hier hat dafür genug Mumm.«

Weil dies am heutigen Tag die ersten Worte der Wissenschaftlerin waren, musterte Picard sie nun mit verstärktem Interesse. Vielleicht war Langeweile die Ursache ihrer sauertöpfischen Miene. Er könnte es ihr nicht einmal verdenken. Ihm fiel kein plausibler Grund ein, um ihr Anliegen abzuweisen. Und Fähnrich Ro hätte die Exkursion ans Meer nicht vorgeschlagen, hielte sie sie nicht für wichtig.

»Also gut, einverstanden«, entschied Picard. »Die Gruppe soll morgen früh um neun Uhr auf dem Platz stehen. Aber halten Sie sie bitte klein.« Mit einer abschließenden Geste erhob sich der Captain. »Hoffen wir, daß die kommende Nacht friedlich bleibt.«

Die jungen Klingonen hatten sich mindestens zwei Stunden lang auf ihrem heiligen Erdhügel ausgetobt; sie hatten sämtliche Musikinstrumente und das ganze Spektrum möglicher Harmonien erprobt.

Eine Facette ihrer Stammesgemeinschaft hatte Deanna besonders beeindruckt: daß es keinen Streit um Eigentum gab. Sie behandelten die Instrumente als gemeinsamen Besitz, obwohl die beiden Trommler, die bei den Prüfungen die Musikbegleitung geliefert hatten, unzweifelhaft die begabtesten und schwungvollsten Musiker des Haufens waren. Deanna hatte das Gefühl, sie brächten die verchromten Trommeln regelrecht zum Singen.

Während die übrigen Stammesmitglieder die Instrumente spielten und dazu tanzten, beschränkte Balak sich darauf, den anläßlich von Datas Verderbtheitsprobe zertrümmerten Holzkäfig zu reparieren. Worf und Data saßen mit Turrok zusammen; sie untersuchten die seltsamen Packungen schwarzen Breis, die man auf Turroks Verletzungen gestrichen hatte. Zwar litt der Junge unverkennbar noch Schmerzen, doch die insgesamt heilkräftige Wirkung der Breipackungen ließ sich nicht leugnen.

Deanna schaute hauptsächlich zu; und sie zählte. Der Stamm umfaßte einundzwanzig Individuen, vierzehn Jungen und sieben Mädchen. Der älteste männliche Stammesangehörige war Balak, der jüngste entweder Turrok oder einer der anderen kleineren Burschen. Das bedeutete, daß über die Hälfte der achtundvierzig Kinder an Bord des klingonischen Frachters die Bruchlandung oder den anschließenden Existenzkampf nicht überlebt hatten. Einer der Toten lag in der mit modernen technischen Mitteln ausgeschachteten Grube mitten im Urwald.

Balak vollendete die Reparatur des Käfigs und steckte sein Messer ein. »Wir gehen heim«, rief er.

Rasch stellte der Stamm sich zu seiner Prozession auf; dann stieg man den Hügel hinab und stapfte in den Wald. Im Vergleich zur fröhlichen Tanzmusik, die noch Minuten zuvor ertönt war, klang nun der Takt der Trommeln eher dumpf. Man hätte meinen können, überlegte Deanna, das Betreten des Walds sei ein feierlicher Akt, wie der Einzug in eine große Festhalle. Auf dem Hügel durfte man lustig sein und offizielle Angelegenheiten regeln; im Wald dagegen verhielten sich die Klingonen, als wären sie nur Gäste.

Man beschritt einen Trampelpfad, der jedoch bald unter einer hohen Schicht Laub verschwand. Der Wind war stärker geworden. Böen fegten Blätter zwischen den Bäumen umher und deckten so den Pfad zu. Ein richtiger Sturm, schlußfolgerte Troi, und der Weg wurde unkenntlich. Und es hatte ganz den Anschein, als ob die schwarzen Wolken, die über den Wipfeln dahinstoben, ein Unwetter verhießen.

Ohne irgendeine Ankündigung kam die Kolonne zum Stehen. Einige Halbwüchsige erklommen Bäume, als wollten sie wachsamkeitshalber Ausschau halten. Ihre neuen Instrumente nahmen sie mit hinauf. Der Rest heftete den Blick erwartungsvoll auf Balak. Es freute die Counselor zu sehen, daß er noch immer als Anführer galt. Die Würde, mit der er die Landegruppe akzeptierte, nachdem er Worf unterlegen war, hatte sein Ansehen allgemein erhöht.

Am Fuß eines Baums klappte Balak ein Stück handgeflochtenen Materials hoch, in das man zur Tarnung Reisig und Laub eingearbeitet hatte. Darunter lag ein tiefer, finsterer Schacht, der im Winkel von etwa 70° ins Erdreich hinabführte. Ohne Umschweife kauerte Balak sich auf alle viere und kroch hinein. Die übrigen schauten Worf an; offenbar sollte er als nächster hinunter. Aber Data trat zwischen den Sicherheitsoffizier und das dunkle, lehmige Loch.

»Lieutenant«, sagte Data sachlich, »mein Infrarotblick erlaubt es mir, im Dunkeln besser als Sie zu sehen. Möchten Sie und Counselor Troi mir folgen?«

»Sicherlich, Sir«, antwortete Worf erleichtert.

Nacheinander wagten Data und Worf sich an den Abstieg und entschwanden unter die Erdoberfläche. Im Grunde genommen stand Deanna vor einer etwas größeren Ausgabe eines Maulwurfsrattenbaus; darum mußte sie notgedrungen auf Händen und Knien abwärtskriechen, als wäre sie ein Nager. In dem Gang roch es überstark nach pelzigen Wurzeln und modrigem Lehm. An den Wurzeln hing viel Erde, und immer wieder rieselte etwas davon Troi ins Haar und in die Augen. Endlich schloß sie die Lider. Es herrschte ohnehin so pechschwarze Dunkelheit, daß es keinen vernünftigen Anlaß gab, die Augen offenzuhalten.

Voraus Worf zu hören, spendete Deanna einen gewissen Trost: Wenn *er* hindurchpaßte, dann auch sie. Dennoch mußte Deanna, während sie sich inmitten endloser Schwärze durch klammes Erdreich tastete, fortgesetzt gegen den klaustrophobischen Drang ankämpfen, kehrtzumachen und aus diesem muffigen Grab zu fliehen.

Wahrscheinlich verlief der Gang nur zehn Meter weit; aber Troi verspürte gewaltige Erleichterung, als sie zu guter Letzt in eine unterirdische Kammer plumpste. Sie war so hoch, daß Deanna darin stehen konnte. Nachdem die Counselor sich Erdkrumen aus den Haaren gestreift hatte, streckte sie die Arme über dem Kopf aus. Auch hier fühlte sie über sich Wurzelwerk. Wir sind unter den Bäumen, dachte sie erstaunt.

»Gibt es kein Licht?« erkundigte sich Worf.

»Vielleicht ein bißchen«, ertönte irgendwo im Finstern Balaks gedämpfte Stimme.

Deanna hörte ein leises Geräusch. Dann fiel aus einem durch die Wurzeln gebahnten Lichtschacht ein schwacher Lichtkegel in die Kammer herab. Tatsächlich blieb die Wirkung gering; zu behaupten, daß die wenigen Lichtstrahlen das Erdloch beleuchteten, wäre weit übertrieben gewesen. Doch unter diesen Umständen war jede noch so winzige Aufhellung eine Hilfe. Deanna spähte nach oben und erkannte verschlungene Wurzelgebilde, verwoben zu einer Art von Gespinst; es war, vermutete sie, dicht und umfangreich genug, um lose Erde und bei mäßigem Regen Nässe aufzufangen.

Geöffnet und geschlossen wurde der Lichtschacht mittels einer langen Holzstange, die in Höhe des Waldbodens eine kleine Klapptür bewegte. Deanna begriff voller Bestürzung, daß der Stamm nach Anbruch der Nacht hier in völliger Finsternis wohnte und schlief.

Während ihre Augen sich auf die Düsternis umstellten, sah sie, wie Data eine Sammlung dicker Muschelgehäuse betrachtete, die man ordentlich an einer Wand aufgeschichtet hatte. Ihr fiel auf, daß die Muscheln Ähnlichkeit mit denen aufwiesen, die sie in dem von der Landegruppe überquerten Fluß bemerkt hatte. Einige Gehäuse waren heil, andere in Scherben zerbrochen; anscheinend dienten sie als Werkzeug. Zwischen den Muschelschalen lagen Teile silbernen Bestecks, Thermobecher, leere Gerätetaschen und andere Beutegegenstände, die ohne Zweifel von Überfällen auf die Kolonie stammten. In einer anderen Ecke standen – ebenso ordentlich – mehrere Trommeln aufgestapelt.

»Wofür benutzt ihr die Muscheln?« fragte Data.

Balak zuckte mit den Schultern. »Zum Graben, zum Essen ... zu allem. Sehr nützlich.«

Deanna bemerkte, wie Worf in der Lehmhöhle umherschlich, bis er eine Stelle fand, wo er nicht den Kopf einziehen mußte. Riesig war die Kammer nicht: vielleicht zwölf mal zwölf Meter groß. Aber wenn die Jugendlichen zusammenrückten, dachte Troi, hatte die ganze Gruppe Platz.

»Ist das euer einziger Unterschlupf?« fragte Worf.

»Nein«, gab Balak zur Antwort, indem er auflachte. »Das wär' doch dumm. Wir haben viele. So können wir uns immer vor den Flachköpfen verstecken.«

Worf holte die Taschenlampe aus der Jacke und zeigte sie Balak. »Hast du schon einmal eine elektrische Lampe gesehen?«

»Ja«, nuschelte der großgewachsene Jugendliche. »Aber ist erloschen. Ich hab' Lichtgott in Heim-am-Meer gelassen.«

»Darf ich meine einschalten?« fragte Worf. »Ich kann mehr Taschenlampen besorgen. Eine für jeden.«

»Ja, ja«, erklärte Balak sein Einverständnis. »Innenlicht ... Ich erinnere mich. Als ich klein war, kannte ich ein Haus, das hieß Kinderstätte. Da hatten wir Licht. Ist lange her. An viel erinnere ich mich nicht.« Traurig schüttelte er den Kopf. Einen Moment lang sah er wie der kleine Bub aus, befand Deanna, der er einmal gewesen sein mußte.

Worfs Taschenlampe erhellte die krude Erdkammer einigermaßen gut. Mehr mochte sie davon gar nicht sehen, sagte sich Deanna, als in einem Winkel gegenüber eine Maulwurfsratte forthuschte. Die aufgeschichteten Muscheln klapperten. Plötzlich deprimierte Deanna der Gedanke, daß dies Loch das Zuhause der jugendlichen Klingonen war, daß sie sogar für den Schutz dieser Zuflucht gekämpft hatten.

»Picard an Landegruppe«, unterbrach die Stimme des Captains ihre Überlegungen.

»Hier Landegruppe«, meldete sich Data.

»Data, wie ist bei Ihnen gegenwärtig die Situation?« fragte der Captain nach.

»Die Erfüllung unseres Auftrags läuft zufriedenstellend ab, Sir«, gab der Androide durch. »Balak, der Häuptling der Selva-Klingonen, hat keine Einwände mehr gegen unsere Anwesenheit. Zur Zeit sind wir in einer der Erdbehausungen der Gruppe.«

»Können wir uns offen unterhalten?« wünschte Picard zu erfahren.

»Ja, Sir«, antwortete Data. »Bisher sind ausschließlich Turrok und ein Mädchen namens Wolm mit Insignienkommunikatoren ausgestattet worden. Balak kann uns nicht verstehen.«

»Ich möchte Sie darüber informieren, daß wir morgen früh einen kleinen Trupp Siedler an die Küste transferieren. Wahrscheinlich ist es sinnvoller, wenn Sie es vermeiden, den Leuten in die Arme zu laufen.«

»Verstanden«, bestätigte Data. »Wir bleiben hier und bemühen uns weiterhin um das Vertrauen der Selva-Klingonen.«

»Prima«, sagte der Captain. »Picard Ende.«

Balak maß die Landegruppe neugierigen Blicks. »War das euer Gott? Hat er gesagt, was ihr tun sollt?«

»Nicht in mythologischer, sondern lediglich in metaphorischer Hinsicht«, versuchte Data ihn aufzuklären.

Das Licht der Taschenlampe bewirkte naturgemäß keinerlei Erwärmung des Erdlochs. Es schauderte Deanna. »Ich würde lieber im Freien übernachten«, meinte sie. »Ich freue mich schon den ganzen Tag lang auf die Gelegenheit, auf weichem Laub zu schlafen.«

»Ich begleite Sie«, sagte Data. »Counselor Troi und

ich«, erläuterte er Balak auf klingonisch, »gehen hinaus. Vielleicht möchte Lieutenant Worf bei Ihnen bleiben.«

Ratlos besah Worf sich die trostlose Umgebung. »Kann sein«, merkte er jedoch nur an, »ich mache später einen Spaziergang.«

Deanna hatte inzwischen einen zweiten Ausstieg entdeckt. Ihr war es jedoch lieber, den zu benutzen, durch den sie vorhin in die Tiefe hatte kriechen müssen. Wer wußte, wohin der andere führte? Höflich ließ Data ihr den Vortritt.

»Zieht euch an Wurzeln hoch«, rief Balak ihnen nach. »Dann ist's leichter.«

Der junge Klingonenhäuptling tippte Worf auf die Schulter und grinste. »Schlechtes Wetter kommt. Hier hast du's besser.«

»Ich hoffe es«, äußerte Worf voller Zweifel.

Balak spähte in den Lichtschacht und schaute sich einen nahezu mikroskopisch winzigen Ausschnitt des Himmels an. »Ja, ein Gewitter.« Er lächelte. »Eine gute Nacht, um der Göttin zu begegnen.«

»Der Göttin?« wiederholte Worf. »Du hast sie schon mal erwähnt...«

»Jetzt noch nicht damit befassen«, warnte Balak ihn. »Göttin ist für mich da. Für dich später.«

Nachdem er Deanna und Data ausreichend Zeit zum Passieren des Zugangs gelassen hatte, rief Balak etwas hinauf; Wolm, Turrok und einige andere Jugendlichen kamen herein, schleiften ihre Musikinstrumente mit herab.

Im Schein seiner Taschenlampe setzte Worf sich mit den Klingonen zusammen und beantwortete Fragen. Über ihre Intelligenz konnte er nur staunen. Er beschrieb ihnen das gewaltige klingonische Imperium: all die phantastischen Städte, die es auf Dutzenden von

Planeten gab, und die prächtigen Raumschiffe, die dazwischen durch den Kosmos kreuzten. Danach erzählte er ein wenig über die Föderation und die mühsam errungene Freundschaft zwischen diesem eher lockeren Bund von Sternenvölkern und dem monolithischen Klingonenimperium.

Von Raumschiffen konnten die Jugendlichen sich keine rechte Vorstellung machen. Doch alle entsannen sie sich – wenn auch nur in zusammenhanglosen Bruchstücken und Erinnerungsfetzen – an eine andere Welt als den hiesigen Wald; an eine Gegend, die Übereinstimmungen mit den von Worf geschilderten Städten gehabt haben mußte.

Unterdessen kamen und gingen etliche Male Jugendliche durch den Einstiegstunnel, schafften das Abendessen heran: fette Larven, verschiedenerlei Grünzeug, Muscheln, gedörrtes Maulwurfsrattenfleisch sowie ein paar vertrocknete Erdnußbutterstullen, zu denen niemand einen Kommentar abgab. Worf steuerte aus seinem Proviant einige Leckerbissen bei.

So kam eine ganz ansehnliche Vielfalt an Nahrungsmitteln zusammen, bevor jeder sich eine Muschelschale als Teller nahm und abwartete, bis Wolm das Essen austeilte. Sie bewies beim Aufteilen der knappen Portionen ein bemerkenswert gerechtes Augenmaß.

Worf bemerkte, daß sich ständig mindestens die Hälfte der Gruppe an der Erdoberfläche aufhielt. Er mutmaßte, daß die übrigen Jugendlichen Wache schoben oder in anderen Erdlöchern nächtigten.

Nach dem Essen entschuldigte er sich, um nach seiner Begleitung zu sehen. Wolm und Turrok blickten ihm kummervoll nach, als befürchteten sie, er könnte niemals wiederkehren. Alle anderen beschäftigte es zu sehr, die Taschenlampe zu untersuchen und die Neuheit zu genießen, während der Nacht noch Licht zu haben.

Im Freien atmete Worf froh die kühle, frische, von Regen durchsprühte Luft. Spürbarer Wind blies. Zwar war es dunkler als in dem unterirdischen Schlupfloch, aber nicht so eng; man hatte nicht das beklemmende Gefühl, lebendig begraben zu sein. Der Sicherheitsoffizier erspähte den Lichtschein einer anderen Taschenlampe. Im Sprühregen den Kopf gesenkt, strebte er darauf zu.

Unter einem Baumstamm hatte Deanna sich in ihren Schlafsack gehüllt. Sie sah durchnäßt und müde aus, hatte jedoch offenbar fest vor, an diesem Fleck zu bleiben. Data stand einige Meter von ihr entfernt, beobachtete das finstere Geäst; er wirkte nachdenklich, aber durchaus zufrieden mit der Situation.

»Hallo, Lieutenant«, begrüßte er Worf, ohne sich umzudrehen. »Ist es in der Erdbehausung noch trocken?«

»Bis jetzt ja«, antwortete der Klingone. »Jedenfalls trockener als hier.«

Deanna schüttelte den Kopf. »Es tut mir leid«, sagte sie. »Ich weiß, es ist unvernünftig, aber da unten kann ich's schlicht und einfach unmöglich aushalten.«

»Counselor, darf ich Ihnen einen Vorschlag machen?« fragte Worf voller Mitgefühl. »Kehren Sie an Bord des Schiffs zurück und erstatten Sie Captain Picard Bericht. Ich glaube, mit der Zeit kann es uns gelingen, die Selva-Klingonen zum Friedensschluß mit den Kolonisten zu überreden. Wie viele Tage wir dafür noch brauchen, läßt sich natürlich nicht vorhersagen.«

»Ich bin völlig der Meinung des Lieutenants«, äußerte Data. »Es liegt überhaupt kein Grund für Sie vor, hier zu übernachten.«

Deanna erhob sich aus dem Schlafsack. Ihre Miene widerspiegelte Erleichterung. »Finden Sie nicht, daß es ... Wie würde Wesley sich ausdrücken? Halten Sie es nicht für schlappschwänzig?«

»Nein«, versicherte Worf. »Wenn Sie den Captain nicht aufsuchen möchten, werde ich es tun. Allerdings bin ich der Ansicht, Captain Picard mißt Ihrem Urteilsvermögen mehr Bedeutung bei als meinen Lageberichten bei.«

Deanna schmunzelte. »Außerdem möchten Sie ihn Ihr Gesicht nicht sehen lassen, ehe es ein wenig verheilt ist.«

Verlegen betastete Worf seine Schwellungen. Er stieß ein Räuspern aus. »Bitte richten Sie dem Captain folgendes aus: Wenn wir die bisherige Verfahrensweise beibehalten, kann es uns durchaus gelingen, die Überlebenden dahin zu bringen, daß sie mit uns der Siedlung einen Besuch abstatten. Aber ich will es ihnen erst nahelegen, wenn ich weiß, daß sie sich mit dieser Anregung anfreunden können.«

»Counselor«, ergänzte Data die Worte des Sicherheitsoffiziers, »bitte betonen Sie gegenüber dem Captain, daß wir in keiner physischen Gefahr schweben.«

»Wird gemacht«, versprach Troi. »Soll ich ihm sonst noch was sagen?«

»Ja«, bestätigte Worf leise. »Im Laufe des Abends hat Balak erwähnt, heute sei eine geeignete Nacht, um die ›Göttin‹ zu treffen. Als ich ihn genauer aushorchen wollte, mochte er mir aber nichts über seine Göttin erzählen.«

Deanna fiel etwas ein. »Wolm hat davon gesprochen, er wäre in der vergangenen Nacht bei einer Göttin gewesen. Aber es ist möglich, er hat bloß an einem Altar oder auf einem anderen Erdhügel gebetet.«

»Falls er heute wieder fortgeht«, meinte Worf, »sollten wir ihm folgen.«

»*Ich* werde ihm gegebenenfalls folgen«, berichtigte Data den Sicherheitsoffizier. »Es ist keineswegs meine Absicht, Sie abzuqualifizieren, Lieutenant. Aber Sie könnte er riechen oder hören – oder auf andere Weise

Ihre Gegenwart feststellen. In dieser Dunkelheit hätten Sie Schwierigkeiten, ihm auf den Fersen zu bleiben. Ich dagegen kann ihn jederzeit deutlich erkennen und daher mühelos verfolgen. Zudem schlafe ich nicht, so daß sein Aufbruch mir nicht entgeht.«

»Na gut«, brummelte Worf. »Dann steige ich wieder hinunter und versuche zu schlafen. Ich glaube, das dürfte ein überzeugender Vertrauensbeweis sein.«

Nun bewies Deanna Mitleid. »Ich lasse Ihnen zusätzlich ein paar Handleuchten, weitere Lebensmittel und einige Schlafsäcke hinabbeamen«, sagte sie zu.

Worf brachte ein Lächeln zustande. »Das wird nützlich sein.«

Data schaute im düsteren Wald umher. »Mein Sehfunktion-Algorithmen sind auf optimale Leistung adjustiert«, konstatierte er. »Wenn Balak heute nacht irgendwo hingeht, werde ich ihm folgen.«

Worf kehrte ins Erdloch zurück und unterhielt sich noch kurze Zeit mit Turrok, Wolm und mehreren anderen jungen Klingonen. Danach lullte die relative Friedlichkeit des Unterschlupfs ihn ein. Turrok lehnte an seiner Brust, Wolm an seinem Rücken. Allmählich geriet der Sicherheitsoffizier ins Dösen. In einer hinteren Ecke leuchtete für ein Weilchen der Schein der Taschenlampe weiter; irgendwann jedoch wurde sie gelöscht. Bevor Worf vollends einnickte, gewahrte er, daß Personen den unterirdischen Bau verließen und betraten; offenbar hatte man einen schichtweisen Wachdienst eingerichtet. Anschließend ergab er sich zufrieden dem Schlaf. Seine Nase hatte sich mittlerweile an den herben Geruch des feuchten Erdreichs und der ungewaschenen Leiber gewöhnt.

Auf der Erdoberfläche stand Data so reglos da wie einer der stillen Baumstämme. Der Wind hatte nachgelassen, der Regen sich zu einem diesigen Nieseln abgeschwächt. Der Androide wußte, daß in den Bäumen Wachen hockten; doch ihre Aufmerksamkeit galt dem Wald, besonders in Richtung Kolonie. Er achtete auf die getarnte Klapptür, die den Einstieg zu dem Unterschlupf verbarg.

Die Wächter hatten schon vor einer ganzen Weile Schichtwechsel gehabt, da hob sich plötzlich die Klappe. Eine dunkle Gestalt kletterte heraus. Data erkannte Balak, verharrte aber in seiner baumähnlichen Bewegungslosigkeit. Der hochgewachsene Klingone gab mehrere Schnalzlaute von sich; die Stammesangehörigen ringsum auf den Bäumen antworteten mit gleichartigen Tönen. Dann eilte Balak durch den Wald davon.

Rasch folgte Data ihm, verfiel jedoch jedesmal in vollkommene Starre, sobald er den Eindruck gewann, die Beachtung eines Postens auf sich gezogen zu haben. Erst in genügender Entfernung von ihnen beschleunigte er das Tempo der Verfolgung.

Balak gab sich keinerlei Mühe, unauffällig zu sein; vielmehr streifte er putzmunter durch den finsteren Wald, als wäre er ein Schulbub auf dem Heimweg. Mehrmals blieb er stehen, um im Wind zu schnuppern, und einmal fuhr er unvermutet auf dem Absatz herum. Aber Data hatte rechtzeitig gestoppt und imitierte wieder einen Baumstamm. Für einen Moment spähte der Klingone angestrengt ins Dunkel; dann setzte er den Weg zügig fort. Achtsam bewahrte der Androide Abstand. Endlich hielt der Klingone an und stieß einen Krächzschrei aus, bei dem die Spitzen der Zweige erzitterten.

Sowohl er wie auch Data standen völlig still und stumm da und warteten. Etwas später hallte eine Stimme durch Wind und Nebel. »Komm«, rief sie in klingonischer Sprache. »Komm, mein Diener! Komm zu mir.«

Für Data war sie nichts als eine laute, per Verstärker und Lautsprecher übertragene weibliche Stimme; er schlußfolgerte jedoch, daß sie für Balaks Ohren wie die geisterhafte Stimme einer Göttin klingen mußte, die ihn zu sich rief. Der lange Halbwüchsige stapfte durchs Gehölz auf die geheimnisvolle Stimme zu. »Komm zu mir«, wiederholte sie noch mehrere Male. Die moderne Tonanlage erzeugte auch über eine größere Distanz hinweg eine akzeptable Lautstärke, wie Data feststellte.

Zwischen den Bäumen waberte ein frostig-weißes Licht. Balak schlich darauf zu. Das vorsichtiger gewordene Verhalten des Klingonen zeigte, daß er mit Gefahr rechnete. Darum erachtete Data es als ratsamer, ein paar Schritte weiter zurückzubleiben.

Die Helligkeit konnte einer ganzen Reihe von Lichtquellen entstammen. Als wahrscheinlich nahm der Androide jedoch an, daß es sich um eine mit feinem Stoff umhüllte Halogenleuchte handelte. Er mußte einräumen, daß von ihrem gespenstischen Gaukeln zwischen den senkrechten Bäumen eine beinahe hypnotische Wirkung ausging. Erhöht wurde der Effekt durch das natürliche Auftreten kleiner Luftwirbel, in denen Laub wie schwarzes Konfetti durch das Leuchten stob.

»Komm näher, Balak«, forderte die strenge, heisere, aber sehr weibliche Stimme den Klingonen auf.

Der Jugendliche gehorchte nur zögerlich. Dabei hielt er die Hände emporgestreckt, als hätte er das Bedürfnis, um Vergebung zu bitten. »Ich... ich bin da, Göttin«, stotterte er. Wimmerlaute der Unterwürfigkeit und Furcht kamen von seinen Lippen.

»Du hast meinem Willen nicht gehorcht!« donnerte die Stimme. »Ich habe dir befohlen, die Flachköpfe zu *töten*. Statt dessen lädst du sie in dein Heim ein.«

Data konzentrierte seine Sehfunktion auf das unstete Licht und konnte schließlich zu der Stimme gehörige, weibliche Umrisse unterscheiden. Sie schien inmitten der Helligkeit ständig vor- und zurückzuschwanken. Die Erscheinung blieb im wesentlichen verschwommen, gab von ihrem wahren Wesen nichts preis. Data hätte sich gerne näher hinbewegt, doch zwischen ihm und der Gestalt stand Balak. Der Androide sah keine Möglichkeit, wie er den furchtgeschüttelten Klingonen umgehen könnte, ohne ihn auf sich aufmerksam zu machen.

»Sie haben die Proben abgelegt«, winselte Balak. »Die Probe der Verderbtheit, der Auffindung, der Kraft... Jede haben sie bestanden. Sie geben uns Essen und Trommeln...«

»Schweig!« dröhnte die Stimme. Ein Schwall kalter Luft umfegte Data. Im nächsten Moment begriff er die Ursache. Die Frau kam auf ihn und Balak zu, schwang dabei eine rutenartige, leuchtstarke Waffe – eine *Schockpeitsche!* Manche Fachleute schrieben die Schockpeitsche den Romulanern zu, andere den Ferengi. In der Föderation war sie als Folterinstrument eingestuft und verboten worden. Sämtliches Licht im Wald schien den gewundenen Strang zu umwallen, der vor der Göttin hin und her wippte und wie eine Schlange zischte.

Data fragte sich, wieviel Volt die Waffe entwickeln mochte. Sie wirkte einer Schlange um so ähnlicher, als in die Spitze genug intelligente Mikroelektronik integriert war, um selbständig Schläge zu führen, falls der Benutzer diese Funktion aktiviert hatte. Zudem veränderte die Anwendung der Schockpeitsche im unmittelbaren Umfeld den Luftdruck. Aus der Literatur wußte Data, daß sich besonders dadurch besondere Schmerzen zufügen ließen.

Statt die beiden Personen zu beobachten, hätte er es vorgezogen, die Schockpeitsche zu untersuchen; doch er zwang sich dazu, seine Beachtung wieder Balak zu widmen. Trotz seiner Furcht tappte der Klingone der strahlenden Göttin und ihrem Strafwerkzeug entgegen.

»Vergebung!« plapperte er. »Vergebung! Ich suche Erlösung! Erlösung!«

»Sie soll dir gewährt sein«, scholl die Stimme der Göttin durch den Wald.

Wie ein Racheengel strebte sie durch die Dunkelheit näher. Über ihrem Kopf gleißte der Lichtstrang ihrer Waffe. Wie ein Blitzschlag knallte die Schockpeitsche vor dem zusammengeduckten Klingonen auf den Untergrund. Der Klingone reagierte, als hätte eine unsichtbare Faust ihn gestoßen. Er stürzte nach links nieder, rollte sich durchs Laub, versuchte aufzustehen. Die Göttin ließ die Schockpeitsche nur kurz zucken; aber das genügte, um Balak gründlich den Atem zu rauben. Hilflos wand er sich auf dem Waldboden. Die Frau stand neben ihm wie eine Siegesgöttin. Sie trug einen langen, schwarzen Umhang; darunter war sie anscheinend nackt.

Inzwischen war die in den Bäumen aufgehängte Halogenlampe erloschen. Selbst für Data hatte sich daher die Sicht verschlechtert: er konnte weniger erkennen. Die einzige Lichtquelle im Wald gab jetzt noch die Schockpeitsche ab. Unter Zischen wickelte sie sich um Balaks Beine. Die Spitze umschlang seinen Fußknöchel und zerrte ruckhaft am Bein. Balak schrie vor Schmerz.

»Erlösung«, wimmerte er noch immer. »Erlösung...!«

»Du wirst die Flachköpfe töten«, verlangte die Göttin. »Sonst töte ich dich.«

»Erlösung!« röchelte Balak, raffte sich auf die Knie hoch.

Er griff nach der Göttin, aber nicht wie jemand, der sich an ein religiöses Standbild klammert, sondern wie ein Mann, der eine Frau begehrt. Die Göttin lachte, wies seine Zudringlichkeiten jedoch keineswegs zurück. Ihre Schockpeitsche ringelte sich um Balaks Oberschenkel und beschickte eine außerordentlich empfindliche Körperstelle mit Elektrizität. Er stöhnte – ob aus Schmerz oder Lust, hätte Data nicht eindeutig sagen können. Kehlig lachte die Frau, schlang die grellschimmernde Schockpeitsche um Balaks Hals.

Reglos wie ein Baumstamm schaute der Androide gleichmütig zu, während der Klingone und die ›Göttin‹ gemeinsam auf den feuchten Humus sanken und ihre Leiber wie Liebende vereinten. Da hörte er plötzlich hinter sich ein Geräusch.

Schnell drehte Data sich um und erblickte einen anderen Klingonen. In der Faust hatte der Jugendliche ein langes Küchenmesser.

# 10

Der junge Klingone wirkte reichlich nervös, während er Data mit dem Messer zuwinkte; er gab dem Androiden zu verstehen, er sollte sich mit ihm von dem Paar entfernen, das sich in dreißig Meter Abstand auf dem Erdboden wälzte. Data hatte keine Furcht vor dem scharfen Küchenmesser, wollte aber nichts tun, was Balak und der mysteriösen Göttin seine Anwesenheit verraten hätte. Am wenigsten hatte er Interesse an der Beobachtung ihrer sexuellen Aktivitäten; allerdings bedauerte er es, daß er die Schockpeitsche nicht genauer untersuchen konnte.

Mit einem Nicken zeigte Data seine Einwilligung an und verließ so leise wie möglich den Schauplatz des Geschehens.

Wachsam schloß der jugendliche Klingone sich ihm an, ohne das Messer wegzustecken. Bald waren die beiden so weit fort von dem Paar, daß sie sich bedenkenlos unterhalten durften.

»Ich gratuliere dir«, sagte der Androide auf klingonisch. »Es ist dir gelungen, mir zu folgen, ohne daß ich es gemerkt habe.«

»Ich hab' gesehn, wie du unter mir weggegangen bist«, antwortete der Junge mit einer Trillerstimme, der man den Kampf mit dem pubertären Stimmbruch anhörte. »Wir lassen Balak bei der Göttin allein.«

»Wer ist diese sogenannte Göttin?« erkundigte sich Data.

»Die Göttin ist...« Der Junge verfiel ins Stammeln. »Die Göttin... sie ist... ein Waldgeist.«

»Das ist falsch«, berichtigte Data ihn. »Die angebliche Göttin ist, ähnlich wie du, eine Humanoide aus Fleisch und Blut. Sie benutzt eine normale Halogenlampe und eine wenig gebräuchliche Waffe, die man als Schockpeitsche bezeichnet.«

»Du lügst!« fauchte der Klingone. »Sie ist heilig. Sie bringt uns bei, wie man sich gegen die Flachschädel wehren kann.«

»Anscheinend ist das längst nicht alles, was sie euch lehrt«, bemerkte Data.

Er merkte, wie der Junge auf ihn losging, und drehte sich flink genug um, um sein Handgelenk packen zu können. Die Messerklinge stoppte wenige Zentimeter vor Datas Brust. Der Junge schnitt Fratzen und stöhnte, versuchte sich dem Griff des Androiden zu entwinden; doch Data hielt ihn in unnachgiebiger Umklammerung.

»Es gehört sich nicht, jemanden anzugreifen, nur weil er das Offensichtliche feststellt«, erläuterte Data. »Versprichst du, das Messer wegzustecken, wenn ich dich freigebe? Dann kehren wir zu eurer Behausung zurück, so wie du es wünschst.«

Der Klingone brummte etwas, das nach Zustimmung klang. Einen Moment später hatte er wieder die Gewalt über seinen Arm. Mißmutig massierte er sich das Handgelenk und maß den Androiden bösen Blicks, schob aber das Messer in den Gürtel.

»Wie lange trifft Balak sich schon mit der vorgeblichen Göttin?« fragte Data.

»Weiß ich nicht«, grummelte der Bursche. »Er erzählt uns nichts. Nur Sachen wie: ›Die Göttin sagt, morgen kommen die Flachköpfe raus.‹ Oder wir erfahren von ihr, wo wir Messer und Essen erbeuten können.«

»Aha«, machte Data. »Dann ist sie für euch eine wirklich nützliche Verbündete. Praktiziert ihr anderen auch Geschlechtsverkehr, wie Balak und die Göttin?«

»Nein«, rief der Junge, den anscheinend der bloße Gedanke an so etwas tief verstörte. Außerdem wurde er ziemlich verlegen. Falls Data seine Humanoidenreaktion richtig interpretierte, hatte der jugendliche Klingone schon entsprechende Einfälle gehabt; wahrscheinlich widersetzte er sich aber dem beunruhigenden Drängen des Fortpflanzungstriebs.

In ein, zwei Jahren jedoch, überlegte Data, dachte er darüber voraussichtlich völlig anders. Der Androide kannte sich gut genug mit der menschlichen Sexualität aus, um zu wissen, welch starken inneren Antrieb sie darstellte.

»Ist Balak die einzige Person eurer Gruppe«, fragte Data als nächstes, »die sich mit der Göttin im Wald trifft?«

»Ja«, bestätigte der Junge. Gedankenschwer furchte er die massige Klingonenstirn. »Das ist ungerecht, nicht wahr?«

»Aus deiner Perspektive sicherlich«, meinte Data. »Wie lautet dein Name?«

»Lupo«, antwortete der Bursche voller Stolz.

»Lupo«, wiederholte Data. »Ich heiße Data. Ich möchte dich nicht verwirren, aber daß ihr hier in diesem Wald lebt, beruht auf einem unglückseligen Zufall. Eure hiesige Existenz wird nicht mehr lange dauern. Wir bereichern eure Gemeinschaft um neue Vorstellungen. Das gleiche bewirkt die Göttin. Auch die Siedler tun es, ob sie es wollen oder nicht. Ihr müßt euch darauf einstellen, daß eure bisherige Denkweise sich verändert, und bereit sein, euch Neues anzueignen. Verstehst du mich?«

Der Jugendliche schluckte mühsam und schüttelte

den Kopf. Trotzdem hinterließ er bei Data den Eindruck, daß er seine Worte nur zu gut verstand.

»Du kennst diese großen Nagetiere«, sagte Data. »Hast du jemals schon junge oder neugeborene Maulwurfsratten gesehen?«

Der Klingone bejahte mit einem Nicken.

»Dann möchtest du vielleicht gerne wissen, woher sie kommen«, fügte der Androide hinzu, während er zwischen den schwarzen Baumstämmen dahinwanderte. »Im Innern des Weibchens gibt es ein Organ, das man Gebärmutter nennt.«

»Gebärmutter«, sprach der Klingone die Bezeichnung nach. Dichtauf folgte er dem Androiden. Flott marschierten beide heimwärts. Sekunden später wurden ihre Stimmen durch die Baumstämme gedämpft, die wie Säulen in einem Dom aufragten.

Captain Picard rieb sich die Augen und berührte kurz seine Tasse Earl Grey-Tee, um zu prüfen, ob er schon auf eine trinkbare Temperatur abgekühlt war; diesmal mochte er den Tee nicht schlürfen, sondern wollte sofort einen tüchtigen Schluck nehmen.

Commander Data, Deanna Troi und Lieutenant Worf saßen mit dem Captain in seinem Quartier. Alle Blicke ruhten auf Data, der soeben eine detaillierte, jedoch leidenschaftslose Schilderung zweier im Geschlechtsakt vereinter Personen gegeben hatte. Eine davon nannte sich ›Göttin‹, doch darin sah Captain Picard keinen Anlaß zur Belustigung.

Er hatte fest geschlafen, als Worf ihn mit der dringenden Bitte anrief, sich mit ihm und zwei anderen Landegruppenmitgliedern zu einer Besprechung zusammenzusetzen. Data müßte, hatte Worf hartnäckig beteuert, etwas von erheblicher Wichtigkeit berichten. Und das war, dachte der Captain trübsinnig, keine Übertreibung gewesen.

Deanna Troi sah so verdutzt aus, wie Picard sich fühlte. Sie hatten schon über die Fortschritte der Aktion geredet; Troi hatte ihm zuvor versichert, die verwilderten Klingonen hätten die Landegruppe akzeptiert, und es bestünde keine Gefahr mehr. Aber das war gewesen, bevor herauskam, daß eine Frau diese ahnungslosen, jungen Leute beeinflußte. Diese Wende hatte niemand vorausgesehen.

Ungläubig schüttelte Deanna den Kopf. »Sie sagen, diese ›Göttin‹ hat gefordert, daß die Siedler massakriert werden, und anschließend hat sie ihn verführt?«

»Das war die Reihenfolge der Vorgänge«, bestätigte Data. »Dann mischte sich ein anderer Klingone ein und zwang mich mit gezücktem Messer zur Umkehr.«

»Captain«, meinte Worf in eindringlichem Ton, »wir müssen die Identität dieser ›Göttin‹ ermitteln.«

Der Captain preßte die Lippen fest zusammen. Er räusperte sich. »Romulaner«, sagte er halblaut. »Data, diese Frau hatte eine romulanische Waffe, sagten Sie?«

»Eine Waffe möglicherweise romulanischer Herkunft«, schränkte der Androide ein. »Einige Experten schreiben die Erfindung der Schockpeitsche der ferengischen Geheimpolizei zu. Sie soll aus einer ›Natter‹ genannten Waffe entwickelt worden sein. Angeblich stand dieses Gerät bei den Romulanern bis zum Jahre zweitausenddreihundertzwanzig in Gebrauch.«

»Das reicht, um mir schwere Sorgen zu machen«, sagte Picard. »Offiziell haben die Romulaner diesen Sektor als Gegenleistung für den Abzug der Klingonen aus dem Kapor'At-System geräumt. Von dort stammt ja die klingonische Jugendbande auf Selva. Aber ich frage mich: Sind die Romulaner tatsächlich fort?«

Der Captain nahm seine Teetasse in die Hand und schlenderte zum Sichtfenster, durch das er den gleichmäßigen Schimmer von einer Million Sonnen sehen konnte. Doch die lichte Klarheit des Alls half ihm nicht im geringsten beim Erspähen irgendwelcher Romulaner.

Er trank einen Schluck Tee, bevor er seine Ausführungen fortsetzte.

»De facto befinden wir uns hier in einer neutralen Zone zwischen den Romulanern und den Klingonen. In freiem Kosmos. Wenigstens hat man die Föderation das glauben gemacht. Aber was, wenn die Romulaner in Wirklichkeit nie abgerückt sind? Ein Raumschiff im Orbit zu lassen, könnten sie nicht wagen. Nicht einmal im Tarnstatus, weil es dann nicht möglich ist, den Transporter zu verwenden. Romulaner sind sich aber keineswegs zu fein, um geheime Stützpunkte einzurichten oder Geheimagenten einzusetzen.«

»Mit dieser Möglichkeit muß gerechnet werden«, pflichtete Data bei. »Dreiundsiebzig Prozent des selvanischen Ozeangebiets ist sensormäßig unerforscht und nicht kartografiert. Ein gut abgeschirmter Vorposten könnte auf Selva jahrelang unentdeckt bleiben.«

»So wie die Klingonen«, ergänzte ihn Deanna.

Worf wölbte die breiten Schultern. »Captain«, sagte er, »wir müssen unter die Beeinflussung durch diese ›Göttin‹ einen Schlußstrich ziehen. Um die Risiken zu minimieren, erkläre ich mich dazu bereit, die Aktion allein weiterzuführen.«

»Und wenn man Sie im Schlaf überfällt, was dann, Lieutenant?« hielt Picard ihm entgegen. Er stieß einen Seufzer aus. »Fähnrich Ro liegt unten in der Krankenstation, und Sie drei müssen in einem Erdloch übernachten. Wir haben uns vorgenommen, Leben zu bewahren, und das ist es, was wir zu tun haben. Um neun Uhr beame ich mit einer Gruppe Kolonisten an die Küste. Bei der Gelegenheit unterrichte ich Fähnrich Ro über die aktuelle Lage. Bitte denken Sie bei allem, was Sie unternehmen, zuerst an Ihre Sicherheit ... Sie können abtreten.«

Das Trio verließ den Turbolift und suchte den Transporterraum auf. Data blickte Deanna an. »Kehren Sie mit uns auf den Planeten zurück, Counselor?«

»Ja.« Verschmitzt lächelte Deanna. »Meine Ausrüstung ist noch unten. Ich weiß nicht, wie ich auf den Gedanken gekommen bin, ich könnte mich heute nacht mal gründlich ausschlafen.«

Mit einem Fauchen öffnete sich die Tür zum Transporterraum. Die Landegruppenmitglieder gingen zur Transportplattform.

»Die Sache mit der sogenannten Göttin ist höchst ärgerlich«, brummelte Worf. »Wer könnte denn daran interessiert sein, die Selva-Klingonen zur Feindschaft gegen die Kolonisten aufzustacheln?«

»Das ist gegenwärtig unbekannt«, antwortete Data sachlich. Er stellte sich auf die Transportplattform. »Aber die Wahrscheinlichkeit spricht für einen bei den Siedlern tätigen Geheimagenten. Ein derartiges Vorgehen wäre für die Romulaner tatsächlich die effektivste Methode. Sie könnten das Geschehen auf Selva beeinflussen, ohne sich zu zeigen.«

Worf nickte. »Es erfordert wenig Aufwand«, meinte er, »um einem Romulaner das Aussehen eines Menschen zu verleihen.«

»Das wäre auch eine Erklärung für die Fallgrube, die wir entdeckt haben«, äußerte Deanna. Sie dachte an den nahezu skelettierten Klingonen auf dem Grund der Grube.

»Ohne weiteres«, stimmte Data zu. Er überzeugte sich davon, daß seine Begleiter sich ordnungsgemäß aufgestellt hatten. Dann nickte er dem Operator zu. »Aktivieren.«

Als die Landegruppe im Wald rematerialisierte, begegneten ihr nichts als vollkommene Finsternis und völliges Schweigen. In den Baumwipfeln herrschte solche Stille, als wären sämtliche Tiere und die Wachtposten eingeschlafen. Der Stapel mit den Schlafsäcken und der übrigen Ausrüstung fand sich unter dem Baum wieder, wo alles zurückgelassen worden war; allerdings fehlten die Handleuchten.

Sobald Worf diese Feststellung machte, hakte er den Phaser vom Gürtel. Aber seine Augen hatten sich noch nicht von der hellen Beleuchtung des Raumschiffs der Dunkelheit des Waldes angepaßt. Er war so gut wie blind.

Eilig schritt Data zum Eingangsschacht der Klingonenbehausung. Dort blieb er stehen und nahm geringfügige Adjustierungen seiner Nahbereichssensoren vor.

»Wir sind allein«, gab er bekannt. »Die Wächter, die auf den Bäumen gesessen waren, sind von ihren Posten verschwunden. Wir können die Wohnstatt durchsuchen. Meines Erachtens ist jedoch niemand mehr da.«

Am Einstieg zum Erdloch kniete Worf nieder. »Turrok«, rief er. »Wolm!« Doch aus dem Dunkel der Erde kam keine Antwort.

»Verdammt noch mal«, schimpfte Deanna. Sie stemmte die Fäuste in die Hüften.

Worf richtete sich auf und legte die Hände seitlich an den Mund. »Balak!« brüllte er in den Wald.

»Rufen hat keinen Zweck«, konstatierte Data. »Die Klingonen sind außerhalb der Hörweite. Andernfalls hätten meine internen Sensoren sie erfaßt. Außerdem bezweifle ich, Lieutenant, daß Balak Ihnen antworten würde.«

»Egal«, brummte der Sicherheitsoffizier. »Wir können Turroks und Wolms Aufenthaltsort jederzeit anhand ihrer Kommunikatoren orten.«

»Nein, nicht mehr«, widersprach Data. Der Androide bückte sich, schob einige feuchte Blätter beiseite und hob zwei Insignienkommunikatoren auf; an einem hing noch ein kleines Fetzchen schwarzen Tierfells.

Kummervoll schüttelte Deanna den Kopf. »Wir hätten den Planeten nicht verlassen sollen.«

»Bei nachträglicher Einschätzung kann man es durchaus als Fehler bewerten«, bestätigte Data. »Man darf wohl unterstellen, daß Balak neue Weisungen seiner ›Göttin‹ mitgebracht hat. Sobald er sah, daß wir fort waren, beschloß er, den Stamm zu verlegen. Wären wir hier gewesen, hätte es wahrscheinlich eine Konfrontation gegeben. Sich abzusetzen, war für ihn das einfachste Verfahren.«

»Jetzt sind wir zurück auf Feld eins«, sagte Deanna mit einem Aufstöhnen. »Wir müssen die Klingonen wiederfinden.«

In einiger Entfernung erscholl ein schneller, kurzer Trommelwirbel. Data drehte den Kopf in die entsprechende Richtung. »Sie sind nach Osten gewandert«, teilte er mit. »Zum Meer.«

»Gehen Sie voraus, wir folgen«, sagte Worf mit deutlicher Entschlossenheit. Er beugte sich über das Gepäck und lud sich einen beträchtlichen Teil auf; Deanna und Data bepackten sich mit dem Rest. Achtsam drang das Trio in die immense Finsternis des Urwalds vor.

Fähnrich Ro schaute zum Fenster der im zweiten Stockwerk des Gebäudes gelegenen Krankenstation hinaus. Der erste Glanz der Morgendämmerung verfärbte das rostige Metall der Umfriedung. Neu-Reykjavik könnte schön sein, dachte sie. Aber eine Mauer, die gebaut wurde, um andere fernzuhalten, ist nun einmal nicht schön. Und auch Menschen, denen ein Paradies zum Erforschen offensteht, die sich aber hinter Metallwänden verstecken, sind kein schönes Erlebnis.

Einen wirklich schönen Anblick boten die Bäume,

die wie riesige Himmelssäulen über die Umfriedung der Kolonie aufragten; doch die Bäume wiederum umgab ein beunruhigendes Geheimnis. Waren sie tatsächlich, wie Myra behauptet hatte, nicht älter als neunzig Jahre? Ro war keine Botanikerin. Trotzdem war es ihr auf Anhieb aufgefallen, daß sie allesamt ungefähr die gleiche Höhe hatten.

Diese Eigentümlichkeit erinnerte die Bajoranerin an eine Baumschule mit Weihnachtsbäumen, die sie einmal während ihrer Ausbildung an der Starfleet-Akademie besichtigt hatte: Reihen um Reihen von tadellos gewachsenen Bäumen in gleicher Größe. Auch diesen Anblick hatte sie als unnatürlich empfunden.

Ro seufzte; sie befürchtete, schlicht und einfach zu mißtrauisch zu sein. Vielleicht neigte sie zur Paranoia. Vor den Grubenheuschrecken war sie gewarnt worden. Also konnte sie niemandem daran die Schuld geben, gebissen worden zu sein. Und andererseits hatte sie zwei Freunde gefunden: Myra und ihren Vater Gregg. Zwei Freunde an zwei Tagen zu gewinnen, bedeutete für Ro eine ziemlich gute Leistung.

Regelrechte Feindseligkeit gegen sie hatte eigentlich nur Dr. Drayton gezeigt. Aber wahrscheinlich war sie lediglich eine herrschsüchtige Person, die etwas dagegen hatte, daß eine Außenstehende sich in ihrem Labor betätigte. Nach und nach lernte Ro es, mit solchen Typen zurechtzukommen.

Sie fühlte sich, als hätte sie fünfzehn Stunden lang geschlafen – was auch ungefähr den Tatsachen entsprach. Sie lechzte nach Taten. Ro fragte sich, wann Myra und Gregg wohl aufstanden. Vielleicht konnte sie die Familie noch rechtzeitig ausfindig machen, um mit ihr vor der Exkursion an die Küste gemeinsam zu frühstücken.

»Ich melde mich ab«, sagte der Fähnrich zu der diensttuenden Pflegerin. »Würden Sie bitte Dr. Freleng und seinen Mitarbeitern meinen Dank ausrichten? Sie haben mir das Leben gerettet.«

»Wird erledigt, Liebchen«, versprach die ältere Dame. »Knöpfen Sie Ihren Kragen zu. Sonst läßt der nächste Biß nicht lang auf sich warten.«

»Danke, das ist ein guter Rat«, antwortete Ro. Eigenhändig machte die Frau ihr den Kragen zu. Ro trug die schlichte, braune Kluft der Siedler; sie empfand sie als sehr bequem. Auch das ist an sich ein Grund, überlegte sie, Neu-Reykjavik als sympathisch einzustufen.

Sie hatte erwogen, wieder die Starfleet-Uniform anzuziehen. Da jedoch hatte sie sich an Guinans vor Beginn der Selva-Aktion ausgesprochene Aufgabenstellung erinnert: *Bezwingen der Furcht.* Es war an der Zeit, daß sie sich den Siedlern anpaßte. Trotzdem hatte sie den Insignienkommunikator fest an die Brusttasche geheftet.

Ro trat in die frische Kälte des frühen Morgens hinaus. Sie zog sich die schlichte Jacke straff um die Schultern. Ihre regelmäßig ausgestoßenen Atemwölkchen vermischten sich mit den morgendlichen Nebelschwaden. Sie spürte, daß man sie von den Wachtürmen an den Ecken des Siedlungsgeländes herab beobachtete. Sie blieb einen Moment lang ruhig stehen, um den Posten ausreichende Gelegenheit zur Observation zu geben. Dann setzte sie sich zielstrebig Richtung Dorfplatz in Bewegung.

Sie entsann sich daran, auf dem Platz einen Stadtplan gesehen zu haben; ferner eine Holztafel, in die jemand, der viel Zeit gehabt haben mußte, ein Verzeichnis der Einwohner mitsamt Hinweisen auf ihren Wohnsitz gebrannt hatte. Das war, dachte sie, in dieser Siedlung die wahre Schande: daß Wut und Aggression die Bewohner zu stark in Anspruch nahmen, als daß sie ein sinnvolles Leben hätten führen können.

Ro schaute im Verzeichnis nach und lokalisierte das

Haus der Calverts im südwestlichen Winkel der Ortschaft. Durch die leeren Straßen zwischen den Metallbauten zu gehen, hatte auf Ro eine sonderbar besänftigende Wirkung. Aus einigen Wohnbauten drangen Frühstücksdüfte. Die kalten Reihen einstöckiger Häuser hätten einen bedrückenden Eindruck hinterlassen, wären die Hauptstraßen nicht besonders breit und geräumig angelegt worden. Warum man das getan hatte, konnte Ro nicht nachvollziehen. In Neu-Reykjavik bewegte man sich nur zu Fuß fort.

Unterwegs begegnete der Fähnrich nur einem einzigen Kolonisten, einer Frau, die vom Wachdienst heimging. Müden Blicks lächelte sie Ro zu. Sie bemerkte nur die ihr bekannte Art der Kleidung, nicht das fremde Gesicht. Ro erwiderte das Lächeln. Die Frau schenkte ihr keinen zweiten Blick.

Sobald sie vor der Haustür der Calverts stand, drückte sie die Taste des Türmelders. Eine Überwachungskamera schwenkte auf sie ein. »Nennen Sie Ihr Anliegen«, forderte eine Computerstimme.

»Hier ist Fähnrich Ro mit der Absicht«, sagte sie, »Myra und Gregg Calvert zu besuchen.«

»Ro«, ertönte daraufhin eine freundlichere Stimme aus der Sprechanlage. Sie gehörte Myra. »Warte 'n Momentchen, wir haben ein manuell zu bedienendes Schloß an der Tür.«

Ro mußte mindestens eine Minute lang warten. Als sie den Riegel zurückschnappen hörte und die Tür aufschwang, senkte sie unwillkürlich den Blick. Sie rechnete damit, Myra vor sich zu sehen. Statt dessen fiel ihr Blick auf Gregg Calverts muskulöse Brust. Hastig bedeckte er sie, indem er das Hemd zuknöpfte.

»Verzeihung.« Er lächelte. »Myra ist noch nicht fertig. Bitte kommen Sie rein.«

Er trat zurück, und Ro betrat das Haus. Das Innere erregte den Eindruck, als gäben die Bewohner sich die größte Mühe zu vermeiden, daß es wie in einer Armeebaracke aussah. Dennoch war der Erfolg eher mäßig. Trotz einer gewissen Individualität der Inneneinrichtung – ungewöhnliche Pflanzen, Familienfotos und Hängegardinen – war es in dem Haus kaum behaglicher, als Bauart und Äußeres versprachen. Es war und blieb eine aus mehreren Metallcontainern zusammengeschweißte Notbehausung.

Ro fühlte sich an die Sorte Unterkunft erinnert, in der Bajoraner existieren mußten. Doch der Unterschied war, vergegenwärtigte sie sich, daß die Bajoraner aus Verzweiflung in solchen Blechhütten vegetieren mußten; diese Menschen hier hatten sie dagegen freiwillig bezogen. Sie wußte nicht, wen sie mehr bedauern sollte.

»Ich dachte, vielleicht haben wir noch Zeit für ein gemeinsames Frühstück, ehe wir aufbrechen«, sagte sie und bemühte sich um einen heiteren Tonfall.

»Na klar«, antwortete Gregg. »Wie geht's Ihnen heute?«

»Prachtvoll«, rief Ro und reckte die Arme über den Kopf empor. »Ich fühle mich so prächtig, daß ich die zwanzig Kilometer bis ans Meer zu Fuß marschieren könnte.«

»Bei uns würden wohl die wenigsten Leute annehmen, daß Sie dort heil ankommen«, meinte Gregg trübselig. Dann gab er sich einen Ruck und zwang sich zu besserer Laune. »Ihr Captain tut uns einen großen Gefallen. Mit Hilfe von Sensoren kann man über ein Meer nur begrenzte Erkenntnisse gewinnen. Ich habe der *Enterprise* die Koordinaten eines Küstenstreifens mit einer Anzahl von Gezeitentümpeln übermittelt, in dem Dr. Drayton sich umschauen möchte. Dort wollen wir hin.«

»Lebt irgendwas im Ozean?«

»Da gibt's verschiedene Meinungen«, piepste hinter

Ro und Gregg eine Stimme. Myra kam ins provisorische Wohnzimmer gehüpft. »Ich zeig' dir, was ich meine, wenn wir da sind. *Ich* glaube, es lebt. Dr. Drayton ist sich nicht sicher. Natürlich können wir uns auch nicht einigen, ob's tierisches oder pflanzliches Leben ist.«

»Wir hatten vor«, sagte Gregg, »im Speisesaal zu frühstücken. Ist Ihnen das recht?«

»Gewiß«, gab Ro mit einem Lächeln zur Antwort.

Tatsächlich hegte Fähnrich Ro in dieser Hinsicht keine Bedenken. Ganz anders dagegen verhielt es sich offensichtlich bei Louise Drayton, die sie vor dem Gemeinschaftsgebäude trafen. Sie sagte nichts, doch Ro spürte, daß sie beinahe vor Haß platzte. Genauso war es an dem Abend vor dem Heuschreckenbiß gewesen.

Nachdem sie dem Tod ins Auge geblickt und überlebt, die halluzinatorischen Abgründe der eigenen Seele durchmessen hatte, befand sich die Bajoranerin in versöhnlicher Stimmung. Inzwischen hatte sie sich eingeredet, der Heuschreckenbiß sei nur ein Mißgeschick gewesen. Allerdings war sie neugierig auf Dr. Draytons Meinung zu dem Vorfall.

Ro musterte die gedrungene, dunkelhaarige Frau. Sie sah keineswegs nach dreiundfünfzig Jahren aus. Ihr dynamisches Wesen ermöglichte ihr trotz der unverkennbaren Charakterstrenge ein jugendliches, lebhaftes Auftreten. Mit offenherzigen Leuten, die eigene Ansichten vertraten, hatte Ro keine Probleme. Sie zählte selbst zu diesem Typ.

Das erschwerte es ihr um so stärker, sich damit abzufinden, daß eine intelligente Frau wie Dr. Drayton ihr keine Chance geben mochte. Ein anderer Grund als Fanatismus ließ sich dafür nicht erkennen. Ro beschloß, den Fall Drayton zu einem privaten Projekt zu machen: Falls es ihr gelang, die Wissenschaftlerin auf ihre Seite zu ziehen, dürfte das gleiche mit jedem der Kolonisten möglich sein.

Aber sie konnte nicht den Wunsch unterdrücken, Drayton auf die Frage anzusprechen, die sie am nachhaltigsten beschäftigte. »Der Heuschreckenbiß hat mir wirklich einen gehörigen Schrecken eingejagt, das kann ich Ihnen sagen«, sprach Ro sie am Eingang des Speisesaals an. »Myra hat erwähnt, Sie sind hier die Expertin für Grubenheuschrecken. Vielleicht können Sie mir einiges über sie erzählen.«

»Ich bedaure den Zwischenfall außerordentlich«, antwortete Dr. Drayton gedämpft. Zum erstenmal zog sie eine leicht verschüchterte Miene. »Möglicherweise trage ich die Schuld an dem Biß. Ich weiß nicht wie, aber offenbar ist eine meiner Grubenheuschrecken aus dem Terrarium entwischt. Diese Tiere sind ziemlich kräftig und schlau. Sie haben schon Löcher in mehrere Lagen widerstandsfähigen Maschengitters gebissen und gestoßen.«

Drayton wich Ros Blick aus. »Ich geb's zu, irgendwie mag ich sie, es ist nun einmal so«, gestand die Wissenschaftlerin. »Wahrscheinlich halte ich deshalb zu viele davon. Sie sind äußerst giftig. Aber zum Glück leben sie ortsgebunden. Sie fliegen nie in Schwärmen. Würde jemand von einem Schwarm gebissen, wäre er wohl sofort tot. Ich nenne diese Spezies Grubenheuschrecke, weil sie über den Kieferzangen eine wärmeempfindliche Vertiefung hat, ähnlich wie die Grubennatter.«

Doch plötzlich riß Drayton sich sichtlich zusammen, als hätte sie das Gefühl, zuviel zu reden. »Ich entschuldige mich für Ihre Erkrankung«, sagte sie. »Aber ich hatte Sie ja davor *gewarnt*, daß es im Labor zu unsicher zum Schlafen ist.«

»Wie nahe bin ich dem Tod denn gewesen?« fragte Ro in unverhohlener Neugierde.

»Was Sie gebissen hat, war ein ausgewachsenes

Weibchen«, erteilte Drayton so betont Auskunft, als hätte sie schwerwiegende Bedeutung.

»*Zweimal* gebissen«, rief Myra von hinten dazwischen.

Drayton nickte. »Danke für den Hinweis, Myra. Zwei Bisse hätten ein Kind oder eine Person in schlechterem Gesundheitszustand bestimmt das Leben gekostet. Ich bin keine Medizinerin. Aber soviel ich gehört habe, ist seitens Ihrer Bordärztin herausragende Arbeit dabei geleistet worden, Ihren Blutdruck und die Körpertemperatur innerhalb vertretbarer Werte zu halten... Auf Ihre Spezies bezogen natürlich.«

»Das ist ihr wirklich glänzend gelungen«, bekräftigte Gregg Calvert. »Wir waren von Dr. Crusher stark beeindruckt.«

Ro lächelte. Im Moment erschienen ihr die Aussichten recht rosig. Nun war sie beim Essensempfang an der Reihe. Dankbar nahm sie eine große Portion einer erwärmten Getreidekost und ein Schälchen Apfelmus entgegen. Ein paar Küchenmitarbeiter und einige übrige Anwesende warfen ihr unfreundliche Blicke zu. Aber allzu viele waren es nicht. Nach den selbstgesetzten Maßstäben hatte der Fähnrich das Empfinden, echte Fortschritte zu erzielen.

»Ich bin schon ganz gespannt auf den Ozean«, meinte Ro, während sie mit den Calverts und Dr. Drayton an einem Eßtisch Platz nahm. »Elektronisch erforsche ich ihn jetzt seit Tagen, aber das ist nicht das gleiche, als wenn man ihn mit eigenen Augen sieht.«

Gregg lachte. »Myra und Dr. Drayton reden immer reichlich romantisches Zeug übers Meer. Für mich sieht es irgendwie öde und unheimlich aus.«

»Das Meer kann eigentlich kein Leben ernähren, trotzdem gibt's welches«, entgegnete Myra. »Das ist eben so aufregend daran. Dr. Drayton, bitte geben Sie mal die Butter rüber.«

»Hier, mein Kind«, sagte Drayton. »Es ist nicht ausgeschlossen, daß es im Meer Leben gibt. Oder vielmehr auf dem Meer.«

»Und vielleicht auch darunter«, spekulierte Ro. »In der Tiefe finden ganz beachtliche seismische Aktivitäten statt. Ich weiß, Gregg, für Sie sieht die See nur wie eine Unmenge brackigen Wassers aus. Aber der Ozean ist gewissermaßen Selvas bedeutendste Touristenattraktion. So fühle ich mich nämlich: wie eine Touristin. Ich möchte das Meer einfach gesehen haben.«

Alle lachten, sogar Louise Drayton. Ro schob sich einen gehäuften Löffel voll Getreidekost in den Mund und kaute fröhlich.

»Das Gefühl der Euphorie nach einem Heuschreckenbiß ist eine der sonderbarsten Nachwirkungen«, bemerkte Drayton. »Genießen Sie's ruhig, solang's anhält, Fähnrich Ro.«

»Ich glaube, ich fühle mich wahrhaftig außergewöhnlich wohl«, bestätigte die Bajoranerin. Sie hatte das Frühstück in Rekordzeit verzehrt. »Ich hole mir einen Nachschlag.«

»Erhöhter Appetit.« Louise Drayton nickte. »Auch völlig typisch.«

»Ich hol' mir auch noch was«, äußerte Gregg, indem er rasch aufstand. »Heute früh bin ich ziemlich hungrig und habe mir vorhin wenig genommen. Ich bin ganz Ros Meinung. Es wird uns guttun, mal was anderes zu sehen als immer nur unsere vier Wände.«

»Da fällt mir ein, daß ich noch nicht gepackt habe«, sagte Louise Drayton. Sie wischte sich den Mund. »Wieviel Zeit bleibt uns noch?«

»Eine halbe Stunde«, antwortete Gregg. »Nehmen Sie bitte nicht zuviel mit, Dr. Drayton. Eine Feldflasche, ein Tricorder, ein paar Probenbehälter. Wir sollten darauf achten, beweglich zu sein. Ach, und stecken Sie

Ihren Phaser ein.« Vielsagend blickte er Ro an. »Alle außer Myra bewaffnen sich.«

Dieser Hinweis raubte dem Morgen manches von seiner Unbeschwertheit. Schon wollte Ro Einwände erheben; aber da fiel ihr der Mann ein, den die Klingonen vor einigen Abenden auf dem Wachturm überwältigt und ermordet hatten. »Wir schalten sie auf Betäubung«, sagte der Fähnrich.

»Ro, Sie sehen in unseren Klamotten richtig fesch aus«, behauptete Gregg mit pfiffigem Lächeln. »Aber es beruhigt mich, daß Sie Ihren Kommunikator dabei haben ... Für den Fall, daß wir Ihr Raumschiff kontaktieren müssen.«

»Sie sind ein ganz Vorsichtiger, was?« fragte Ro.

»Genau«, stimmte Gregg Calvert zu. Er nahm seinen und Ros Teller. »Bin gleich wieder da.«

Strahlend lächelte Myra den Fähnrich an. »Er mag dich.«

Schroff stand Drayton auf. »Ich bin um neun auf dem Platz«, erklärte sie und stapfte hinaus.

Myra schaute der Entomologin nach und kicherte. »Ich glaube, *sie* mag Vati auch. Sie hat aber nie was unternommen. Vati wäre sicher baß erstaunt. Aber du gefällst mir sowieso besser.«

»Du solltest dich nicht so für die persönlichen Angelegenheiten deines Vaters interessieren«, rügte Ro das Mädchen in nachsichtigem Ton.

Myra zuckte die Achseln. »Warum nicht? Was soll man hier denn sonst Interessantes anfangen?«

Gregg Calvert kehrte an den Tisch zurück, stellte die Teller hin und streifte sich eine Strähne blonden Haars aus der Stirn. »Ich gehe auch gleich«, kündigte er an. »Ich will sicher sein«, sagte er zu Ro, »daß Ihr Schiff die richtigen Koordinaten hat.«

»Unser Ausflug macht Sie regelrecht nervös, wie?« fragte Ro.

»Ich bin nun einmal der hiesige Sicherheitschef«, lautete Greggs Entgegnung. »Nun soll ich mit meiner eigenen Tochter, unserer fähigsten Wissenschaftlerin und einer als Gast anwesenden Starfleet-Offizierin ins Territorium von Wilden gebeamt werden, die uns abmurksen wollen, sobald sie uns sehen. Ist da ein bißchen Nervosität nicht verständlich?«

»Es wird schon alles klappen«, meinte Ro zu seiner Ermutigung. Vielleicht hatte sie anfangs, ging es ihr durch den Kopf, wegen des hier und da beobachtbaren Fanatismus zu hart über die Siedler geurteilt. Dabei wußte sie nur zu gut, was für grauenvolle Auswirkungen die ständige Furcht vor Übergriffen auf den kollektiven Geisteszustand einer Gemeinschaft haben konnte.

Die Bajoranerin überzeugte sich davon, daß ihr Insignienkommunikator noch fest an dem groben Stoff über ihrem Herzen steckte. »Wir sind ja nicht allein«, versicherte sie Gregg.

Fünf Minuten vor der vereinbarten Uhrzeit standen Fähnrich Ro, Gregg und Myra Calvert sowie Dr. Drayton auf dem Dorfplatz Neu-Reykjaviks und warteten voller Tatendrang auf den molekularen Transfer. Dr. Drayton schleppte einen dermaßen mit Ausrüstung vollgepackten Rucksack, daß sie aussah, als müßte sie unter der Last zusammenbrechen. Doch der Ausdruck kompromißloser Entschiedenheit um ihren Mund machte klar, daß sie mitzunehmen beabsichtigte, was sie wollte, und niemand ihr das ausreden konnte. Zudem hatte sie einen Phaser des Modells II um die Taille geschnallt. Myra hatte einen Tricorder dabei. Gregg trug eine Erste-Hilfe-Tasche und eine Überlebensausstattung auf dem Rücken; in einem Halfter am Gürtel führte er einen Phaser mit.

Im Gegensatz dazu hatte Ro sich an ihren Vorsatz

gehalten, Touristin zu bleiben. Sie hatte sich mit nichts als ihrem Insignienkommunikator, einem unauffällig in die Tasche geschobenen Handphaser und einem Lächeln eingefunden.

Es gab kein tragbares Gerät, das ihr mehr über die tausend Kilometer entfernten tektonischen Krustenplatten vor der Küste verraten hätte, was sie nicht schon aufgrund der Sensorsondierung wußte. Und irgendwelche Pflanzen oder Tiere zu sammeln, verspürte sie kein Bedürfnis. Das Erlebnis mit der Grubenheuschrecke hatte ihr gereicht. Sie hatte lediglich den Wunsch, etwas gänzlich Unwissenschaftliches zu tun – nämlich aufs Meer hinauszuschauen und sich ihren persönlichen Eindruck zu verschaffen.

Eine laute Stimme drohte Ros gute Laune zu beeinträchtigen. »Haben Sie keine Bedenken, sich zur Wehr zu setzen«, rief Raul Oscaras schon von weitem, während er über den Rasen auf die Gruppe zukam. »Seien Sie um Himmels willen auf der Hut. Wir können's uns wahrlich nicht leisten, noch mehr Menschen zu verlieren.«

»Wir sind vorsichtig, verlassen Sie sich darauf«, antwortete Gregg Calvert leicht genervt. Er mußte am wenigsten an die Gefahr erinnert werden.

Oscaras wandte sich an Fähnrich Ro. »Ich mache Sie für das Schicksal dieser Expedition verantwortlich«, warnte er die Bajoranerin. »Sie geht auf Ihre Idee zurück.«

»Es ist doch von Vorteil, die Anwesenheit der *Enterprise* zu nutzen«, antwortete Ro. Ob ihre gehobene Stimmung eine Nachwirkung des Heuschreckengifts war, wie Drayton behauptete, oder ein Resultat des Glücksgefühls angesichts ihres Überlebens, blieb Ro gleichgültig; sie mochte sich diese gelöste Gemütsverfassung von niemandem verderben lassen. Schon gar nicht von einem so aufgeblasenen Wichtigtuer wie Raul Oscaras.

»Hauptsache ist, Sie geben auf sich acht«, sagte Oscaras. »Sie haben meine Erlaubnis zum Aufbruch.«

Vor Staunen über die selbstgefällige Anmaßung des Präsidenten schüttelte Ro den Kopf. Aber sie hielt den Mund. Gleich darauf drang zu ihrer Erleichterung eine vertraute Stimme aus ihrem Insignienkommunikator.

»Captain Picard an Fähnrich Ro.«

Sie berührte den Kommunikator und meldete sich. »Hier Fähnrich Ro.«

»Wie viele Mitglieder hat die Gruppe?«

»Vier, mich mitgerechnet.«

»Dann komme ich vielleicht mit«, sagte Captain Picard. »Stehen Sie bereit, um an Bord gebeamt zu werden?«

»Ja, Sir«, gab Ro knapp Bescheid.

Die Körper der vier Personen entmaterialisierten in glitzernden Strudeln separierter Moleküle.

# 11

Fähnrich Ro, Myra und Gregg Calvert sowie Dr. Drayton rematerialisierten an Bord der *Enterprise* in Transporterraum 3. Empfangen wurden sie von Transporterchef O'Brien und Jean-Luc Picard. Der Captain hatte für die Exkursion eine warm aussehende Velourslederjacke angezogen. Er begrüßte die Ankömmlinge mit einem Lächeln.

»Booooh«, rief Myra. Mit aufgesperrten Augen betrachtete sie die Transporteranlagen, die für die *Enterprise*-Crew zu den alltäglichen Selbstverständlichkeiten gehörten. »Dürfen wir uns das mal angucken?«

Schwungvoll bestieg Captain Picard die Transportplattform. »Vielleicht später«, antwortete er. »Zur Zeit ist ein Großteil der Besatzung mit diagnostischen Analysen und Wartungsarbeiten beschäftigt.«

»Können wir nun ans Meer transferieren?« drängelte Louise Drayton ungeduldig. »Ich möchte keine Minute verschwenden.«

»Kein Problem«, beteuerte Picard, indem er sich in der Mitte der Transportplattform aufstellte. »Mr. O'Brien, Sie haben die Koordinaten?«

Der Transporterchef nickte. »Zielkoordinaten sind angepeilt. Falls Sie schleunigst an Bord retransferiert werden wollen, brauchen Sie mich nur zu kontaktieren.«

»Daran werden wir schon denken, wenn das Pflaster uns zu heiß wird«, sagte Picard. »Aktivieren.«

Ein dunkles Summen erfüllte den Transporterraum.

Die fünf Personen auf der Transportplattform lösten sich in Lichtsäulen auf.

Sie rematerialisierten an einem schwarzen Strand, gegen den in gemächlichem Anbranden kupferrote Wellen rollten. Während Picard langsam ein paar Schritte weit den Strand entlangschlenderte, knirschten hörbar glänzendschwarze Kiesel unter seinen Stiefeln.

Eine Woge rauschte an den Strand und spritzte ein wenig rötlichen Schaum auf Picards Stiefel. Augenblicklich dickte der Spritzer ein, ähnlich wie Quecksilber, und bildete ein Klümpchen. Dann rutschte er von der Stiefelspitze in den grobkörnigen, schwarzen Sand. Auf dem schwarzen Stiefel hinterließ er eine graue Spur.

»Holla«, rief Picard. Besorgt wich er zurück.

»Ach ja, die Gischt ist stark säurehaltig«, kommentierte Dr. Drayton. »Achten Sie darauf, daß Sie nichts auf die Haut kriegen.«

»Außerdem lebt und empfindet diese Substanz«, gellte Myras Stimme. Sie rannte den Strand hinunter. Ihr Ziel war anscheinend ein durch Umwelteinflüsse in einen schwarzen Felsen gehöhlter Torbogen; der Felsvorsprung ragte aus dem Wald und fiel ins Brodeln der See ab. So formte er eine natürlich entstandene Brücke zwischen den Elementen.

»Myra«, rief Gregg, ganz besorgter Vater, ihr nach. »Warte auf uns!« Er lief ihr hinterdrein. Umgehend schloß Fähnrich Ro sich an.

Drayton wandte sich an Picard und schüttelte den Kopf. »Ach, das Kind«, meinte sie halblaut, »es glaubt wahrhaftig, der Schaum, den Sie auf den Wellen sehen, sei irgendwie ein empfindendes Wesen. Ich gebe zu, aufgrund unserer Untersuchungen ist es nicht unmöglich, daß eine Art von Kollektivmentalität vorhanden ist. Wie bei Bienen und Ameisen, Sie wissen schon.

Aber wie weit dabei echte Denkprozesse auftreten, ist noch ungeklärt.«

»Und wie lautet Ihre Einschätzung?«

»Ich halte die Substanz für einen recht bemerkenswerten Organismus«, antwortete Drayton. »Um ihn in vollem Umfang zu erforschen, müßten wir hier für ein Jahr ein Lager aufschlagen. Wir sind hier auf einem ziemlich großen Planeten und wissen bisher nicht einmal ein Fünftel dessen, was es über ihn zu wissen gibt. Kommen Sie mit zu den Gezeitentümpeln. Dann werden Sie verstehen, was ich damit sagen will.«

Sie und der Captain wanderten am Strand auf das riesenhafte, zerklüftete Felstor zu. Picard versuchte, sich an die Farbverteilung zu gewöhnen. Nach seinem Empfinden schien sie völlig verkehrt zu sein: Der Strand war schwarz, das Meer kupferfarben, der Himmel rotzgrün. Das einzige gesunde Grün hatten die Baumwipfel. Man konnte sich nicht des Eindrucks erwehren, daß die Bäume sich von der Küste fortneigten – als ob sie wüßten, daß die Fluten des Meers eine lebensfeindliche Zusammensetzung aufwiesen.

Es war seltsam mitanzusehen, wie die trägen rötlichen Wellen sich ans Ufer wälzten und Klumpen der rätselhaften Meereslebensform ablagerten. Die Klümpchen sickerten in den schwarzen Kieselstrand ein, so schnell es ging. Picard senkte den Blick auf den hellen Fleck auf seinen Stiefel. Inzwischen war die Aufhellung bleich wie ein Knochen geworden.

Sie unterquerten das ebenholzschwarze Felstor. Wohl hauptsächlich Wellen hatten es aus massivem, schwarzem Felsgestein gekerbt, das die gleiche Zusammensetzung wie der Strand haben mußte. Mit der Zeit fiel der Fels den höher emporgeschleuderten Spritzern säurehaltigen Meeresschaums zum Opfer. Gerade in diesem Moment bröckelte ein wenig Fels ab.

Picard trat die Flucht nach vorn an und eilte im Laufschritt unter dem Felsen hindurch.

Er sah Ro und die Calverts um einige flache Tümpel stehen. Die Mulden waren von den Wassern einem flachen Riff aus festem, schwarzem Fels eingeschliffen worden. Mit einem Stock stocherte Myra in dem Schaum, der sich bei Ebbe in den Vertiefungen abgesetzt hatte.

Wenn sie den Stock in den Schaum senkte, ballte dieser sich zu einem schwimmenden Brocken zusammen. Sobald sie die Substanz mit dem Holz berührte, reagierte sie heftig. Sie spritzte, tränte und stieß eine Hautschicht ab.

»Das muß ein Tier sein«, meinte das Mädchen zu Dr. Drayton. »So verhalten Pflanzen sich nicht.«

»Hast du schon einmal eine Venusfliegenfalle gesehen?« entgegnete Drayton abschätzig. »Es gibt eine Menge Pflanzen, die auf Stimuli reagieren, bei Kontakt zurückschrecken.«

»Es ist mehr wie 'ne Seeanemone«, erwiderte Myra. »Und die ist als Tier klassifiziert. Wenn schon dieser kleine Tümpel intelligent ist, wie hoch muß die Intelligenz sein, wenn sich eine Riesenmasse zusammenschließt?«

»Kommt drauf an«, antwortete Drayton.

Während die Frage weiterdiskutiert wurde, musterte Picard die übrigen Landegruppenmitglieder. Gregg Calvert legte pausenlose Wachsamkeit an den Tag. Er beobachtete, die Hand stets nah am Halfter des Phasers, den Dschungel. Allem Anschein nach hatte er an dem Ausflug nicht das geringste Vergnügen; er machte das alles ausschließlich seiner Tochter zuliebe mit.

Ro betrachtete aus großen Augen die einzigartige Flora und Fauna. Man hätte meinen können, sie sei momentan nicht ganz sie selbst; regelrecht krank wirkte sie jedoch nicht. Picard entschied, daß es an der

Zeit war, um sie über die inzwischen stattgefundenen Ereignisse zu informieren.

Picard schlurfte an Ros Seite. »Das schwarze Gestein ist vulkanischen Ursprungs, oder?« fragte der Captain.

»Ja«, bestätigte Ro. »Lava. Geschmolzenes, erkaltetes Magma aus dem Innern des Planeten. Ist es nicht herrlich anzuschauen?«

»Sehr hübsch.« Picard runzelte die Stirn. Er senkte die Lautstärke seiner Stimme. »Fähnrich, während Sie nach diesem unglücklichen Insektenbiß sich gesundgeschlafen haben, ist Commander Data Augenzeuge eines äußerst absonderlichen Vorgangs geworden. Balak, das Oberhaupt der Selva-Klingonen, hat sich im Wald mit einer Göttin getroffen und mit ihr Geschlechtsverkehr gehabt.«

Damit weckte er Ros ungeteilte Aufmerksamkeit. Verdutzt blinzelte sie den Captain an. »Meinen Sie das in irgendwie metaphysischem Sinn?« erkundigte sie sich.

»Überhaupt nicht«, stellte Picard mit allem Nachdruck klar. »Sie war in jeder Hinsicht eine leibhaftige Frau. Aber sie täuscht vor, eine Göttin zu sein, um diese jungen Klingonen zu beeinflussen. Also müssen Sie sich unbedingt nach dieser Frau umsehen. Sie könnte eine Kolonistin sein.«

Unwillkürlich lenkte Ro ihren Blick vom markigen Gesicht des Captains hinüber zu Dr. Drayton. Die Wissenschaftlerin erwiderte den Blick. Ihre Miene zeigte ein undurchschaubares Lächeln.

»Captain Picard«, rief Drayton, indem sie sich aufrichtete; sie kam heran und faßte den Captain am Arm. »Kommen Sie, ich möchte Ihnen ein paar ganz erstaunliche Insekten zeigen, die hier im Sand leben.«

»Trotz des säurehaltigen Schaums können sie hier existieren?« fragte Picard.

»Sie haben sich den Umweltbedingungen dieser

Gegend angepaßt«, erläuterte die Forscherin. »Es sind Käfer, die einen Kalziumpanzer entwickelt haben. Bei zuviel Säuredunst ersticken sie, aber vom Schaum selbst werden sie offenbar gemieden. Er greift sie nicht aktiv an. Es könnte eine symbiotische Beziehung vorliegen. Die Käfer fressen zum Verzehr geeignete Materie, die die Säure nicht verwerten kann. So halten sie den Strand sauber.«

Während Drayton den Captain in Beschlag nahm und Myra ihrem Tricorder Notizen über die seifenschaumartige Kreatur in den Gezeitentümpeln eingab, schaute Ro auf die See hinaus. Sie glich einem grenzenlosen Meer aus Blut, das in einem dampfendheißen Kessel hin und her schwappte. Die Wellen vollführten ihren stummen Tanz unter einem düsteren Himmel. Kein Vogel flog durch die Luft, kein Fisch sprang aus dem Wasser.

Ro neigte keineswegs zu Hirngespinsten. Trotzdem konnte sie sich beinahe bildlich vorstellen, wie sich auf dem Meeresgrund die gewaltigen planetaren Krustenplatten anhoben. Massen kochender Lava drückten sie aufwärts. Dieser Ozean blieb tot, weil er im Ringen gegen bislang unterseeische Kontinente unterlag, die es drängte, an Selvas Oberfläche die Herrschaft anzutreten. Selva war ein wirklich noch sehr junger Planet.

Sie drehte sich zu Gregg Calvert und seiner fröhlichen Tochter um. Ro fühlte sich zu der Fragestellung gedrängt, ob überhaupt irgendwer – ob Klingonen oder Menschen – diese Welt bewohnen sollte. Offensichtlich hatte sie noch kein eigenes höheres Leben hervorgebracht. Die wenigen Spezies, die Ro bisher kennengelernt hatte – wie die Grubenheuschrecken und das ozeanische Schaumgeschöpf – waren extrem gefährlich. Die Fläche besiedelbaren Landes war klein. Da allerdings durfte mit Zuwachs gerechnet werden.

Vielleicht wäre es hier ganz nett, dachte Ro, könnte man in ein paar Millionen Jahren wiederkommen.

Sie blickte nochmals auf das Meer aus. Möglicherweise hatte es, überlegte sie, den Kampf doch noch nicht verloren. Unter Umständen entwickelte Selva sich zu einem aquatischen Planeten; und aus dem Schaumwesen wurde ein empfindendes, fühlendes Geschöpf, das sich nicht mehr auf das fragmentarische Dasein einer Kollektivkreatur beschränkte.

Das hieße, schlußfolgerte Ro, die jetzt existenten Landmassen würden überschwemmt. Berücksichtigte man die in der Planetenkruste tätigen, gewaltigen Kräfte, war eine solche Zukunft nicht ausgeschlossen. Große Überflutungen zählten zu den Schöpfungsmythen vieler Sternenvölker.

Gräßliches Geheul aus dem Wald unterbrach Fähnrich Ros Gedanken. Sie fuhr herum und sah einen jungen, dürren Klingonen auf die Landegruppe zurennen. Eine zweite schlanke Gestalt spurtete ihm nach. Doch sobald der Verfolger die Landegruppe erblickte, machte er kehrt und flüchtete zwischen die Bäume zurück. Der andere zerlumpte Klingone lief weiter, taumelte näher. Gregg Calvert zog seinen Phaser.

»Nicht schießen!« befahl Picard. »Er ist allein und unbewaffnet.«

Aber Picard hatte sich an die falsche Person gewandt. Louise Drayton hatte längst ihren Phaser gezückt und zielte seelenruhig auf den jungen Klingonen. Bevor sie feuern konnte, fuhr Fähnrich Ros sehniger Arm vor das Gesicht der Wissenschaftlerin und machte ihr das Zielen unmöglich. Mit der anderen Hand packte Ro den Phaser und entwand ihn der Faust der Wissenschaftlerin.

»Was soll das?« kreischte Drayton.

»Der Captain hat einen eindeutigen Befehl erteilt«, schnauzte Ro sie an. Spontan checkte sie den Phaser der Forscherin. Die Waffe war auf tödliche Wirkung eingestellt. Sie adjustierte sie auf leichten Betäubungseffekt.

»Wenn wir wieder in der Siedlung sind«, sagte Ro in unterkühltem Tonfall zu Drayton, »übe ich mit Ihnen, wie man einen Phaser auf Betäubung schaltet.«

Einen Moment lang starrte Louise Drayton sie voll erbitterter Wut an. Dann schaute sie zu Boden.

Endlich merkte der junge Klingone, daß niemand ihn mehr verfolgte. Er sackte in den schwarzen Sand. Seine Atemzüge gingen keuchend. Außerdem bedeckten zahllose Schnitte und Kratzer seinen ausgemergelten Körper. Ro und Picard eilten zu ihm. Die Kolonisten blieben im Hintergrund.

»Turrok«, rief der Captain, als er den Jungen erkannte. Picard ging in die Knie und legte dem Burschen einen Arm um die Schultern. Erleichtert stellte er fest, daß die Verletzungen sich im Heilungsprozeß befanden. Sie waren nicht so akut, wie sie von weitem aussahen.

Ro holte den Phaser heraus und gab den beiden Deckung. Sie behielt sowohl den Wald wie auch die Siedler im Augen. Sie war sich nicht sicher, von welcher Seite eher Scherereien befürchtet werden mußten.

»Ihr müßt fliehen«, keuchte Turrok auf klingonisch. »Jetzt... sofort. Sie lauern im Wald.«

»Wie viele?« fragte Picard; er bediente sich ebenfalls der klingonischen Sprache.

»Alle«, röchelte Turrok. »Balak hat befohlen... euch anzugreifen... und zu töten.«

In ihrer Beunruhigung trat Ro wiederholt von einem auf den anderen Fuß. »Ich sehe einige von ihnen am Waldrand, Sir.«

Picard schaute erst gar nicht hin. Er schlug die Hand auf seinen Insignienkommunikator. »Picard an Transporterraum«, sagte er. »Transfer für fünf Personen.« Sein Blick fiel auf Turrok. »Nein, sechs.«

Wüstes Geschrei aus dem Wald übertönte O'Briens Antwort. Ungefähr ein Dutzend jugendlicher Klingonen stürmte auf die Landegruppe zu. Sie schwangen Messer unterschiedlicher Länge.

Ro, Picard und Turrok standen der Angreiferhorde viel näher als die Calverts und Dr. Clayton. Der vorderste Klingone, ein hochaufgeschossener Lümmel, erreichte sie innerhalb weniger Sekunden. Ro zielte und feuerte einen grellen Phaserstrahl auf ihn ab. Der große Klingone torkelte um die eigene Achse und stürzte zu ihren Füßen in den Sand.

»Transporter aktivieren!« schrie Picard.

Aus dem Wald sah Wolm die gleißend flirrenden Lichtbündel, in denen die Menschen mitsamt Turrok verschwanden. Auf diese Weise ließen sie sich in ihr Zauberland versetzen, das sie ›Raumschiff‹ nannten.

Die restlichen Stammesmitglieder blieben fassungslos stehen und starrten in die fremdartigen Lichterscheinungen. Plötzlich sah Wolm, daß Balak besinnungslos am schwarzen Strand lag. Ihre Hand betastete vorsichtig die geschwollene Wange, auf die Balak sie vorige Nacht geschlagen hatte, ehe er ihr die schöne Brosche entriß. Sie zückte ihr Messer.

Die gertenschlanke Klingonin schlüpfte zwischen den anderen Stammesangehörigen hindurch, bevor sie sie bemerkten. Sie kauerte sich über Balaks reglosen Körper, packte den Dolch mit beiden Fäusten und stach ihn tief in seine Brust. Dem großen Klingonen entfuhr ein röchelnder Laut. Blut sprudelte über den Messergriff und rann über Wolms Hände. Dann war Balak tot.

»Wolm!« keifte ein langer Bursche namens Maltz. Er packte das Mädchen und riß es von der Leiche zurück.

Die übrigen Krieger, Balaks engste Freunde und Gehilfen, glotzten das Mädchen und ihren toten Anführer nur entgeistert an. Sie konnten weder begreifen, was sie sahen, noch glauben. Maltz beugte sich vor und rüttelte an Balaks erschlafften Schultern, rief seinen Namen. Aber über Balaks Brustkorb flossen Rinnsale von Blut und versickerten zwischen den schwarzen Kieseln des Strandes. Balak war nicht mehr.

Nun kamen die jüngeren Stammesmitglieder aus dem Wald angestolpert. Sie wirkten tiefbetroffen und verwirrt. Die primitive Ordnung, die ihre Gemeinschaft zusammengehalten hatte, war mit einemmal zerfallen.

Langsam kroch Wolm zu der Leiche und zerrte den Dolch heraus. Sie stand auf und hielt die Waffe triumphierend empor. »Er mußte sterben«, rief sie. »Immer wollte er nur Flachköpfe töten und nie Frieden schließen! Wir können nicht ewig bloß töten, töten, töten! Die Menschen haben viel zu bieten und sind freigebig. Mit ihrer Hilfe werden wir lernen, in Raumschiffen zu fliegen, Essen aus Luft zu machen und die Sterne zu besuchen.«

»Du mußt dich der Wahrheitsprobe unterziehen!« schnob Maltz.

Trotzig richtete Wolm sich zu ihrer vollen Körpergröße auf und strich ihr filziges Haar nach hinten. »Das werde ich«, erklärte sie. »Aber du weißt, daß ich die Wahrheit spreche.«

»Die Göttin wird zornig sein«, warnte ein anderer Klingone.

»Soll sie mich doch bestrafen!« fauchte das Mädchen. »Ich kenn' keine Göttin. Nur Balak hat die Göttin je gesehen.«

»Ich hab' sie auch gesehen«, meldete ein weiterer junger Klingone sich zu Wort. »Gestern nacht. Was wird, wenn sie sich uns nie wieder zeigt?«

Wolm verschränkte die mageren Arme auf dem Busen. »Dann fällen wir unsere Entschlüsse selbst«, antwortete sie mit aller Entschiedenheit.

# 12

Nun erhielt Myra Calvert doch die Gelegenheit zu einer kurzen Besichtigung der *Enterprise*. Geordi LaForge fungierte als ihr Führer. Unterdessen versammelten Captain Picard, Fähnrich Ro, Gregg Calvert und Dr. Drayton sich in der Krankenstation.

Auf dem Untersuchungstisch lag Turrok. Dr. Crusher säuberte mehrere schlecht verschorfte Wunden und versiegelte sie mit Sprühverband. Picard wartete in respektvollem Abstand auf die Gelegenheit, dem Patienten Fragen zu stellen.

»Captain«, erkundigte sich Gregg Calvert, »könnten Sie wohl klären, woher sie wußten, wo wir sind? Ich hatte schon manches Mal das Gefühl, sie müssen irgendwelche besonderen mentalen Fähigkeiten haben.«

Mit erhobener Hand mahnte Picard zur Geduld. »Turrok hat uns gewarnt und uns dadurch das Leben gerettet«, sagte er. »Auf alle Fälle hat er einen weiteren tragischen Zwischenfall verhindert. Wie geht es ihm, Beverly?«

Die Ärztin runzelte die Stirn. »Erheblich schlechter als bei seinem Besuch vor ein paar Tagen. Wie Sie selbst sehen, hat er eine ganze Anzahl von Stichwunden davongetragen. Außerdem hat man ihn vermutlich bis zur völligen Erschöpfung marschieren lassen. Wenn Sie an ihn Fragen haben, stellen Sie sie bitte behutsam. Ich habe ihm ein leichtes Sedativum verabreicht. Darum kann es sein, daß Sie ab und zu eine Frage wiederholen müssen.«

Unverkennbar deutlich heftete Crusher den Blick auf Gregg Calvert und Louise Drayton. »Tun oder sagen Sie nichts, was ihn irgendwie aufregen könnte.«

»Das haben wir gar nicht vor«, beteuerte Gregg. »Ich möchte nur erfahren, woher sie über uns Bescheid wußten.«

Picard beugte sich über den Jungen und heftete einen Insignienkommunikator an den um seine schmale Brust gewundenen Verband. Turrok, der bis jetzt an die Decke gestarrt hatte, blickte nun den Kommandanten an. »Captain«, sagte er mit einem Aufseufzen der Erleichterung.

»Du mußt dich ausruhen«, riet Picard ihm, indem er voller Mitgefühl lächelte. »Ich danke dir dafür, daß du uns das Leben gerettet hast.«

»Balak...«, murmelte der junge Klingone und schüttelte den Kopf. »Er hat falsch gehandelt... Worf, Troi und Data... wohnten in unserm Heim... hatten sich uns angeschlossen. Wolm und ich waren so froh. Das Töten ist vorbei, dachten wir. Dann ging Balak wieder zur Göttin...« Turrok begann sich auf dem Tisch zu winden. Sachte legte Picard ihm eine Hand auf die Schulter.

»Nur die Ruhe«, empfahl der Captain. »Du bist hier sicher. Wir sind hier alle in Sicherheit.«

»Wer ist dieser Balak?« wollte Gregg Calvert wissen.

»Ihr Häuptling«, sagte Louise Drayton. »Lassen Sie ihn seine Aussage machen.«

»Was ist passiert«, fragte Picard, »nachdem Balak bei der Göttin gewesen ist?«

»Vorher waren wir Freunde«, lallte Turrok. »Als er zurückkam, wollte er wieder Flachschädel töten... Er sagte, er wüßte, wo am nächsten Morgen welche zu finden sind...«

»Von der Göttin?« fragte Gregg dazwischen.

Turrok nickte. »Die Göttin hat uns schon oft das Richtige erzählt... Worf, Troi und Data waren weg. Balak ließ nicht mit sich reden... Er zerrte uns aus dem Heim, prügelte uns... nahm Wolm und mir die Kommunikatoren ab. Die ganze Nacht sind wir gewandert, um rechtzeitig da zu sein... Am Regenbogenfelsen... wo die kleinen Tümpel sind.«

»Verflucht noch mal!« wetterte Gregg. »Sie haben einen Hinweis gekriegt.«

Beverly Crusher warf ihm einen strengen Blick der Mißbilligung zu. Picard tätschelte dem Jungen leicht die Schulter. »Aber du hast dich abgesetzt«, fragte der Captain, »um uns zu warnen?«

Turrok nickte. Anscheinend rang er mit Tränen. Es muß dem Burschen enormen Mut abverlangt haben, dachte Picard, gegen die einzige Autorität zu rebellieren, die er je gekannt hat.

»Am besten gönnst du dir nun Ruhe«, meinte Picard zu dem Jugendlichen. »Worf, Troi und Data werden deine Freunde noch einmal aufsuchen und neuen Frieden mit ihnen schließen.«

Als Picard die Hand fortnahm, krallte der Junge die Finger in seinen Ärmel. »Captain...?« raunte er.

»Ja?«

»Darf ich in euren Wald?«

»*Unseren* Wald?« Picard schaute ratlos Beverly an.

»Holo-Deck«, flüsterte Crusher.

»Na klar«, versprach der Captain, indem er Turrok zulächelte. »Dr. Crusher findet bestimmt jemanden, der dich hinbringt.«

Ungeduldig stapfte Worf um den Rand des Erdhügels. Er beobachtete den Wald, der die Insel aus Erdreich umgab. Am anderen Ende der Erhebung kniete Deanna Troi. Sie überprüfte den Umfang der Vorräte und sonstigen Ausstattung. Data durchstreifte den Wald und forschte mit seinen integrierten Sensoren nach den Klingonen.

Gestern abend haben wir uns vergeblich abgestrampelt, dachte Worf. Eine runde Stunde lang waren sie durch den pechschwarzen Wald getappt, um den Ursprungsort des gelegentlich hörbaren Trommelns ausfindig zu machen. Danach hatten sie sich auf eine andere Taktik geeinigt. Irgendwann würde die Jugendbande zu ihrem heiligen Erdhügel zurückkehren; ihn wiederfinden zu können, war sich Data sicher gewesen.

Also hatten sie sich einige Stunden der Erholung gegönnt, bis das erste Tageslicht durchs dichte Blätterdach drang; dann waren sie zum Erdhügel aufgebrochen. Allmählich verwandelte die Anhöhe sich in ihre Operationsbasis. Die Tatenlosigkeit frustrierte Worf. Doch sogar Data erachtete es als logischeres Vorgehen, die Klingonen zu ihnen kommen zu lassen, statt auf der Suche nach der Bande endlos durch den ausgedehnten Wald zu irren.

Worf bemerkte zwischen den Baumstämmen etwas. Er blieb stehen und spähte in die Schatten unter dem weitgespannten Laubdach. Eine Gestalt bewegte sich so geschmeidig und gleichzeitig so völlig aufrecht durch die Reihen der Bäume, daß sie nur Data sein konnte. Sekunden später trat der Androide aus dem Wald und erstieg den Erdhügel. Deanna Troi stand auf, und Worf lockerte seine Haltung.

»Sie kommen«, teilte Data mit. Er deutete hinter sich. »Diesmal bewegen sie sich anders, als sie es sonst tagsüber getan haben. Sie wandern langsam und unterhalten sich dabei. Ich konnte ihre Stimmen hören, bevor sie von meinen internen Sensoren geortet worden sind.«

»Wann sind sie hier?« fragte Deanna.

»Bei gegenwärtigem Marschtempo wird die voraussichtliche Ankunftszeit in sechzehn Minuten und fünf Sekunden sein«, lautete Datas Auskunft.

»Haben wir einen Plan?« fragte die Betazoidin.

»Der Weg zum Herzen eines Klingonen führt durch seinen Magen«, zitierte Worf. »Wir kontaktieren die *Enterprise* und ordern eine Mahlzeit für dreißig Personen.«

Deanna nickte. »Ich muß sowieso Nachschub anfordern«, sagte sie. »Ich bestelle das Essen und gebe durch, man möchte mit der Lieferung warten, bis wir Bescheid geben.«

»Wie Sie wollen«, äußerte Data. »Aber ich muß Sie auf folgendes hinweisen: Nach dem, was ich gestern beobachtet habe, besteht eine hohe Wahrscheinlichkeit, daß sie uns angreifen und zu töten versuchen.«

Worf wandte sich an Deanna. »Der Transporterraum soll sich bereithalten. Wenn Sie ihn kontaktieren, ist das Essen zu transferieren. Wenn ich es mache, sind wir unverzüglich an Bord zu beamen.«

Captain Picard stand mit Fähnrich Ro, Gregg Calvert und Dr. Drayton im Turbolift. Geordi und Myra wollten sich mit ihnen im Transporterraum treffen. Dann sollte die Gruppe nach Neu-Reykjavik retransferiert werden.

Picard war teils ermutigt, teils enttäuscht angesichts der Ereignisse dieses Morgens. Offenkundig war es gelungen, Turrok von der Bande zu lösen. Der Junge hatte sein Leben in die Waagschale geworfen, um die Landegruppe zu warnen. Sonst wäre sie von Balak und seinen blutrünstigen Kriegern in Stücke gehackt worden. Picard sorgte sich, es könnte erforderlich sein, sowohl die Kolonisten wie auch die Selva-Klingonen einzeln zum Frieden zu überreden: stets nur einen nach dem anderen. Er fragte sich ernsthaft, ob dafür die Zeit blieb.

Gregg Calvert schüttelte noch immer über Turroks Enthüllung den Kopf. »Nicht mal in meinen schlimmsten Alpträumen«, murmelte er, »hätte mir geschwant, es könnte unter uns Siedlern eine Agentin geben... eine Verräterin!«

»Wieso sind Sie so sicher, daß die Göttin eine Siedlerin ist?« fragte Picard. »Unseres Erachtens wäre auch ein geheimer romulanischer Stützpunkt eine Erklärungsmöglichkeit.«

»Weil diese Göttin *wußte,* wohin wir heute früh transferiert werden sollten«, entgegnete Gregg in grimmigem Ton. »Entweder ist sie Kolonistin, oder sie steht mit einer Agentin in Kontakt. Also haben wir auf jeden Fall bei uns eine Verräterin. Jetzt ist klar, woher die Klingonen unsere Schwächen kannten, wieso sie wußten, wohin wir gehen. Gott sei Dank hat sie ihnen keine Phaser überlassen.«

»Das hätte Ihnen einen Hinweis gegeben«, sagte Ro. »Wären nicht durch Worf und andere Crewmitglieder ein paar von ihnen als Freunde gewonnen worden, hätten Sie nie davon erfahren.«

Nachdrücklich nickte Gregg. »Betrachten Sie mich von nun an als Ihren Verbündeten, Captain«, bat er Picard. »Sie dürfen auf mich zählen. Wir müssen mit möglichst vielen Klingonen Freundschaft schließen. Egal wie.«

Mit einem Zischen öffnete sich die Tür des Turbolifts. Captain Picard ging voran. »Ich wünschte, statt Raul Oscaras hätten in Neu-Reykjavik *Sie* das Sagen«, meinte Picard. »Aber tun Sie, was Sie können, um den Gewalttätigkeiten ein Ende zu machen.«

Calvert nickte. »Ich werde mir zumindest so viel Mühe wie Turrok geben. Der arme Junge... Sich vorzustellen, daß wir ihn noch vor wenigen Tagen an eine Wand gekettet hatten...«

»Es gibt eine goldene Regel, an die man sich in solchen Situationen halten sollte«, bemerkte Picard. »Was du nicht willst, daß man dir tu, das füg auch keinem andern zu.«

»Vati«, rief Myra Calvert, als die Tür zum Transporterraum aufglitt. Die Kleine und Geordi warteten schon.

»Wir haben einen tollen Rundgang hinter uns«, erzählte Myra mit breitem Grinsen. »Aber ich habe empfohlen, etwas frisches Gemüse zu züchten. Die Replikatornahrung bringt's einfach nicht. Es fehlen ein paar wichtige Enzyme.«

Geordi lachte. »Falls Sie das Kind je an die Starfleet-Akademie schicken«, sagte er zu Gregg, »benachrichtigen Sie uns. Dann beantragen wir rechtzeitig vor Myras Studienabschluß ihre Versetzung an Bord der *Enterprise*.«

»Gerne«, antwortete Gregg, indem er Myra an sich drückte. »Ich habe auch was dazugelernt«, sagte er ernst zu ihr.

»Riker an Picard«, ertönte in diesem Moment eine sorgenvolle Stimme.

Der Captain berührte seinen Insignienkommunikator. »Was ist los, Nummer Eins?«

»Admiral Bryant möchte Sie sprechen, Sir. Er sagt, es ist dringend.«

Picard legte die Stirn in Falten. »Schalten Sie durch.«

»Captain Picard«, erkundigte sich eine strenge Stimme, »weshalb haben wir keine visuelle Verbindung?«

»Ich stehe mit einigen Besuchern von Selva in Transporterraum drei«, erklärte der Captain. »Falls eine abgeschirmte Verbindung erforderlich ist, kann ich im Handumdrehen in meinem Bereitschaftszimmer sein.«

»Nein, die Sache betrifft auch die Siedler«, gab der Admiral zur Antwort. »Es ist mir äußerst peinlich, aber ich muß Sie zwecks Ausführung eines anderen Auftrags von Selva abziehen. Sicherlich wissen Sie von dem Krieg der Aretaner und der Pargiten um das Aretia-System. Seit Monaten haben wir dort ein Diplomatenteam an der Arbeit. Jetzt ist es endlich gelungen, eine Lösung auszuhandeln. Die verfeindeten Seiten sind damit einverstanden, daß *wir* das Sonnensystem kartographieren und unter ihnen aufteilen. Wir müssen diese Aufgabe schnellstens erledigen, bevor die Übereinkunft durch neue Zwischenfälle zunichte gemacht wird.«

Unbehaglich räusperte sich Picard. »Unsere gegenwärtige Mission durchläuft gerade eine außerordentlich gespannte Phase«, wandte er ein. »Kann die Kartographierung nicht von einem anderen Schiff durchgeführt werden?«

»Ihr Schiff ist das einzige in der Nähe«, entgegnete der Admiral. »Außerdem haben beide Kriegsparteien Respekt vor der Reputation der *Enterprise*. Per Warptransfer ist das Aretia-System nur sechs Flugstunden von Ihrer jetzigen Position entfernt. Ich habe versprochen, daß Sie in zehn Stunden eintreffen.«

»Jawohl, Sir«, sagte Picard in festem Ton. »Habe ich hinsichtlich der Kartographierungsprozedur alle Vollmachten?«

»Vollkommen. Sie ziehen die Grenzen. Die Kriegsparteien haben im voraus ihre Zustimmung zugesagt. Der Streit dreht sich um einige Monde und Asteroiden. Sie erhalten entsprechendes Informationsmaterial übermittelt. Sie können bestimmt bald nach Selva zurückkehren. Die Entscheidung, ob Sie während Ihrer Abwesenheit Personal auf Selva stationieren, überlasse ich Ihnen. Das Schicksal der zweihundert Menschen auf Selva ist mir keineswegs gleichgültig. Ich muß jedoch berücksichtigen, daß es im Aretia-System um Milliarden von Leben geht.«

Resolut nickte Picard. »Ich verstehe Ihren Standpunkt voll und ganz, Admiral. Wir sind in zehn Stunden dort.«

»Die Konferenz findet im Polar-Auditorium auf Pargite statt. Bryant Ende.«

»Die *Enterprise* fliegt also in vier Stunden ab?« rief Louise Drayton höhnisch. »Das zeigt ja wohl deutlich, wie groß Ihr Engagement ist.«

Picard straffte sich zu voller Körpergröße. »Sie irren sich, Dr. Drayton«, widersprach er. »Wir sind dem Frieden verpflichtet, gleichgültig, wo wir uns aufhalten. Aber die *Enterprise* ist immer nur Gast. Wir sind Außenstehende. Wir können keine Werte durchsetzen, die nicht vorhanden sind. Jeder kann sich Gründe einfallen lassen, aus denen er es als richtig ansieht, zu hassen und zu töten. Nur wenige dagegen können sich Gründe für den Frieden denken. Wenn Sie und diese armseligen Verschollenen sich wirklich gegenseitig umbringen wollen, ist es für uns unmöglich, Sie daran zu hindern. *Sie* müssen den Willen dazu haben, das Blutvergießen zu beenden.«

»Mir ist das jetzt vollkommen klar«, sagte Gregg Calvert. Er hob seine Tochter auf die kraftvollen Arme. »Ich bin nur ein Einzelner. Aber ich schwöre, alles zu tun, um meiner Welt Frieden zu bringen.«

Während Dr. Louise Drayton mit den übrigen Landegruppenmitgliedern auf die Transferplattform stieg, wich sie Fähnrich Ros Blick aus. Draytons Wortwechsel mit dem Captain beunruhigte die Bajoranerin nachhaltig. Fast hätte man unterstellen können, die Frau hätte vor, Scherereien zu machen. Ro schüttelte den Kopf, während sie sich auf die Plattform stellte. Irgendwie war ihr dabei unwohl, die *Enterprise* zu verlassen. Sie hatte die Vorahnung, daß Schreckliches bevorstand. Alle Vorzeichen deuteten darauf hin.

Worf hörte gemächlichen Trommelschlag durch den Urwald dröhnen. Als nächstes gewahrte er die Stimmen; die meisten sprachen in ärgerlichem Tonfall. Die Kolonne Klingonen wanderte langsam zwischen den Baumstämmen dahin. Sie bildete eine Einerreihe Trauernder, denen die Trommler mit ihren hohlen Ästen voranzogen. In der Mitte der Reihe stapften sechs Klingonen dicht beieinander; über dem Kopf trugen sie Balaks Leichnam. Die hintersten Stammesmitglieder waren anscheinend in eine heftige Meinungsverschiedenheit verstrickt.

Deanna Troi und der Sicherheitsoffizier beobachteten die Kolonne voller Staunen. Mit einem Trauerzug hatte der riesige Klingone nicht gerechnet. Angestrengt kniff er die Augen zusammen, um unterscheiden zu können, wen man dort auf den erhobenen Armen trug.

»Es ist Balak«, sagte Data. »Offenbar ist er tot.«

Die Prozession näherte sich geradewegs der Landegruppe. Man hatte sie schon erspäht. Wachsame Blicke streiften sie. Mit einem Wink veranlaßte Worf seine Begleiter zum Verlassen des Erdhügels, um das Heiligtum für die Klingonen zu räumen.

Wolm und mehrere ältere Überlebende waren es, die im Hintergrund zankten. Doch sobald sie Worf, Data und Deanna sahen, verfielen sie in achtungsvolles Schweigen. Am Fuß der Erhebung schauten die *Enterprise*-Crewmitglieder zu, wie die Jugendlichen Balaks schlaffe Gestalt mühsam die Steigung hinaufschleppten. Als ihnen die schwere Last zu entfallen drohte, sprang Worf hinzu und stützte Balak an den Schultern.

»Hau ab«, schnarrte Maltz den Sicherheitsoffizier an.

Worf musterte den Burschen. Er wußte nicht, was er tun oder sagen könnte, um seine Empfindungen zum Ausdruck zu bringen und die Kluft zu den Jugendlichen zu überbrücken.

»Verschwinde!« schrie Maltz.

In diesem Moment drehte Wolm sich Worf zu. Er sah, daß sie eine scheußlich geschwollene Wange hatte. »Geh, Worf«, flüsterte sie. »Es wird alles gut.«

Worf nickte. Er langte in seine Jackentasche und klaubte eine Handvoll Insignienkommunikatoren heraus. Bedächtig legte er sie auf die feuchte Erde. »Für euch«, sagte er. Wolm brachte ein schwaches Lächeln zustande.

Worf kehrte an den Fuß des Hügels zu Deanna und Data zurück. »Captain Picard hat unsere Rückkehr auf die *Enterprise* befohlen«, informierte der Androide den Klingonen. »Anscheinend ist es momentan ohnehin klüger, die Selva-Klingonen ungestört zu lassen.«

Der Lieutenant nickte und tippte auf seinen Kommunikator. »Transfer für drei Personen.«

Zwei Minuten später standen die drei Landegruppenmitglieder in Captain Picards Bereitschaftszimmer. Gleichfalls anwesend war Will Riker. Er mußte über die neue Mission der *Enterprise* sowie die jüngsten Ereignisse auf Selva noch in Kenntnis gesetzt werden. Wie die anderen lauschte Deanna stumm, während Picard die Verhältnisse im Aretian-System schilderte. Anschließend hörte sie zu, wie Data die Aktivitäten der Landegruppe seit der Rückkehr auf den Planeten am vergangenen Abend rekapitulierte. Zum Schluß beschrieb er den Trauerzug mit Balaks Leichnam. Wie der Klingonenhäuptling zu Tode gekommen war, wußte niemand.

Besorgt seufzte der Captain. »Wie würden Sie Ihre Fortschritte bei den Klingonen einschätzen?« erkundigte er sich bei dem Androiden.

»Zufriedenstellend«, antwortete Data. »Obwohl Balaks Ableben natürlich ein unglücklicher Vorfall ist, dürfte er sich zu unserem Vorteil auswirken.«

»Trotzdem habe ich kein gutes Gefühl dabei, Sie auf

Selva zu belassen, während wir das Aretia-System vermessen. Präsident Oscaras mag für Ihre Sicherheit nicht garantieren. Ich bezweifle auch, daß er es könnte, selbst wenn er es wollte. Wäre es möglich, daß Sie sich vorübergehend von den Klingonen verabschieden, ohne den Erfolg Ihrer Bemühungen zu gefährden?«

Deanna merkte Worf und Data an, daß sie gründlich über die Antwort nachdachten. »Captain«, ergriff sie das Wort, ehe einer der zwei etwas äußern konnte, »ich glaube, die inzwischen erzielten Fortschritte erfordern unverzügliche weitere Anstrengungen. Solange keine offensichtliche Gefahr droht, wäre es ein Fehler, den Kontakt nun zu unterbrechen. Und daß einer von uns sich bedroht fühlte, glaube ich nicht.«

»Danke, Counselor.« Picard schaute finster drein. »Das verkompliziert die Lage nur um so mehr. Ich bin der Ansicht, daß man *keiner* der beiden Parteien dort unten trauen kann. Das ist der Grund für meine Sorge. Das Aretia-System ist sechs Flugstunden entfernt. Unser frühester Rückkehrtermin wäre also in zwölf Stunden. Sie haben nur über die Subraum-Funkanlage der Kolonisten Kontakt zum Schiff.«

»Dessen sind wir uns bewußt, Captain«, antwortete Worf. »Trotzdem möchten wir nun, da wir so dicht vor der Behebung des Problems stehen, nicht aufgeben.«

Der Captain klatschte die Handteller auf die Armlehnen seines Sessels. »Dann bleiben Sie auf Selva«, entschied er. »Um fünfzehn Uhr verläßt die *Enterprise* den Orbit und fliegt zum Aretia-System. Wenn wir dort sind, boote ich mehrere Shuttles unter dem Kommando Rikers und LaForges aus. Sie werden die Kartographierung vornehmen, während wir nach Selva zurückkehren. Das ist die einzige Möglichkeit, wie wir an zwei Orten gleichzeitig tätig sein können.«

Deanna lächelte Worf zu. Der große Klingone lächelte zurück.

»Ist Counselor Trois Mitwirkung bei der diplomatischen Mission nicht wichtiger?« fragte Riker.

»Ich glaube nicht«, erwiderte der Captain. »Die Pargiten und Aretaner sind friedenswillig. Es ist lediglich erforderlich, ihr Sonnensystem gleich und gerecht unter ihnen aufzuteilen. Fähnrich Ro bleibt auch auf Selva.« Festen Blicks sah Picard den leidenschaftslosen Androiden an. »Data, ich belasse nur vier Besatzungsmitglieder auf Selva, aber es sind vier Personen, die ich höchst ungern verlieren möchte. Ich baue darauf, daß der Schutz der Landegruppe für Sie absolute Priorität hat.«

»Sehr wohl, Captain.«

Steif saß Fähnrich Ro in Präsident Oscaras' Büro im Besuchersessel. Im engen Bereich zwischen dem Bücherregal und dem kleinen Fensterchen stampfte Gregg Calvert unablässig auf und ab. Vor dem Fenster schweißte ein Arbeitstrupp einen neuen bunkerähnlichen Bau aus verzinktem, rostigem Metall zusammen. In seiner großspurigen Art leitete Raul Oscaras die Arbeiten persönlich.

Unterdessen schäumte Gregg Calvert vor Zorn. Vor einer Stunde hatte er um eine Unterredung gebeten; seitdem mußte er warten. Fähnrich Ro blieb bei ihm, weil sie wissen wollte, wie Oscaras auf die Initiative seines eigenen Sicherheitschefs reagieren mochte.

Schließlich kam der Präsident ins Büro geschwankt. Er schnaufte und japste, wischte sich mit einem Lappen Schweiß aus dem Genick. Er ließ sich in seinen dick gepolsterten Chefsessel plumpsen.

»So, Calvert, jetzt gilt Ihnen meine volle Aufmerksamkeit«, sagte er mit einem Ächzen. »Was gibt's denn so Wichtiges?«

»Nur zweierlei«, antwortete der hochgewachsene Blonde, indem er sich trotz seiner Verärgerung beherrschte. »Heute habe ich entdeckt, daß eine Agentin unter uns lebt. Eine Frau, die sich im geheimen mit den Klingonen trifft und ihnen Informationen über unsere Verteidigung und unsere Bewegungen gibt.«

Oscaras stieß ein dröhnendes Gelächter aus. »Das ist doch lächerlicher Unfug«, behauptete er. »Niemand von uns traut sich aus der Siedlung. Und was wäre der Sinn? So jemand würde doch praktisch das eigene Todesurteil unterschreiben.«

Gregg beugte sich über den Schreibtisch des Bärtigen. »Auf die Frage nach dem Sinn weiß ich gegenwärtig keine Antwort«, gestand Calvert. »Aber die Agentin geht nicht bloß mit den Klingonen spazieren. Sie maskiert sich als Göttin und benutzt eine Halogenlampe sowie eine Art von romulanischer Peitschenwaffe. Sie treibt mit dem Klingonenanführer Geschlechtsverkehr.«

»Also, ich bitte Sie!« Geringschätzig wehrte der Präsident ab. »Sie schauen sich zu viele Horrorfilme an. Ein Mitglied unserer Gemeinde – eine Frau, wie Sie sagen? – soll sich allein in den Wald schleichen und als romulanische Liebesgöttin posieren? Sie soll eine Freundin der Klingonen sein, mit ihnen geschlechtlich verkehren und ihnen erzählen, was wir tun?«

»Mehr als das«, konkretisierte Calvert. »Einem Augenzeugen der *Enterprise* zufolge ruft sie sie ständig dazu auf, uns anzugreifen.«

»Auch diesmal muß ich fragen: zu welchem Zweck?« maulte Oscaras. Alle Humorigkeit wich aus seinem fleischigen Gesicht. »Und wie könnte sie an den Posten vorbei nach draußen gelangen? Weshalb sollte jemand Fremde dazu anstiften, die eigenen Freunde, Bekannten und Nachbarn zu überfallen?«

»Ich weiß es nicht«, räumte Calvert halblaut ein. »Nehmen Sie aber mal als Beispiel den heutigen Morgen. Wir wurden an eine bestimmte Stelle der Küste transferiert, zwanzig Kilometer von der Kolonie entfernt. Noch keine fünfzehn Minuten waren wir dort, da hat man uns schon attackiert. Lärm haben wir keinen gemacht, überhaupt nichts getan, um ihre Aufmerksamkeit auf uns zu lenken. Woher wußten sie, daß wir da sind? Sagen Sie bloß nicht, sie seien zufällig in der Gegend gewesen.«

Argwöhnisch blickte Oscaras Fähnrich Ro an. »Na, es halten sich doch Leute von der *Enterprise* bei den Klingonen auf. An Bord der *Enterprise* hat man die Koordinaten lange vorher gekannt. Das ist zumindest eine andere Erklärung.«

»Aber das gleiche ist doch schon zuvor immer wieder passiert«, widersprach Gregg. »Vor der Ankunft der *Enterprise*.«

»Sparen Sie sich die Mühe, Gregg«, empfahl Ro, indem sie aufstand. »Präsident Oscaras hat gar kein Interesse an den Ursachen des Problems oder dessen Beseitigung. Er will weiter Haß schüren, damit er seine Diktatur über eine von Furcht geduckte Gemeinschaft aufrechterhalten kann.«

Der stämmige Siedler war so wütend, daß er beinahe über seinen Schreibtisch sprang. Mit einem Wurstfinger zeigte er auf Ro.

»Von einer Bajoranerin brauche ich keine Ratschläge!« geiferte er. »Sie Bajoraner haben keine Heimat, die Sie beschützen müßten. Ich habe Starfleet um Hilfe ersucht, und man schickt mir einen Haufen Nichtmenschen, die nichts eiliger zu tun wissen, als bei den Wilden im Wald zu kampieren und mit ihnen Freundschaft zu schließen! Sie können jedes Mitglied unserer Gemeinde fragen: Hier weiß jeder, wie die Lösung des Problems auszusehen hat – es bedarf einiger Hundert Bewaffneter und des entschlossenen Willens, dieses Gesindel bis zum letzten Mann zur Strecke zu bringen.«

»Ich glaube nicht mehr«, sagte Gregg leise, »daß das die Lösung ist.«

»Na schön«, knurrte Oscaras. »Falls Sie einen besseren Einfall haben, höre ich ihn mir gern an. Aber wenn Sie eine gute Idee wissen, hätten Sie sie mir schon vor Monaten verraten sollen.«

»Gut ist die Idee«, lautete Greggs Antwort. »Vor Monaten hatten wir allerdings dazu noch keine Bereitschaft. Wir sollten mit den Klingonen über Frieden verhandeln, so wie es die *Enterprise* versucht.«

Vor Wut lief Oscaras' feistes Gesicht knallrot an. Vorwurfsvoll wanderte sein Blick von Gregg Calvert zu Fähnrich Ro. »Sie hat Ihnen den Kopf verdreht, was?« spottete er erbittert. »Sie ist ja auch keine schlecht aussehende Frau, trotz dieser Wülste auf ihrer Nase. Tja, in mancher Hinsicht kann ich's Ihnen nicht verübeln, Calvert. Sie und Ro können tun und lassen, was Sie wollen. Aber Ihres Postens als Sicherheitschef der Siedlung sind Sie hiermit enthoben.«

»O nein, es hat nichts mit Ro zu schaffen«, fuhr der blonde Siedler auf. Er schlug die Handflächen auf den Schreibtisch, daß es knallte. Oscaras schrak zurück. »Ich habe selbst Augen im Kopf und kann mir meine eigenen Gedanken machen. Einer der Klingonen hat uns heute früh das Leben gerettet. Es war derselbe, den wir bei uns im Schuppen angekettet hatten. Wir sind von ihm vor dem Angriff gewarnt worden. Diese Klingonen sind keine Wilden. Sie sind lediglich verwirrt und handeln mehr aus Furcht als aus vernunftmäßiger Überlegung – genau wie wir!«

»Sie haben Hausarrest!« verkündete Oscaras, indem er auf die Tür wies. »Nicht mehr lang, und wir sind die *Enterprise* los. Dann können wir unsere Probleme ungestört wieder selber in die Hand nehmen. Auch mir unterlaufen Fehler, und Starfleet zu verständigen, ist ein Schnitzer gewesen. Ich hätte mir denken müssen, daß man dort viel zu eng mit dem klingonischen Oberkommando klüngelt, als daß man Lust hätte, uns behilflich zu sein. Wenn die *Enterprise* zurückkommt, wird das Problem schon *behoben* sein.«

Ein letztes Mal schlug Gregg Calver wutentbrannt die Faust auf den Tisch; dann stapfte er zur Tür hinaus. Fähnrich Ro, die ihm folgte, wandte sich auf der Schwelle noch einmal um.

»Sie irren sich, was Gregg und mich angeht«, sagte sie zum Präsidenten. »Sie täuschen sich in jeder Weise. Und wenn Sie die Gefahr, die die Agentin bedeutet, nicht ernstnehmen, wird das noch furchtbare Konsequenzen haben.«

Einen Moment lang wirkte Raul Oscaras müde und verunsichert. Dann jedoch blähte er seinen Brustkorb. »Raus!« brüllte er.

Nachdem Ro das Präsidentenbüro verlassen hatte, blickte sie sich nach Gregg Calvert um; doch offenbar hatte er sich schnell davongemacht. Sie konnte es ihm nicht verdenken, daß er momentan nicht in ihrer Nähe sein mochte; ihre Anwesenheit begünstigte nicht gerade sein neues Vorhaben des Friedensstiftens.

Ziellos schlenderte Ro eine breite Straße hinab. Von dem euphorischen Gefühl, das sie am Vormittag durchlebt hatte, war nichts geblieben. Nichts als ein hohles Angstgefühl beherrschte ihr Gemüt; der Ursprung war eine unklare Ahnung, daß alles sich auf eine entscheidende Krise zubewegte. Es braute sich nichts Gutes zusammen. An diesem kühlen, grauen Tag schien Tod in der Luft zu liegen.

Jetzt war der halbe Nachmittag vorüber; Ro merkte, daß sie seit dem Frühstück nichts mehr gegessen hatte. Sie bog in die Straße zum Speisesaal ab. Kaum hatte sie sich einen kleinen Salat ausgesucht und hingesetzt, um den Imbiß zu verzehren, da kam eine Forscherin des Laboratoriums an ihrem Tisch vorbei.

»Ach, da sind Sie ja«, sagte die dunkelhäutige Frau. Seit Ros Ankunft hatte sie kaum zwei Worte mit ihr gewechselt. »Vor ein paar Minuten habe ich einen Blick auf Ihren Seismographen geworfen. Vielleicht sollten Sie ihn sich mal selbst ansehen. Aus dem Bereich Meeresmitte liegen einige auffällige Messungen vor.«

Die Bajoranerin sprang vom Stuhl hoch. »Danke«, murmelte sie hastig, schnappte sich den Salat und eilte zum Ausgang.

Infolge der vielfältigen Ereignisse des Tages hatte sie das Labor heute noch nicht betreten, geschweige denn einen einzigen Blick auf ihre Meßgeräte geworfen. Während sie die breite Straße entlanglief, machte sie sich wegen ihrer Nachlässigkeit Vorwürfe. Ihre hauptsächliche Pflicht auf Selva war es, die seismischen Vorgänge der Planetenkruste zu überwachen, rief sie sich in Erinnerung – und nicht Exkursionen an den Strand zu unternehmen, als Sozialarbeiterin auszuhelfen oder mit Gregg Calvert zu flirten.

Sie stürmte ins Labor, passierte schwungvoll mehrere verblüffte Mitarbeiter und suchte schnurstracks die Instrumentenanordnung auf, die sie für ihre Tätigkeit aufgebaut hatte.

Auf dem Monitor für die mittlere Meereszone zuckten gezackte Linien auf und nieder. Ro hielt den Atem an, während sie Befehle eingab, um die Daten zu analysieren. Die tektonischen Krustenplatten bewegten sich; sie erzeugten auf der Richter-Skala Ausschläge der Stärke 4 bis 5. Die vulkanischen Aktivitäten hatten um zwanzig Prozent zugenommen.

Ob daraus ein starker unterseeischer Vulkanausbruch wurde oder ein Beben, ließ sich noch nicht absehen. Über einen zweiten Monitor flimmerten Daten. In atemloser Spannung wartete Ro ab, um festzustellen, ob die tektonischen Abläufe weiter an Stärke zulegten. Das war nicht der Fall. Allmählich normalisierten sich die Meßwerte; nach und nach verebbten die tausend Kilometer entfernten Erschütterungen.

Schließlich wagte Ro wieder Atem zu schöpfen. Sie setzte sich auf ihren Stuhl. Niemand im Haus außer ihr wußte – niemand auf dem ganzen Planeten ahnte es –, wie knapp sie einer Riesenkatastrophe entgangen waren. Selbst jetzt war Ro sich noch keineswegs sicher, was geschehen würde; es gab keine historischen Vergleichsdaten, aus denen sich hätte ableiten lassen, welche Auswirkungen ein unterseeischer Vulkanausbruch auf Selvas Landmassen haben könnte. Welcher Art sie auch sein mochten, sie waren der Handvoll Bewohner erspart geblieben – vorerst erspart geblieben.

Worf spazierte durch eine freundlichere Waldlandschaft, als der Dschungel auf Selva sie bot. Das Holo-Deck-Szenario entsprach einem hellen Frühsommertag in Ohio. Klingonen breiteten zwecks Picknick farbenfrohe Tischdecken aus, schleuderten sich Frisbees zu, spielten Softball oder widmeten sich anderen Beschäftigungen, mit denen ein echter Klingone sich nie abgäbe.

Der Sicherheitsoffizier mußte über das unwahrscheinliche Gebaren der so familiären Holo-Klingonen lachen, während er sich daran entsann, daß er sie eigens für Turrok in die holografische Simulation hatte mitaufnehmen lassen. Turrok sollte glauben, Klingonen seien überall anzutreffen. Daß es in der gesamten Föderation welche gab, stimmte durchaus; doch man begegnete ihnen nie in einer solchen Umgebung und bei derartigen Betätigungen.

Er wanderte von der Picknickwiese den Hang hinab zu dem kleinen Staudamm oberhalb des Sees. In dem flachen Teich hinter dem Damm sah er eine schmale Gestalt fröhlich umherplanschen. Worf bezweifelte nicht, daß Turrok sich den Bauch gehörig mit Langusten vollschlug.

Der Junge bemerkte ihn erst, als Worf das Ufer des Teichs erreichte. »Worf«, rief er freudig. »Da bin ich! Ich durfte wieder her!«

Der Lieutenant lächelte und streifte die Stiefel ab. »Das ist schön«, sagte er. »Ich bin froh, dich in dieser Gegend wiederzusehen.«

»Hier will ich immer und ewig leben«, erklärte Turrok. Er sprang zwischen den Steinen im kristallklaren Wasser umher. »Ich belästige keinen. Ich esse Langusten und was ich sonst finde. Die anderen Klingonen sollen meine Freunde sein. Bitte, sag es ihnen, Worf.«

Der Sicherheitsoffizier hockte sich ans Ufer und ließ die Füße in den Teich baumeln. »Du mußt in deinen Wald zurück«, sagte er. »Wir müssen beide dorthin umkehren.«

Turrok zog einen Schmollmund. »Nein! Ich will nicht. Und außerdem würde Balak mich umbringen.«

»Balak ist tot.«

»Tot?« wiederholte der Bursche ungläubig. »Waren das die Flachschädeligen?«

Worf schüttelte den Kopf. »Wir wissen nicht, wie er umgekommen ist.«

Plötzlich feixte Turrok. »Ich glaub', Wolm hat ihn getötet. Sie ist sehr tapfer. Sie hat ihn gehaßt, weil er immer nur töten wollte.«

»Bei uns Klingonen gibt es ein Sprichwort«, antwortete Worf. »Es heißt: ›Würde hat der Mord, rafft er Schuldige fort.‹«

»Das kapier' ich auf Anhieb«, sagte Turrok, indem er sich neben Worf ans betonierte Ufer setzte. »Erzähl mir was über andere Klingonen. Sind sie alle so wie die da unten? Essen sie dauernd und vertreiben sich die Zeit mit Wurfspielen?«

»Nein«, erwiderte Worf. »Das ist der Hauptgrund, weshalb du hier nicht bleiben kannst. Dieser Wald ist keine Wirklichkeit. Er ist eine Illusion. Etwas, das echt aussieht, es aber gar nicht ist.«

Turrok prustete. »Das glaub' ich dir nicht. Ich *fühle* doch das Wasser! Ich schmecke das Essen. Wenn etwas meine Füße schrammt, merk' ich's.«

»Das alles ist nur das Resultat von Kraftfeldern, Traktorstrahlen und Replikationstechnik«, erläuterte Worf. Die Reaktion bestand aus einem Blick des Nichtbegreifens. »Eines Tages wirst du verstehen, wie es funktioniert. Aber daß es eine Illusion ist, kann ich dir beweisen.«

Er hob ein wenig die Lautstärke seiner Stimme. »Computer! Die Klingonen aus dem Programm streichen. Sämtliche Personen stornieren.«

Die Trauben mit Spielen und Lachen beschäftigter Klingonen auf dem Picknickplatz und am Abhang verschwanden. Keine grellen Säulen wirbelnden Lichts verschlangen sie, wie man es vom Transferphänomen kannte; von der einen zur anderen Sekunde waren sie einfach nicht mehr da. Fassungslos starrte Turrok hinüber. Dann blickte er ins Wasser, das seine Füße umspielte; und danach zu dem azurblauen Himmel über seinem Kopf.

»Ist das ganze Leben so?« fragte er verstört. »Alles bloß ... Illusion?«

»Die Antwort auf diese Frage kann man auf den Gebieten der Philosophie und Religion suchen«, sagte Worf. »Vielleicht wirst du dank deiner Erlebnisse und Erfahrungen einmal ein großer Philosoph. In den kommenden Tagen und Wochen werden dir zahlreiche Dinge begegnen, die dich zu Fragen anregen. Es bleibt immer so, daß du klären mußt, was die Wirklichkeit ist.«

»O'Brien an Worf«, drang eine Stimme aus dem Insignienkommunikator des Lieutenants.

Der Klingone berührte auf den Apparat und meldete sich. »Hier Worf.«

»Die restlichen Landegruppenmitglieder sollen sich im Transporterraum einfinden«, gab der Transporterchef Bescheid. »Die *Enterprise* verläßt in zehn Minuten den Orbit.«

»Geht klar, Mr. O'Brien«, antwortete Worf. Er schwang die Füße aus dem Wasser und klopfte Turrok auf den Rücken.

Der Junge schnitt eine jämmerliche Miene. »Ich mag nicht zurück.«

»Du trägst Verantwortung«, sagte Worf streng, indem er seine Stiefel an sich nahm. »Wenn man später einmal die Geschichte Selvas schreibt, wirst du darin als einer der Gründer einer bedeutenden Zivilisation erwähnt.«

»Wie mach' ich das?« wollte Turrok erstaunt wissen.

Worf schmunzelte. »Du brauchst nur Freunde zu gewinnen.«

O'Brien transferierte die beiden an die Koordinaten des Erdhügel-Heiligtums der Selva-Klingonen. Bis er sich einen Überblick über die Lage verschaffte hatte, hielt Worf die Hand in Griffweite des Phasers. Neunzehn junge Klingonen verzehrten gierig so viel Essen, wie Deanna hatte besorgen können. Deshalb schenkten sie den zwei Ankömmlingen momentan kaum Beachtung. Turroks Augen leuchteten auf, und er schloß sich dem allgemeinen Mahl sofort an. Worf erstieg den höchsten Punkt der Erhebung. Dort standen Data und Deanna und schauten ihren gefräßigen Gästen zu.

»Der Umweg durch den Magen eines Klingonen bewährt sich nach wie vor«, sagte Deanna und lächelte.

Worf hob die Schultern. »Bis unsere Vorräte erschöpft sind.«

»Es gibt einen Replikator im Dorf«, konstatierte Data. »Wir können die Siedler um Kooperation ansprechen.«

»Mit Ihrer Erlaubnis, Sir«, antwortete Worf, »habe

ich ohnehin die Absicht, morgen die Kolonie aufzusuchen und alle unsere Freunde mitzunehmen. Die Siedler müssen uns verköstigen.«

Deanna wirkte alles andere als unbeschwert. »Balak ist tot, aber deshalb haben wir es keineswegs mit harmlosen Schulkindern zu tun«, gab sie zu bedenken. »Richtig habe ich die ganze Geschichte nicht aufklären können, aber anscheinend lag er verletzt auf der Erde, und da hat Wolm ihn erstochen.«

»Er war ein würdiger Gegner«, äußerte Worf. »Aber ich glaube, Balak wäre sowieso nicht alt geworden.«

»Picard an Landegruppe«, ertönte die Stimme des Captains.

Data reagierte als erster. »Hier Data. Counselor Troi und Lieutenant Worf sind bei mir. Die Klingonen widmen sich ihrer Mahlzeit.«

»Wir fliegen jetzt ab«, informierte der Captain das Trio. »Die Flugzeit beläuft sich auf sechs Stunden. Also können wir frühestens in zwölf Stunden zurück sein. Wenn die Möglichkeit besteht, gehen Sie ins Dorf und erstatten Sie mir regelmäßig per Subraum-Kommunikation Bericht. Ich möchte nicht zu lang ohne Kontakt zu Ihnen sein.«

»Das Dorf liegt in erreichbarer Distanz«, gab Worf zur Antwort. »Die Aktion entwickelt sich planmäßig.«

»Versuchen Sie nicht, irgendwelche Wunder zu wirken«, riet Picard. »Hauptsache ist, Sie bleiben am Leben. *Enterprise* Ende.«

Unwillkürlich blickten Deanna und Worf an den Himmel empor. Doch sie sahen nichts als düstere, graue Wolken. Bald sollte die *Enterprise* ihnen unendlich fern sein.

Als ihr Insignienkommunikator zirpte, hatte Fähnrich Ro gerade angefangen, endlich ihren Salat zu essen – trotz der Blicke der Laboratoriumsmitarbeiter, die anscheinend nie an den Arbeitsplätzen aßen. Das Gegaffe war ihr gleichgültig; essen mußte sie etwas, und sie mochte den Seismographen kein zweites Mal unbeobachtet lassen. Sie behielt die Instrumente mit solcher Konzentration im Augenmerk, daß die Stimme aus dem Kommunikator sie regelrecht aufschreckte.

»Picard an Ro.«

»Hier Fähnrich Ro«, meldete sie sich, nachdem sie mit trockener Kehle geschluckt hatte. Sie wußte genau, warum der Captain sie kontaktierte.

»Haben Sie alles im Griff?« erkundigte sich Picard.

Ro schluckte noch einmal. Sollte sie die tektonischen Aktivitäten melden? Die im Labor archivierten Aufzeichnungen waren dermaßen lückenhaft, daß schwächere Beben schon monatelang vorkommen konnten, ohne daß sie etwas zu bedeuten hatten.

»Fähnrich?« fragte Picard besorgt. »Ist alles in Ordnung?«

»Ich traue den planetaren Krustenplatten nicht«, antwortete Ro. »Und ebensowenig Raul Oscaras.«

»Ich habe die gleichen Bedenken wie Sie«, teilte Picard ihr ernst mit. »Das Schiff verläßt jetzt die Kreisbahn. Wir kehren aber zurück, sobald wir es einrichten können. Vielleicht schon in vierzehn oder fünfzehn Stunden. Geben Sie auf sich acht und zögern Sie nicht, die dortige Subraum-Funkanlage zu benutzen.«

»Verstanden, Sir«, bestätigte Ro.

»*Enterprise* Ende.«

# 13

Sämtliche Lebensmittel waren rasch vertilgt; über die Schulter schielten die jungen Klingonen nach Deanna, Worf und Data. Anscheinend fragten sie sich, was als nächstes passieren sollte. Diese Frage beschäftigte auch Deanna. Sicher wußte sie nur eines: Was sich auch ereignete, es würde ohne die *Enterprise* geschehen. Das Raumschiff war fort. Die Counselor überlegte, ob damit nun vielleicht auch ein Großteil der dem Frieden förderlichen Autorität der Föderation fehlen mochte.

Sie blickte den schlanken Androiden und den muskulösen Klingonen an, die neben ihr standen. Data beobachtete die Jugendlichen mit distanziert-wissenschaftlichem Interesse, als wären sie irgendwelche Forschungsobjekte in einem Labor. Worf war anscheinend tief in Gedanken versunken; nervös mahlten seine Kiefer, wiederholt ballte er die Hände zu Fäusten.

»Vor der Essensausgabe haben wir zur Bedingung gemacht, daß sie alle einen Insignienkommunikator unter der Kleidung tragen«, setzte die Counselor Worf in Kenntnis. »Also können wir den nächsten Schritt einleiten... Egal welchen.«

»Ich habe den Kommunikator dabei, den Raul Oscaras uns ausgehändigt hat«, sagte Data. »Wir haben jederzeit die Möglichkeit, die Siedlung wegen der Bereitstellung von Lebensmitteln zu kontaktieren.«

»Nein«, knurrte Worf. »Was sie wirklich brauchen, ist nicht noch mehr Futter für den Bauch, sondern

Nahrung für die Seele. Man muß ihnen einsichtig machen, daß sie Klingonen sind. Klingonen verstecken sich nicht im Wald oder sind mit einer Existenz zweiter Klasse zufrieden. Sie sind die ersten Kolonisten auf Selva, und es ist dringend Zeit, daß sie ihre Rechte anmelden.«

»Das ist gut zusammengefaßt«, meinte Data. »Aber haben Sie einen Plan?«

»Nur den, sie zu *echten* Klingonen umzuerziehen«, lautete Worfs Antwort. »Erteilen Sie mir für den Versuch Ihre Erlaubnis, Sir?«

Data nickte. »Sie dürfen weitermachen, solange dadurch keine Gefahr entsteht.«

Worf stieg die Anhöhe hinunter und gesellte sich zu den Jugendlichen. Mittlerweile war die ganze Bande gesättigt und knabberte nur noch an den Resten. Als am beliebtesten hatte sich Putenbraten erwiesen. Der größte Klingonenbursche – seit Balaks Tod – nagte an einem nackten, so säuberlich abgefressenen Gerippe, daß es in der weißlichen Färbung und Glätte der Knochen dem Fell einer Trommel ähnelte.

Maltz beobachtete Worf aus dem Augenwinkel, während sich der uniformierte Erwachsene einige Meter entfernt im Schneidersitz auf den Boden kauerte. Deanna begriff: Worf versuchte, die Halbwüchsigen als Gleichgestellte zu behandeln, statt den Erwachsenen herauszukehren, der über ihnen stand. Sie eilte den Hügel hinab und nahm bei ihm Platz. Gemessen nickte er ihr zu. Ansonsten lächelte er nur wohlwollend, bis er die Gewißheit hatte, daß ihm die Aufmerksamkeit jedes einzelnen Jugendlichen gehörte.

Data blieb auf der Höhe der Erhebung, um den Überblick zu wahren. Er konnte auch von oben jede Unterhaltung mitverfolgen.

Deanna Troi musterte Wolm. Das Mädchen hatte eine verwerfliche Gewalttat begangen. Trotzdem hatte niemand eine Bestrafung gefordert. Vielleicht bestraft sie sich inzwischen selbst, dachte die Betazoidin. Wolm hockte mit gesenktem Kopf abseits; sie wirkte ausgelaugt und zerstreut, als käme das Schwerwiegende ihrer Tat ihr erst jetzt deutlich zu Bewußtsein.

Turrok war bei seiner Rückkehr begrüßt worden und saß bei einem Grüppchen jüngerer Klingonen. Wolm dagegen saß allein da. Sie hatte sich zu einem Werkzeug der Veränderung aufgeschwungen und war infolge dessen ein Gegenstand der Furcht geworden. Sie hatte Balak getötet, den ersten und bisher einzigen Führer der Selva-Klingonen; Strafe oder Lob würden sich später anschließen, wenn ihre Gefährten wußten, was sie von diesen überstürzten Ereignissen halten sollten.

»Haben die Speisen euch geschmeckt?« erkundigte sich Worf bei der Gruppe.

Ein paar Brummlaute ertönten. Niemand beklagte sich. Maltz schleuderte das Putengerippe über die Schulter ins Gehölz. »Ihr wußtet, daß wir Essen nicht ablehnen«, sagte er mit finsterer Miene. »Was wollt ihr von uns? Daß wir Freunde sind? Gut, wir sind Freunde.« Er sprang auf. »Und nun ziehen wir heim.«

»Wartet«, entgegnete Worf. »Der Himmel bleibt noch lange hell. Ich dachte, wir könnten noch ein wenig beisammensitzen und miteinander sprechen. Dann will ich euch genau erklären, was wir uns vorstellen.«

Erwartungsvoll blickten die Jugendlichen zwischen Maltz und Worf hin und her; anscheinend herrschte allgemeine Übereinstimmung darin, daß man noch für eine Weile sitzenbleiben konnte.

Deanna spürte bei dieser von Leid und Sorgen zermürbten Gemeinschaft so viele gegensätzliche Emotionen, daß sie sie gar nicht alle zu interpretieren vermochte: Furcht, Neugierde, Konfusion, Hoffnung. Ihre Gefühle drängten sie dazu, die Fremden zu töten und in ihr ›Heim‹ zu flüchten; doch ihr Verstand riet ihnen zuzuhören. Ihre Gesichter widerspiegelten kindliche Naivität und die Sehnsucht nach Fürsorge.

Aber Deanna wußte, daß sie rituelle Foltern praktizierten und ohne Bedenken Kehlen durchschnitten. Sie hatte selbst vor kurzem eine kalte Messerklinge am Hals gehabt; bei der Erinnerung daran mußte sie aus Nervosität unwillkürlich schlucken.

Aus seinem Rucksack kramte Worf einen Rasierspiegel hervor und hielt ihn hoch, so daß alle ihn sahen. »Wißt ihr, was das ist?« rief er. »Man nennt es einen Spiegel. Man kann sich darin selbst sehen.« Er warf den Spiegel Maltz zu, der ihn trotz seines abweisenden Gesichtsausdrucks auffing.

»Wenn ihr euch anschaut«, erklärte Worf weiter, »merkt ihr, daß wir alle gleich aussehen. Wir gehören ein und demselben Volk an. Wir sind Klingonen. Wir haben eine gemeinsame geschichtliche Vergangenheit und ein gemeinsames Schicksal. Auch wenn ihr jetzt vielleicht nicht alles versteht, was ich euch erzähle, könnt ihr euch doch mit eigenen Augen davon überzeugen, daß ihr Klingonen seid, so wie ich ein Klingone bin.«

Maltz betrachtete sich im Spiegel, betastete währenddessen seine Wangenknochen und die höckerige Stirn. Anschließend reichte er den Spiegel einem Kameraden, der ihn drehte und wendete, um den günstigsten Blickwinkel zu finden. Andere Jugendliche beäugten die blinkende Neuheit über seine Schulter hinweg.

Worf deutete auf Deanna. »Counselor Troi ist keine Klingonin. Sie ist halb Betazoidin und halb Mensch. Ihr kennt bloß euren Wald und diesen Planeten. Aber es gibt noch viele andere Planeten, auf denen Angehörige zahlreicher unterschiedlicher Sternenvölker friedlich zusammenleben.«

Er lächelte. »Ihr unterscheidet euch nicht sonderlich von anderswo lebenden Klingonen.« Der Sicherheitsoffizier schlug sich die Faust auf die Brust. »Wir sind Krieger!« donnerte plötzlich seine Stimme. »In Krieg und Konflikt vergießen wir das Blut unserer Feinde in Strömen. Für einen Klingonen ist es das größte Glück, im Kampf zu sterben.«

Wenn das sie nicht begeistert, dachte Deanna, hilft gar nichts mehr. Sie hoffte nur, daß Worf damit ihre primitiven Tendenzen nicht zusätzlich verstärkte. Die Counselor ertappte sich dabei, daß sie auf einem Fingernagel kaute.

»Aber die Zivilisation einer Welt wird nicht durch Krieg begründet«, fügte Worf hinzu, »sondern auf der Voraussetzung des Friedens erbaut. Krieg zerstört und richtet alles zugrunde. Um etwas aufzubauen, braucht man Frieden.«

Er winkte hinauf an den Himmel. »Ich kann euch nicht lehren, Bürger der Galaxis zu werden, ehe ihr gelernt habt, Klingonen zu sein. In eurem hiesigen Leben – dem einzigen Dasein, das ihr kennt – seid ihr nur euch untereinander etwas schuldig. Dagegen ist an sich nichts einzuwenden. Ihr werdet immer Brüder und Schwestern bleiben, weil ihr hier gemeinsam etwas Einmaliges erlebt habt. Aber ihr müßt euch mit eurem Volk vereinen – den Klingonen und dem klingonischen Imperium.«

Worf senkte den Blick. »Ich habe darüber hinaus auch der Föderation Treue geschworen«, ergänzte er seine Darlegungen. »Die Föderation ist ein Bund miteinander befreundeter Sternenvölker. Aber ob ihr der Föderation dienen wollt, ist keine Entscheidung, die ihr heute treffen müßtet. Ich habe mich dazu entschlossen, weil es mir einmal ganz ähnlich wie euch ergangen ist. Ich war von meiner Familie und meiner Abstammung getrennt worden. So wie heute ihr dasteht, bin auch ich damals kein Klingone gewesen, weil ich nicht zum Klingonen erzogen wurde. Aber sobald ich alt genug war, haben meine Pflegeeltern mir beigebracht, was es heißt, ein Klingone zu sein.« Worf schmunzelte. »Sie sind große Anhänger des Bewahrens der Traditionen.«

Er klatschte sich die Hand aufs Knie. »Später bin ich fortgegangen, um unter meinesgleichen zu leben«, sagte er. »Vielleicht macht ihr es auch einmal so. Dadurch habe ich vollends gelernt, als Klingone zu denken und zu handeln. Das gleiche möchte ich euch lehren. Dann werdet ihr mit mir und sämtlichen anderen Klingonen eins sein. So werde ich euer Bruder.«

Verwirrt sahen die jungen Klingonen sich gegenseitig an. »Wie sollen wir das machen?« fragte jemand von ihnen.

Worf lächelte. »Wir haben ein Ritual namens *R'uustai*. Das Ritual der Bindung. Dadurch werdet ihr Angehörige meiner Familie, und ich werde Teil eurer Familien. Dann sind wir für alle Zeit Brüder und Schwestern. Und ihr *seid* Klingonen, statt bloß wie welche auszusehen.«

Der Sicherheitsoffizier stand auf. »Vorher muß aber eines getan werden«, stellte er klar. »Ihr müßt unsere Handleuchten holen, die ihr mitgenommen habt. Bevor es dunkel wird, müssen die Leuchten her, und dazu alles übrige, was irgendwie Licht hervorbringt. Wir brauchen das alles fürs *R'uustai*.«

Trotz der üppigen Mahlzeit wirkten die jungen Klingonen noch immer ausgehungert und verlottert. Sie warfen sich gegenseitig kurze Blicke zu, während sie sich unsicher aufrafften. Deanna rechnete damit, daß jemand Einwände erhob, sich gegen Worfs Ansinnen auflehnte. Aber niemand sagte etwas. Die Jugendlichen standen nach wie vor unter einer Art von Schock.

Troi hoffte, daß sie verkraften konnten, was Worf

ihnen zu bieten hatte. Sie überlegte, ob es ein Fehler sein mochte, sie nun einfach gehen zu lassen. Doch sie wußte, daß der Sicherheitsoffizier richtig handelte, wenn er ihnen zugestand, die Angelegenheit ungestört unter sich zu diskutieren. Sie mußten den Wandel aus freien Stücken anbahnen.

Geführt von Maltz, zog die Gruppe sich zügig in den Wald zurück. Turrok grinste und winkte zum Abschied. Wolm entfernte sich langsamer; sie verhielt sich, als wollte sie lieber das Gespräch fortsetzen. Aber ihre Gefährten verschwanden rasch zwischen den Bäumen, und Wolm entschied sich, bei ihnen zu bleiben. Sie schenkte der Landegruppe ein kurzes Lächeln, ehe sie in den Wald lief.

»Das war eine hervorragende Leistung, Worf«, sagte Deanna in ehrlicher Bewunderung. »Ihr Ansatz hat meine volle Unterstützung. Das Ritual wird ihr Selbstwertgefühl heben.«

Worf blickte den Gestalten nach, die im Gehölz untertauchten. »Loben Sie mich später, Counselor«, meinte er leise. »Wenn sie zurück sind.«

Fähnrich Ro rieb sich die müden Augen und lehnte sich auf dem Stuhl zurück. Das Möbelstück knarrte. Zwei Stunden lang hatte Ro ununterbrochen an den Instrumenten gesessen und den weitflächigen künftigen Kontinent vermessen, der heute noch auf dem Meeresgrund ruhte. Ständig bebte es dort unten irgendwo, doch die der Küste nächste kritische Region blieb nun ruhig. Es schien, als hätte sie mit den vor ein paar Stunden erfolgten, relativ harmlosen Stößen ihr Kräftepotential erschöpft.

Mit genügend Zeit ließ sich von einer orbitalen Position aus, wie die *Enterprise* sie einnehmen konnte, alles scannen und erfassen: sämtliche Bruchstellen, Vulkane und sonstigen maßgeblichen Faktoren mitsamt ihren

Ursprüngen tief in der Kruste und im Kern des Planeten. Momentan jedoch beschränkten Ros Möglichkeiten sich aufs Beobachten und auf das immer akkuratere, feinere Adjustieren der Sensoren. Sie fragte sich, was sie tun könnte, sollte es auf diesem Planeten plötzlich einen wirklich großen Knall geben. Etwas Besseres, als unter den Tisch zu kriechen, fiel ihr nicht ein.

»Ro?« Eine leise Stimme unterbrach die sorgenvollen Grübeleien der Bajoranerin.

Sie drehte sich um und sah ein kleines Mädchen mit sehr großen, geröteten Augen. Spontan breitete Ro die Arme aus und umfing das Kind. Myra schluchzte unterdrückt, so daß die Schluchzlaute in ihrer Kehle wie Schluckauf klangen.

»Er ist abgesetzt worden«, plapperte sie verständnislos. »Mein Vati... Er tut mir schrecklich leid, er hat doch immer getan, was er konnte... Wie dumm sie alle sind! Und die Kinder in meiner Klasse... sie behaupten, daß *du* und *er*... Ich hab' ihnen gesagt, daß es nicht stimmt. Und was wär' denn schon dabei?« Schließlich schluchzte sie aus vollem Hals; ihr zarter Körper zitterte in Ros Armen.

»Myra«, antwortete der Fähnrich mit gleichmäßiger Stimme, »es ist ganz egal, was sie denken. Und was die Suspendierung deines Vaters vom Dienst betrifft, bin ich mir sicher, daß sie nur zeitweilig ist. Raul Oscaras ist derjenige, der abgesetzt werden müßte. Vielleicht bin ich zynisch geworden, aber ich glaube, Männer wie er herrschen durch die Macht ihrer persönlichen Ausstrahlung, nicht dank ihrer Tüchtigkeit. Am Ende wird sich erweisen, daß er ein Trottel ist. Und es wird sich zeigen, daß die Vorwürfe, die Oscaras gegen deinen Vater ausgeheckt hat, haltlos sind.«

Myra blickte zu ihr auf; so unverhohlene Kritik an einer offiziellen Autoritätsperson hatte sie noch nie zu hören bekommen. Sie schöpfte tief Atem, um Luft zu holen. »Ich weiß, daß du recht hast«, antwortete sie. »Aber Vati war immer so stolz auf seine Arbeit. Diese Gemeinheit ist für ihn echt schlimm.«

»Oscaras muß in seine Schranken verwiesen werden«, sagte Ro. »Dein Vater ist nur der erste, der seine Politik nicht mehr mitmacht. Du mußt ihm vertrauen und zu dem stehen, was du für richtig hältst. Dann können Typen wie Oscaras dir nichts anhaben.«

»Danke«, seufzte Myra und wischte sich mit dem Ärmel die Augen. »Aber es ist alles so schwierig...«

»Erwachsen zu werden *ist* nun mal schwer«, stimmte die Bajoranerin zu. »Du wirst noch merken, daß es alle Arten von Autorität gibt... wohltätige, grausame, begnadete und auch unfähige Autorität.«

Ro heftete den Blick auf die Instrumente. »Eigentlich möchte ich ungern das Thema wechseln, aber in der Spalte rund tausend Kilometer von hier ist ein Beben der Stärke fünf aufgetreten. Hast du dazu eine Meinung?«

»Tscha«, äußerte Myra, indem ihr Gesichtsausdruck von persönlicher Traurigkeit zu einer Miene professioneller Betroffenheit überging. »Ich hab' mir auf der Grundlage unserer heutigen Exkursion zur Küste eine Meinung über das gebildet, was mit dem Wald passiert ist. Es hängt eindeutig mit dem zusammen, womit du dich hier beschäftigst.«

»Wie soll ich das verstehen?« hakte Ro nach. Ihr Herzschlag beschleunigte sich auf unangenehme Weise.

»Ich meine«, erläuterte das Wunderkind, »vor neunzig Jahren ist irgend was vorgefallen, was den damaligen Wald vernichtet hat. Wenn man vors Tor geht und in der oberen Humusschicht gräbt, stößt man auf kleine, schwarze Kiesel, wie wir sie heute früh am Strand gesehen haben. Außerdem kann man im Humus Schwefelsäure und einige Spurenelemente nachweisen. Sie sind nur erklärlich, wenn das seltsame Schaumwesen, das an der Meeresoberfläche lebt, aufs Land gespült wurde. Natürlich konnte es hier nicht überleben und ist krepiert.«

Ro verspürte ein flaues Gefühl in der Magengrube, als sie ahnte, was sie aus dem Mund dieser bemerkenswerten Zwölfjährigen als nächstes hören sollte.

Myra zuckte mit den Schultern. »Die Überreste beweisen, daß eine riesenhafte Flutwelle das Land überschwemmt und alles plattgemacht hat. Ein Tsunami. Die Bäume sind schnell nachgewachsen. Außer Kieseln und anderem Zeug aus dem Ozean hat sich nach Ablaufen des Wassers in der ganzen Region auch Schlamm abgelagert. Darin müssen viele Samenkerne aufgegangen sein.«

»Könnte sich so eine Überflutung wiederholen?« fragte Ro.

»Es passiert *bestimmt* noch mal«, prophezeite Myra. »Ob in zehntausend oder in zehn Jahren, wer weiß?«

»Es kann jederzeit wieder soweit sein«, sagte Myra geistesabwesend; sie las die Monitoren ab. »Ich habe noch nie auf einem Wasserplaneten wie Selva oder der Erde gelebt. Was genau verursacht denn einen Tsunami?«

»Ein Erdbeben oder ein Vulkanausbruch auf dem Meeresboden«, antwortete Myra, indem sie auf den Seismographen deutete. »Um genug Wasser zu verdrängen, muß es aber ein großes Ereignis sein. Vom Verdrängungsort breiten sich die Flutwellen in konzentrischen Kreisen aus. So wie um die Stelle, an der man einen Stein ins Wasser schmeißt. Ist man beim Tsunami an Bord eines Schiffs, kann man über die Wogen hinwegreiten. Aber die Küsten werden von Flutwellen überschwemmt, die vierzig Meter hoch sind. Hier sind wir bloß zwanzig Kilometer von der See entfernt, und alles ist flaches Land. Zwischen uns und dem Ozean liegen keine Berge, nicht mal Hügel. Bei einer Überflutung sind wir sozusagen ein Teil der Küste.«

»Hast du das schon den anderen Siedlern erzählt?« erkundigte Ro sich nervös. »Man muß sie doch warnen.«

Das Mädchen hob die Schultern. »Sie glauben mir ja nichts. Oscaras und die anderen Erwachsenen haben ausführlich über den Standort der Niederlassung debattiert. Klar, hier *ist* das stabilste Gebiet des Planeten, wenn man die wichtigsten Bruchzonen berücksichtigt. An den Ozean haben sie aber nicht gedacht. Wer könnte ihnen klarmachen, daß sie auch noch in Reichweite einer katastrophalen Flut gebaut haben, nachdem schon so viel schiefgegangen ist? *Mir* glauben sie wenigstens nichts. Sie nehmen mir meine Theorie nicht ab, daß der Wald erst seit neunzig Jahren steht. Und wo sollten wir denn hin? Solange die Klingonen den Wald unsicher machen, können wir nicht einfach zusammenpacken und wegziehen.«

Erneut rieb Ro sich die Augen und versuchte, die fürchterlichen Kopfschmerzen zu vertreiben, die in ihrer Stirn pochten. »Myra«, sagte sie, »bring mich zu eurer Funkstube. Ich muß die *Enterprise* kontaktieren.«

»Dann komm«, rief das Mädchen mit heller Stimme und faßte Ro am Ellbogen.

Entgegen ihrem vorherigen Entschluß überließ die Bajoranerin die seismographischen Sensoren sich selbst und folgte Myra Calvert durchs Laboratorium. Eine Handvoll Mitarbeiter schaute ihnen mißtrauisch nach, als die beiden durch die automatische Tür zum Gebäude hinauseilten. Sie erkletterten eine Metalltreppe an der Außenwand des zweistöckigen Baus und betraten einen Treppenabsatz am Zugang zum Obergeschoß. Zum Öffnen der Tür drückte Myra eine große Taste.

Sie gelangten in einen kahlen, von etlichen Türen gesäumten Flur. Ro war bekannt, daß sich hier Replikator, Krankenstation, Funkstube und weitere Einrichtungen von entscheidender Wichtigkeit befanden; dennoch überraschte es sie, daß sich in dieser Etage dermaßen viele Leute tummelten. Unverzüglich kamen drei in Braun gekleidete Kolonisten Ro und Myra entgegen.

Ein breitschultriger Mann stellte sich direkt vor Ro und versperrte ihr den Weg. »Was wollen Sie?« fragte er den Fähnrich.

»Die Subraum-Funkanlage benutzen«, antwortete Ro unumwunden.

»Dafür brauchen Sie Präsident Oscaras' Genehmigung«, entgegnete der Kolonist.

»Wer sagt das?« brauste Myra wütend auf. »Das ist Fähnrich Ro von der *Enterprise*. Sie will ihr Raumschiff kontaktieren.«

»Ich bedaure«, log der Mann; er bedauerte sein Benehmen offensichtlich nicht im geringsten. »Die Benutzung der Subraum-Funkanlage ist ausschließlich dienstlich berechtigtem Personal gestattet.«

»Wenn ich die *Enterprise* nicht kontaktiere«, sagte Ro gereizt, »wird sie um so früher zurückkehren.«

»Davon weiß ich nichts«, erwiderte der Mann. »Ich weiß bloß, daß Sie zur Benutzung der Funkanlage das Einverständnis von Präsident Oscaras brauchen.«

»Mein Vater verbürgt sich für sie«, versicherte Myra.

Der Siedler senkte den Blick auf das Kind und schnaubte spöttisch. »Dein Vater hat Hausarrest und hier nichts mehr zu sagen. Und nun raus mit euch.«

Diese Grobheit wirkte geradezu niederschmetternd auf das Kind; doch es verkniff die zitternden Lippen und blickte den Kolonisten böse an. Die zwei anderen Siedler verschränkten die Arme; sie sahen aus, als hätten sie keine Scheu, handgreiflich zu werden.

Aus purer Gewohnheit hob Ro die Hand an den Insignienkommunikator. Aber wen sollte sie alarmieren? Die *Enterprise* war etliche Dutzend Lichtjahre außerhalb der Reichweite des Kommunikators. Und Worf und seine Begleitung? Was könnten sie in dieser verfahrenen Situation ausrichten? Wahrscheinlich hatten sie selbst alle Hände voll zu tun. Ro mochte sie nicht in diese zusätzlichen Schwierigkeiten hineinziehen.

Am anderen Ende des Flurs verließ ein Mann mit vier Phasergewehren auf dem Arm ein Nachbarzimmer. Allem Anschein nach hatten mehrere Kolonisten nur auf ihn gewartet. Sie umdrängten ihn und nahmen die Waffen eifrig in Augenschein.

»Also gut«, lenkte Ro ein. »Ich hole seine Erlaubnis ein. Geben Sie mir bitte Bescheid, falls die *Enterprise* anruft und mich sprechen möchte?«

»Äh... ähm...«, stammelte der Mann; er war sichtlich darüber im unklaren, was er darauf antworten sollte. »Freilich...«

»Vielen Dank«, sagte Ro. Sie legte den Arm um Myras Schultern und führte das wütende Mädchen zum Ausgang.

»Mein Vater tritt die Kerle in den Hintern!« fauchte Myra, als die Tür zuknallte.

Aus Rücksicht auf das Mädchen versuchte Ro die Furcht zu unterdrücken, die ihr den Magen zusammenkrampfte. »Warum reden wir nicht mal mit deinem Vater?« meinte sie mit ausdrucksloser Miene. »Ist er daheim?«

Die Kleine schaute weg. »Ahm... Ich weiß nicht.«

»Ich glaube, du weißt es«, entgegnete die Bajoranerin. »Wir drei müssen bis zur Rückkehr der *Enterprise* zusammenhalten.«

Myra ließ den Kopf hängen, während sie die Treppe hinabschlurfte. »Er ist zu Hause«, nuschelte sie leise. »Aber er trinkt seine Weinration. Er trinkt sonst ganz selten.«

»Dann komm«, rief Ro, indem sie die Stufen hinuntersprang. »Am besten dürfte es sein, wenn wir ihn ein wenig aufmuntern.«


Betrunken war Gregg Calvert nicht, als Fähnrich Ro und seine Tochter ihn daheim antrafen. Aber er befand sich in deprimierter, übellauniger Gemütsverfassung. Er schüttete den restlichen Inhalt einer Flasche bernsteinfarbenen Weins in sein Glas. Mit gleichmäßigen Schlucken trank er es leer, während er sich Myras Schilderung des gescheiterten Besuchs in der Funkstube anhörte.

»Diese Lumpen«, murmelte Gregg. Mit hohlem Blick starrte er Fähnrich Ro an. »Oscaras hat alle gegen Sie und mich aufgehetzt... Und gegen die *Enterprise*. Wie blödsinnig es von mir gewesen ist, unsere Zukunft von solchen Idioten abhängig zu machen.... Jetzt sitzen Myra und ich hier fest!« Er schüttelte den Kopf und holte tief Luft. »Andererseits will ich aber nicht zu hart über sie urteilen«, fügte er hinzu. »Sie sind bloß naive Träumer, deren Traum sich in einen Alptraum verwandelt hat.«

»Leider ist alles wesentlich komplizierter«, erwiderte Ro. »Ihre Tochter ist der Ansicht, daß wir uns hier im Überschwemmungsgebiet einer potentiellen Überschwemmung aufhalten, und ich muß ihr recht geben. Unterm Ozean hat gerade erst ein mittelstarkes Erdbeben stattgefunden. Es könnte nur ein Vorbeben gewesen sein. Ich muß die *Enterprise* verständigen, damit der Planet umgehend evakuiert werden kann.«

Gregg heulte vor Lachen. Mit dem Glas prostete er Ro zu. »Da wünsche ich Ihnen viel Glück, Fähnrich. Wie Sie vielleicht schon gemerkt haben, ist Raul Oscaras kein allzu guter Zuhörer. Ehe etwas gegen die Klingonen unternommen worden ist, wird hier niemand irgendwelchen Reden über Flutwellen Beachtung schenken. Und dann noch die Agentin... Oscaras will sich mit all dem einfach nicht abgeben.«

Ro spazierte in der freudlosen Wohnung auf und ab. »Er muß eine bestimmte Absicht verfolgen«, äußerte sie. »Er läßt mit dem Replikator Phasergewehre fabrizieren. Hören Sie, es ist nicht unbedingt erforderlich, Raul Oscaras davon zu überzeugen, daß er einiges falsch macht. Aber es ist nötig, daß ich die Subraum-Funkanlage benutzen und die *Enterprise* kontaktieren kann.«

Gregg Calvert schlug sich auf die Schenkel. Verdrossen erhob er sich aus dem Sessel. »Na schön«, lallte er. »Mal schauen, was wir tun können.« Er wandte sich an seine Tochter und lächelte. »Es tut mir wirklich leid, daß ich dich in all das reingezogen habe, mein Schätzchen. Bleib hier und halt dich aus allem raus.«

»Aber ich möchte mit dir und Ro gehen, Vati«, widersprach Myra.

»Nein«, sagte Gregg streng. »Wer weiß, was an Unerfreulichem passiert. Du bleibst im Haus und hältst dich von allem fern. Du darfst auch nicht ins Labor oder sonst wohin. Wir kommen zurück, so schnell es sich machen läßt.«

Myra lächelte ihm tapfer zu und nickte. Ihr Kinn zitterte nur ganz leicht.

Als Fähnrich Ro und Gregg Calvert das kleine Wohnhaus verließen, überzog allmählich Dunkelheit den Himmel. Hinter den verzinkten Metallwänden ragte der Wald empor wie ein schwarzer Samtvorhang. Auf den Wachtürmen und überall auf der Einfriedung ringsum strahlten Scheinwerfer. Dadurch erhielt das Dorf ein unwirkliches Aussehen, wie eine leere Bühne, die auf den Auftritt der Schauspieler wartete. Nachttiere trugen durch unheimliche Schreie zum Gespenstischen der Szenerie bei.

Nun spürte Ro unversehens die Furcht, die sie schon den ganzen Tag lang bedrängte, in voller Stärke. Zum erstenmal hatte sie sie beim Anblick des lebensfeindlichen, roten Meers empfunden – des Ozeans, von dem sie inzwischen wußte, daß er weit gefährlicher als das Säureschaumwesen war, das auf ihm schwamm.

»Kommen Sie mit«, forderte Gregg den Fähnrich auf; er strebte auf das zweistöckige Gebäude zu, in dem man Laboratorium, Replikator und Funkstube untergebracht hatte. »Ich will mal sehen, ob ich diesen Schwachköpfen etwas Vernunft eintrichtern kann, ohne mich mit Oscaras zu streiten.«

Doch anscheinend kam niemand an Raul Oscaras vorbei. Er stand genau auf der Schwelle der Tür zum Obergeschoß und schwadronierte auf ein mit Phasergewehren bewaffnetes Grüppchen von Kolonisten ein. Sofort erkannte Ro, daß sie und Gregg einen schrecklichen Fehler zu begehen drohten. Sie wollte kehrtmachen. Aber Gregg Calvert hatte in seinen gewöhnlich ruhigen blauen Augen einen Ausdruck wilder Entschlossenheit.

Schnurstracks knöpfte er sich Oscaras vor. »Was denken Sie sich eigentlich dabei, Fähnrich Ro die Benutzung der Funkanlage zu verwehren? Sie hat das Recht, mit ihrem Raumschiff Verbindung aufzunehmen.«

Für einen Moment huschte eine Andeutung von Furcht und Verunsicherung übers Gesicht des Präsidenten. Dann jedoch fiel er in seine gewohnte Großspurigkeit zurück. »Sie haben hier nichts mehr zu suchen«, fuhr er Calvert an. »Sie sind Ihres Postens enthoben und stehen unter Hausarrest.«

»Um mich geht's gar nicht«, erklärte der ehemalige Sicherheitschef. »Wenn ich von jetzt an hier unerwünscht bin, na gut, dann ist's eben so. Aber Fähnrich

Ro ist Starfleet-Offizierin. Und Sie sollten dienstliche Vorgänge Starfleets nicht behindern.«

Mehrere Kolonisten richteten den Blick nervös von Raul Oscaras auf Gregg Calvert und die Humanoide mit der geriffelten Nase. Ro kam nichts in den Sinn, was Calverts Argumentation hätte unterstreichen können. Folglich verschränkte sie lediglich die Arme und schnitt angesichts der ihr zugemuteten Behandlung eine Miene der Entrüstung.

Oscaras griente und verlegte sich auf seinen plumpen Charme. »Es war nie unsere Absicht, Fähnrich Ro die Benutzung der Subraum-Funkanlage zu verweigern«, behauptete er. »Soviel ich weiß, ist ihr gesagt worden, daß sie dafür meine Genehmigung braucht, sonst nichts. Sie haben selber die Befürchtung geäußert, Gregg, wir könnten in unserer Mitte eine Verräterin haben. Wir können überhaupt nicht vorsichtig genug sein.«

»Dann lassen Sie mich die Funkanlage benutzen«, verlangte die Bajoranerin.

Scheel feixte Oscaras. »Das ist im Moment schwierig, Fähnrich. Wissen Sie, wir befinden uns in erhöhtem Alarmzustand.«

»Weshalb?« erkundigte sich Gregg Calvert.

»Wegen der klingonischen Wilden«, schnauzte der Präsident. »Weil die *Enterprise* für einige Tage fort ist, hielten wir es für ratsam, besonders wachsam zu sein.«

»Wäre es nicht zufällig denkbar«, fragte Gregg in vorwurfsvollem Ton, »daß es Ihnen lieber ist, die *Enterprise* bleibt möglichst lange aus?«

Ro beobachtete die furchtsamen, aber mit Phasergewehren bewaffneten Siedler und versuchte, in Anwesenheit dieser irregeleiteten Spinner die klügste Taktik zu wählen. Eine Konfrontation jedenfalls führte zu nichts. »Ich werde morgen früh noch einmal vorsprechen«, sagte sie und wandte sich zum Ausgang

»Haltet sie auf!« kreischte eine Stimme so gellend, daß sie jedem Umstehenden schier die Nerven zerfetzte.

Erschrocken wirbelten alle herum. Dr. Draytons kleingewachsene Gestalt kam den Flur entlanggerannt. »Nehmt ihr den Kommunikator ab, ehe sie die Klingonen ruft!« schrie die Forscherin.

Instinktiv duckte sich Ro unter einem Paar fleischiger Arme hinweg. Sie sprang zum Ausgang. Im selben Moment, als die Tür sich öffnete, erschien draußen ein Siedler. Ro prallte gegen seinen Brustkorb, so daß sie beide auf den Treppenabsatz hinaustaumelten. Der Siedler wollte sie packen, aber Ro trat ihn in den Unterleib. Er heulte auf, kippte übers Geländer und stürzte zwei Stockwerke tief hinab.

Ro hörte Gebrüll und sah im Flur ein Gewühl von Leibern sich auf den Ausgang zubewegen, allen voran Gregg. Mit einem Hagel wilder Boxhiebe versuchte er die Verfolger zu bremsen, aber jemand schlug ihn mit dem Kolben eines Phasergewehrs nieder. Er sackte auf die Knie. Blut lief ihm übers Gesicht. Ro blieb keine Zeit mehr zum Nachdenken. Mit einem Satz schwang sie sich übers Treppengeländer.

Sie kam mit den Füßen ungünstig auf und verdrehte sich ein Fußgelenk. Nur wenige Meter weit konnte sie hinken, bis sie wieder Oscaras' Grölen hörte.

»Halt!« röhrte er vom Treppenabsatz des Gebäudes herab. »Stehenbleiben!« Er hatte ein Phasergewehr in den Händen. »Lassen Sie uns doch vernünftig miteinander reden!«

Louise Drayton zwängte sich zu ihm vor und entriß ihm die Waffe. »Worauf warten Sie?« schrillte die Wissenschaftlerin den Präsidenten an. Sie legte das Gewehr an die Schulter und zielte.

»Nein!« schrie Ro. Sie hob die Hände, als könnte sie so den blauen Phaserstrahl abwehren. Das Pulsen der Energie durchloderte ihren Körper, wie Funken durch einen Transformator sausten, bis sie ihr Hirn erreichten. Weißglühende Gewalten schienen in Ros Schädel zu explodieren. Dann gab es rings um sie nur noch Finsternis. Besinnungslos brach sie zusammen und blieb in regloser Erschlaffung auf dem Erdboden liegen.

# 14

Mit dem Wiederanbruch der Dunkelheit kehrten auch die jugendlichen Klingonen zurück. Unsicher kamen sie aus dem Wald angeschlichen; aber sie brachten ihre Musikinstrumente sowie sämtliche Handleuchten und Taschenlampen mit. Am Rande des Erdhügels sammelten sie sich und schauten voller Erwartung herauf. Deanna sah, wie sich Worfs breite Schultern hoben: Er stieß einen Seufzer der Erleichterung aus, dann lächelte er freudig, während er den Hang abwärtseilte, um die Jugendlichen zu begrüßen.

Oben auf der Anhöhe lächelte die Counselor Data zu. »Ein *R'uustai*-Zeremoniell habe ich noch nie mitangesehen«, bemerkte Troi.

»Ich glaube«, antwortete der Androide, »diese Zeremonie dürfte etwas ungewöhnlich ausfallen. Ich bleibe hier oben und werde sie beobachten.«

»Sie halten immer Abstand zu den Klingonen«, stellte Deanna fest. »Warum?«

»Aus taktischen Gründen«, erklärte Data. »Unter diesen Umständen ist es unmöglich, daß wir alle drei gleichzeitig überwältigt werden, sollten die Klingonen sich zu Gewalttätigkeiten entschließen. Ich kann mit dem Phaser eine sehr hohe Zahl betäuben, bevor sie bei mir sind.«

»Aha, jetzt verstehe ich«, sagte Deanna und nickte. Der Gedanke an eine etwaige gewaltsame Auseinandersetzung bereitete ihr Unbehagen. Allerdings konnte sie gegen die Logik des Androiden nichts einwenden.

»Außerdem achte ich auf eine eventuelle Rückkehr der angeblichen Göttin«, erläuterte Data. »Lassen Sie sich von mir nicht daran hindern, Worf behilflich zu sein. Ich bleibe einfach hier und beschränke mich aufs Beobachten.«

»Also gut.« Nochmals nickte Deanna.

Ob alles gut ist, überlegte sie, ist noch die Frage. Keine vier Stunden war es her, seit die *Enterprise* den Flug aus diesem zu einem anderen Sonnensystem angetreten hatte, und bislang bestand kein Anlaß zur Klage. Worfs Versuch, den Jugendlichen klingonische Traditionen und Werte nahezubringen, hatte anscheinend starken Anklang gefunden. Wie es aussah, waren sie dazu bereit, Mitglieder einer größeren Gemeinschaft zu werden, als ihre winzige Gruppe sie verkörperte.

Was war dann das Problem? Weshalb war ihr so unbehaglich zumute? Auf seine sachbezogen-nüchterne Weise ließ sich auch Data eine gewisse Beunruhigung anmerken. Zugegeben hätte er es selbstverständlich nie. Die Trommeln schwiegen; aber unverändert drohte auf Selva Gewalt.

Vorsichtig stieg Deanna den Hang hinab. Wegen der Dunkelheit konnte sie wenig erkennen. Plötzlich erstrahlte Helligkeit. Worf hatte eine der Handleuchten eingeschaltet, die die Halbwüchsigen am vergangenen Abend, während das Trio sich vorübergehend an Bord der *Enterprise* aufhielt, entwendet hatten. Er adjustierte die Leuchtstärke auf die schwächste Einstellung und reichte die Lampe Turrok.

»Sonst verwenden wir fürs *R'uustai* fünf Kerzen«, erzählte Worf den jungen Klingonen. »Das geschieht zum ehrenden Gedenken an die fünf Phasen der Geburt. Da wir keine Kerzen haben, nehmen wir diese Lichter.«

Er knipste eine weitere Handleuchte an und gab sie mit einem Lächeln Wolm. Das Mädchen lächelte gleichfalls und richtete den Lichtstrahl in den Himmel, wo die dichte Wolkendecke ihn verschluckte. Worf händigte die größte Lampe Maltz aus. Trotz seiner mürrischen Miene rang der Bursche sich ein Grinsen ab.

Der Sicherheitsoffizier schaltete die zwei letzten Handleuchten ein und übergab sie einem anderen Paar. Im Vorbeigehen zerzauste er Turrok das strähnige Haar.

»So, jetzt haben wir unsere fünf Lichter zur Hand«, konstatierte Worf. »Ein weiterer Gegenstand, der beim *R'uustai* Verwendung findet, aber den wir hier nicht verfügbar haben, ist die Schärpe mit unseren Familieninsignien. Man trägt sie von der Schulter schräg hinab zur Hüfte, ähnlich wie ihr eure Maulwurfsrattenfelle tragt.«

Versonnen schmunzelte der Klingone. »In mancher Hinsicht sind die Felle, mit denen ihr euch bekleidet, mit der Schärpe zu vergleichen. Sie sind ein Symbol eurer Verbundenheit mit der einzigen Familie, die ihr kennt: euch. Solltet ihr Selva jemals verlassen, nehmt eure Felle mit. Ihr könnt sie zu einer neuen, richtigen Schärpe umarbeiten und sie mit den Insignien eurer ursprünglichen Herkunftsfamilie versehen.«

Seine Zuhörer lauschten mit gespannter Aufmerksamkeit. »Statt einander die Kerzen zu entzünden und die Schärpen umzulegen, wie wir es sonst machen«, setzte der Sicherheitsoffizier seine Ausführungen fort, »greifen wir aushilfsweise auf eine andere traditionelle Sitte zurück: das Händeschütteln. Man streckt seine Hand aus und drückt die Hand seines Gegenübers.« Er zeigte bei Turrok, was er meinte. »Dabei schaut man sich in die Augen und stellt so nicht nur ein körperliches, sondern auch ein spirituelles Band her. Zur Vollendung des Ritus spricht man den Satz: ›*SoS jlH batlh SoH.*‹«

Mehrere Jugendliche wiederholten den Satz. Sie brachten ihn erheblich besser über die Lippen, als Deanna es erwartet hatte.

Beifällig nickte Worf. »Mit diesem Wort ehren wir das Andenken unserer Mütter. So verbinden wir uns zu einer Familie, die stärker als zwei separate Familien ist.«

»Kriegen wir unsere Mütter denn je zu sehen?« wollte Maltz in tiefer Nachdenklichkeit erfahren, als versuchte er eine vage, verschüttete Erinnerung freizulegen.

Traurig schüttelte Worf den Kopf. »Nein, nicht. Auch das ist eine Gemeinsamkeit, die uns, euch und mich, verbindet: Unsere Eltern sind von Romulanern getötet worden. Aber ihr habt andere Familienangehörige: Tanten, Onkel, Großeltern, vielleicht Brüder und Schwestern. Ihr habt euch. Und von heute abend an werdet ihr auch mich haben.«

Mittlerweile war es stockdunkel geworden. Trotzdem herrschte im Wald sonderbare Stille, als ob selbst die Maulwurfsratten, Vögel, Faultiere und übrigen Geschöpfe Selvas Worfs Darlegungen die gleiche gebannte Aufmerksamkeit schenkten. Der klingonische Starfleet-Offizier deutete auf den großen Erdhügel, der sich hinter den Jugendlichen erhob.

»Wenn ihr einverstanden seid«, sagte er, »steigen wir für das Ritual auf eure heilige Höhe.« Niemand hatte Einwände. Worf nickte den Leuchtenträgern zu, die vorangehen sollten.

Fünf Lichtkreise bewegten sich lautlos den Hügel hinauf; ihnen folgte eine Prozession von Klingonen. Die zwei Jungen, die immer für die Trommeluntermalung gesorgt hatten, konnten ihrer Neigung auch jetzt nicht widerstehen: am Ende der Kolonne schlugen sie auf ihren hohlen Ästen eine Art düsteren Trauermarschs. Auf der Höhe der Erhebung verteilten die Lampenträger sich im Halbkreis. Kräftiger Wind stob über den Hügel und ließ die Leuchtkörper in ihren Händen schwanken. Worf stellte sich vor das Halbrund der Lichter und rief die erste Jugendliche zu sich.

Gefühlvoll drückte er ihre Hand und blickte ihr in die Augen. »*SoS jlH batlh SoH*«, sagte der Klingone mit aus Rührung rauher Stimme.

»*SoS jlH batlh SoH*«, sprach das Mädchen ihm nach.

Einzeln traten die Jugendlichen vor und legten im mystischen Schein der Handleuchten einen Eid zu Ehren ihrer Mütter ab. Einen nach dem anderen nahm Worf in seine Familie auf und hieß ihn in der Bruderschaft aller Klingonen willkommen. Nach der größeren Gruppe wiederholte er das Verfahren mit den Lampenträgern; auch mit ihnen sprach er den Schwur und schüttelte ihnen die Hand. Als letzter kam Turrok an die Reihe.

»Du wirst stets mein erster Bruder sein«, schwor er dem Jungen. Turrok strahlte vor Freude.

Nach Abschluß der Zeremonie griff man sich sowohl die alten wie auch die neuen Instrumente und musizierte mit der größten Begeisterung. Worf tanzte mit Wolm und Turrok. Deanna klatschte im Takt, während die Halbwüchsigen sich auf dem Hügel austobten. Fast hatte die Betazoidin alle Gefahr vergessen, bis sie bemerkte, daß Data die Feier aus gebührendem Abstand beobachtete. Der Androide zeichnete sich gegen das schiefergraue Gewölk ab. Er nickte Deanna zu, ehe er seine Aufmerksamkeit wieder dem finsteren Wald widmete.

Fähnrich Ro erwachte in einem verschlossenen Lagerraum. In ihren Gliedern spürte sie schlimme Schmerzen. Die ärgste Qual verursachten ihr das Kopfweh in ihrem Nacken und der angeschwollene Fußknöchel. Sie schaute umher und sah Gregg Calvert an einer Metallwand liegen. Er war noch bewußtlos.

Der Lagerraum hatte keine Fenster; außerdem war er leer. Nur eine kleine Flasche mit Wasser war vorhanden, wahrscheinlich ein humanitäres Zugeständnis. Ro wackelte mit dem Kopf. Was sie abgekriegt hatte, mußte ein Phasertreffer wenigstens der Stärke 3 gewesen sein: schwerer Betäubungseffekt. Sie tastete nach ihrem Insignienkommunikator.

Das Gerät war fort – wie zu erwarten; Dr. Drayton hatte es ganz eindeutig darauf abgesehen gehabt. Louise Drayton war – neben einigen anderen Personen – aus dem Lager potentieller Freunde endgültig in das der Feinde übergewechselt. Ro langte in die Tasche; ihr Handphaser war gleichfalls verschwunden. Das verstärkte um so mehr ihr Empfinden, in ernsten Schwierigkeiten zu stecken. Aus der Ferne hörte sie unheilvollen Trommelklang. Auch diese Töne trugen nichts zu ihrer Ermutigung bei.

Mühselig rappelte sie sich hoch und humpelte zur Tür. Sie ging davon aus, daß man sie abgesperrt hatte, fragte sich jedoch, wie solide sie sein mochte. Es handelte sich um eine normale Tür mit einer Klinke und einem gewöhnlichen Schloß. Ro vermutete, daß sie und Gregg, falls er nicht zu geschwächt war, sie mit roher Gewalt aufbrechen konnten. Nun blieb noch die Frage zu klären, ob draußen Wachen standen.

»He!« schrie sie, indem sie gegen die Tür hämmerte. »Lassen Sie mich raus! Machen Sie sofort auf!«

»Halt's Maul!« erwiderte unhöflich eine durch die Wand und mehrere Meter Entfernung gedämpfte Stimme.

Ro wollte dem Wächter keinen Grund zum Näherkommen geben, also hinkte sie von der Tür zu dem Fläschchen Wasser. Unter Greggs Kopf entdeckte sie ein Bündel Lumpen. Sie suchte den saubersten Fetzen heraus und befeuchtete ihn. Beim Hinknien belastete sie den gestauchten Fußknöchel mit zuviel Körpergewicht, so daß ihr ein Schmerzensschrei entfuhr. Mit verzerrter Miene wischte sie Gregg sorgfältig das Blut aus dem Gesicht.

Gregg hatte an der Stirn eine Platzwunde sowie eine Beule, dank der er wie ein blonder Klingone aussah. Das geronnene Blut hatte jedoch eine dicke Kruste gebildet; die Verletzung wirkte nicht, als wäre sie entzündet. Nach dem Waschen sprenkelte Ro ihm ein paar Tropfen Wasser auf die Lider.

Er bewegte die Lippen. Ein Stöhnen drang aus der Tiefe seiner Kehle. Desorientiert fuchtelte er mit den Fäusten. Ro umschlang ihn mit beiden Armen. »Schon gut, Gregg«, redete sie auf ihn ein. »Wir leben noch, beruhigen Sie sich. Bleiben Sie liegen und bewahren Sie Ruhe.«

Der Körper des großgewachsenen Manns erschlaffte in ihren Armen. Sie strich ihm das Haar zurück. Dankbar blinzelte er sie an und versuchte zu lächeln.

»Anscheinend haben wir den Kampf verloren«, röchelte er.

Ro nickte. »Man hat uns in so etwas wie einen Schuppen gesperrt. Keine Fenster, eine Tür.«

»Ooooh weh«, stöhnte Gregg. »Entweder bin ich auf den Schädel gehauen worden, oder ich hab' einen gewaltigen Kater.« Ro faßte seine Hand, bevor er seine Verletzung berühren konnte.

»Finger weg«, empfahl sie. »Die Wunde heilt schon. Sie haben Glück, daß hier kein Spiegel hängt.«

Plötzlich trat ein Ausdruck äußersten Erschreckens in Greggs blaue Augen. Er setzte sich kerzengerade auf. »Myra!« keuchte er.

Ro packte ihn an den Schultern. »Hören Sie zu«, redete sie auf ihn ein. »Momentan sind wir nicht dazu in der Lage, Myra oder sonstwem zu helfen. Aber sie versteht sich selbst zu helfen, und wie sie mir mehrmals erzählt hat, nehmen die Erwachsenen sie nicht ernst. Glauben Sie wirklich, man würde ihr was antun?«

»Nein«, murmelte Gregg, indem er sich auf die Lumpen zurücksinken ließ. »Ihr Vater ist hier der Blöde.«

Ro furchte die Stirn. »In Neu-Reykjavik herrscht leider Dummheit beträchtlichen Ausmaßes. Aber im Augenblick ist die wichtigste Frage, wie wir uns aus dieser Bude befreien können. Ich bezweifle, daß wir durch Bitten oder Forderungen etwas erreichen. Vor der Tür ist mindestens ein Wächter postiert. Aber ich glaube, er steht nicht direkt davor.«

Gregg stemmte sich ein zweites Mal hoch, diesmal aber langsamer. Er betrachtete die öde Umgebung. »Das sieht nicht wie ein Schuppen, sondern eher wie ein Innenraum aus«, sagte er. »Die Tür mündet in einen Flur. Hinter den drei anderen Wänden sind ähnliche Räume. So schnell wie diese Bauten zusammengeschweißt werden, wird's wohl leichter sein, durch die Wand zu verschwinden als durch die Tür.«

»Sollen wir sie aufschneiden«, fragte Ro, »oder einschlagen?«

»Unten aufbiegen«, antwortete Gregg. »Normalerweise werden die Wände nicht in den Boden versenkt, und vielleicht sind die Schweißnähte schlampig ausgeführt. Unsere Hände schützen wir mit diesen Lappen. Wir biegen die Unterkante nur so weit hoch, daß wir durchkriechen können.«

»Dann fangen wir sofort an«, sagte Ro, indem sie sich mühsam aufrichtete.

Besorgt musterte Gregg sie. »Sie haben auch was abbekommen.«

»Machen Sie sich um mich keine Gedanken«, entgegnete Ro leise. »Wir müssen unbedingt hier weg und zu der Subraum-Funkanlage gelangen.«

Als sie vom Laboratorium wütendes Geschrei herüberschallen hörte, war Myra Calvert klar, daß etwas schiefgegangen sein mußte. Außer bei Klingonenüberfällen war noch nie derartiger Lärm zu hören gewesen. Und bei Angriffen tauchten die Scheinwerfer die gesamte Niederlassung in grelles Licht, das Gebrüll und Getöse hielt meistens die ganze Nacht hindurch an. Sie lief an das kleine Fenster ihres Schlafzimmers und schaute hinaus: Die Scheinwerferkegel wanderten nicht umher. Das Stimmengewirr dauerte keine Minute; danach wurde es wieder still. Die Angelegenheit gefiel Myra überhaupt nicht.

Sie behagte ihr noch weniger, als ihr Vater und Ro sich über eine Stunde später noch nicht wiedereingefunden hatten. Das überzeugte sie davon, daß der Versuch, eine Benutzung der Subraum-Funkanlage durchzusetzen, gründlich mißlungen war; ihr Vater versprach gewöhnlich nie etwas, das er nicht wahrmachte. Wenn er zusagte, bald zurück zu sein, kam er nach kurzem wieder. Die Unruhe war aus der Richtung des Labors ertönt, und dort waren er und Ro hingegangen. Myra verlegte sich aufs Nachdenken. Wie könnte sie den beiden behilflich sein?

Als am wichtigsten sah sie es an, in Freiheit zu bleiben. Falls sie Ärger mit Präsident Oscaras bekam – wie es anscheinend ihrem Vater und Ro passiert war –, konnte sie gar nichts mehr zur Unterstützung der zwei unternehmen.

Der Abflug der *Enterprise* hatte eine Kettenreaktion ausgelöst, die einem außer Kontrolle geratenen Experiment glich. Das Dröhnen entfernter Trommeln unterstrich die allgemeine Atmosphäre des Chaos und der aufgepeitschten Emotionen.

Die Siedler hatten Ro den Zutritt zur Funkstube verweigert, ihr Vater war von ihnen seines Postens enthoben worden, und sie hatten mitten in der Nacht herumgeschrien. Myra beschloß, das zu tun, was ihr Vater gesagt hatte: nämlich sich von diesen Menschen fernzuhalten.

Das Herz des Mädchens pochte im Rhythmus der Trommeln, während es überlegte, ob Präsident Oscaras möglicherweise auch jemanden zu *ihr* schicken mochte. Sie mußte einen Entschluß fällen. Sollte sie daheim bleiben, wie ihr Vater es befohlen hatte? Oder sich für den Fall, daß Präsident Oscaras jemanden vorbeischickte, woanders verstecken? Vielleicht ließ beides sich miteinander vereinbaren.

Myra eilte ins Wohnzimmer und aktivierte die Anzeigefunktion des Haushaltscomputers, der im wesentlichen Beleuchtung und Klimaanlage steuerte. Sie und ihr Vater verwendeten sie wenig; im allgemeinen wußten beide, wo sie sich finden konnten, und sie lungerten selten zu Hause herum. Doch die Anzeigefunktion ermöglichte es dem Benutzer, auf dem Bildschirm eine grellfarbene Mitteilung zu hinterlassen, die sich in der kleinen Räumlichkeit unmöglich übersehen ließ.

*Lieber Vati*, tippte Myra in die Tastatur, *allein ist es hier ungemütlich. Ich gehe zu Katie. Wenn sie nicht da ist, gehe ich zu einer anderen Freundin. Bis nachher. Tschüß, Myra.*

Das Mädchen grinste und schlich zurück ins Schlafzimmer. Dort versteckte es sich im Kleiderschrank. Und wartete ab.

In vornübergebeugter Haltung rang Worf um Atem. Das ununterbrochene, ungehemmte Tanzen zu den Klängen improvisierter Riffs der Trommeln, Tamburins, Rumbakugeln und allem übrigen, was die jungen Klingonen fanden, um Geräusche zu erzeugen, hatte ihn erschöpft. Unermüdlich sprangen und wirbelten die Jugendlichen um ihn herum. Er hob den Blick an den nächtlichen Himmel und sah oben ähnlich wildes

Treiben. Vor der Hintergrundhelligkeit des Mondes raste, von regelrechtem Sturmwind dahingefegt, eine strudelnde Masse kohlschwarzer und elfenbeinfahler Wolken nach Osten.

Sie erinnerte den Sicherheitsoffizier daran, was östlich des Erdhügels lag – die Kolonie Neu-Reykjavik. Die erste Phase des Plans war gelungen. Aber die zweite, entscheidende Phase stand noch aus; und Worf hatte keine klare Vorstellung davon, wie er sie anpacken sollte.

Er bemerkte links Bewegung und schaute zur Seite. Dort blieb gerade Data in aufmerksamer Haltung stehen. Der Androide hatte sich der Feier langsam genähert. Worf wußte seine Wachsamkeit zu würdigen. Allerdings war es wahrscheinlicher, daß die Jugendlichen in Kürze völlig ausgelaugt zusammensanken, als daß sie sich noch zu Feindseligkeiten hinreißen ließen.

»Ich habe eine Frage an Sie, Lieutenant«, sagte der Androide durch die wüste Musik.

»Ja, Commander?« Worf lächelte; er konnte seine fröhliche Stimmung nicht verbergen.

»Beruht der Händedruck auf einer klingonischen Tradition?« erkundigte sich Data. »Ich dachte, er ginge auf eine terranische Sitte mit dem ursprünglichen Zweck zurück, zu zeigen, daß keine Person eine Waffe trägt.«

»Der Brauch ist nicht klingonischer Herkunft«, gab Worf zu. »Aber wir hatten ja auch keine Kerzen zum Anzünden. Außerdem werden die Jugendlichen erst einmal weiteren Menschen begegnen, ehe sie andere Klingonen zu sehen bekommen. Deshalb müssen sie den Händedruck kennen.«

»Das ist wahr«, bestätigte Data. »Wie wollen wir sie und die Kolonisten versöhnen?«

»Ich habe keine Ahnung«, gestand Worf. »Voraussichtlich sollten wir damit anfangen, daß wir grundlegende Vereinbarungen für eine friedliche Entwicklung treffen. Den Klingonen muß zugestanden werden, daß dies Heiligtum und ihre Behausungen für die Siedler tabu sind, solange niemand sie einlädt. Als Gegenleistung sollten die Klingonen zusichern, daß sie ihre Messer künftig nur noch zum Öffnen der Flußmuscheln und zu keinen Gewaltakten gegen die Siedler verwenden. Wenn die *Enterprise* zurückgekehrt ist, können sie sich entscheiden, ob sie auf Selva bleiben oder – wahrscheinlich unter strengster Geheimhaltung – auf ihren Heimatwelten repatriiert werden möchten.«

Knapp nickte Data. »Dann stehen wir vor der Aufgabe, sie dazu zu überreden, daß sie mit uns die Siedlung aufsuchen.«

»Genau«, sagte Worf. »Haben Sie eine Idee, wie wir das schaffen könnten?«

»So wie Sie es eben angedeutet haben«, antwortete Data. »Indem Sie ihnen nahelegen, ihre Vorstellungen zu äußern. Lenken Sie ihr Augenmerk von der ersten Notwendigkeit – dem Weg zur Kolonie – auf die weitergehenden Ziele.«

»Ein ausgezeichneter Einfall«, meinte der Sicherheitsoffizier. Er klatschte laut die Hände zusammen. »Ich bitte um Aufmerksamkeit!« brüllte er mit voller Stimmgewalt. »Hört her! Bitte mal einen Augenblick Ruhe!« Er stellte sich mitten ins Dröhnen der Instrumente und zwischen die geschmeidig tanzenden Leiber. »Wir müssen uns über eure Forderungen verständigen!« schrie er.

Schließlich kam das Getöse und Toben zum Erliegen. »Forderungen?« wiederholte Maltz halblaut. »Was meinst du damit?«

Worf deutete nach Osten, wohin der Sturm die Wolken trieb. »Wenn wir morgen die Niederlassung aufsuchen«, erklärte er, »müssen wir den Siedlern sagen können, was wir von ihnen verlangen. Zum Beispiel bestehen wir darauf, daß dieser heilige Hügel und eure Wohnstätten für sie tabu sind, außer ihr ladet sie zu euch ein. Denkt nach. Was fordert ihr darüber hinaus von ihnen?«

»Essen!« schrie ein Jugendlicher; die anderen lachten. Alle außer Maltz. »Du willst, daß wir in ihr Dorf gehen?« vergewisserte er sich ungläubig.

»Ja.« Worf nickte. »Es ist unvermeidlich. Wenn ihr Klingonen werden und durch den Himmel zu euren Herkunftswelten fliegen möchtet, müßt ihr davor Frieden mit den Menschen in der Siedlung schließen. Sie müssen euer Recht anerkennen, hier leben zu dürfen – vorausgesetzt, das ist es, was ihr wünscht. Ihr habt die gleichen Rechte wie die Menschen. An erster Stelle steht aber das Recht, ohne Furcht um Leben oder Freiheit in Frieden leben zu können.«

Maltz wirkte konfus; er wandte sich an seine Gefährten. »Wäre Balak da, er würde nein sagen«, meinte der Halbwüchsige. »Die Göttin befiehlt, die Flachschädel zu töten. Worf rät uns, das eiserne Dorf zu besuchen und Frieden zu schließen. Wer hat recht?«

»Worf«, behauptete Wolm ohne das geringste Zögern. Gedämpft äußerten etliche Umstehende Zustimmung. Doch die ganze Tragweite dessen, was Worf vorgeschlagen hatte, wurde den meisten jungen Klingonen erst allmählich deutlich. Die Mehrheit schaute drein, als ob Worf ihnen zumutete, von einer Klippe zu springen.

Viele Blicke streiften Turrok, das einzige Mitglied der Gruppe, der je im Reich der Flachschädel gewesen war und es lebend verlassen hatte. Turrok fühlte sich unter dieser Aufmerksamkeit sichtlich unbehaglich. Worf konnte sich vorstellen, was ihm jetzt durch den Kopf ging. Er mußte innerlich genauso zwiespältig empfinden wie seine Freunde. In der Zeit seiner Gefangenschaft und an Bord der *Enterprise* hatte er sowohl Wunder wie auch Scheußliches gesehen, war er Grausamkeit geradeso begegnet wie Mitgefühl und Verständnis.

»Das Raumschiff...«, sagte er unsicher. »Dort würd' ich gerne wieder hin. Dort kann man aus Luft einen Wald machen, so wie die Nahrung. Können wir nicht dort hingehen, Worf?«

»Nein«, gab der Sicherheitsoffizier entschieden zur Antwort. »Die *Enterprise* ist zur Durchführung eines anderen Auftrags abgeflogen. Eure Heimat ist *hier*, und als erstes müßt ihr Frieden mit den hiesigen Menschen schließen. Später kann die *Enterprise* euch zu unseren Heimatwelten fliegen. Dann könnt ihr die klingonische Lebensart und eure eigentlichen Familienangehörigen kennenlernen. Oder ihr bleibt hier. Wenn ihr auf Selva bleiben möchtet, ist es um so wichtiger, daß ihr lernt, auf diesem Planeten friedlich mit den menschlichen Siedlern zusammenzuleben.«

Deanna Troi verließ die Dunkelheit der Schatten. »Euer altes Dasein könnt ihr nie mehr richtig wiederaufnehmen«, erläuterte sie. »Turrok weiß Bescheid. Es gibt mehr als diesen Hügel: Welten über Welten, phantastische Städte, die in den Wolken schweben, und Kreaturen von derartiger Intelligenz, daß *wir* im Vergleich mit ihnen wie Insekten dastehen. Sämtliche Träume von anderen Orten und Leuten, die ihr habt, beruhen auf Tatsachen. Ob ihr sie sehen wollt, könnt ihr später entscheiden. Aber daß sie existieren, werdet ihr von nun an immer wissen. Schon dies Wissen allein hat euch unwiderruflich verändert.«

»Ja, das stimmt.« Betrübt nickte Turrok. »Sie spricht die Wahrheit. Ich wäre auf dem Schiff geblieben, obwohl ich euch dann nie wiedergesehen hätte. Ich will fort... Ich möchte fliegen.«

Maltz machte ein düsteres Gesicht. »Aber es ist das Dorf der Flachköpfe mit seinen eisernen Wänden, wohin Worf mit uns gehen will... Das Schiff ist fort... Er hat's selber gesagt. Willst du dich wieder anketten und prügeln lassen?«

»Nein, das nicht«, erwiderte Turrok. »Aber ich vertraue Worf. Nicht alle Flachschädeligen sind so. Schaut euch nur Deanna und Data an.«

Die allgemeine Beachtung verlagerte sich auf die zwei genannten Personen, die keine Menschen waren, jedoch so aussahen. Data öffnete den Mund, um der Behauptung, er sei ein Mensch, zu widersprechen. Doch Worf warf ihm einen Blick zu, der ihn zum Schweigen bewog. Kommentarlos spazierte der Androide zurück auf seinen Beobachtungsposten und setzte die Observation des finsteren Urwalds fort. Deanna Troi übernahm es, den abschließenden Appell an die jugendlichen Klingonen zu richten.

»Ihr seid mit sämtlichen Rechten ausgestattete Bürger dieses Planeten«, stellte sie fest. »Zu diesen Rechten gehört es jedoch nicht, die Siedler niederzumetzeln. Wenn ihr Wert auf unsere Freundschaft und unseren Beistand legt, müßt ihr mit den Kolonisten Frieden machen. Es gibt keinen anderen Weg.«

»Und wenn wir's nicht tun?« knurrte Maltz.

»Dann müssen wir fortgehen«, lautete Trois Antwort. »Vielleicht lassen die Kolonisten sich dazu überreden, sich woanders anzusiedeln. Dann könnt ihr so wie früher weiterleben. Allerdings mit einem Unterschied. Ihr werdet immer wissen, daß viele andere Welten und Millionen von anderen, euch ähnlichen Klingonen existieren. Aber dann werdet ihr ihnen nie begegnen. Die Entscheidung liegt bei euch: Frieden mit *allen* – oder Frieden mit *keinem*.«

Unter den Blicken seiner Kameraden wurde Maltz unverkennbar mulmig zumute. Er war den Verantwortungsdruck der Führerschaft nicht gewohnt. Aber er war jetzt der größte und stärkste der jungen Klingonen, und sie erwarteten von ihm einen richtungsweisenden Entschluß.

Endlich nickte er feierlich. »Wir ziehen mit euch zum Dorf der Flachköpfe.«

»Der Menschen«, korrigierte Worf ihn halblaut.

»Zum Dorf der Menschen«, nuschelte der Junge. »Möge die Göttin uns beschützen.«

Wolm brach in Jubel aus, packte eine Trommel und fing sie zu schlagen an. Auch die anderen Halbwüchsigen vollführten vor Freude Luftsprünge und rafften ihre Instrumente an sich. Die Feier ging weiter. Worf nickte Deanna zu; die beiden schlichen unauffällig beiseite und stießen zu Data.

»Wir sollten Fähnrich Ro kontaktieren«, sagte die Betazoidin, »damit sie die Siedler informiert.«

»Ich erachte es als unklug, während der Nacht zu marschieren«, äußerte der Androide. »Soll ich ihr mitteilen, daß wir morgen früh eintreffen?«

Worf nickte. »Im Laufe des Vormittags, nicht später.«

Data berührte seinen Insignienkommunikator und wartete den Bereitschaftston ab. »Data an Fähnrich Ro«, sagte er nach dem Piepsen.

Er erhielt keine Antwort. Er versuchte es ein zweites Mal; auch diesmal blieb eine Meldung aus. Worf versuchte selbst, den Fähnrich zu kontaktieren; doch er hatte ebensowenig Erfolg.

»Kann es sein, daß sie schläft?« fragte Deanna.

»Normalerweise beginnt ihre Schlafperiode noch nicht um einundzwanzig Uhr fünfzig«, versicherte Data. »Aber wir haben ein zweites Kommunikationsmittel zur Verfügung.« Er holte einen Handkommunikator aus der Tasche. »Präsident Oscaras hat mir das Gerät gegeben«, rief er in Erinnerung. »Es ermöglicht uns einen Kontakt mit den Siedlern.«

»Um so besser«, meinte Worf. »Wir müssen sie ja sowieso in unseren Plan einweihen.«

Data drehte an einem winzigen Schalter. »Commander Data an Neu-Reykjavik«, sagte er ins Gerät. »Bitte melden Sie sich.«

Einen Moment lang war nur Statik zu hören. Dann ertönte eine Dröhnstimme aus dem kleinen Apparat. »Hier Präsident Oscaras. Ist bei Ihrer Gruppe alles in Ordnung, Commander Data?«

»Es steht alles bestens«, antwortete der Androide. »Allerdings können wir Fähnrich Ro nicht per Kommunikator erreichen. Geht es ihr gut?«

Einige Sekunden lang herrschte am anderen Ende der Verbindung Schweigen. Dann erklang eine Frauenstimme. »Hier spricht Dr. Louise Drayton. Fähnrich Ro kann sich nicht melden, weil ich ihr ein Beruhigungsmittel spritzen mußte. Sie leidet noch an verschiedenen Nachwirkungen der Heuschreckenbisse. Wir haben es für angebracht gehalten, ihr Bettruhe zu verordnen. Wie Sie wissen, ist sie eine überaus aktive Person. Deshalb war es klüger, sie ruhigzustellen. Sie müßte morgen wieder dienstfähig sein.«

»Bitte richten Sie ihr unsere herzlichsten Genesungswünsche aus«, sagte Data. »Wir möchten Sie davon in Kenntnis setzen, daß wir am Morgen mit den Klingonen Ihre Siedlung aufsuchen.«

»Was?« schnauzte Oscaras unfreundlich. »Sie bringen sie *her*?«

»Sie kommen in friedlicher Absicht«, gab Data durch. »Können Sie Vorbereitungen treffen, um sie angemessen zu empfangen? Am liebsten beschäftigen sie sich mit Essen und Schlaginstrumenten.«

Oscaras lachte auf. »Wir bereiten alles gründlich vor, keine Sorge. Wir kennen ihre Vorliebe für Essen und Trommeln.«

»Wir haben vor, Verhandlungen einzuleiten«, teilte

Worf dem Präsidenten mit. »Die Klingonengruppierung möchte gewisse Forderungen an Sie stellen.«

»Ja natürlich«, entgegnete Oscaras im Tonfall höchsten Edelmuts. »Also, das ist wirklich eine ganz besondere Gelegenheit. Wir werden uns vorbereiten, ja wahrhaftig! Bringen Sie sie nur zu uns!«

# 15

Während Myra in ihrem Kleiderschrank auf einem Beutel Schmutzwäsche hockte, mußte sie wiederholte Male der Versuchung widerstehen, einfach einzudösen. Ihr war klar, daß schließlich jemand ins Haus kommen mußte; aber sie wußte nicht, würden es ihr Vater und Fähnrich Ro sein oder von Präsident Osacaras geschickte Leute, die sie holen sollten. Wer es auch war, er konnte die Mitteilung auf dem Bildschirm lesen und zu Katies Eltern gehen; und wenn Myra schlief, entging ihr, wer das Haus betrat. Folglich mußte sie wach bleiben.

Gerade schob sie sich erneut die Lider mit den Fingern empor, da gewahrte sie, daß irgendwer die Haustür öffnete. Dann fiel die Tür scheppernd ins Schloß. Ein solches Benehmen klang nicht nach Myras Vater. Sie hielt den Atem an, hoffte trotzdem auf den liebevollen Ruf seiner Stimme. Statt dessen vermochte sie gleich darauf – mit erheblicher Mühe – die gedämpften Stimmen wenigstens zweier Männer zu unterscheiden.

»Ist sie da?«

»Schau mal auf den Monitor.«

Myras Herz zählte die Millisekunden.

»Verflucht noch mal«, murrte einer der Männer. »Oscaras wollte kein Aufsehen. Es sollte alles still ablaufen.«

»Ach, was kann denn ein kleines Mädchen schon anrichten? In ein paar Stunden ist alles erledigt.«

»Das hoff' ich.«

»Komm, wir gehen Meldung erstatten.«

Myra hörte die Männer hinaustrampeln und die Tür zuknallen. Inzwischen hatte sie einige Male einzuatmen gewagt. Ihr Brustkorb war vor Beklemmung jedoch zu eingeschnürt, als daß sie hätte vollständig ausatmen können. Als sie den angestauten Atem endlich mit einem gedehnten Seufzlaut entließ, verspürte sie keine Erleichterung. Das Mädchen kroch aus dem Schrank. Mit steifgewordenen Gliedern richtete es sich auf; es hatte das Gefühl, als hätte ihr jemand einen Schlag in den Magen verpaßt.

Offenbar kamen Myras Vater und Ro diese Nacht nicht mehr heim. Sie mußten in ernsten Schwierigkeiten stecken. Es gab niemanden, an den Myra sich um Hilfe wenden konnte. Das Empfinden, von den Bekannten und Nachbarn im Stich gelassen zu sein, war beinahe noch schlimmer als die Furcht um ihren Vater. Sie hatte nicht den Eindruck, sich gegen Präsident Oscaras gestellt zu haben; vielmehr hatte sie das Gefühl, von ihm hintergangen worden zu sein.

Wo sollte sie nun hin? Früher oder später würde man bei ihren Freundinnen nachschauen und anschließend dieses Haus durchsuchen. Sie konnte nicht einfach in den Wald weglaufen, solange die Klingonen ihn unsicher machten; das war unmöglich, selbst wenn sie gewußt hätte, wie sie über die Einfriedung und vorbei an den Wachen gelangen könnte. Es wäre blanker Selbstmord.

In der Ortschaft kannte Myra sich immerhin so genau wie jeder andere Bewohner aus, und ihr fielen auf Anhieb mehrere eventuelle Verstecke ein. Aber wie sollte sie sie aufsuchen, ohne gesehen zu werden? Möglicherweise hatte man vor dem Haus einen Wächter postiert. Außerdem war zweiundzwanzig Uhr eine zu späte Zeit für eine Zwölfjährige, um allein in der Siedlung umherzulaufen.

Erschöpft infolge Sorge, Unentschiedenheit und Schlafmangel sank Myra auf ihr Bettchen. Was täte ihr Vater in dieser Situation? Die Antwort auf diese Frage half ihr kaum weiter: Er ginge zu Präsident Oscaras und würde ihm eins auf die Nase geben. Wahrscheinlich hatte er genau das getan und deswegen solche Scherereien bekommen.

Soweit Myra bisher Ro kennengelernt hatte, zeichnete diese sich durch ein ähnliches Temperament aus. Prächtig. Damit blieb sie, Myra, als einzige vernünftige Person weit und breit übrig. Trotzdem waren die zwei ihr lieber als die restlichen Erwachsenen im Ort, die immer nur den Mund hielten und bei allem mitzogen; dabei wußten sie, es war falsch, daß Oscaras sich zum Diktator aufgeschwungen hatte. Seit den ersten Überfällen der Klingonen hatte die Siedlergemeinschaft sich stets weiter abgekapselt und zunehmend nur noch für sich selbst interessiert. Die wachsende Furcht hatte allen Idealismus reinem Sicherheitsdenken weichen lassen.

In Anbetracht all dessen, was sich ereignet hatte, befand Myra, blieb es in dieser Nacht unheimlich ruhig. Sogar die fernen Trommeln klangen anders. Myra hatte sich lediglich für eine kurze Erholungspause auf dem Bett ausgestreckt. Doch die alte, gemütliche Matratze lullte das Mädchen ein. Binnen kurzem entschwebte es von Furcht und Wirrnis in die friedlichen Gefilde des Schlummers.

Auf den Boden gekauert, den Rücken an die Wand gestützt, um die größtmögliche Hebelwirkung ausüben zu können, umklammerten Fähnrich Ro und Gregg Calvert den unteren Rand des Stahlblechs. Sie hatten ihre Hände mit Lumpen umwickelt. Dennoch schnitt die scharfe Kante des Metalls ihnen schmerzhaft in die Finger. Gregg hatte die Kante weit genug verbogen, um sie in festem Griff behalten zu können; alles weitere war eine Frage der rohen Kraft. Die beiden hatten vor, den Rand nach innen hochzubiegen, indem sie die schludrige Schweißnaht auftrennten.

Gregg atmete mühsam, Schweiß rann ihm übers gerötete Gesicht. »Fertig?« brummte er. »Eins, zwei, drei ... los!«

Während sie vor Anstrengung ächzten und Grimassen schnitten, zerrten Ro und Calvert mit aller Kraft an dem Blech, wobei sie sich mit den Füßen fest gegen den Fußboden stemmten. Das Metall begleitete ihr Keuchen mit Knirschgeräuschen und hob sich um ein paar Zentimeter vom Fußboden.

»Halt mal«, japste Gregg. »Erst will ich nachschauen, was drüben ist.«

Ro hatte keinerlei Neigung, sich über die kurze Atempause zu beklagen. Sie spürte infolge der Überlastung schauderhafte Beschwerden in ihren Schultern und Schenkeln. Es enttäuschte sie sehr, als sie sah, wie wenig Blech sie bisher aufgebogen hatten. Allerdings reichte die Lücke aus, um es Gregg zu ermöglichen, auf dem Bauch liegend, in die Dunkelheit auf der anderen Seite zu spähen.

»Gut«, schnaufte er. »Auch ein Lager. Dort stehen Sachen, aber Wächter sind keine da.«

Sie hatten beschlossen, den Ausbruchsversuch an der Wand gegenüber der einzigen Tür zu unternehmen. Gregg vermutete, daß im dortigen Nachbarraum eine Tür in einen anderen Flur führte, so daß sich die Aussicht auf ein unbemerktes Entweichen verbesserte. Gregg stand auf und zog die Lappen straffer um seine Hände.

»Wie geht's Ihnen?« fragte er Ro. »Wie steht's mit Ihrem Knöchel?«

»Glänzend«, röchelte Ro. »Wegen der Rückenschmerzen und meiner zerschundenen Hände fühle ich ihn überhaupt nicht mehr.«

Mitleidig nickte Gregg. »Wir brauchen das Blech bloß noch ein Stückchen weit hochzubiegen, dann können zumindest *Sie* hinaus.«

»Nein, Sie kommen mit«, beharrte Ro. »Sie wissen hier Bescheid, ich nicht.«

»Dann müssen wir eben noch mal kräftig anpakken«, meinte Gregg leise.

Das Paar nahm wieder die vorherige Position ein. Diesmal fiel das Zupacken etwas leichter, weil schon eine Lücke von einigen Zentimetern Höhe vorhanden war; unter Ächzen und Schweißausbrüchen rissen sie noch fünfmal an dem verschweißten Blech. Endlich hatten sie die Bresche so erweitert, daß Ro ihren Kopf und den halben Oberkörper in den Lagerraum nebenan zwängen konnte. Mit einem ihrer langen Arme bekam sie einen Besen mit Metallstange zu fassen. Diese Stange benutzten sie als Hebel, um das Metall ausreichend weit aufzustemmen, bis auch Gregg darunter durchpaßte. Auf den Bäuchen krochen sie unter der Trennwand hindurch.

Sie robbten in einen Lagerraum, der Reinigungsflüssigkeiten und -tücher enthielt und stark nach diversen Desinfektionsmitteln stank. Im Dunkeln stolperten sie zum Ausgang. Gregg drückte auf die Klinke. Die Tür war unverschlossen und konnte ohne Umstände geöffnet werden. Aber Gregg ließ sie noch einen Moment lang zu.

»Nehmen Sie sich Putzlappen, Eimer oder einen Mop«, sagte er zu Ro und deutete auf die ringsum gestapelten Materialien. »Dann sehen wir aus, als hätten wir hier was geholt. Falls uns irgend jemand begegnet, machen wir einfach kehrt und gehen in die Gegenrichtung.«

»Alles klar«, antwortete Ro. Sie war darüber froh, daß sie noch die schlichte Zivilkluft der Kolonisten trug. Sie schnappte sich einen Eimer und einen Mop.

Ferner suchte sie nach irgend etwas, daß sich als Waffe benutzen ließ. Ihre Hand ertastete eine Sprühdose, die mit etwas gefüllt war, das nach Ammoniak roch. Sie steckte sie ein.

Gregg belud sich mit einem Stapel Handtücher und einem Eimer. Vorsichtig öffnete er die Tür und schlüpfte über die Schwelle. In der unmittelbaren Umgebung hielt niemand sich auf; aber durch einen Korridor, der den Flur kreuzte, hasteten Gestalten. Ro und Gregg wandten sich sofort nach links und entfernten sich zügig, bis sie eine Außentür erreichten.

Die kühle Nachtluft glich, nachdem die beiden sich im Staub gewälzt hatten, einem willkommenen Guß Wasser. Mit einer Kopfbewegung wies Gregg in eine Seitenstraße; Ro folgte ihm. Die Handtücher und das Putzmaterial ließen sie in einem finsteren Winkel zurück; aber die Dose mit dem Spray behielt Ro.

Sie schlichen zwischen Reihen einförmiger, einstöckiger Bauten dahin, bis sie eine hell erleuchtete Straße erreichten. Mit einem Wink forderte Gregg den Fähnrich auf, im Schatten zu warten. Danach bewegte er sich vorsichtig um eine Ecke ins Licht. Ein, zwei Sekunden später hatte er gesehen, was er sehen wollte; er huschte in die Gasse zurück und preßte sich flach an die Hauswand.

»In die Funkstube zu gelangen, ist unmöglich«, flüsterte er. »Das Gebäude ist von 'm Dutzend Bewaffneter umstellt. Ich weiß nicht, was los ist, aber man könnte meinen, der Ort bereitet sich auf offenen Krieg vor.«

»Dann sollten wir versuchen«, meinte Ro, »den Rest der Landegruppe zu finden.«

»Im Wald?« fragte Gregg bestürzt.

»Dort ist sie nun einmal«, sagte Ro. »Wahrscheinlich ist sie im Wald sicherer, als wir es hier sind.«

Dem konnte der ehemalige Sicherheitschef der Siedlung nicht widersprechen. »Können wir nicht vorher Myra abholen?« wollte er wissen.

Ro betrachtete es als undenkbar, dagegen Einwände zu erheben. Gemeinsam eilten sie durchs Dunkel zum Haus der Calverts. Dank Greggs genauer Kenntnis der Verhältnisse schafften sie es, sich im Schatten zu halten. So blieben sie unbemerkt von den Siedlergrüppchen, die überall geschäftig hin und her liefen.

Gregg Calvert unterdrückte die Anwandlungen des Bedauerns, die ihn befielen, weil er von dem ausgeschlossen war, was hier an Wichtigem geschah. Offensichtlich stellte man aus den tüchtigsten Männern und Frauen der Kolonie eine Art von Freiwilligenstreitmacht zusammen. Er konnte sich nur vorstellen, daß diese Vorgänge etwas mit den Klingonen zu tun hatten. Er unterdrückte das Gefühl, ein Jahr lang Schweiß und Blut verschwendet zu haben; statt dessen versuchte er, sich auf das eigene und das Überleben seiner geliebten Tochter zu konzentrieren.

Fähnrich Ro, dachte Gregg, kann selbst auf sich aufpassen. Voller Bewunderung betrachtete er die schlanke Frau, die neben ihm geschmeidig durchs Dunkel glitt. Ihre etwas mühsamen Bewegungen verrieten, daß ihr Fußknöchel nach wie vor Beschwerden verursachte. Aber sie hatte kein Wort mehr darüber verloren. Sie war eine Kämpfernatur; man merkte es daran, daß sie die Sprühdose wie einen Handphaser hielt. Er hätte Ro nur höchst ungern zur Gegnerin gehabt.

Tatsächlich entsprach Ro genau dem Typ von tüchtiger, eigenständiger Frauenpersönlichkeit, den er als geeignetes Vorbild für seine geliebte Tochter erachtete. Sie war eine Frau wie ... Gregg verdrängte den Gedanken an seine tote Frau. Die Erinnerungen an sie bereiteten ihm tieferen Schmerz als das Bewußtsein um

Präsident Oscaras' Verrat. Außerdem befände er sich, wäre Janna nicht mit dem Asteroiden kollidiert, jetzt gar nicht hier in dieser üblen Lage.

Er und der Fähnrich näherten sich der Straße, in der Greggs Haus stand, und er streckte den Arm nach Ro aus; er wollte vermeiden, daß sie ins Licht trat. Für eine Sekunde prallten ihre Körper zusammen. Als er Ro stützte, hielt er sie einen Moment länger als erforderlich umarmt. Sie schaute ihn aus ihren dunklen Augen an. Jetzt sind es der falsche Ort und die falsche Zeit, sagte ihr Blick. Aber wenn wir schlau und einfallsreich sind, können der richtige Zeitpunkt und der rechte Ort noch kommen.

Gregg ließ sie los. »Bis zu unserer Haustür sind's bloß noch zwanzig Meter«, raunte er. »Warten Sie dreißig Sekunden lang. Wenn sie dann nichts gehört haben, was nach Ärger klingt, folgen Sie mir.«

Zärtlich lächelte Ro. »Vielleicht folge ich Ihnen auf alle Fälle.«

Gregg straffte seine breiten Schultern und betrat die Straße, als wäre in der Welt alles in schönster Ordnung. Daß er nach dem Motto ›Frechheit siegt‹ verfuhr, erwies sich diesmal als sein Glück. Im Schatten der Haustür lungerte ein mit einem Phasergewehr bewaffneter Mann. Zum Umkehren war es zu spät, also stapfte Gregg lächelnden Gesichts auf ihn zu.

»Hallo, Bill«, grüßte er ihn fröhlich.

»Nanu, Gregg«, sagte der Mann. Verdutzt blinzelte er. »Ich dachte, du ...«

»Oscaras hat mich gehen lassen.« Gregg zuckte mit den Schultern. »Schließlich haben wir für das, was uns bevorsteht, jeden Einzelnen nötig.«

»Tja, da ist wirklich was dran«, seufzte Bill. Offenbar erleichterte ihn Greggs angebliche Rückkehr in den Schoß der Gemeinde. »Deine Tochter ist nicht da. Ich sollte hier auf sie warten.«

»Na, so spät kommt sie bestimmt nicht mehr heim, sondern bleibt bei einer Freundin«, antwortete Gregg. Er verheimlichte seine Wut. »Ich will noch ein paar Stündchen schlafen. Das gleiche würd' ich dir raten.«

»Dann ist ja alles klar«, meinte Bill. Allerdings wirkte er noch unsicher, ob er die gebotene Gelegenheit nutzen oder sich genau an Oscaras Befehl halten sollte.

»Wir sehen uns morgen«, sagte Gregg. Er öffnete die Haustür und ging hinein.

»Ja, bis später«, sagte Bill. Erst blickte er auf die Uhr, dann empor an den Nachthimmel. Tatsächlich, dachte er, ein paar Stunden Schlaf sind wohl noch drin.

Ro hörte die Schritte des Mannes näherkommen und preßte sich an die Hauswand, während er vorüberschlenderte. Sobald er sich außer Sicht befand, straffte sie, wie es zuvor Gregg getan hatte, ihre Schultern. Mitten auf der Straße setzte sie den Weg fort. Glücklicherweise war die Straße momentan leer. Vom Eingang seines Hauses winkte Gregg den Fähnrich herbei. Ro huschte so rasch hinein, wie ihr geschwollener Fußknöchel es zuließ. Hinter ihr schloß Gregg von innen die Tür.

»Drecksäcke!« Er schäumte vor Zorn. »Jetzt sind sie nicht nur hinter mir her, sondern auch hinter Myra. Ich drehe Oscaras den fetten Hals um und breche ihm das Schweinegenick!«

»Vati«, sagte eine leise Stimme. Gregg und Ro wandten sich um und sahen Myra auf einer Schwelle stehen und sich den Schlaf aus den Augen reiben.

»Schätzchen!« rief Gregg, indem seine Miene sich strahlend aufhellte. Er riß das Mädchen in seine muskulösen Arme. Es schlang die dünnen Ärmchen um seinen Hals. Die beiden drückten sich, als wollten sie besiegeln, daß nie wieder irgend etwas sie trennen konnte.

»Sie sind hier gewesen«, erzählte das Mädchen in atemloser Aufregung. »Ich hab' aber auf den Monitor einen falschen Hinweis geschrieben und mich versteckt. Was ist denn eigentlich los, Vati?«

»Das kann ich dir jetzt so schnell nicht erklären, mein Liebchen«, entgegnete Gregg. »Aber wir dürfen auf keinen Fall hier bleiben.«

»Wir müssen aus der Siedlung weg«, erinnerte Ro ihn, »und die Landegruppe ausfindig machen.«

»Genau«, sagte der blonde Siedler. »Leider gibt's nur eine Person in der Niederlassung, die weiß, wie man an den Wachen vorbei und über die Einfriedung gelangt.«

»Wer ist das?« fragte Myra.

»Der unbekannte Agent.«

»Und haben Sie eine Ahnung, wer diese Person sein könnte?« erkundigte sich Ro.

Gregg nickte. »Zumindest einen Verdacht. Aber selbst wenn ich mich irre, finden wir ein gutes Versteck. Dort wird man nämlich am wenigsten nach uns suchen. Und es ist in der Nähe.«

Er griff in eine Schublade und entnahm ihr einen Schlüsselbund. »Nachschlüssel«, sagte er, indem er grinste. »Ex-Sicherheitschef zu sein, hat seine Vorteile. Vorwärts!«

Wieder versuchten sie, sich so selbstverständlich und unauffällig wie möglich zu betragen, während sie ins gespenstische, lachsfarbene Licht innerhalb der Niederlassung hinausstrebten. Noch immer liefen Leute hin und her; drei zusätzliche Personen, die es eilig hatten, konnten kaum Argwohn erregen. Zügig bogen sie in eine Seitenstraße ab. Ro und Myra folgten Gregg zu einer in Schatten getauchten Haustür. Er rüttelte an der Tür; sie war abgesperrt. Daraufhin suchte er am Schlüsselbund nach dem passenden Schlüssel. Unterdessen las Ro das an der

Tür angebrachte Namensschild: Dr. Louise Drayton.

Gregg schimpfte leise vor sich hin, während er mit den Schlüsseln hantierte. Endlich fand er den richtigen Nachschlüssel und öffnete die Tür. Das Trio schlüpfte ins Haus. Wie Gregg angenommen hatte, war Louise Drayton abwesend. Wahrscheinlich hatte sie zuviel damit zu tun, überlegte Ro, die neue Sicherheitschefin zu spielen.

Greggs Hand bewegte sich über eine Wandtastatur. Er schaltete einige Lampen an. Danach sprang er zu dem einzigen Fenster des engen Zimmers und schloß rasch den Vorhang. Sofort verschob er Bett, Sofa und die übrigen Möbelstücke, suchte nach etwas, das er offensichtlich auf dem Fußboden vermutete.

»Woher wissen Sie, daß Drayton die Agentin ist?« wollte Ro erfahren. Naturgemäß traute sie der boshaften Entomologin so etwas ohne weiteres zu; doch sie hatte nie einen konkreten Verdacht geschöpft.

»Das erste Mal bin ich mißtrauisch geworden, als wir an Bord Ihres Raumschiffs gewesen sind«, erklärte Gregg. »Während wir den Klingonen befragten, der uns am Meer das Leben gerettet hat, erwähnte er jemanden namens Balak. Ich habe gefragt, wer Balak sei. Drayton hat augenblicklich geantwortet, das sei der Klingonenhäuptling. Wieso wußte sie das so genau?«

»Vielleicht hat der Junge es verraten, während er bei uns gefangen war«, meinte Myra.

Gregg schüttelte den Kopf. »Ich bin jedesmal dabei gewesen, wenn er befragt wurde. Etwas so Nützliches hat er nie ausgeplaudert. Erhärtet worden ist mein Verdacht, als Drayton sich vor der Funkstube unglaublich aggressiv verhielt. Sie hat Ro den Kommunikator abnehmen lassen.« Er kniete sich hin und betastete mit den Händen den Fußboden. »Verdammt noch mal, wo ist er denn bloß? Es muß einen geben.«

»Was suchst du eigentlich?« fragte Myra.

Die einzige andere Räumlichkeit der kleinen Wohneinheit war das winzige Bad. Gregg Calvert stand auf und zwängte sich durch die schmale Tür. Myra und Ro folgten ihm zur Schwelle und schauten ihm zu.

Ein häßlicher, brauner Teppich bedeckte im Badezimmer den Boden. Befestigt war er nicht, denn Gregg konnte einen Zipfel packen und mühelos anheben. Unter dem Teppich kam auf dem Betonboden eine Stahlplatte von etwa einem Quadratmeter Größe zum Vorschein.

»Na also!« rief Gregg Calvert. Er packte die Metallplatte an den Kanten und hob sie hoch. Darunter klaffte ein tiefes Loch.

»Boooh!« staunte Myra. »Ein Geheimgang...!«

»Jawohl«, bestätigte Gregg. »Einen anderen Weg, die Wachen und die Einfriedung zu umgehen, konnte ich mir nicht denken.« Er kauerte sich auf Hände und Knie und spähte in den engen Schacht hinab. »Da ist eine Leiter«, sagte er. »Und einiges an Ausrüstung, auch eine Leuchte.«

»Wie hat sie den Gang denn bloß gegraben?« wunderte sich Myra.

»Mit einem Phaser dürfte das kein großes Problem gewesen sein«, erklärte ihr Ro. »Wenn sie wußte, was sie zu tun hatte, kann sie ihn innerhalb weniger Tage angelegt haben.«

»Sie weiß genau, was sie tut, soviel steht fest«, äußerte Gregg. »Sie ruiniert Neu-Reykjavik, indem sie die Siedler und die Klingonen gegeneinander aufhetzt. Aber warum?«

Ros Miene wurde finster. »Damit sowohl die Föderation wie auch die Klingonen sich von Selva fernhalten und den Planeten den Romulanern überlassen.«

Einige Augenblicke lang schwiegen sie und dachten über die Tragweite ihrer Entdeckung nach. Plötzlich hörten sie, wie sich an der Haustür die Klinke bewegte. Mit einem Wink scheuchte Ro die Calverts ins Bad, die dort neben dem offengelegten Einstieg gerade noch Platz fanden. Kaum hatten sie die Badezimmertür geschlossen, als die kleine, dunkelhaarige Frau ihr Zuhause betrat.

»Was ist das?« murmelte Louise Drayton vor sich hin. »Was ist denn mit meinen Möbeln passiert?«

Ro beschloß, ihr weitere Nachforschungen zu ersparen. Eine Hand auf dem Rücken, verließ sie forsch das Bad.

»Hallo«, sagte die Bajoranerin in freundlichem Ton.

Ein Laut der Überraschung entfuhr Drayton. Dann breitete sich auf ihrem alterslosen Gesicht ein Schmunzeln aus. Alterslos infolge einer beträchtlichen Anzahl kosmetischer Operationen, schlußfolgerte Ro, die sie von einer Romulanerin in eine scheinbar menschliche Frau verwandelt hatten.

»Sich hier zu verstecken, ist ja wirklich besonders pfiffig von Ihnen«, meinte Drayton in widerwilliger Bewunderung.

»Wo ist die *wahre* Louise Drayton?« fragte Fähnrich Ro. »Liegt ihr Leichnam auf irgendeinem fernen Planeten verscharrt?«

Die Wissenschaftlerin lächelte. »Ich werde Präsident Oscaras mitteilen, daß Sie hier sind.«

»Bitte tun Sie das«, antwortete Ro. »Ich habe ihm in Ihrem Bad etwas zu zeigen.«

Da wich das Lächeln aus der Miene der Frau. Sie wollte in die Jackentasche greifen, aber darauf war Ro gefaßt. Blitzartig holte sie die Sprühdose hinterm Rücken hervor und spritzte der Agentin eine Dosis ätzenden Ammoniaks ins Gesicht.

»Aargh!« kreischte Drayton. Sie torkelte rückwärts und wischte sich die Augen. Trotz ihres verletzten Fußknöchels durchquerte Ro mit einem Satz das Zimmer und schlug Drayton die Faust auf die Nase. Der Länge nach stürzte die Frau zu Boden.

Rasch holte Ro ihr den Phaser aus der Jackentasche und richtete die Waffe auf sie. Von dem Hieb, den sie der Agentin versetzt hatte, schmerzte ihr die Faust. Ansonsten jedoch fühlte sie sich in diesem Moment ganz großartig.

»Wo ist mein Insignienkommunikator?« schnauzte Ro.

»Ich habe ihn nicht«, brabbelte die Frau. »Oscaras hat ihn.« Auf dem Ellbogen wollte sie sich hochstemmen.

»Rühren Sie sich nicht, ich warne Sie!« herrschte Ro sie an. »Ich habe den Phaser noch nicht gecheckt, aber wie ich Sie kenne, ist er auf tödliche Wirkung gestellt.« Sie schaute nach und sah, daß ihre Vermutung stimmte. Sofort schaltete sie die Waffe auf starken Betäubungseffekt um.

Aus dem Bad kamen Gregg und Myra. Greggs geballte Faust verdeutlichte, daß er der Forscherin am liebsten eine Tracht Prügel verpaßt hätte. »Was spielt sich eigentlich in der Siedlung ab?« erkundigte er sich bei ihr.

Drayton zwinkerte mühevoll. »Das wissen Sie nicht?«

»Wir sind nicht auf dem laufenden«, entgegnete Gregg. »Also, was geht da vor?«

Die Wissenschaftlerin sprang auf und versuchte zur Tür zu flüchten, aber Gregg stellte ihr ein Bein. Prompt stolperte sie. Mit einem blauen Phaserstrahl paralysierte Ro die Frau. Verkrümmt blieb Louise Drayton auf dem Fußboden liegen.

Ro ließ sich auf Draytons Sofa plumpsen. »Nun wird sie wenigstens eine Stunde lang außer Gefecht sein«, konstatierte sie halblaut.

Gregg hob die Schultern. »Ich bezweifle, daß sie uns

irgendwas verraten hätte.« Er wies ins Badezimmer. »Dort haben wir unseren Weg nach draußen. Möchten Sie noch immer in den Wald verschwinden?«

»Wir haben gar keine andere Wahl«, antwortete der Fähnrich. »Wenn sie sich nicht wieder blicken läßt, kommt jemand, um nach dem Rechten zu sehen. Und irgendwann wird man unsere Flucht bemerken. Falls das nicht schon geschehen ist. Wir sollten sie mitnehmen.«

Als erster stieg Gregg Calvert in den Gang hinab. Unten fand er einige Ausrüstungsgegenstände. »Diese Halogenleuchte kann uns nützlich sein«, sagte er. »Und das hier ist wohl das Kostüm, das sie angezogen hat, um die Klingonen irrezuführen. Und da ist eine Art von Peitsche.«

»Zeigen Sie die Peitsche mal her«, bat Ro. Gregg reichte sie herauf, und Ro besah sich das sonderbare Instrument. »Eine gewöhnliche Peitsche ist das nicht. Ich bin mir nicht sicher, wie sie funktioniert, aber wir brauchen jede Waffe, die wir kriegen können.« Sie rollte die Peitsche zusammen und steckte sie neben Draytons Phaser in den Gürtel. »Sind Sie soweit, daß ich Drayton hinabgleiten lassen kann?«

»Klar«, antwortete Gregg. Er schaltete die Leuchte ein und tauchte den Geheimgang in gespenstisches, grünliches Licht.

Ro lächelte Myra zu. »Komm, du kannst mir helfen.«

Zum Glück wog die zierliche Forscherin nicht allzu viel. Es gelang Ro und Myra, sie zu dem Einstieg zu tragen und sie in Greggs kraftvolle Arme hinunterzulassen. Mit der Frau auf der Schulter, mußte er sich ducken, um den Gang benutzen zu können. Dennoch entschwand er bald mit ihr aus Ros und Myras Sicht.

Etwas später kehrte er zurück »Nun hauen wir aber schleunigst ab«, rief er herauf. »Steig du zuerst runter, Myra. Ro, löschen Sie bitte die Lampen. Und würden

Sie wohl versuchen, den Einstieg von unten zu schließen?«

»Wird gemacht«, gab Ro zur Antwort. Rasch schob der Fähnrich die Möbel so zurecht, daß sie wieder einen einigermaßen ordentlichen Eindruck hinterließen. Dann schloß sie die Haustür ab und schaltete die Beleuchtung aus.

Beim Hinabsteigen in den Schacht ertastete sie mit den Füßen die Sprossen der Leiter. Sowohl die Metallplatte wie auch den Teppich über die Öffnung zu zerren, war unmöglich; deshalb beschränkte sie sich darauf, den Teppich darüberzuziehen. Sollte jemand das Bad betreten, stand ihm eine unangenehme Überraschung bevor, aber daran ließ sich nichts ändern.

Nachdem sie das Loch auf diese Weise geschlossen hatte, kletterte sie das restliche Stück der Leiter hinab. Trotz der grünlichen Helligkeit, die die Halogenleuchte verströmte, kam sie sich wie ein Maulwurf in seinem unterirdischen Bau vor. In dem seltsamen Glanz konnte sie Greggs und Myras Umrisse erkennen. Dr. Draytons schlaffer Körper hing auf Greggs Armen.

Der Gang war nicht gegraben worden; vielmehr war das Erdreich mit einem Phaser verdampft worden. Die glatten Wände hätten den Neid aller Tunnelbauer vergangener Jahrhunderte erregt. Trotzdem ragten einige Wurzeln und pelzige Flechten hervor, und der Geruch feuchten Erdreichs hatte etwas Überwältigendes. Drayton hatte den Tunnel ausschließlich für ihre Zwecke angelegt, und er war dementsprechend niedrig. Ro mußte den Kopf einziehen, um nicht anzustoßen.

»Myra«, ertönte Greggs Stimme durch das Zwielicht, »könntest du die Leuchte nehmen und vorausgehen?«

»Sicher, Vati«, antwortete das Mädchen aufgeregt. »Mensch, ist das spannend!«

Dem konnte Ro nur zustimmen. Sie zitterte, während sie durch den kühlen Stollen tappte. Voraus schaukelte die Leuchte in Myras Händen, aber Greggs breite Gestalt schirmte einen Großteil des Lichts ab. Er warnte davor, zu laut zu sprechen: Sie würden bald die Einfriedung unterqueren, und wußten nicht, wie dicht der Gang an einem Wachturm vorbeiführen mochte. Ro dagegen bezweifelte, daß jemand an der Oberfläche sie hören konnte.

Ihre Hauptsorge galt der Möglichkeit, daß ausgerechnet in diesem Moment auf Selva ein stärkeres Erdbeben ausbrach und sie lebendig begrub. Sie versuchte sich damit zu beruhigen, daß das nächste Erdbebenzentrum tausend Kilometer entfernt war und keine Gefahr bedeutete, außer durch Flutwellen. Aber die dumpfige Erde ringsherum weckte in ihr die Vorstellung von einem Grab.

Gebückt strebte sie durchs Halbdunkel. Die Strecke schien sich Dutzende von Kilometern weit zu erstrecken, betrug wahrscheinlich jedoch weniger als einen Kilometer. Gar keine Frage, dachte Ro, Louise Drayton – oder wer sie in Wahrheit ist –, muß ganz schön mutig sein, um hier unter der Erde einen Geheimgang anzulegen, selbst wenn sie für die schwerste Arbeit einen Phaser verwendet hat.

In der Tat war es ein überaus schwieriger Auftrag für eine einzelne Frau, eine ganze Föderationskolonie zu vernichten. Trotzdem hätte Louise Drayton beinahe Erfolg gehabt. Ausgeschlossen war es selbst jetzt noch nicht völlig. Dieser primitive Planet wäre ein bestens geeigneter Standort für einen verborgenen romulanischen Stützpunkt, erst recht nach dem Scheitern einer Föderationskolonie. Von Selva aus könnten die Romulaner sowohl das Klingonenreich wie auch den Föderationsweltraum elektronisch überwachen.

Endlich blieb Myra stehen und richtete die Helligkeit der Leuchte aufwärts. »Hier ist eine Leiter«, rief sie. »Sie führt genau nach oben.«

»Lassen Sie mich voran«, sagte Ro. Sie zwängte sich an den Calverts vorüber.

Vielleicht lag es daran, daß sie möglichst bald ins Freie gelangen wollte; jedenfalls kletterte Ro so schnell wie möglich die Leiter empor. Oben stieß sie eine offensichtlich unter Laub verborgene Klappe auf und steckte den Kopf hinaus, ohne sich sonderlich darum zu sorgen, welcher Anblick sich ihr bieten mochte.

Sie sah nichts als Dunkelheit und reihenweise schwarze Baumstämme. Darüber breitete sich schwarzes Geäst und Gezweig aus. Nicht das schwächste Lichtfünkchen durchdrang die Finsternis. Der Urwald erinnerte Ro auf unerfreuliche Weise an den Stollen, den sie gerade durchquert hatte. Neu-Reykjavik hätte eine Million Kilometer weit fort sein können; von der Ortschaft gab es nicht das geringste Anzeichen zu sehen.

»Die Luft ist rein«, rief Ro zu Myra und Gregg hinab. Sie hoffte, daß sie recht behielt. Von nun an befanden sie sich nicht mehr im Machtbereich irregeleiteter, furchtsamer Siedler, sondern im Territorium der Klingonen. Die Kälte verursachte ihr ein Frösteln. Sie schwang sich aus dem Loch.

Als erstes half sie Myra heraus. Anschließend zog sie mit Myras Unterstützung die bewußtlose Dr. Drayton an die Oberfläche. Danach kam Gregg Calvert zum Vorschein. Er wirkte, als hätte er mehr Furcht als Ro und das Mädchen. Ein Rascheln im Blätterdach brachte ihn zum Zusammenzucken, obwohl dort offensichtlich nur irgendein Nachttier umherkrabbelte.

Gregg schaltete die Halogenleuchte ab. »Tja, und nun?« fragte er Ro. »Haben Sie eine Idee, wie wir Ihre Freunde finden sollen?«

»Nein«, antwortete Ro trübsinnig. Nachts blindlings durch den unbekannten Wald zu streifen, wäre der Gipfel des Irrsinns gewesen.

Wieder einmal blieb nichts anderes übrig, als zu warten.

# 16

Als die ersten Strahlen der Morgendämmerung durch den Baldachin aus Laub sickerten, der den Wald überspannte, hatte die Gruppe von einundzwanzig Klingonen, einer Betazoidin und einem Androiden ihren Marsch schon angetreten.

Die Stimmung, bemerkte Deanna Troi, war nicht gut. Dabei spielte naturgemäß auch eine Rolle, daß man bis spät in die Nacht gefeiert, aber seit gestern nichts mehr gegessen hatte. Worf hatte ein Frühstück nach der Ankunft in der Siedlung versprochen; das genügte, um die Jugendlichen zum Durchhalten zu motivieren. Zwar würden sie es nie zugeben, überlegte Deanna, doch sie vermutete, daß die von der *Enterprise* gelieferten Mahlzeiten die Klingonen inzwischen verwöhnt hatten. Anscheinend fanden sie keinen Geschmack mehr an ihrer früheren Ernährung aus Flußmuscheln, Wurzeln und irgendwelchem gerade greifbaren Grünzeug.

Während sie durch den Wald wanderten, hielten die jungen Klingonen die Hände an den Griffen der Messer, die an ihren Gürteln hingen. Sie benahmen sich wie Leute, die zu ihrer eigenen Beerdigung gingen. Bei einem anderen Anlaß, dachte Deanna, wären sie wohl munter durch die Bäume getollt. Aber heute stolperten sie unbeholfen dahin wie Flachschädel.

Anfangs hatte Deanna sich bemüht, ihnen glaubwürdig zu versichern, daß sie den Siedlern willkommen seien. Aber diesen Versuch gab sie bald auf. Die

Klingonen waren unterwegs – das erachtete sie als am wichtigsten. Vielleicht ließ ihre trübselige Stimmung sich mehr auf die Tatsache zurückführen, daß sie von ihrem bisherigen Dasein Abschied nahmen, und weniger auf den Umstand, daß sie sich nun mit den Kolonisten aussöhnen sollten. Sie hatten sich auf einen Weg ins Unbekannte gemacht, eine Reise in ein neues Leben. Über ihre Zukunft irgendwelche Vorhersagen zu treffen, war unmöglich.

Also stapften sie stumm dahin, lauschten auf das Zwitschern der Vögel und Geschnatter anderen Getiers. Es schien heute morgen um so fröhlicher zu klingen. Möglicherweise spürten sie, daß der Wald künftig wieder ihnen allein gehören sollte.

Deanna selbst stellte bei sich ein gewisses Unbehagen fest. Allerdings erklärte sie es sich dadurch, daß die *Enterprise* und Captain Picard Lichtjahre entfernt waren und die Landegruppe diesen Auftrag selbständig erledigen mußte. Ohne Worfs Entschlossenheit wären sie nie so weit gekommen. Wenn es für diese Aufgabe einen konkurrenzlos geeigneten Mann gab, dann war es Worf.

Kurze Zeit später sah man voraus zwischen den schroffen Baumstämmen Metall glänzen. Es verdutzte Deanna, daß sie den Ort binnen einer knappen Stunde erreicht hatten. Aber sie waren ja noch nie den direkten Weg zwischen dem heiligen Hügel und der Niederlassung gelaufen, und die Unterschlüpfe der Jugendlichen lagen weithin im ganzen Wald verteilt.

Eine so kurze Entfernung trennt die zwei Gruppen, dachte sie. Aber zwischen ihnen klafft ein Abgrund unterschiedlicher Erfahrungen und Erwartungen. Es war wirklich allerhöchste Zeit, daß man die Kluft schloß und die Wunden heilte.

Während sie sich näherten, sahen sie auf den hohen Metallwänden den Sonnenschein schimmern. Infolge dessen wirkten die Bauten neben dem Schwarz und Grün des Walds vollkommen fremdartig. Die Klingonen blieben stehen, wichen sogar zurück; unterdrückt verständigten sie sich in den gutturalen Lauten, die sie verwendet hatten, ehe sie sich auf ihr Klingonisch besannen.

»Seid tapfer«, ermutigte Worf sie. »Ein Klingone trägt den Kopf hoch und zieht kein banges Gesicht.«

Die Jugendlichen hielten nicht unbedingt den Kopf hoch, und ebensowenig schwand die Angst aus ihren Mienen; doch immerhin setzten sie den Weg fort. Vom Wachturm am Tor winkte ein Mann herab. »Ich öffne das Tor«, rief er fröhlich herunter. »Kommt in Einerreihe herein.«

Worf stellte sich an die Spitze, um ein Vorbild zu sein. Wolm und Turrok schlossen sich ihm an. Die übrigen Klingonen reihten sich mehr oder weniger ordentlich hinter ihnen auf. Deanna schlenderte an den Schluß der Kolonne, wo schon Data stand.

Eine wirre Überfülle von Emotionen drang auf die Counselor ein: Das Spektrum reichte von Furcht und Sorge bis zu bedenkenlosem Haß. Sie versuchte sich damit zu beruhigen, daß unter solchen Umständen derartige Stimmungen als das Normale gelten mußten. Dennoch bedeutete es für sie eine Belastung, so vielen krassen Emanationen von Gefühlswallungen gleichzeitig ausgesetzt zu sein.

Data nahm ihr Mißbehagen wahr. »Sind Sie wohlauf, Counselor?« erkundigte er sich.

»Ich ... ich glaube ja«, meinte Troi leise. »Aber es herrscht dermaßen viel Furcht auf beiden Seiten ... Ich werde momentan ein bißchen überfordert.«

»Wenn alles gut verläuft«, äußerte Data, »wird sie mit der Zeit nachlassen, oder?«

»Wenn alles gut verläuft«, wiederholte Deanna dumpf. Wieso wurde sie auf einmal in der Frage, ob es gut ablief, so unsicher? Sehr wahrscheinlich, weil es weniger die Furcht der Jugendlichen war, die sie beunruhigte; viel stärker verstörten sie die Wogen des Hasses, die aus den stählernen Mauern der Siedlung schwallten.

Aber Worf hatte inzwischen das befestigte Zugangstor durchschritten, und die jungen Klingonen folgten ihm wacker in den Ort. Für einen Rückzieher war es zu spät. Deanna faßte den Vorsatz, so bald wie möglich die Funkstube aufzusuchen und Captain Picard um die Rückkehr nach Selva zu bitten.

Sie und Data passierten als letzte die aus Metall errichtete Umfriedung. Hinter ihrem Rücken knallte das Tor mit lautem Dröhnen zu. Das Geräusch hatte einen unheilschwangeren Klang. Ebenso wirkte der menschenleere Dorfplatz nicht gerade einladend; man hätte glauben können, den Kolonisten wäre empfohlen worden, lieber in ihren sicheren Eisenhäusern zu bleiben.

Doch schließlich erschien auf der anderen Seite des Platzes ein kleines, von Präsident Oscaras geführtes Empfangskomitee. Zwar wartete es in gehörigem Abstand, aber man sah breites Grinsen auf den Gesichtern der Leute. Deanna empfand wieder etwas mehr Zuversicht.

»Willkommen«, rief Oscaras. Er strahlte wie das sprichwörtliche Honigkuchenpferd. Näher traute er sich allerdings nicht. »Haben wir alle beisammen?«

»Ja«, bestätigte Worf. Er stand vor einem Häufchen magerer, ungekämmter Jugendlicher, die sich schüchtern zusammendrängten. Sie sahen kaum noch wie die grauenhaften Wilden aus, die monatelang zweihundert Siedler in Schrecken gehalten hatten. »Ich habe ihnen etwas zu essen versprochen«, sagte der Sicherheitsoffizier. »Könnten Sie veranlassen, daß sie damit versorgt werden?«

»Natürlich«, erklärte Oscaras. »Vielen Dank dafür, daß Sie sie zu uns gebracht haben, Lieutenant. Sie haben uns großen Aufwand erspart.« Er streckte einen Arm über den Kopf empor. »*Feuer!*« brüllte er.

Augenblicklich zeigten sich auf jedem Wachturm mehrere Kolonisten, und noch einige Dutzend verließen die Deckung der Gebäude, schwärmten aus. Sie hoben die Phasergewehre und schossen ohne jedes Zögern. Grelle Strahlbahnen zuckten über den Dorfplatz. Einige der wenig zielsicher abgefeuerten Strahlen kreuzten sich und versengten die Luft mit laut knatternden Explosionen.

»Du hast uns betrogen!« schrie Maltz. Er zückte seinen Dolch, um Worf zu attackieren. Aber ein blauer Phaserstrahl erfaßte ihn, ehe er einen Schritt tun konnte. Er stürzte Worf vor die Füße.

Der Lieutenant stieß ein Knurren der Wut aus und griff nach seinem Handphaser. Für die Siedler jedoch war ein Klingone ein Klingone, und das Kreuzfeuer fällte auch Worf. Er taumelte noch ein paar Schritte, brach zusammen und blieb reglos liegen.

Starr vor Entsetzen stand Deanna im Hintergrund. Verzweifelt rannten die Jugendlichen im Kreis und schrien, versuchten zu entkommen. Aber das Tor war geschlossen worden, die Einfriedung zu hoch, um sie zu überspringen. Jetzt erkannte Troi, was die irdische Redewendung ›Auf Tontauben schießen‹ besagte. Einer nach dem anderen wurden die Halbwüchsigen niedergemäht. Überall bedeckten ihre hingestreckten Leiber den Dorfplatz.

Nur Data bewahrte die Ruhe. Er hatte den Phaser zur Hand genommen und paralysierte systematisch jeden auf dem Wachturm am Tor befindlichen Siedler. Dann vollführte er einen übermenschlichen Sprung auf den Turm und kippte den Hebel, der das Tor öffnete. Doch für die Klingonen war es zur

Flucht zu spät. Keiner von ihnen war mehr auf den Beinen.

Als einzige lief Deanna zum offenen Tor. Aber ein Phaserschuß erwischte auch sie. Ihr letzter Eindruck von der Welt, bevor vollkommene Schwärze sie umfing, bestand aus dem lehmigen Dreck, in den sie mit dem Gesicht fiel.

Data wußte, daß er mehr als das, was er getan hatte, gegenwärtig nicht leisten konnte. Die Betäubungsschüsse, von denen seine Begleiter niedergestreckt worden waren, bereiteten ihm keine Sorge. Allerdings bestand die Gefahr, daß einer der Kolonisten das Phasergewehr auf Maximalwirkung adjustierte und mit einem Schuß diverse Schaltkreise des Androiden zerpulverte. Also bemächtigte Data sich mit jeder Hand eines Phasergewehrs und vollführte einen gewaltigen Sprung über die Einfriedung. Phaserstrahlen verbrannten an seinen Fersen das Erdreich, doch er erreichte den Schutz des Urwalds, ohne Schaden zu erleiden.

»Data«, rief zwischen den Bäumen eine Stimme.

Er wirbelte herum, rechnete mit der Notwendigkeit, sich verteidigen zu müssen. Statt dessen erblickte er Fähnrich Ros sorgenschwere Miene.

»Es ist ratsam«, sagte der Androide zu ihr, »daß wir uns aus dieser Gegend entfernen.«

Mit einem Wink veranlaßt Ro ihn dazu, ihr zu folgen. »Was ist dort drin vorgefallen?« erkundigte sie sich bei ihm, während sie zwischen den Bäumen dahineilten. »Wir haben Knallerei und Geschrei gehört. Ich bin hingelaufen, um nachzuschauen.«

»Mir fehlt es an der genauen Kenntnis der Absicht der Kolonisten«, antwortete Data, »aber ich glaube, meine Auskunft muß lauten: Sie haben die Klingonen, Counselor Troi und Lieutenant Worf gefangengenommen.«

»Ach, darum ist es also gegangen«, sagte Ro halblaut. »Sie haben die Klingonen zur Aussöhnung überreden können, und das ist der Dank der Siedler... Oscaras ist ja eine so üble Kreatur wie 'ne Grubenheuschrecke.«

»Dieser Einschätzung kann ich nur zustimmen«, pflichtete Data bei. »Als es uns mißlungen ist, Sie per Kommunikator zu kontaktieren, hat er uns vorgelogen, Sie hätten wegen eines Rückfalls ruhiggestellt werden müssen und lägen in der Krankenstation.«

»Was für Schweinekerle!« schimpfte Ro. »Na, wenigstens sind wir nicht völlig allein.«

Sie gelangten zu einer kleinen Lichtung, auf der Data – zu seiner gelinden Überraschung – drei Menschen sah: einen blonden Mann, ein Mädchen und eine brünette Frau, die gefesselt und geknebelt an einem Baum lehnte. Rasch stellte Ro die anderen vor, und sie tauschten die jeweiligen Erlebnisse aus.

Data betrachtete die Brünette. »Sie sind also die angebliche Göttin«, stellte er fest. »Ich habe Sie beim Geschlechtsverkehr mit Balak beobachtet. Ein Großteil der Feindschaft zwischen den menschlichen Siedlern und den Klingonen auf Selva ist von Ihnen angestiftet worden.«

»Das kann man wohl sagen«, brummte Gregg Calvert. »Wir wissen, daß sie eine Agentin ist. Aber kann man irgendwie nachweisen, daß sie eine Romulanerin ist, die man kosmetischen Operationen unterzogen hat?«

Data hob den Kopf. »Ja, das ist möglich«, gab er zur Antwort. »Solche Operationen werden nur in den seltensten Fällen an den Händen vorgenommen. Romulaner haben am Ansatz zur Handfläche einen winzigen Knochenvorsprung, der bei Menschen nicht vorhanden ist. Darf ich bei ihr nachsehen?«

Drayton wollte sich ihm entwinden, als er sich vorbeugte, um den Verdacht an ihrer Hand nachzuprüfen. Doch er brauchte nur einen Moment, um den aufschlußreichen Knochenvorsprung zu finden. »Sie ist Romulanerin«, konstatierte er. »Haben Sie ihre Elektropeitsche?«

»Meinen Sie diese?« fragte Ro, indem sie unter einen Haufen Laub griff und die mit ultramoderner Technik fabrizierte Peitsche herausholte.

»Genau die meine ich«, sagte Data und nahm die Waffe von ihr entgegen. »Es ist ein faszinierendes Instrument. Allerdings ist mir die Bedienung nicht geläufig.«

»Vielleicht sollten wir es an Dr. Drayton ausprobieren«, schlug Gregg Calvert vor.

Obwohl sie verschnürt und geknebelt war, fing die Forscherin heftig zu zappeln an.

Plötzlich ertönte aus Datas Tasche ein Piepsen. Der Androide schnitt eine Miene der Verdutztheit und langte hinein; er entnahm ihr den Handkommunikator, den ihm Präsident Oscaras ausgehändigt hatte. Er aktivierte ihn und meldete sich. »Hier Commander Data.«

»Hier spricht Präsident Oscaras«, kollerte eine arrogante Stimme aus dem Gerät. »Wir haben die vollständige Oberherrschaft über den Planeten errungen. Wir fordern Sie zur Kapitulation auf. Außerdem wollen wir von Ihnen wissen, ob Ihnen der Verbleib von Fähnrich Ro, Gregg und Myra Calvert sowie Dr. Drayton bekannt ist?«

»Ja«, lautete Datas wahrheitsgetreue Antwort. Weitere Informationen jedoch gab er nicht preis.

»Wenn Sie kapitulieren«, behauptete Oscaras, »geschieht Ihnen nichts.«

»Ihr Versprechen deckt sich nicht mit den Ereignissen, deren Augenzeuge ich vorhin geworden bin«, widersprach Data. »Was war der Zweck des Überfalls auf uns und die Klingonen?«

»Ganz einfach«, beteuerte Oscaras. »Der Zweck ist, die Klingonen vor Gericht zu stellen.«

»Wegen welchen Verbrechens?«

»Mord.«

»Sollten Sie sie als schuldig befinden«, fragte Data, »was wäre dann die Strafe?«

»Wir halten es für angebracht, sie aufzuhängen.«

»Sind Sie sich dessen bewußt«, fragte Data als nächstes, »daß die Föderation in der Zweiten Direktive die Todesstrafe abgeschafft hat?«

»Durchaus«, lautete Oscaras' dreiste Entgegnung. »Nachdem wir die Verhältnisse auf Selva jetzt stabilisiert konnten, haben wir die Absicht, aus der Föderation auszutreten.«

»Aha«, machte Data. »Wenn es Ihre Absicht ist, sich von der Föderation loszusagen, besteht kein Grund mehr, Counselor Troi und Lieutenant Worf weiterhin gefangenzuhalten. Ich fordere von Ihnen, daß Sie sie unverzüglich freilassen.«

»Das wird geschehen, sobald das Gerichtsverfahren vorbei ist«, sagte Oscaras zu. »Sie lassen wir dann selbstverständlich auch gehen.«

»Ich befinde mich nicht in Ihrem Gewahrsam«, antwortete Data, »und ich habe nicht vor, daran etwas zu ändern.«

»Kann ich mal mit ihm reden?« fragte Gregg Calvert.

Data nickte und übergab den Kommunikator dem ehemaligen Sicherheitschef Neu-Reykjaviks. Gregg atmete erst einmal tief durch, um seinen Ärger zu bezähmen. »Hier ist Calvert«, sagte er dann ins Mikrofon.

»Gregg!« grölte Oscaras. »Kommen Sie zurück! Unser Traum ist in Erfüllung gegangen. Endlich haben wir die Wilden allesamt dingfest gemacht. Sie, Gregg, sollten auf unserer Seite sein.«

»Oscaras«, erwiderte Calvert, »ich habe Sie früher stets respektiert, aber jetzt ist mir klar, daß Sie ein Idiot sind. Ich beschwöre Sie, lassen Sie sämtliche Gefangenen frei und rufen Sie die *Enterprise* zurück. Wenn Sie's sich nun anders überlegen und das Richtige tun, ist es vielleicht noch nicht zu spät, um Neu-Reykjavik zu retten. Mit dem, was Sie gegenwärtig anrichten, führen Sie nichts als den Untergang herbei.«

»Mir können Sie sich nicht widersetzen!« brüllte der Präsident. »Ich habe alle Macht auf Selva. Stellen Sie Ihre Machenschaften ein, und es wird endlich möglich, Selva in das Paradies zu verwandeln, das zu schaffen wir uns vorgenommen hatten.«

»Indem wir eine Schar Kinder aufknüpfen und Streit mit der Föderation anfangen?« Gregg schüttelte den Kopf. »Das ist nicht die richtige Art, wie man eine Zivilisation gründet. Wenn die *Enterprise* nichts mehr von der Landegruppe hört, kehrt sie zurück, und Data hat noch den Kommunikator. Sie können Ihr Treiben unmöglich verheimlichen.«

»Wenn Sie nicht für uns sind, sind Sie gegen uns!« heulte Raul Oscaras. Ohne weiteres konnte Fähnrich Ro sich in diesem Moment seinen Gesichtsausdruck ausmalen; er mußte einem Schlaganfall nahe sein. »Ich komme zu Ihnen und schnappe Sie mir!«

»Ja, kommen Sie ruhig und versuchen Sie, uns zu kriegen, Sie aufgeblasener Windbeutel. Sie finden ja nicht mal Ihre eigene Nase.« Wütend desaktivierte Gregg den Kommunikator.

Myra kicherte vor sich hin. »War es klug«, meinte dagegen Data, »ihn so zu reizen?«

»Ja, das war es, wenn Sie Ihre Freunde befreien möchten. Es kann sein, daß er sich dazu verleiten läßt, mit einem größeren Trupp in den Wald zu ziehen, um uns zu suchen. Dann können wir in die Siedlung eindringen und Ihre Kameraden und die Klingonen befreien.«

»Wie soll das durchführbar sein?« fragte Data.

»Wir kehren auf demselben Weg in die Ortschaft zurück, auf dem wir ihn verlassen haben«, erklärte Calvert. Er tat ein paar Schritte zur Seite und klappte den Einstieg zu Draytons Geheimgang auf. »Wir haben nämlich einen Privatzugang.«

Worf erwachte in mieser Laune. Seine Stimmung verschlechterte sich um so mehr, als er feststellte, daß man ihm mit widerstandsfähigem Plastikseil die Hände und die Füße gefesselt hatte. Fast eine Minute lang zerrte er an den Fesseln, bis er einsah, daß er sich vergeblich abmühte. Danach erst nahm er sich Zeit, sich seine Umgebung anzusehen.

Er lag in irgendeinem Wohnraum auf dem Fußboden. Counselor Troi ruhte, gefesselt wie er, auf einem Bett. Anscheinend war sie noch besinnungslos.

»Counselor«, rief Worf. »Counselor Troi!« Seine Stimme klang heiser.

Sie stöhnte und fing sich zu regen an. Allmählich kam sie zu sich und entdeckte bald, in welcher Situation sie sich befand. Sie wälzte sich herum, wandte sich Worf zu. Strähnig gewordenes schwarzes Haar klebte an ihrer verschmutzten Wange.

»Worf«, stöhnte sie, »uns ist ein gräßlicher Fehler unterlaufen... Wir haben die Klingonen in einen Hinterhalt geführt.«

»*Uns* nennen sie Wilde!« fauchte Worf. »Dabei hatten die Siedler nie die Absicht, Frieden zu schließen... Sie hatten nie etwas anderes vor, als uns zu hintergehen.«

»Haben Sie schon mit irgendwem geredet?« wollte Deanna erfahren. »Wo sind wir?«

»In irgendeiner Wohnung. Außer Ihnen habe ich noch niemanden gesehen. Die Insignienkommunikatoren haben sie uns abgenommen. Wo Turrok und die anderen sind, weiß ich nicht. Es kann durchaus sein, daß sie tot sind.«

»Wir müssen mit den Siedlern sprechen«, sagte Deanna hartnäckig. »Es ist unbedingt nötig, daß wir sie zur Vernunft bringen.«

»Vernunft!« wiederholte der Sicherheitsoffizier in höhnischem Tonfall. »Nach Rache gieren sie, nach sonst nichts.« Er fing mit voller Stimmgewalt zu brüllen an. »Lassen Sie uns frei! Lassen Sie uns sofort frei! *Ich verlange, daß Sie uns freilassen!*«

Die Tür wurde geöffnet, und Präsident Oscaras trat ein. Ihn begleitete ein Mann, der ein Phasergewehr auf Worf und Deanna richtete. Worf tat nichts, um seinen schonungslos wutentbrannten Blick zu mildern.

»Ich höre Sie, Mr. Worf«, sagte Oscaras. »Es ist überflüssig, so herumzuschreien. Ich bitte um Entschuldigung für die Vorsichtsmaßnahmen, die wir treffen mußten. Aber wir sind jetzt dabei, etwas zu verwirklichen, das wir seit zehn Monaten anpacken wollten. Wir möchten nicht, daß nun noch etwas schiefgeht.«

»Ich bin zwar derjenige, der gefesselt ist«, schäumte Worf, »aber Sie sind es, der in Schwierigkeiten steckt. Ich fordere Sie noch einmal auf, uns sofort freizulassen.«

Oscaras schnitt eine Miene des Unmuts. »Sie sind nicht gerade in einer Position, die es Ihnen erlaubt, Forderungen zu stellen, kapiert?« Er wandte sich an Deanna. »Verzeihen Sie uns die unfreundliche Behandlung, Counselor Troi«, bat er mit mehr Mitgefühl, als er für den Klingonen erübrigte. »Wir hatten darauf verzichtet, Fähnrich Ro und einen Verräter zu fesseln. Deshalb konnten sie uns weglaufen. Falls Sie mir zusagen, keinen Fluchtversuch zu unternehmen, lasse ich *Sie* losbinden.«

»Ich würde mein Wort halten«, antwortete Troi. »Daß ein Versprechen Ihrerseits etwas wert ist, bezweifle ich allerdings ernsthaft.«

In Oscaras' schwarzgrauem Bart wurden die Lippen

schmal. »Sie haben selbst jetzt noch nicht verstanden, durch was für eine Hölle wir hier gegangen sind. Wenn ich mir nun ein Messer greife und Lieutenant Worf die Gurgel durchschneide – denken Sie, dann sollte ich straflos bleiben? Soll ungestraft davonkommen, wer friedliebende Menschen grundlos überfällt?«

»Sie *haben* uns grundlos überfallen«, schnauzte Worf, »und Sie entgehen Ihrer Strafe nicht!«

»Lieutenant Worf, allmählich langweilen Sie mich.« Oscaras' Miene wurde immer finsterer. »Leider verstärkt sich bei mir der Eindruck, daß Sie mehr Gemeinsamkeiten mit diesen mordlustigen Wilden aufweisen, als mit den Leuten, in deren Dienst Sie zu stehen behaupten.« Er winkte seinem Handlanger zu. »Wenn er weiter rumschreit, verpaß ihm einen Betäubungsschuß.«

Deanna hatte den hünenhaften Klingonen schon etliche Male zornig erlebt, aber nie zuvor bei ihm eine derartige Wut beobachtet wie jetzt. Er hätte das Plastikseil durchgebissen, das seine Hände und Füße fesselte, hätte er es mit den Zähnen erreichen können.

»Wir sind in Ihrer Gewalt«, sagte sie in gelassenem Ton zu Oscaras. »Es besteht kein Anlaß, um uns zu mißhandeln. Welche Absichten verfolgen Sie?«

»Es wird ein Gerichtsverfahren eingeleitet«, antwortete der Präsident. »Die Anklage lautet auf Mord. Wir möchten, daß es möglichst bald stattfindet. Es soll alles bereinigt werden, bevor die *Enterprise* zurückkehrt. Aber vorher müssen wir Fähnrich Ro, Commander Data und ein, zwei Verräter aufspüren. Bis das erledigt ist, müssen Sie leider gefesselt bleiben.«

»Sie haben vor, sie umzubringen, nicht wahr?« fragte Worf.

Der Bewaffnete zielte mit dem Phasergewehr auf ihn; doch Oscaras drückte den Lauf der Waffe mit der Hand nach unten. »Schon gut, Edward. Ich beantworte seine Frage. Ja, Mr. Worf, es ist unser Vorhaben, sie zum Galgen zu verurteilen. Das ist humaner als alles, was sie einigen von uns angetan haben.«

»Durch doppeltes Unrecht wird nichts ins rechte Lot gebracht«, warf Deanna ihm vor. »Die Klingonen haben Sie aufgesucht, um Frieden auszuhandeln.«

»Und das letztendliche Resultat wird ja auch Frieden sein«, beteuerte Oscaras. »Komm, Edward. Wir machen uns auf die Suche.«

Die beiden Männer verließen das Zimmer. Deanna hörte, wie sie die Tür von außen abschlossen.

»*Do'Ha!*« fluchte Worf, riß erneut aussichtslos an den Fesseln. »Ist Ihnen klar, was es heißt, wenn Sie die Klingonen massakrieren?«

»Was denn?« fragte die Betazoidin. Sie konnte die Furcht nicht aus ihrer Stimme fernhalten.

»Das heißt, daß sie auch uns ermorden müssen. Es gibt nur eine Möglichkeit, um damit durchzukommen: Sie müssen sicherstellen, daß wir Captain Picard nicht erzählen können, was passiert ist.«

Nun verlegte auch Deanna Troi sich, so wie Worf, auf verzweifelte Anstrengungen, um das Seil zu lokkern, mit der man ihr Hände und Füße gebunden hatte.

Data kauerte hinter einem umgestürzten Baumstamm und beobachtete aus sicherem Abstand das Eingangstor der Niederlassung. Mit Hilfe seines hochentwikkelten Gehörs nahm er die Stimmen und Schritte wahr, lang ehe sich das befestigte Tor öffnete und mindestens fünfzig bewaffnete Kolonisten herausmarschierten. An ihrer Spitze sah man Raul Oscaras persönlich.

Er unterteilte seine Streitmacht in kleinere Trupps und schickte sie in verschiedene Himmelsrichtungen. Mehr brauchte der Androide nicht zu sehen. Er beeilte sich durch den Wald zum Einstieg des Tunnels zurück.

An der Oberfläche befand sich nur noch Fähnrich Ro. Die Bajoranerin wartete auf Data. »Ist jemand rausgekommen?« fragte Ro.

»Ja«, beantwortete der Androide die Frage. »Wir müssen nun rasch und effektiv handeln.«

Ro schwang sich ihm voran in das Einstiegsloch. Data folgte und schloß über seinem Kopf die getarnte Klappe. Die Halogenlampe erleuchtete die muffige Dunkelheit des Geheimgangs. In ihrem Licht erblickte er Gregg Calvert, der ungeduldig eines der von Data erbeuteten Phasergewehre umklammerte. Louise Drayton lehnte, noch immer gefesselt und geknebelt, an einer lehmigen Erdwand. Ein paar Meter entfernt, im Dunkeln fast unkenntlich, stand Myra Calvert; nervös hielt das Mädchen einen Handphaser.

»Ein Suchtrupp hat die Siedlung verlassen«, setzte Data den ehemaligen Sicherheitschef der Kolonie in Kenntnis. »Er besteht aus ungefähr fünfzig Personen.«

»Gut«, sagte der Mann. Er wandte sich an seine kleine Tochter. »Myra, ich habe dir gezeigt, wie man den Phaser bedient. Du darfst nicht zögern, Dr. Drayton zu paralysieren, falls sie verschwinden will oder sonst irgendwie Gefahr droht, daß sie Oscaras warnt. Und bleib hier unten, wo du aus dem Weg bist.«

»Ja, Vati.« Entschlossen nickte Myra.

»Wir müssen unverzüglich aufbrechen«, sagte Data. »Ich gehe voraus, weil meine Sicht mir das Sehen im Dunkeln gestattet.«

Fähnrich Ro nahm das zweite Phasergewehr an sich und schloß sich dem Androiden an. Mehrere Stunden der Schonung hatten den Schmerz und die Schwellung ihres Fußknöchels beträchtlich gelindert. Sie hinkte kaum noch. Hinter ihr kam Gregg mit seinem Phasergewehr.

Während die drei in den Stollen vordrangen, wurde es immer düsterer, weil die Halogenleuchte bei Myra und der Gefangenen blieb. In der dumpfigen Enge hallten ihre Stimmen wider.

»Lassen Sie uns den Plan noch einmal rekapitulieren«, sagte Ro. »Ich greife den Wachturm neben dem Eingang an und sorge dafür, daß das Tor geschlossen bleibt, damit Oscaras und sein Suchtrupp, falls sie zwischenzeitlich zurückkehren, ausgesperrt sind.«

»Genau richtig«, antwortete Gregg. »Data und ich machen die Gefangenen ausfindig. Sobald wir sie befreit haben, treffen wir uns alle am Tunneleingang wieder.«

»Falls es möglich ist«, ergänzte Data, »stoße ich in die Funkstube vor und informiere die *Enterprise* über unsere Situation.«

»Aber das ist zweitrangig«, stellte Gregg klar. »Wie ich Oscaras kenne, wird die Funkstube bestens bewacht.«

»Einverstanden«, erklärte Data. »Ich glaube, wenn es nötig wird, können wir uns vor den Siedlern im Wald verbergen, bis die *Enterprise* wieder da ist.«

Ro seufzte. »Das größte Problem ist: Sind die Klingonen nach dem, was ihnen passiert ist, noch zum Frieden bereit?«

»Das ist ungewiß«, entgegnete Data lakonisch.

Den Rest des Wegs legten sie wortlos zurück. Ro berührte ihren neuen Insignienkommunikator. Nachdem er die Klingonen damit ausgestattet hatte, waren Data noch einige Exemplare übriggeblieben. Schließlich verharrte der Androide. Ro und Data prallten beinahe gegen seinen Rücken.

»Ich erkenne über uns eine Öffnung«, sagte Data. Seine Begleiter nahmen nichts als Finsternis wahr.

»Es müßte auch eine Leiter vorhanden sein«, antwortete Ro. »Der Ausstieg ist bloß mit einem Teppich abgedeckt.«

»So verhält es sich«, bestätigte der Androide. Er erklomm die Sprossen. Wenige Sekunden später fiel ein willkommener Lichtkegel in den Schacht herab. Es erleichterte Ro, wieder etwas sehen zu können. »Sie dürfen ohne Bedenken heraufsteigen«, rief Data herunter.

Ro und Gregg schnallten die Phasergewehre auf den Rücken und erstiegen die Leiter. Gleich darauf standen sie in Louise Draytons kleiner Behausung. Data zückte den Handphaser. Die zwei Humanoiden nahmen wieder die Gewehre zur Hand.

»Phaser auf Betäubungswirkung schalten«, ordnete Data an. Seine Begleiter checkten die Waffen und nickten. Data legte die Hand an die Türklinke. »Fertig?«

»Fertig«, antworteten seine Gefährten wie aus einem Mund.

Der Androide öffnete die Tür, und das Trio betrat eine der freudlosen Straßen Neu-Reykjaviks. Eine Frau mit zwei kleinen Kindern ging vorüber. Sie schrak zurück, als sie die zwei fremden Gesichter und die Waffen sah. Sie schlang die Arme um die Kinder, um sie zu schützen.

»Valerie«, sagte Gregg, »wir wollen euch nichts tun. Wo werden die Gefangenen festgehalten?«

Ro erkannte Unentschiedenheit in der Miene der Frau und Entschlossenheit in Calverts Gesicht. »Na schön«, äußerte Gregg, »dann nehmen wir die Kinder als Geiseln, bis ihr die Gefangenen freilaßt.«

»Nein!« zeterte die Mutter. »Nicht!«

»Dann raus mit der Sprache!«

Mit zitternder Hand deutete die Siedlerin auf das zweitgrößte Gebäude der Ortschaft. »Der Speisesaal ist in ein Gefängnis umgebaut worden. Dort sind die Klingonen. Die *Enterprise*-Crewmitglieder sind in Tonys und Janes Haus.«

»Du gehst jetzt heim und bleibst zu Hause«, empfahl Gregg der Siedlerin. Das brauchte er ihr nicht zweimal zu raten. Eilig führte sie ihre Kinder die Straße hinab.

»Geben Sie mir Bescheid, wenn Sie den Rückzug antreten«, sagte Ro. »Wenn es soweit ist, stoße ich hier wieder zu Ihnen.«

Die Bajoranerin lief in Richtung Tor und überquerte den Dorfplatz mit seinen drei einsamen Bäumen. Erneut war sie darüber froh, daß sie die braune Kolonistenkluft trug; in der Nähe des offenen Tors mit seinem Wachturm hatte sich nämlich eine Anzahl Leute versammelt. Zum Glück galt ihre Aufmerksamkeit dem Wald. Ro senkte Kopf und Gewehr. Sie schaffte es, noch zwei Dutzend Meter zurückzulegen, ehe sie Beachtung erregte. Ein Mann musterte sie verwundert.

»He«, rief er, »wer sind ...«

Der blaue Phaserstrahl traf ihn in der Leibesmitte. Er stürzte in den Dreck. Ro zielte auf die drei Kolonisten auf dem Wachturm und setzte alle mit einem geschwenkten Strahl außer Gefecht. Die Siedler am Tor fuhren herum, aber auch sie fällte wie eine Sense ein Strahl blauen Lichts.

Kaum waren sie zusammengesackt, da erkletterte Ro schon die Strickleiter des Wachturms. Sie packte den Bedienungshebel und schloß das Tor.

Das Geschrei am Eingangstor weckte die Aufmerksamkeit der Wächter im Speisesaal. Zwei von ihnen kamen herausgelaufen. Data und Gregg Calvert paralysierten sie.

»Die Klingonen kennen mich«, sagte Data. »Gehen Sie Worf und Troi befreien.«

»Mach' ich«, antwortete Gregg und eilte in die entsprechende Richtung.

Data ging zur Tür und stieß sie mit einem Tritt auf. Augenblicklich traf ihn ein blauer Phaserstrahl, doch bei ihm trat kein Betäubungseffekt ein. Ehe die zwei

Wächter im Innern begriffen, daß sie es mit einem Androiden zu tun hatten, wurden sie von Data per Phaser ins Land der Träume befördert.

Data sah, daß mehrere der größeren Tische umgedreht worden waren; die an Händen und Füßen gefesselten jungen Klingonen hatte man an die Tischbeine gebunden. In fassungslosem Staunen starrten sie ihrem Retter entgegen.

»Data!« gellte Wolms Stimme.

»Es ist empfehlenswert, sich still zu verhalten«, meinte der Androide. »Bitte befolgen Sie meine Weisungen. Dann werden wir unbeschadet fliehen können.«

Alle nickten zum Zeichen der Einwilligung, auch Maltz. Data zerriß die Plastikseile, mit denen man die Jugendlichen verschnürt hatte, mit den bloßen Händen. Kaum war Maltz frei, sprang er zu einer betäubten Wächterin und packte sie an der Kehle.

»Unterlassen Sie das«, forderte Data von ihm. »Sinken Sie nicht auf das Niveau dieser Leute ab.«

Es gab einen angespannten Moment; die Blicke der Jugendlichen wanderten zwischen ihrem nominellen Führer und Data hin und her. Sie fragten sich, wessen Philosophie triumphieren mochte.

Endlich ließ Maltz die paralysierte Siedlerin auf den Fußboden zurücksinken und hob lediglich ihren Phaser auf. »Wir folgen dir«, sagte er leise.

Hundert Meter davon entfernt bog Gregg Calvert um eine Ecke. Im Eingang einer der für Neu-Reykjavik typischen Wohneinheiten sah er zwei Wachen in geduckter Haltung. Sofort huschte er in Deckung. Offenbar hatten die beiden den Lärm vom Eingangstor gehört, waren sich jedoch nicht darüber im klaren, ob er gute oder schlechte Neuigkeiten bedeutete. Daß sie so vorsichtig waren, machte sie zu schwierigen Zielen.

Gregg lief in ihr Blickfeld und winkte. »He, ihr«, rief er. »Oscaras braucht Hilfe!«

Kaum hatten die Männer sich aufgerichtet und ein paar Schritte auf ihn zu getan, hob Gregg das Phasergewehr an die Hüfte und schoß. Die Wachen brachen zusammen. Gregg hastete zur Haustür; sie war abgesperrt. Er durchsuchte die Betäubten nach dem Schlüssel. Nachdem er die Tür geöffnet hatte, fand er Worf und Troi auf dem Fußboden vor; angestrengt versuchten sie gerade, sich gegenseitig die Handfesseln zu lösen.

»Wir verlangen unsere sofortige Freilassung!« wetterte der Klingone.

»Kein Problem«, versicherte Gregg. »Deshalb komme ich ja. Data befreit die Klingonen, und Ro bewacht das Tor.«

Deanna blinzelte zu ihm auf. »Sie sind da, um uns *freizulassen?*«

Gregg bückte sich und machte sich an ihren Fußfesseln zu schaffen. »Wenn Sie lieber hierbleiben möchten, sagen Sie's ruhig.«

»Nein!« knurrte Worf, während er ungeduldig an den Fesseln zerrte. »Nehmen Sie zum Zertrennen des Seils den Phaser. Versuchen Sie es mit Stufe vier, maximal gebündelter Strahl.«

Der Ex-Sicherheitschef befolgte den Rat. Auf diese Weise gelang es ihm, die zwei Landegruppenmitglieder binnen weniger Sekunden der Fesseln zu entledigen. »Hier«, sagte Gregg, während Worf und Deanna mit steifen Bewegungen aufstanden. Er reichte ihnen Insignienkommunikatoren. »Die können Sie bestimmt gebrauchen.«

Worf befestigte den Kommunikator an seiner Brust und aktivierte ihn. »Worf an Data«, rief er ins Gerät.

»Hier Data«, ertönte die Antwort. »Ich vermute, Sie sind inzwischen befreit worden. Folgen Sie Mr. Calvert zu dem Geheimgang und richten Sie sich nach seinen Hinweisen. Die Flucht ist von ihm geplant worden.«

Worf betrachtete den hochgewachsenen Blonden mit einer gewissen Bewunderung. »Vielen Dank«, sagte er halblaut.

»Dafür haben wir später Zeit«, entgegnete Gregg, indem er zur Tür eilte. »Auf der Straße liegen zwei betäubte Siedler. Greifen Sie sich ihre Phasergewehre.«

Worf grinste. »Mit Vergnügen.«

# 17

Auf dem Wachturm am Eingangstor hielt Fähnrich Ro voll gespannter Aufmerksamkeit Ausschau. Trotzdem sah sie den Phaserstrahl erst, als er das Dach des Bauwerks zerstörte. Funken und Tropfen geschmolzenen Stahls hagelten auf Ro herab.

Sie warf sich der Länge nach auf den Bauch. Weitere Schüsse trafen den Turm. Die Schüsse, bemerkte Ro, kamen aus dem Wald. Oscaras und sein Suchtrupp waren zurück, und sie hatten die Phaser auf volle Destruktionswirkung adjustiert. Irgendwer in der Siedlung mußte Oscaras per Kommunikator über die Vorgänge im Ort informiert haben.

Ro blieb gerade genug Zeit, um zur Strickleiter zu kriechen und sich an ihr schleunigst auf den Boden hinabzuhangeln, bevor eine ganze Salve von Phaserschüssen den Turm umkippen ließ. Nur einen Meter neben Ro krachte der Bau auf den Untergrund. Dreck und Staub stoben empor, Metall pfiff durch die Luft.

Die Bajoranerin schrie auf, als ein Metallsplitter sich tief in ihre Schulter bohrte. Sie hörte Geknatter und Geknister. Sie wälzte sich herum und sah, wie das Tor sich in Rauch und Funken auflöste. Rasch vergrößerte sich darin ein von Glut umgebenes Loch.

Ro erkannte, daß es nur noch Sekunden dauern konnte, bis durch das Loch fünfzig bewaffnete Kolonisten hereinstürmten.

Eine Hand auf die blutende Schulter gepreßt, rannte

der Fähnrich zu Louise Draytons Haus. Mit großer Erleichterung erblickte sie Data und die Schar junger Klingonen, die vor der Haustür warteten.

»Sie müssen sofort verschwinden«, rief sie Data zu. »Oscaras' Leute werden gleich durch das Tor eindringen.«

»Ich bringe die Klingonen in Sicherheit«, sagte Data. »Bitte bleiben Sie hier und teilen Sie den anderen mit, daß wir außer Gefahr sind.«

»Sie sind noch längst nicht außer Gefahr«, widersprach Ro. »Sie sollten sich besser beeilen!«

Data führte die Klingonen in Draytons kleines Haus. Ro hob das Gewehr an die blutüberströmte Schulter und machte sich auf eine Fortsetzung des Kampfes gefaßt.

Zwei bewaffnete Kolonisten kamen um die Ecke eines Gebäudes gelaufen. Ro paralysierte beide. Angespannt erwartete sie den Ansturm der gesamten Streitmacht Oscaras'. Fast hätte sie Gregg Calvert niedergeschossen, als er zwischen zwei Häusern auftauchte. Zum Glück sah sie noch rechtzeitig den muskulösen Klingonen und die schlanke Betazoidin, die ihm folgten, und senkte die Waffe.

»Schnell«, rief Ro ihnen entgegen. »Oscaras zerschießt das Tor.«

»Kommen Sie nicht mit?« fragte Worf.

Ro schüttelte den Kopf. »Nein. Ich bin verwundet, und es muß jemand im Ort bleiben, der versucht, die *Enterprise* zu kontaktieren.«

»Dann bleiben wir alle«, sagte der Klingone leise, aber mit Nachdruck.

»Nein, Worf«, mischte sich Deanna Troi ein. »Ich bleibe bei ihr. Für Sie wäre das viel zu gefährlich. Außerdem ist es Ihre Aufgabe, die Kinder zu beschützen.«

»Das ist doch Irrsinn«, erhob Gregg Einspruch. »Sie müssen beide mit uns fliehen!«

»Los, Gregg, nun hau schon ab«, empfahl ihm Ro, indem sie sich ein Lächeln abrang. »Wir legen die Waffen nieder. Uns wird man nichts antun. Verschwinde! Bei Worf und Data bist du in Sicherheit.«

Irgendwo in der Ortschaft dröhnte eine Explosion. Danach erscholl mehrmals Gebrüll. Widerwillig ließen Worf und Gregg die beiden Frauen stehen und eilten in Draytons Haus. Nachdem sie die Tür von innen geschlossen hatten, gab es außerhalb des Hauses keinerlei erkennbare Hinweise mehr auf den Geheimgang. Ro warf das Phasergewehr auf den Erdboden. Deanna tat das gleiche.

»Legen Sie sich hin«, sagte Deanna. »Ich muß die Blutung zum Stillstand bringen.«

Die Bajoranerin kam der Aufforderung nach. Eine Verletzte, die auf der Erde lag, überlegte sie, wirkte wohl kaum bedrohlich. Mit beiden Händen übte Deanna auf die Wunde Druck aus. Ro hörte weitere Rufe und schließlich Schritte; doch sie verlor das Bewußtsein, bevor Oscaras und seine Bewaffneten eintrafen.

»Wohin sind sie verschwunden?« schnauzte Raul Oscaras.

Deanna Troi zuckte die Achseln. »Ich hab's Ihnen doch gesagt, zurück in den Wald.«

»Aber wie sind sie hereingelangt? Und wie hinaus?«

Müde schüttelte Deanna den Kopf. »Das habe ich nicht gesehen.« Damit sagte sie die volle Wahrheit; den Geheimgang hatte sie tatsächlich nie zu sehen bekommen.

Aggressiv baute Oscaras sich dicht vor ihr auf. »Können Sie uns zu ihrem Schlupfwinkel führen?«

»Ich könnte Ihnen vielleicht eine ihrer unterirdischen Erdbehausungen zeigen«, antwortete die Counselor. »Aber eine Garantie dafür, daß dort jemand ist, gibt es nicht. Und außerdem tu ich's nicht.«

Oscaras stieß ein Schnauben der Wut aus. Er schwang eine fleischige Hand, als wollte er Troi schlagen. Deanna musterte ihn trotzigen Blicks. »Davon rate ich Ihnen ab«, warnte sie ihn. »Wir sind hier tätig geworden, um Leben zu retten. Wenn das Ihnen nicht paßt, rufen Sie die *Enterprise,* und wir fliegen ab.«

»Endlich hatten wir eine Lösung des Klingonenproblems!« krakeelte Oscaras. »Und Sie haben uns alles verdorben!«

»Sie haben es nicht geschafft, die Klingonen zu massakrieren«, antwortete Deanna. »Und diesen ist es nicht gelungen, die Siedlung zu zerstören. Lassen Sie es dabei bewenden. Die einzige Alternative ist, daß Sie lernen, miteinander zu leben.«

Raul Oscaras knurrte wie die Klingonen, die er so haßte, schlug mit der Faust in den Handteller und begann ziellos umherzulaufen.

Er weiß, daß er unterlegen ist, dachte die Betazoidin. Auf dem Weg zu seinem Büro hatte sie gehört, wie mehrere Kolonisten die Klugheit seiner letzten Entscheidungen in Frage stellten. Ihre Kritik galt insbesondere der feindseligen Haltung gegenüber der *Enterprise*-Landegruppe. Mit einer ganzen Streitmacht war er in den Urwald marschiert und hatte es infolge dessen drei Personen ermöglicht, die Klingonen zu befreien; dadurch war sein Mangel an Führungsqualität offensichtlich geworden.

»Darf ich nach Fähnrich Ro schauen?« erkundigte sich Deanna.

»Glauben Sie etwa«, tobte der Präsident, »ich lasse Sie hier einfach frei umherlaufen?«

»Strengen Sie doch ein Gerichtsverfahren gegen mich an«, spottete Deanna. »Mal sehen, wie könnte die Anklage lauten? Die Klingonen zum Aufsuchen der Siedlung überredet zu haben? Das war eine Dummheit, ich geb's zu, und es wird mir nicht noch einmal passieren.«

Wütend stampfte Präsident Oscaras zur Tür. »Meinetwegen gehen Sie. Die Krankenstation ist rechts am Ende des Flurs.«

Er folgte ihr in den Korridor und schaute ihr nach, um sicher sein zu können, daß sie nicht versuchte, in die Funkstube einzudringen. Allerdings standen davor zwei mit Phasergewehren bewaffnete Posten, so daß Deanna es ohnehin für ratsamer hielt, in dieser Hinsicht vorerst nichts zu unternehmen. Die unmittelbare Gefahr war vorüber, die Klingonen befanden sich in Sicherheit, und Präsident Oscaras würde nicht mehr lange in Neu-Reykjavik die despotische Fuchtel schwingen. Also ging Counselor Troi seelenruhig zur Krankenstation am Ende des Korridors.

Fähnrich Ro lag auf einem Untersuchungstisch. Ein junger Arzt behandelte ihre Verletzung. Inzwischen umhüllte ein Verband die Schulter, und der Arzt knüpfte gerade eine Schlinge für den Arm. Trotz ihrer eben erst durchgestandenen Heldentaten erregte Ro nicht den Eindruck, als gäbe sie sich ohne weiteres damit zufrieden, zur Inaktivität verurteilt zu sein.

»Ich muß nach dem Seismographen sehen«, quengelte sie halsstarrig.

Zur Ermutigung lächelte Deanna ihr zu. »Wie geht es ihr?« fragte die Counselor den Arzt.

»Die Blutung ist gestillt«, erteilte Dr. Freleng Auskunft. »Aber ich möchte, daß sie sich Ruhe gönnt. Übrigens möchte ich Ihnen unmißverständlich sagen, daß ich die hiesigen Zustände total satt habe. Ich bin's leid, dauernd Leute zusammenzuflicken... Ich will endlich mal wieder Entbindungen vornehmen.«

»Das kann ich mir vorstellen«, sagte die Betazoidin mitfühlsam. »Darf sie aufstehen?«

»Aufstehen ja, mehr aber nicht«, antwortete der Mediziner in mahnendem Tonfall. Er widmete Ro einen durchdringenden Blick. »Keine strapaziösen Abenteuer, verstanden?«

»Ich übernehme für sie die Verantwortung«, erklärte Deanna. Sie half Ro dabei, sich aufzurichten.

Einen Moment lang stützte Ro sich auf einen Tisch und sammelte ihre verbliebenen Kräfte. »Nochmals vielen Dank«, sagte sie zu dem Arzt.

»Doktor«, fragte Deanna, »haben Sie Einfluß auf die Männer, die die Funkstube bewachen?«

»Leider nicht«, gab Freleng zur Antwort. »Oscaras hat sie wegen ihrer Verläßlichkeit ausgesucht. Aber ich habe die Absicht, nun beim Präsidenten vorzusprechen. Ich habe an ihn eine Menge Fragen. Und ich glaube, da bin ich keineswegs der einzige.«

Ro hakte sich bei Deanna unter. »Kommen Sie, wir müssen nach dem Seismographen sehen«, beharrte sie. »Ich muß wissen, ob sich etwas verändert hat.«

Captain Picard rutschte nervös auf seinem Stuhl hin und her. Zu gerne hätte er den steifen Kragen seiner Paradeuniform gelockert. Doch er behielt sein höfliches Lächeln bei und ließ die Hände adrett gefaltet im Schoß liegen. Er hatte das Empfinden, schon seit Tagen nichts anderes als Reden zu hören. Anscheinend nutzten Dutzende bedeutender Persönlichkeiten die friedliche Aufteilung des Aretia-Systems, um aus diesem grandiosen Anlaß langatmige Ansprachen abzuleiern.

Auch Picard hatte Redezeit beantragt, aber sie war erst am nächsten Tag eingeplant worden. Er hatte lediglich vor, die betroffenen Parteien über das zu informieren, was inzwischen geschah: daß nämlich sechs Shuttles unter dem Befehl Commander Rikers und Lieutenant LaForges mit der Kartographierung des von Aretanern und Pargiten gemeinsam bewohnten Sonnensystems angefangen hatten. Er gedachte die Beteiligten über die Fortschritte bei der Erledigung des

Auftrags in Kenntnis zu setzen und die *Enterprise* zum vorgesehenen Rückflug nach Selva abzumelden.

»Und so war es unsere unermüdliche Entschlossenheit zu einer gerechten Schlichtung des Konflikts, der unser Sonnensystem fünfzig Jahre lang zerstritten hat«, betonte ein rundlicher Politiker zum zehntenmal, »die zu guter Letzt in dieser historischen Übereinkunft resultierte. Schon vor zwanzig Jahren hatten wir die Einrichtung von Handelszonen in den unterentwickelten Gebieten angeregt, um das Entstehen einer im ganzen Sonnensystem gültigen Währungseinheit zu fördern. Unser unerschütterlicher Glaube an den freien Handel hat im Lebensstandard unserer Bevölkerung einen beispiellosen Qualitätssprung ermöglicht. Es ist unser Herzenswunsch, diese Vorzüge mit allen Bewohnern des Sonnensystems zu teilen. Nur bei striktester Anwendung der Fairneß-Doktrin besteht eine Hoffnung, all das Mißtrauen abzubauen, das ...«

Der Captain gab das Zuhören auf. Allmählich schwante ihm, weshalb die Ausarbeitung des Abkommens Monate gedauert hatte. Er empfand tiefstes Mitgefühl für die als Vermittlerin tätig gewesenen vulkanische Unterhändlerin, die neben ihm saß.

Während all dessen wurde er eine Sorge nicht los: Es beunruhigte ihn, daß kein Kontakt zur Landegruppe auf Selva mehr zustandekam. Er wußte, daß sie einen heiklen Auftrag hatte; darum wollte er nicht so wirken, als ob er durch eine Anforderung von Berichten Druck ausübte. Picards Vermutung ging dahin, daß die Landegruppe sich um eine friedliche Behebung des Zwists bemühte, die darin Verwickelten einen nach dem anderen von der Notwendigkeit des Einlenkens überzeugte. Allerdings hoffte er, daß die Landegruppenmitglieder dabei keine so todlangweiligen Reden abspulten wie hier dieser Handelsminister.

»Bitte entschuldigen Sie mich«, flüsterte Picard der

vulkanischen Vermittlerin zu. »Ich muß mein Raumschiff kontaktieren.«

»Bleiben Sie bitte nicht zu lange fort«, meinte die Vulkanierin. »Ihre Anwesenheit ist der einzige Trost.«

Alle Versammelten in dem riesigen Auditorium sahen aus, als müßten sie gleich eindösen, bemerkte Picard. Bisher jedenfalls hatte seine Gegenwart die allgemeine Langeweile nicht verhütet. Aber er schwieg, stand auf und entfernte sich in den Hintergrund des Saals.

Dort tippte er auf seinen Insignienkommunikator. »Picard an *Enterprise*.«

»Hier *Enterprise*, Lieutenant Wallins«, meldete sich eine forsche Frauenstimme.

»Lieutenant, ist irgendeine Nachricht von der Landegruppe auf Selva eingegangen?«

»Nein, Sir, leider nicht. Vorhin hat Commander LaForge angerufen und durchgegeben, daß die Kartographierungstätigkeit in schätzungsweise sechzig Stunden abgeschlossen werden dürfte. Der Computer verarbeitet die Informationen fortlaufend. Wir können in Kürze die ersten Empfehlungen formulieren.«

Der Captain spitzte die Lippen. »Danke«, sagte er. »Picard Ende.«

Zum erstenmal seit der Ankunft im Aretia-System neigte er zur Gereiztheit und Ungeduld. Was sie hier abzuwickeln hatten, war etwas für Debile. Ein Kadett im ersten Dienstjahr könnte das Kommando übernehmen. Normalerweise war Picard ziemlich stolz auf das Ansehen der *Enterprise*; diesmal jedoch hatte ihre Reputation ihnen einen völlig stumpfsinnigen Auftrag eingebracht. Hinter seinem Rücken hörte er die Stimme des Ministers unablässig drauflosschwadronieren; aber er wußte, er hatte keine andere Wahl, als durchzuhalten und zu warten.

Dr. Drayton starrte aus aufgerissenen Augen die buntscheckige Horde von Klingonen an, mit der sie sich konfrontiert sah. Trotz des Knebels versuchte sie irgendwelche Worte hervorzustoßen. Dann heftete sie den furchtsamen Blick flehentlich auf Gregg Calvert und den großen, bleichen Androiden an seiner Seite. Data bedauerte ihre mißliche Situation. Angesichts der beleidigenden Äußerungen, die sie von sich gegeben hatte, nachdem sie und Myra aus dem Geheimgang abgeholt worden waren, bewertete er die erneute Knebelung jedoch als vertretbar. Dr. Drayton verstand in wenigstens drei Sprachen scheußlich zu zetern und zu fluchen.

Sie hatten in einer nahen Klingonenbehausung Zuflucht gesucht, in der gestohlene Gebrauchsgegenstände lagerten. Worf und zehn Jugendliche bewachten den Umkreis der Erdhöhle und verständigten sich untereinander mit Trommeln.

Data hätte es vorgezogen, neue Aktivitäten einzuleiten. Aber das vernunftwidrige Benehmen der Kolonisten ließ keinerlei Wahl, als die Rückkunft der *Enterprise* abzuwarten. Counselor Troi und Fähnrich Ro waren ein tüchtiges Paar: wenn sich irgendeine Möglichkeit ergab, würden sie den Subraumfunk der Niederlassung benutzen, um das Raumschiff zu kontaktieren. Unterdessen war es ratsam, Klingonen und Kolonisten getrennt zu halten.

Datas Programmierung sah kein Überraschungserlebnis vor. Dennoch übte das unglaublich differenzierte Betragen der Menschen auf ihn stets eine gewisse Faszination aus. Er hatte den Wunsch, mit den Siedlern die Wirkungslosigkeit der Todesstrafe zu diskutieren, weil er ihre Geschichte und die einschlägigen Statistiken nahezu lückenlos kannte; eine solche Debatte zu initiieren, war nach seiner Einschätzung jedoch frühestens am nächsten Tag möglich.

Gegenwärtig mußten sie auf schnelle Ortsveränderung gefaßt sein, und dabei war eine Gefangene hinderlich. Die Entomologin zu diesem Versteck zu schleppen, während sie ständig trat und zu schreien versuchte, hatte schon erhebliche Mühe bedeutet. Data bezweifelte, daß Präsident Oscaras dazu imstande war, bald einen zweiten Vorstoß in den Dschungel zu organisieren; trotzdem mußten sie vorsichtshalber auf raschen Ortswechsel eingestellt sein. Schließlich war Beweglichkeit im Verlauf des gesamten Konflikts der stärkste und entscheidende Vorteil der Klingonen gewesen.

»Ich bin der Meinung, wir sollten Dr. Drayton nach Neu-Reykjavik zurückschicken«, meinte der Androide zu Gregg Calvert.

»Was?« fuhr der Ex-Sicherheitschef auf. »Sie ist Romulanerin. Eine Spionin!«

»Der Umstand, daß wir davon Kenntnis haben«, erwiderte Data, »neutralisiert die Gefahr, die sie verkörpert. Wir können sie nicht unbegrenzt gefesselt und geknebelt lassen. Und sie behindert unsere zügige Fortbewegung.«

»Na schön«, gab Gregg mürrisch nach. »Aber informieren Sie Oscaras darüber, wer da bei ihm antanzt, Data, und auch über den Tunnel. Wir brauchen ihn nicht mehr.«

»Einverstanden«, antwortete Data. Er langte in die Tasche und aktivierte den Handkommunikator. »Commander Data an Neu-Reykjavik.«

»Ja?« meldete sich eine nervöse Frauenstimme.

»Bitte richten Sie Raul Oscaras und den anderen Kolonisten aus, daß wir Dr. Louise Drayton zur Siedlung zurückschicken. Sie ist eine romulanische Agentin. Der Beweis dafür ist ein Geheimgang, den Sie unter ihrem Haus finden, wenn Sie im Bad nachschauen.«

Data spürte eine Irritation im Bereich seines Fußknöchels. Er blickte abwärts und stellte fest, daß Dr. Drayton ihm mit ihren gefesselten Beinen Tritte versetzte.

»Durchsuchen Sie ihr Haus«, rief Gregg Calvert ins Mikrofon des Kommunikators. »Uns sperren Sie sie ein!«

»Das ist alles«, sagte Data ins Gerät. Er senkte ein zweites Mal den Blick. »Dr. Drayton«, ersuchte er die Frau, »würden Sie bitte aufhören, mich zu treten?«

Wütend schüttelte sie den Kopf. Offenbar wollte sie unbedingt etwas sagen.

»Wenn Sie versprechen, nicht zu schimpfen und zu schreien«, bot Data ihr an, »nehme ich Ihnen den Knebel ab.«

Nachdrücklich nickte Drayton. Data knotete ihr das Tuch vom Mund. »Ich kann... ich kann Ihnen dabei helfen, den Planeten zu verlassen«, plapperte sie, kaum daß sie den Stoffballen ausgespuckt hatte.

Gregg prustete. »Indem Sie ein romulanisches Raumschiff herbeordern?«

Wieder nickte Drayton. »Ja. Aber Sie müssen noch einmal das Mädchen kontaktieren und durchgeben, Sie hätten sich geirrt. Ich muß Zutritt zur Funkstube haben.«

»In dieser Beziehung sind Sie nicht die einzige Interessentin«, entgegnete Data. »Ich bin der Auffassung, daß ein romulanisches Raumschiff in Selvas Orbit unter den momentanen Umständen lediglich zu einer überflüssigen Komplizierung der Lage beitrüge.« Er berührte seinen Insignienkommunikator. »Data an Worf.«

»Hier Worf«, erscholl eine dunkle Stimme aus dem Gerät. »Im Wald ist alles ruhig. Es dürfte bald dunkel werden.«

»Um so besser«, antwortete der Androide. »Lieutenant, ich habe den Kolonisten angekündigt, daß wir ihnen Dr. Drayton ausliefern. Ihre Anwesenheit bei uns dient keinem sinnvollen Zweck. Die Siedler wissen von mir, daß Dr. Drayton romulanische Agentin ist. Zudem habe ich Ihnen die Existenz des unterirdischen Geheimgangs enthüllt. Wir brauchen eine Eskorte, die sie zu der Ortschaft bringt.«

»Das können Maltz und ich erledigen«, sagte Worf. »Ich habe mich schon seit einer Weile gefragt, wie lange wir sie noch festhalten können. Verbinden Sie ihr die Augen, und danach treffen wir uns am Einstieg zur Erdhöhle.«

Worf umklammerte mit seiner wuchtigen Pranke Louise Draytons schmale Schulter und schob die Frau vor sich durch den Wald. Maltz ging voraus, blieb ununterbrochen auf der Hut. Beide Klingonen hatten sich mit erbeuteten Phasergewehren ausgerüstet. Aber Worf hatte den festen Vorsatz gefaßt, die Waffe nicht zu verwenden. Selbst für den Geschmack eines Klingonen war in letzter Zeit zuviel geschossen worden.

Die abendliche Dunkelheit schien an den Baumstämmen herabzusickern wie ihr schwärzlicher Saft. Binnen kurzem würde es im Wald dunkel sein. Mit dem Abend zeichneten sich ein Friede und eine Sicherheit ab, die Worf allmählich zu schätzen lernte. Die einzigen Räuber auf diesem Planeten waren Menschen, überlegte er, und Menschen hatten vor der Dunkelheit notorische Furcht.

»Lieutenant«, flüsterte plötzlich Drayton, »ich muß mit Ihnen reden.«

»Ihnen ist deutlich genug klargemacht worden«, brummte Worf sie gedämpft an, »daß Sie schweigen sollen.«

»Ich möchte mich Ihnen anschließen«, sagte die kleine Brünette kokett. »Übergeben Sie mich nicht den Siedlern. Ich bin für Sie die beste Verbündete, die Sie sich wünschen können. Mit meiner Hilfe ist es Ihnen möglich, die Kolonisten zu besiegen.«

Der Klingone schnitt eine grimmige Miene. »Aus Ihnen spricht immer deutlicher die Romulanerin. Halten Sie den Mund, oder ich werfe Sie in die Grube, die Sie hier im Wald gebuddelt haben.«

Drayton schluckte, ließ den Kopf hängen und konzentrierte sich darauf, mit verbundenen Augen und gefesselten Händen durchs Gehölz zu tappen.

Voraus duckte sich Maltz und schlich vorsichtig auf die letzte Baumreihe vor der Niederlassung zu. Hinter dem freien Geländestreifen schwanden die letzten Sonnenstrahlen von den Metallbauten der Kolonie; zurück blieben die stumpfen Farben des Stahls und Rosts.

Maltz winkte den Sicherheitsoffizier nach vorn. Der hünenhafte Klingone verschloß mit einer Hand Draytons Mund und zerrte die Frau ohne sonderliche Rücksicht durchs Unterholz. Sie befanden sich in der Nähe des Eingangstors der Siedlung. Davor stand ungefähr ein Dutzend nervöser Kolonisten beisammen. Das von Oscaras' Bewaffneten ins Tor gebrannte Loch war noch nicht repariert worden. Anscheinend trauten die Posten sich nicht weit von der ungleichmäßigen Öffnung fort.

Grob stieß der Sicherheitsoffizier Louise Drayton auf die Knie. »Wenn Sie wieder ein Geschrei machen«, warnte er sie, »verpasse ich Ihnen, was eine romulanische Agentin verdient. Ich nehme Ihnen nun die Fesseln und die Augenbinde ab. Ich erwarte, daß Sie danach geradewegs zu den Wachen gehen. Rufen Sie ihnen nur zu, daß Sie da sind. Sonst will ich nichts hören.«

In gespielter Hilflosigkeit klimperte Drayton mit den dunklen Lidern. »Sie machen einen Fehler, Lieutenant. Es war immer mein Bestreben, den Klingonen behilflich zu sein.«

»Zischen Sie ab«, fauchte Worf, stellte Drayton auf die Beine und schubste sie vorwärts.

Etwa zehn Meter weit hielt Louise Drayton sich genau an das, was Worf ihr befohlen hatte. Die Wächter bemerkten sie erst, als sie sich unversehens auf alle viere warf, hinter sich deutete und wie eine Irre zu schreien begann. »*Klingonen!*« gellte ihre Stimme. »Mindestens hundert! Sie machen sich zum Angriff fertig!«

Die Kolonisten wirbelten herum. Beunruhigt trippelten sie auf der Stelle, hoben die Phasergewehre schußbereit in Hüfthöhe. Als der erste Schuß sich löste, feuerten plötzlich alle blindlings in den Wald. Dadurch zwangen sie Worf und Maltz, sich auf dem Bauch auszustrecken.

Worf robbte an den Waldrand, um zu sehen, was die Agentin vorhaben mochte. Aber er konnte die Brünette nur noch dabei erspähen, wie sie am Tor vorbei in einen anderen Teil des Waldes rannte. Ein Wächter war so geistesgegenwärtig, auf sie zu schießen; doch es fehlte ihm an der Übung, um ein bewegliches Ziel zu treffen. Dr. Drayton entwischte ins Gehölz und entschwand in den Wald.

Nachdem er einige blumige klingonische Flüche geknirscht hatte, zog Worf sich vom Waldrand zurück. Er packte Maltz an der Schulter, bewog ihn dazu, ebenfalls das Weite zu suchen. Auf Händen und Knien krochen die beiden Klingonen aus der Schußweite der Phasergewehre.

Worf beschloß, auf eine Verfolgung Louise Draytons zu verzichten. In der pechschwarzen Nacht der selvanischen Wälder hätte er damit ohnehin kaum Aussicht auf Erfolg gehabt. Drayton war entwischt; doch zumindest fiel sie ihnen nicht mehr zur Last.

Durch das vergitterte Fenster des Forschungslaboratoriums schaute Deanna Troi hinaus in die vollkommene

Finsternis, die diese Zone des Planeten verschlungen zu haben schien. Nicht einmal die Scheinwerfer der Ortschaft konnten das Dunkel wirksam aufhellen.

Ro lag auf dem Klappbett vor ihrer Instrumentenkonsole und schlief. Die Bajoranerin hatte mehrere Stunden damit zugebracht, einen Sonardetektor zu eichen und damit den mittleren Meeresbereich anzupeilen. Immer wieder sprach sie von diesem mittleren Meeresgebiet.

Deanna hatte versucht, Ros Erläuterungen über tektonische Krustenplatten und Tsunamis aufmerksam zuzuhören; doch ihre Gedanken schweiften häufig ab zu der hinterhältigen Falle der Siedler am vergangenen Morgen. Alles was danach geschehen war, kam ihr wie ein unglaublich wirres Kaleidoskop von Ereignissen vor, wie ein surrealistischer Ausflug aufs Holo-Deck. Aber es war alles Wirklichkeit gewesen, angefangen bei der von Raul Oscaras angedrohten Massenhinrichtung bis hin zum Blut an Ros Schulter.

Die Counselor grübelte über die Frage nach, wer an alldem die Schuld tragen könnte. Schließlich gelangte sie zu der Ansicht, daß alle eine gewisse Mitschuld trugen. Trotz jahrzehntelanger rhetorischer Schwafeleien über den Frieden zwischen Menschen und Klingonen lebten die beiden Völker nach wie vor weitgehend voneinander abgesondert. Die Crew der *Enterprise* betrachtete Worfs Anwesenheit an Bord als Selbstverständlichkeit; dabei vergaß sie, daß nur wenige andere Menschen je direkten Umgang mit Klingonen hatten.

Im Laufe der Zeit war Captain Picard zu einem der herausragendsten Experten in klingonischen Angelegenheiten geworden. Das verdankte er jedoch ausschließlich seiner langen Zusammenarbeit mit Worf. Wie viele andere Menschen sahen sich jemals Auge in Auge Klingonen gegenüber oder hatten gar längere

Zeit hindurch mit ihnen zu tun? Vielleicht eine Handvoll Botschafter.

Unter den richtigen Umständen, dachte Deanna, hätte Selva ein wunderbares Experimentierfeld für das Zusammenleben verschiedener Sternenvölker sein können. Statt dessen war der Planet zum Schlachtfeld geworden.

Sie seufzte und schaute sich nach dem in tiefen Schlaf gesunkenen Fähnrich um. Auf den ersten Blick sah Ro aus, als wäre ihre halbe Gestalt in Verbände gehüllt. Dennoch schlummerte sie ziemlich ruhig. Abgesehen davon, daß sie darauf bestand, bei ihren Meßinstrumenten zu bleiben, befolgte die Bajoranerin die ärztlichen Anweisungen; sie hatte sich keine Anstrengungen mehr zugemutet. Von Deanna war sie mit Essen versorgt worden. Während der Mahlzeit hatten die beiden Frauen nichts Aufregenderes getan, als zu plaudern.

Die Betazoidin überlegte, ob es überhaupt den Aufwand lohnte, heute nacht zu versuchen, in die Funkstube vorzudringen. Oscaras hatte sich dort verschanzt. Rückhalt genoß er durch eine Anzahl irregeleiteter, aber treuer Anhänger; sie hatten geschworen, ihn zu schützen, solange er Präsident war. Allem Anschein nach gab es keine Mittel und Wege, um ihn anders als mit Gewalt aus der Funkstube zu werfen. Mittlerweile hatten allerdings zahlreiche Siedler eine vorgezogene Präsidenten-Neuwahl beantragt. Vermutlich war Raul Oscaras die längste Zeit Selvas Präsident gewesen.

Im Moment, sinnierte Deanna, spielte Politik eine untergeordnete Rolle. Noch immer war der Kontakt zur *Enterprise* nicht wiederhergestellt worden. Deshalb gab es zum Warten keine Alternative.

Die Counselor rieb sich die Augen und fragte sich, wie lange sie noch wachbleiben konnte. In einem dunklen Winkel des verlassenen Laboratoriums hatte sie ein Klappbett für sich aufgeschlagen; jetzt fühlte sie sich auf verlockende Weise davon angezogen. Welchen Sinn hat das Wachbleiben? dachte sie. Ich nähre damit noch nur meine Angst und Besorgnis.

Sie verwendete einige Mühe darauf, sich einzureden, daß sie das Schlimmste hinter sich hätten. Raul Oscaras' Sturz stand kurz bevor. Sie alle waren außer Gefahr. Oder nicht? Diese insgeheime, vage Verängstigung, die sie quälte, war die übelste Art von innerer Unruhe, die sie seit langem erlebte.

Deanna Troi faßte den Entschluß, sie aus ihrem Bewußtsein zu verscheuchen, indem sie sich schlafen legte. Oder wenigstens wollte sie es damit versuchen.

Der Morgen dämmerte in inzwischen ungewohnter Friedlichkeit. Es schien sogar ein wenig die Sonne. Durch das schmale Fenster an der Ostseite des Gebäudes drang das Gleißen eines Lichtkegels ins Laboratorium.

Fähnrich Ro stieß sich von der Instrumentenkonsole ab, stand auf und reckte die sehnigen Glieder. In der Schulter verspürte sie noch ein dumpfes Pochen; doch wegen dieser leichten Beschwerden verzog Ro keine Miene. Sehr gut, dachte sie. Die Verletzung heilt.

Ro blickte sich in dem weiträumigen Labor um. Überwiegend war es noch menschenleer. Entweder hockten die Beschäftigten des Labors daheim, weil sie Furcht hatten und mit weiteren Unannehmlichkeiten rechneten; oder sie schämten sich vor Ro. Sie hoffte, daß letzteres zutraf.

Nur ein paar Mitarbeiter kamen kurz herein, sahen nach ihren Experimenten, Kulturen und Simulationen; alle gingen sie rasch wieder, ohne die Bajoranerin zu beachten. Daran nahm Ro keinen Anstoß. Momentan interessierte sie ohnedies nichts anderes, als unbehelligt ihre Arbeit verrichten zu können.

Sie bemerkte, daß Counselor Troi, die in einer der hintersten Ecken auf einem Klappbett ruhte, noch schlief. Gleich nach dem Aufwachen hatte der Fähnrich sichergestellt, daß nichts und niemand die Betazoidin störte. Wenn jemand Ruhe verdient hatte, dann ohne Zweifel Deanna Troi. Ros Bewunderung für die Counselor war grenzenlos, obwohl sie beide ein gänzlich verschiedenartiges Naturell hatten. Deswegen waren sie nie gute Bekannte geworden.

Ro wußte, daß sie selbst, was die Gestaltung zwischenmenschlicher Beziehungen anbelangte, über kein besonderes Geschick verfügte; um so stärkeren Eindruck hinterließ bei ihr jemand wie Deanna Troi, die dabei anscheinend die größte Meisterschaft entfaltete.

Bei dem Versuch, zu den angeblichen Wilden ein freundschaftliches Verhältnis anzuknüpfen, hatte Troi mit ihrem Team einen uneingeschränkten Erfolg zu verbuchen gehabt. Dagegen war Ro im Verkehr mit den Kolonisten jämmerlich gescheitert. Myra und Gregg Calvert bildeten die einzige Ausnahme. Gewiß, Louise Drayton und Raul Oscaras hatten im geheimen völlig abweichende Pläne verfolgt; aufgrund dessen war es von vornherein unmöglich, mit ihnen zurechtzukommen. Aber das tröstete den Fähnrich wenig. Ro hätte die Entwicklung vorhersehen und eine Methode finden müssen, um den Rest der Landegruppe zu warnen.

Matt lehnte Ro sich in ihren Stuhl. Trotz des ungewöhnlich hellen Sonnenlichts, das durch die Fenster drang, blieb ihre Gemütsverfassung trüb.

Was sie einen Moment später vom Stuhl aufschreckte, war ein ganz schwaches Zittern, nicht stärker, als ginge jemand an ihrer Konsole vorüber. Unter ihren Füßen schien sich der Boden leicht aufzubäumen. Dann schrillte das Alarmsignal des Seismographen – als wäre diese Warnung noch erforderlich – ihr in die Ohren. In Neu-Reykjavik machte das Beben sich gerade so stark bemerkbar, daß die Fensterscheiben klirrten. Doch auf Ros Instrumenten erzeugten die Anzeigen Zickzackmuster. Tausend Kilometer weit entfernt barst auf dem Grund des Ozeans die Planetenkruste.

Wenn sie völlig stillhielt, konnte Ro unter ihren Fußballen das Beben fühlen. Aber an Stillhalten war jetzt nicht zu denken. Sie mußte ein Dutzend Instrumente gleichzeitig ablesen. Trotz der Zickzackmuster auf dem Ausdruck der seismographischen Meßgeräte und der Tatsache, daß die Anzeige der Richter-Skala sich der Stärke 10 näherte, zog unwiderstehlich das neue Instrument ihren Blick an – der Sonardetektor, den sie erst am Vorabend installiert und kalibriert hatte.

Seine Anzeige bestand nicht aus Strichen, die zu Zickzackmustern hätten werden können, sondern aus einem Pünktchen, das sich jetzt gleichmäßig vergrößerte. Mit höchstem Entsetzen beobachtete Ro, wie das, was zuvor auf dem Sichtschirm lediglich ein Lichtpunkt gewesen war, zu einer Kugel anschwoll. Dann dehnte diese Kugel sich rings um die im Meer stattgefundene, gigantische Wasserverdrängung in konzentrischen Kreisen aus.

Ro hob den Blick und sah Deanna Troi, die von dem Beben erwacht war. Offenbar flößte Ros Miene auch der Counselor Schrecken ein. »Was ist passiert?« fragte Deanna kaum vernehmlich.

»Es ist soweit«, krächzte Ro. »Der Tsunami kommt.«

# 18

Geduldig stand Captain Picard im Seitenflügel des Polar-Auditoriums und wartete auf den Zeitpunkt seines Auftritts am Rednerpult. Die schlanke vulkanische Vermittlerin wich nicht von seiner Seite, als hätte sie vor zu garantieren, daß er sich nicht aus dem Staub machte.

Sein Vorhaben, mit der *Enterprise* aus dem Aretia-System zu verschwinden und nur die zur Weiterarbeit erforderlichen Shuttles zurückzulassen, hatte bei der Diplomatin keine Begeisterung hervorgerufen. Inzwischen waren die umstrittenen Monde und Asteroiden jedoch kartographiert. Der Vulkanierin war schon ein vorläufiger Planungsentwurf eingereicht worden. Nun ging es nur noch darum, die vorhandenen Siedlungen in die Vermessung einzubeziehen. Für die Erledigung dieser Aufgabe konnte man Riker und LaForge als überqualifiziert einstufen.

»Captain Picard«, fragte die Vulkanierin ruhig, »bestehen Sie auch auf Ihrer Absicht, falls es gegen Ihren Wunsch, aus dem Aretia-System abzufliegen, stärkeren Widerstand gibt?«

»Admiral Bryant hat mir im Rahmen dieses Auftrags unumschränkte Vollmachten erteilt«, antwortete Picard leise, »und ich habe keine Bedenken, sie zu nutzen. Ich sehe keine Probleme voraus. Auf jeden Fall arbeiten wir effizienter als diese Konferenz. Meine Redezeit war vor zwei Stunden.«

Aus seinem Insignienkommunikator drang eine Stimme. »*Enterprise* an Captain Picard.«

»Hier Picard«, meldete sich der Captain. Er hatte Befehl gegeben, ihn nur wegen wirklich dringender Fragen zu kontaktieren. Folglich schwang jetzt in seinem Tonfall eine gewisse Besorgnis mit.

»Captain«, gab Lieutenant Wallins durch, »wir haben einen Subraum-Kontakt zu Fähnrich Ro. Sie möchte unbedingt direkt mit Ihnen sprechen.«

»Meinetwegen«, antwortete Picard. »Verbinden Sie.«

»Captain Picard?« fragte eine Stimme, von der Picard wußte, daß sie normalerweise sachlich-nüchtern klang; diesmal aber war der gestreßte Tonfall unüberhörbar.

»Hier Picard«, bestätigte der Captain. »Was gibt's denn, Fähnrich?«

»Ich habe sehr schlechte Nachrichten«, erklärte Ro. »Ich darf den Sender nur für ein Momentchen benutzen. Darum muß ich auf Einzelheiten verzichten. Unter Selvas Ozean hat sich ein schweres Erdbeben ereignet. Ein Tsunami rollt auf uns zu. Das ist eine vierzig Meter hohe und vierhundert Stundenkilometer schnelle Flutwelle. Bei dieser Geschwindigkeit haben wir voraussichtlich noch ... zweieinhalb Stunden zu leben.«

»Ein Tsunami«, wiederholte Picard halblaut. Er überwand sein erstes Erschrecken. »Sie müssen sich irgendwo in Sicherheit bringen. Verlassen Sie die Gefahrenzone.«

Ro seufzte. »Uns steht kein Transporter zur Verfügung. Daß wir in der verbleibenden Zeit weit genug marschieren können, ist unwahrscheinlich. Erhöhtes Gelände gibt es hier auch nicht. Aber wir werden versuchen, uns irgendwie zu retten, das dürfen Sie mir glauben. Ich bedaure außerordentlich, Ihnen diese miese Neuigkeit so kurzangebunden mitgeteilt zu haben, aber ich muß das Gespräch nun beenden.«

Picard strich sich mit den Fingern über die trockenen Lippen. Er überlegte, was er sagen könnte. »Wir machen uns sofort auf den Rückflug«, versprach er. »Ich erkundige mich, ob andere Raumschiffe Selva näher sind. Picard Ende.«

Er tippte nochmals auf den Insignienkommunikator. »Picard an *Enterprise*. Auf Selva ist ein Notfall eingetreten. Informieren Sie Starfleet und lassen Sie nachforschen, welche Schiffe sich in der Nachbarschaft aufhalten. Bereiten Sie unseren unverzüglichen Abflug aus dem Orbit vor.«

»Jawohl, Sir«, lautete die Antwort. »Soll ich die Shuttles zurückbeordern?«

»Dafür bleibt uns keine Zeit«, entgegnete Picard. »Ich gebe den Shuttles selbst Bescheid. Picard Ende.«

Er blickte rundum und rang um Fassung. Leidenschaftslos musterte die Vulkanierin ihn. »Wenn Sie wenigstens ein paar Worte sprechen«, sagte sie, »nehme ich Ihnen die übrigen Erläuterungen ab.«

Picard nickte und eilte zum Rednerpult. Behutsam schob er einen älteren Staatsmann beiseite und bemächtigte sich des Mikrofons. »Entschuldigen Sie«, meinte er zu dem Politiker. »Es liegt ein Notfall vor.«

Ohne darauf zu achten, was der Mann erwiderte, wandte der Captain sich an eine Zuhörerschaft, die plötzlich Interesse zeigte. Er sprach ziemlich laut, um das aufkommende Gemurmel zu übertönen.

»Ich bin Captain Picard. Leider habe ich Sie davon in Kenntnis zu setzen, daß die *Enterprise* umgehend abfliegen muß. Aber ich kann Sie beruhigen: Die Aufteilung Ihres Sonnensystems wird zu Ende geführt. Für die Zukunft kann ich Ihnen nur eines empfehlen: Ziehen Sie einen Schlußstrich darunter, Reden zu halten, Komitees zu ernennen und Doktrinen festzulegen. Fangen Sie statt dessen endlich damit an, Verantwortung zu übernehmen.«

Er berührte seinen Insignienkommunikator. »Transporterraum, beamen Sie mich an Bord.«

»Peilung erfolgt, Sir«, antwortete O'Brien.

Vor den Augen des entgeisterten Publikums löste sich Captain Picard im Strudel einer Energiesäule auf.

Während er von der Transportplattform stieg, aktivierte er erneut den Insignienkommunikator. »Picard an Riker.« Er strebte zum Korridor.

»Hier Riker«, erklang eine fröhliche Stimme. »Wir stehen kurz davor, zum Schiff zurückzukehren.«

Picard blieb stehen. Er sah sich vor der Aufgabe, etwas Unzumutbares in Worte zu fassen. »Will«, sagte er schließlich, »die Landegruppe auf Selva hat sich gemeldet. Sie wird durch eine Springflut bedroht. Es bleiben ihr noch zweieinhalb Stunden. Die Wahrscheinlichkeit ist hoch, daß niemand überlebt.«

Er hörte, wie Riker scharf nach Luft schnappte. »Keine Überlebenden?« krächzte der Erste Offizier.

»Die *Enterprise* fliegt unverzüglich nach Selva«, gab Picard durch. »Informieren Sie Geordi und die anderen Shuttles. Sie haben Befehl, den hiesigen Auftrag zu beenden.«

»Ich muß mitfliegen, Sir!« widersprach Riker.

»Für Diskussionen fehlt uns die Zeit«, erwiderte der Captain. »Wir werden tun, was wir können. Lassen Sie uns das Beste hoffen. Picard Ende.«

Will Riker lehnte sich in den Pilotensessel und nahm die Hände von den Shuttle-Kontrollen. »Lösen Sie mich ab«, sagte er zum Kopiloten. Er stand auf und wankte im Shuttle nach hinten.

Was suchte er hier? Einen Schluck Wasser? Eine Zeitmaschine? Daß Deanna, Worf, Data und Ro den Tod finden sollten, war doch einfach undenkbar. Er mußte daran glauben, daß sie überlebten. Bestimmt fand der Captain einen Weg, um sie zu retten. Auf einem gottverlassenen Planeten durch eine Flutwelle zu sterben – das war doch lächerlich! Es mußte möglich sein, daß sie sich retteten. Will Riker ließ sich auf einen Staukasten sinken und rieb sich ratlos die Augen.

Argwöhnisch blickte Raul Oscaras Fähnrich Ro ins Gesicht. »Sind Sie sicher?« fragte er mit gepreßter Stimme.

»Gehen Sie hin und schauen Sie sich meine Meßinstrumente mit eigenen Augen an«, maulte die Bajoranerin unwirsch. »Sie und die Klingonen waren nicht fähig, zusammen zu leben. Nun werden Sie zusammen sterben.«

Diese Ankündigung fuhr den in der Funkstube anwesenden Siedlern dermaßen in die Knochen, daß sie nervöses Schweigen bewahrten. Zwei Personen hatten sich schon auf den Weg gemacht, um Ros Instrumente ernsthaft zu checken. Aber auch das, wußte Ro, hatte keinen Sinn mehr. Wahrscheinlich mußten sie alle sterben. Vor einem Tsunami fortzulaufen, war aussichtslos. Wenn er einen Wald verwüsten konnte, bedeutete das auch für sie den Untergang.

»Die Gebäude halten einer solchen Flut nicht stand«, sagte Ro. »Gäbe es irgendwo höheres Gelände ...«

»Ich weiß nicht, ob sie hoch genug ist«, unterbrach Deanna sie, »aber ich kenne die höchste Stelle im Wald. Es ist ein von den Klingonen angelegter Hügel. Wenn sich das Wasser verläuft, wird er weit und breit der höchste Punkt sein. Er ist nur eine Stunde Fußmarsch entfernt.«

»Diese Anhöhe ist mir auch bekannt«, erklärte Oscaras barsch. »Ich habe sie vor längerem mal gesehen, bin aber nie wieder dort gewesen. Können Sie uns hinführen?«

Die Betazoidin schaute zum Fenster hinaus. »Ja.« Sie nickte. »Ich glaub's wenigstens. Data kann es auf alle Fälle.«

»Als erstes«, wandte Ro sich an den Präsidenten, »rücken Sie nun gefälligst meinen Insignienkommunikator heraus.« Die Bajoranerin hielt Oscaras die Hand unter die Nase. Eingeschüchtert händigte er ihr das kleine Kommunikationsgerät aus. Ro heftete es an ihre Siedlerbluse und wollte es gerade aktivieren, da kam einer der Wissenschaftler in die Funkstube gestürzt.

»Sie sagt die Wahrheit!« schrie er. »Das Seebeben hat eine riesige Flutwelle verursacht. Sie rauscht geradewegs auf uns zu!«

Oscaras sackte der Unterkiefer abwärts. Offenen Mundes stierte er vor sich hin wie ein Fisch.

Ros Hand streifte den Insignienkommunikator. »Ro an Data.«

»Hier Data.«

Trotz der Aufregung gab die Bajoranerin sich alle Mühe, um die neue Situation ruhig und folgerichtig zu schildern.

»Commander«, sagte sie, »die *Enterprise* befindet sich auf dem Rückflug, aber wir stehen vor einem ernstzunehmenden Problem. In ungefähr zweieinhalb Stunden wird eine Tsunami-Springflut über uns hereinbrechen. Sie bewegt sich mit einer Geschwindigkeit von vierhundert Stundenkilometern fort und hat eine Höhe von vierzig Metern. Counselor Troi zufolge kennen Sie eine Erhebung, die in der ganzen Gegend der höchste Punkt ist. Sie soll innerhalb rund einer Stunde erreichbar sein. Falls Sie allerdings einen besseren Vorschlag haben, Sir, bitte ich Sie, ihn uns zu unterbreiten.«

»Ich habe das Beben bemerkt«, stellte der Androide sachlich fest. »Nach meiner Schätzung lag die Stärke bei neun Komma acht auf der Richter-Skala. Ich glaube, das von Ihnen angesprochene Vorgehen ist sinnvoll, solange sich uns keine bessere Möglichkeit anbietet. Auf dem Hügel ist für alle auf Selva anwesenden Personen Platz. Dennoch ist es meines Erachtens unwahrscheinlich, daß jemand eine Flutwelle der von Ihnen beschriebenen Art überlebt.«

»Wir können versuchen uns festzubinden, vielleicht mit Hilfe von Zeltstangen«, meinte Ro voller Entschlossenheit. »Wir werden ganz einfach versuchen, auf jede erdenkliche Weise zu überleben.«

»Ein verständliches Anliegen«, antwortete der Androide. »Wir treffen uns dort. Ich veranlasse, daß die Trommel geschlagen wird, um Ihnen den Weg zu weisen.«

»Danke, Commander. Ro Ende.«

Raul Oscaras besann sich auf seine alten Führungsqualitäten und klatschte in die Hände. »Alles herhören!« polterte er. »Wir müssen die Siedlung evakuieren und auf den Klingonenhügel flüchten. Es gibt keine Wahl. In zehn Minuten sammeln wir uns alle am Tor. Nehmen Sie nichts als die Kleidung mit, die Sie am Leib tragen, und Seile, Pfosten, Eisenstangen – alles was wir gebrauchen können, um uns am Boden und aneinander Halt zu verschaffen. Und eine Grundausstattung an technischem Gerät.«

»*Keine* Phaser«, warnte Fähnrich Ro ihn. »Ich wünsche keine weiteren Mißverständnisse.«

»Also gut«, grummelte Oscaras. »Keine Phaser. Los, los! Ich mache eine Durchsage über den Dorffunk.« Als seine Anhänger sich nicht rasch genug in Bewegung setzten, schlug er noch einmal in die Hände. »Vorwärts!« brüllte er. »Auf!«

Mehrere Klingonen beäugten Data mit mißtrauischen Blicken. Worf konnte es ihnen nicht verübeln. Für sie mußte die vom Androiden gegebene, rein faktenbezogene Beschreibung der Flut, die sie überrollen sollte, wie eine Halluzination klingen; vielleicht dachten sie, ihn hätte eine Grubenheuschrecke gebissen. Die Tatsache, daß Worf einige Zeitlang auf der Erde gelebt hatte und über Tsunamis Bescheid wußte, erhöhte seine und Datas Glaubwürdigkeit kaum. Unter den gegenwärtigen Umständen fiel es leichter, so Unerhörtes anzuzweifeln.

»Ist das wieder ein Trick«, fragte Maltz, »um uns den Flachschädeln auszuliefern?«

»Hätten wir vor, Sie zu hintergehen«, antwortete Data, »wären wir nicht vorher das Risiko eingegangen, Sie zu befreien. Diesmal wenden die Siedler sich um *Hilfe* an Sie. Wir müssen ohne zu zögern zum Hügelheiligtum aufbrechen und dürfen keine Zeit mit Diskussionen vergeuden.«

Myra Calvert holte tief Luft und verließ die Seite ihres Vaters. Sie trat mitten unter die wüst aussehende Klingonenhorde. »Was Data euch erzählt, ist wahr«, rief sie. »Auch Fähnrich Ro sagt die Wahrheit. Es hat hier schon einmal eine so riesige Flutwelle gegeben. Ich habe dauernd versucht, es den Erwachsenen klarzumachen. Wir leben in einer Tiefebene, die bei Fluten überschwemmt wird. Selbst wenn ihr nicht versteht, was ich meine, bitte hört auf Data! Geht mit ihm!«

Niemand regte sich vom Fleck. Worf erkannte, daß er schlichtweg Initiative beweisen mußte, damit etwas geschah. Er bückte sich, hob ein Phasergewehr und mehrere Musikinstrumente auf. »Bleibt ihr hier«, erklärte er, »müßt ihr sterben. Laßt die Vergangenheit ruhen. Kommt mit, wir wollen tun, was wir können, um möglichst viele Leben zu retten.«

Wolm kam zu Worf gelaufen. Turrok humpelte hinterher; als jüngstes Mitglied der Klingonengruppe wandte er sich an seine Gefährten, deutete auf Myra und Gregg Calvert. »Die beiden haben uns zur Flucht verholfen«, rief er in Erinnerung. »Diese Flachköpfe hier sind wie wir, sie denken anders als ihre Anführer. Laßt uns die anderen Flachköpfe willkommen heißen, sobald sie da sind. Wir sollten ihnen zeigen, daß wir *Klingonen* sind.«

Maltz zog das Messer. Mehrere seiner Kameraden schraken zurück. Er richtete die Spitze der Klinge auf Worf. »Diese Waffe wirst du schmecken«, knurrte Maltz, »wenn du uns noch einmal verrätst.«

»Sollte ich euch hintergehen«, beteuerte der breitschultrige Klingone nahezu flehentlich, »steche ich sie mir eigenhändig ins Herz. Aber wenn wir noch mehr Zeit verschwenden, sind wir alle zum Tode verurteilt. Greift euch die Leuchten und alles übrige, was ihr tragen könnt.«

Er tat einen Schritt zwischen die düsteren, vom Sonnenschein mit hellen Klecksen gesprenkelten Baumstämme. Eilends schlossen Wolm und Turrok sich ihm an.

Ungefähr eine halbe Stunde nach Beginn des Marschs in den Urwald hörte Deanna Troi hinter sich die ersten Tuscheleien der Unzufriedenheit. Sie blieben im seltsam still gewordenen Wald die einzigen vernehmbaren Laute. Troi fühlte sich nicht dazu berechtigt, den Kolonisten Vorwürfe zu machen. Sie befanden sich auf der Flucht vor etwas Unsichtbarem, einer als nebulös und unwirklich empfundenen Bedrohung.

Eine zehn Stockwerke hohe Flutwelle? So etwas konnte ein besonnener Verstand sich eigentlich gar nicht vorstellen. Und doch zogen sie jetzt im Eiltempo durch den Dschungel, um in den Klauen des Erzfeinds Schutz zu suchen. Der Wald war schauderhaft genug, aber sich in eine Klingonenbastion zu flüchten – das war mehr, als einige Siedler hatten verkraften können. Acht von ihnen hatten sich geweigert mitzukommen.

Diese Handvoll ausgenommen, blieben selbst die lautesten Nörgler bei der langgezogenen Kolonne. Wäre ihr Dasein nicht sowieso schon auf den Kopf gestellt worden, überlegte Deanna, hätten sie sich einer so drastischen Maßnahme vielleicht nie gefügt. Aber die allgemeine Niedergedrücktheit war längst in Fatalismus gemündet: Die Mehrheit der Siedler fand sich stillschweigend mit allem ab, was auf sie zukam. Nach allem, was sie mittlerweile mitgemacht hatten, wunderte es sie anscheinend nicht mehr, daß auch die Naturgewalten sich gegen sie kehrten. Mehrere Kolonisten waren sich des nahen Endes sicher.

Nach der hinterlistigen Gefangennahme der Klingonen und dem mißlungenen Bemühen, sie gefangenzuhalten, hatten die meisten Siedler das Vertrauen zu Raul Oscaras verloren. Jetzt gehorchten sie ihm mehr aus Gewohnheit als aus Überzeugung. Immerhin erwies es sich jedoch als nützlich, daß Oscaras und Ro während des Marschs Gespräche mit den Familien führten, ihnen genauer erklärten, was überhaupt geschah.

Allem Anschein nach hatte eine Wissenschaftlerin der Ortschaft schon vor längerem Hinweise auf einen früheren Tsunami entdeckt, doch hatte man nicht auf sie gehört. Jetzt waren sie zum Zuhören bereit, vor allem, weil die Mehrzahl das Beben selbst gespürt hatte.

Etliche Siedler klagten bitter, manche schleppten nur stoisch ihre Kinder; andere weinten, während sie durch den Wald wanderten.

Plötzlich erscholl Trommelklang. Die Counselor erkannte den gleichmäßigen Rhythmus, den sie am ersten Tag im Wald gehört hatte. Damals war Turrok auf diese Weise begrüßt worden; heute sollten die Signale den Siedlern den Weg weisen und sie willkommen heißen.

Bevor die Counselor feststellen konnte, woher das Getrommel drang, hörte sie furchtsame Rufe. Hastig drehte sie sich um. Eine Anzahl von Kolonisten machte Anstalten, die Flucht zu ergreifen.

»Haben Sie keine Sorge wegen der Trommeln!« schrie Troi. »Es wird lediglich zu unserer Einweisung und Begrüßung getrommelt. Ich kenne diesen Rhythmus. Er hilft uns bei der Orientierung.«

»Wozu?« blökte ein Siedler. »Damit wir in einen Hinterhalt tappen?«

»*Sie* sind es gewesen, die die *Klingonen* in eine Falle gelockt haben!« schalt Ro durch das Stimmengewirr. »Der ganze frühere Haß hat jetzt keine Bedeutung mehr. Sehen Sie das endlich ein! Die einzige Frage ist: Sind Sie in zwei Stunden noch am Leben? Das ist alles, was zählt.«

»Los, los, weiter, weiter!« befahl Oscaras. Er zeigte in die Richtung, in die Deanna die lange Reihe der Kolonisten bisher geführt hatte. »Das Getrommel kommt aus dem Westen. Also Beeilung!«

Wie ein kranker Lindwurm taumelte die Kolonne von ungefähr zweihundert Siedlern vorwärts. Während der folgenden halben Stunde ertönte der Trommelschlag noch aus der Ferne; danach schien er auf einmal aus den Wipfeln über den Köpfen der Kolonisten herabzudröhnen. Vielleicht kommt er wirklich von oben, dachte Deanna.

Zuletzt gelangte die Kolonne auf die Lichtung, die den großen, ovalen Erdhügel umgab. Die Siedler setzten ihre Kinder und Ausrüstung ab, betrachteten die merkwürdige Erhebung aus angehäufter Erde und die dürren Schößlinge, die darauf gediehen. Vor einigen Tagen, bemerkte Deanna, hatte die Anhöhe noch enorm groß gewirkt. Jetzt, um Zuflucht vor einer vierzig Meter hohen Springflut zu bieten, erweckte sie einen betrüblich unzulänglichen Eindruck.

Worf und Data kamen der Counselor entgegen. Droben auf dem Hügel hatte sich die buntgescheckte Klingonenschar schon einen Platz gesucht. Fähnrich Ro begrüßte ein kleines Mädchen und den attraktiven blonden Mann, der Worf und die Counselor befreit hatte. Alle ringsum erleichterte es sichtlich, am Bestimmungsort eingetroffen zu sein; doch anscheinend wußte niemand so recht, was als nächstes passieren sollte. Zwischen der kleinen Klingonengruppe auf der Hügelkuppe und der mit den Siedlern gefüllten Lichtung stand die *Enterprise*-Landegruppe und beratschlagte.

»Sind alle da?« erkundigte sich Data.

»Alle außer acht Siedlern, die es abgelehnt haben, das Dorf zu verlassen, und Dr. Drayton«, gab Deanna ihm Antwort. Sie senkte die Lautstärke ihrer Stimme. »Was machen wir nun? Der Hügel sieht nicht aus, als könnte er uns alle vor der Flut bewahren.«

Indem sie die Schlinge um ihren Arm zurechtrückte, gesellte Fähnrich Ro sich zu der Gruppe. Die allgemeine Aufmerksamkeit wandte sich ihr zu. »Wie ernst ist die Gefahr?« fragte Worf sie. »Im Fall einer Überschwemmung...«

»Es gibt keine gewöhnliche Überschwemmung«, fiel ihm Ro ins Wort. »Wir stehen auf einem sehr unbeständigen Planeten. Das war uns schon bekannt, als wir ihn betreten haben.« Sie zeigte auf Myra Calvert. »Diese junge Dame hat den Leuten hier oft genug zu verdeutlichen versucht, daß vor neunzig Jahren der Wald von etwas niedergewalzt worden ist. Tja, heute wissen wir, was es war, und jetzt rauscht eine neue Flutwelle heran. In ungefähr einer Stunde und fünfzehn Minuten wird hier eine Woge, so hoch wie drei Bäume, mit einer Geschwindigkeit von vierhundert Kilometern die Stunde vorbeidonnern.«

»Wie können wir das im Freien überstehen?« fragte Worf gedämpft.

»Wir können es nicht«, sagte Data. »Ich halte es für unwahrscheinlich, daß viele Humanoide sie überleben. Ich stufe meine eigenen Überlebenschancen bei maximal dreißig Prozent ein.«

Raul Oscaras stolzierte heran. »Was geht hier vor? Ich will wissen, worüber Sie reden.«

»Wir besprechen, ob wir möglicherweise am Leben bleiben können«, fuhr Worf ihn an. »Dafür brauchen wir bestimmt nicht *Ihre* Hilfe.«

Deanna hatte gesehen, daß eine Klingonin den Abhang heruntereilte, gerade als Oscaras zu der Landegruppe stieß. Es war die schlaksige junge Frau namens Wolm. Eindringlich zupfte sie an Worfs Jacke.

»Ich muß dir was sagen«, meinte sie nachdrücklich.

»Jetzt nicht, Wolm«, wies der hünenhafte Klingone sie ab. »Wir müssen uns einen Plan ausdenken.« Er wandte sich an Data. »Commander, vielleicht nutzt es etwas, wenn wir einen Graben ausheben oder Pfeiler in den...«

»Ruhe bitte!« brauste Deanna auf. Ihr unerwarteter Ausbruch stoppte die Debatte. Sie deutete auf Wolm. »Diese junge Dame will uns etwas mitteilen. Ich weiß nicht was, aber sie hält es für ungeheuer wichtig. Also sollten wir ihr zuhören.«

»Das ist durchaus richtig«, stimmte Data ihr zu. »Was möchten Sie uns erzählen, Wolm?«

Das Mädchen schaute sich um. Maltz und ein paar andere Klingonen starrten sie mit zornigen Blicken an. »Das Ganze ist bloß ein Trick!« brüllte Maltz. »Verrat ihnen nichts!«

»Ich muß es aber«, erwiderte das Mädchen. »Die Riesenwelle kann uns nicht fortreißen, wenn wir drinnen sind.«

»Wo drinnen?« fragte Deanna.

Indem das Mädchen sich mit der Zunge über die Lippen leckte, zeigte es auf den Hügel. »Im... im Hügel. Im alten Heim.«

»Nein!« kreischte Maltz, rannte den Hang herunter und wollte auf Wolm losgehen. Worf packte zu und rang ihn zu Boden. »Sie nehmen's uns weg!«

lamentierte der Junge. »Die Flachschädel rauben uns alles!«

»Sie werden euch nichts fortnehmen«, widersprach Deanna. Sie drehte sich Raul Oscaras zu. »Geben Sie ihnen die Zusage«, forderte sie ihn mit allem Nachdruck auf, »daß Sie ihnen nichts wegnehmen.«

»Ich schwöre es«, tönte der Bärtige aus voller Brust. »Alles was den Klingonen gehört, sollen sie für immer behalten.«

In Worfs Griff gab Maltz seine Gegenwehr auf. Voller Kummer sah er Wolm an. »Die Toten«, jammerte er weinerlich. »Sie entweihen sie...«

»Das ist ihnen sicher egal«, entgegnete Wolm, »wenn wir dadurch gerettet werden.« Sie wandte sich wieder an Deanna und Data. »Kommt mit.«

In gespannter Aufmerksamkeit verfolgten über zweihundert Leute, wie die hochaufgeschossene junge Frau die Landegruppe und Präsident Oscaras zu einem Erdhaufen führte; er hob sich ein wenig vom einen Ende des länglichen Hügels ab. Nachdem Deannas Beachtung jetzt auf ihn gelenkt worden war, hatte sie den Eindruck, als hätte man an dieser Stelle die Erde erst kürzlich aufgewühlt.

Wolm kniete sich hin und schob mit den Händen Erde beiseite. »Wir mußten es verstecken«, erklärte sie. »Vor langem, als die Flachköpfe sich das erste Mal im Wald umguckten... haben wir's zugedeckt. Es ist das alte Heim... Die Wohnung unserer Toten.«

Auch Worf ging in die Knie und fing wie ein Besessener zu buddeln an. Oscaras rief nach einer Schaufel. Ein Kolonist lief herbei und begann mit einem Spaten dicke Lehmklumpen wegzuschaufeln.

Immer mehr Siedler drängelten sich gespannt vor, um besser sehen zu können, was die magere Klingonin da zum Vorschein bringen mochte. Einigen entfuhr ein Keuchen, als der Spaten auf Metall klirrte.

Erdschollen rutschten von einer stumpfen Metallfläche.

»Gütiger Gott«, raunte Oscaras. »Es ist ihr Raumschiff...!«

Nun fielen ein Dutzend Leute mit den bloßen Händen und ein zweites Dutzend mit Schaufeln über den Erdhügel her. Deanna stieg höher den Hang hinauf, um nicht im Gewimmel all der Leute, die auf einmal behilflich sein wollten, zerquetscht zu werden. Ihr Blick verweilte auf Maltz und den restlichen Klingonen; mehrheitlich schauten sie verstört und bekümmert drein. Jetzt war auch ihr letztes, größtes Geheimnis enthüllt, wußten die Flachköpfe alles über sie, was es zu wissen gab.

»Da ist eine Einstiegsluke«, rief jemand. »Macht sie auf!«

»Laßt die Klingonen die Luke öffnen«, ermahnte Deanna die Siedler. »Es ist ihr Schiff.«

Data, Worf und Oscaras scheuchten die Kolonisten zurück. Wolm klammerte sich ans Stellrad und versuchte es zu drehen. Turrok hinkte den Abhang herunter und griff zu, um ihr zu helfen. Mit vereinten Kräften gelang es den beiden, die Tür zu öffnen. Ein Schwall stinkigen Miefs wehte aus der Luke. Ein Teil der umstehenden Siedler prallte unwillkürlich einen Schritt zurück.

Die einzige Person, der die verdorbene Luft nichts ausmachte, war Data. Er kletterte in den alten klingonischen Frachter und brachte gleich darauf den halbverwesten Leichnam Balaks ins Freie. Er stieg noch mehrere Male hinein und beförderte jedesmal kleinere und verschrumpelte Leichen zum Vorschein. Einige waren in hermetisch abgedichteten Räumlichkeiten mumifiziert.

Unbeirrt und zügig bettete der Androide die Toten neben dem Erdhügel auf die Lichtung. In ehrfürchtigem Schweigen schauten die Kolonisten der Bergung der toten Klingonen zu. Vielleicht war es die geringe Größe der verschrumpelten Leichen, überlegte Deanna, was sie zu so andächtiger Stille bewog. Eindeutig handelte es sich bei den meisten Toten um Kinder.

Erst jetzt wohl vermochten die Siedler mehr oder weniger nachzuvollziehen, was diese beherzten Halbwüchsigen im Laufe der vergangenen zehn Jahre ausgestanden haben mußten. In dem Raumschiff, mit dem sie gestrandet waren, hatten sie über die Hälfte ihrer Leidensgenossen bestattet. Zum Schluß trug Data das Skelett eines erwachsenen Klingonen heraus. Deanna vermutete, daß dies der Pilot des vom Unheil verfolgten Frachters gewesen war.

»Der letzte Tote ist geborgen«, meldete der Androide anschließend seinen Kameraden. »Das Schiff hat Trapezoederform und ist in drei Decks unterteilt: Auf dem ersten befinden sich die Brücke, auf dem zweiten die Besatzungsunterkünfte und Lebenserhaltungssysteme, auf dem dritten ein großer Frachtraum. Letzterer liegt in einem durch die Bruchlandung aufgerissenen Krater. Der Rumpf muß noch untersucht und gegebenenfalls repariert werden. Ich erachte es aber als wenig wahrscheinlich, daß wir den Frachtraum wasserdicht machen können. Das Schiff ist damit auf der Planetenoberfläche aufgeschlagen. Falls uns nur die Brücke zur Verfügung steht, wird es eng. Aber ich glaube, das Schiff bietet ausreichend Platz für alle.«

»Ich habe doch keine Lust, im Innern dieses Klingonenschrotts zu krepieren«, murmelte ein ältere Siedler mit Namen Edward.

»Was ist mit dem Transporter?« fragte Worf. »Können wir ihn in Betrieb nehmen?«

»Das ist höchst unwahrscheinlich«, entgegnete Data. »Nach zehn Jahren dürften der Reaktor und die Energiespeicher erschöpft sein. Unter Verwendung der Generatoren und Phaser müßten wir es schaffen, die Betriebsfähigkeit der wichtigsten Lebenserhaltungssysteme wiederherzustellen. Mehr jedoch können wir bei realistischer Lagebeurteilung nicht erwarten.«

Rasch verflog die anfängliche Euphorie der Siedler, als sie begriffen, daß ihr Überleben von einem alten, verrosteten Schiffsrumpf abhängig war. Vermutlich hatte das Wrack tausend Lecks. Deanna wußte, daß es Menschen zuwider war, in beengten, geschlossenen Räumen zu sterben.

Ein Regentropfen klatschte ihr ins Gesicht. Dem Spritzer folgte ein dermaßen jäher Windstoß, daß Troi ins Taumeln geriet. Sie schloß ihren Kragen fest um den Hals.

Nervös blickten sämtliche Personen in die Richtung des Ozeans. Würde irgend etwas sie frühzeitig warnen? Fast konnte Deanna sich vorstellen, wie so eine Vorwarnung aussah: eine Unzahl von Bäumen, die wie Zahnstocher auf dem Kamm einer riesenhaften, roten Woge schwammen.

Da stapfte unversehens Raul Oscaras durch die Reihen der Kolonisten. Wie ein Irrer fuchtelte er mit den Armen.

»Worauf warten wir noch?« herrschte er die Leute an. »Es müssen Teams zusammengestellt werden. Clemons, Arden, Monroe – macht euch an die Inspektion des Außenrumpfs! Die Jungs mit den Generatoren kümmern sich darum, daß die Lebenserhaltungssysteme in Gang kommen. Alle Männer mit Schweißgeräten hinunter in die Frachtkammer – ihr flickt die Schotten! Jemand muß Sicherheitsgurte für die Kinder zusammennieten. Das Schiff braucht nicht mehr zu fliegen, es genügt, wenn es kein Wasser einläßt. An die Arbeit!«

Seine Dröhnstimme schreckte die Saumseligen auf und veranlaßte sie zum Handeln. Eine gewisse Zahl von Siedlern packte Leuchten und Schweißgeräte, kletterte in die Einstiegsluke des havarierten Frachters. Andere Kolonisten japsten unter der Last der schweren Generatoren. Maltz und ein paar andere Klingonen sprangen ihnen zu Hilfe. Bald hatte sich eine seltsame Arbeitsgemeinschaft aus Menschen und Klingonen gebildet, die Ausrüstungsgegenstände in den von Erde überdeckten Frachter schleppten.

Deanna spürte weitere Spritzer eisigen Regens im Gesicht. Sie hob den Blick zu dem finster gewordenen Himmel. Eine Stampede verhängnisvoll düsterer Wolken hetzte durch die Lüfte. An das, was sie so jagte, wagte die Counselor nicht zu denken.

Voller Ungeduld trommelte Jean-Luc Picard mit seinen Fingern auf die Armlehne seines Kommandosessels, als könnte ein Aufgebot nervöser Energie den Flug der *Enterprise* beschleunigen. Er überlegte, ob das Raumschiff schneller wäre, befände Geordi sich an Bord. Allerdings flog es ohnehin schon erheblich schneller als Warp 9. Ganz gleich, was sie versuchten, weniger als fünf Stunden Flugzeit für die Rückkehr nach Selva konnten sie aus den Maschinen unmöglich herausholen. Damit kamen sie immer noch um zwei Stunden zu spät.

»Klingonischer Subraum-Funkspruch«, meldete der Offizier, der momentan die taktische Station bemannte, Worfs gewohnten Posten. »Reine Textübermittlung. Man bedauert, uns mitteilen zu müssen, daß sich keine Raumer in Selvas unmittelbarer Nachbarschaft aufhalten. Man kommandiert die *BaHchu* ab, die Selva in neun Stunden erreichen kann.«

Picard schlug auf die Armlehne des Sessels. Die klingonische Raumfahrt war seine letzte Hoffnung gewesen. Auch kein Starfleet-Raumschiff war Selva näher als die *Enterprise*. Ebensowenig gab es im näheren Umkreis Selvas irgendwelche sonstigen raumfahrenden Zivilisationen. Die Landegruppe war völlig auf sich gestellt und mußte sich irgendwie selbst helfen.

Der Captain hatte Neu-Reykjavik angefunkt, aber nur mit einem Anrufbeantworter Kontakt erhalten. Dadurch hatte er erfahren, daß die Niederlassung evakuiert worden war und die Siedler sich zu retten versuchten.

Wenn nur ein paar von ihnen überlebten, sagte sich Picard, wäre das diesen verrückten Hochgeschwindigkeitsflug schon wert. Die Alternative bestand aus der Bergung Hunderter aufgedunsener, durch Wassermassen zermalmter Leichen. Beharrlich verdrängte Picard diese Vorstellung aus seinen Gedankengängen.

Funken knisterten über den Köpfen zweier Klingonen, während sie eine Metallplatte hielten, die von einer Siedlerin an einer geborstenen Luke festgeschweißt wurde. Zufrieden nickte Deanna und entfernte sich zur anderen Seite der Brücke.

Dort fertigten Kolonisten und Klingonen aus Packkisten und Seilen provisorische Sitze an. Im schauriggrünlichen Schein einer Leuchte stand ein Häufchen Kinder und fröstelte; die Sitze waren für die Kleinen bestimmt. Deanna ging in die Knie und schloß der Sechsjährigen, mit der sie beim ersten Besuch in der Kolonie ein paar Worte gewechselt hatte, den Reißverschluß.

»Gehen wir bald nach Hause?« fragte die Kleine die Counselor.

Mit trockener Kehle schluckte Deanna und zwang sich zu einem Lächeln. »Wohin wir gehen, weiß ich nicht genau. Aber wahrscheinlich wird unsere Reise ein bißchen holprig. Werdet ihr auch alle ganz tapfer sein?«

Die Kinder nickten. Es erleichterte Deanna, als Wolm

sich zu ihnen kniete. »Ich geb' auf sie acht«, versprach die junge Klingonin.

»Als ihr nach Selva verschlagen worden seid«, bemerkte Troi, »müßt ihr etwa in ihrem Alter gewesen sein.«

Wolm nickte. »Ja. Sie sind jetzt meine Schwestern und Brüder.«

Der Wind heulte Lieutenant Worf in die Ohren. Er blinzelte in den Regen, der ihm ins Gesicht prasselte wie ein Insektenschwarm. Während er die letzten Siedler in den klingonischen Frachter winkte, konnte er kaum noch zwei Meter weit sehen. Vielleicht war es ihm sogar lieber, nichts mehr sehen zu können.

Im Wrack war man zwar noch an der Arbeit, aber vor einigen Minuten hatte Ro ihm mitgeteilt, daß ihre Zeit abgelaufen war: Der Tsunami konnte nun jeden Moment über sie hinwegrasen. Die leicht feststellbaren Schäden waren schleunigst behoben worden; doch zum jetzigen Zeitpunkt mußte man annehmen, daß das Wrack noch Lecks aufwies.

In den engen Räumlichkeiten des Frachters roch es schon wie in einem klingonischen Zoo, doch es galt noch ungefähr zwanzig Siedler darin unterzubringen. Sie hatten alle freiwillig bis zuletzt gewartet und den anderen – auch den Klingonen – den Vortritt gelassen. Wahrhaftig hatten sogar sämtliche Kolonisten darauf bestanden, daß die Klingonen zuerst den Frachter bestiegen.

Möglicherweise bereuen sie jetzt diese Großzügigkeit, sinnierte Worf. Dicht an dicht drängten die Leute sich jetzt auf der Brücke des Wracks, Schulter an Schulter in den Korridoren und überall auf dem obersten Deck, wo sich ein Plätzchen fand. Der Frachtraum unten im Schiff wurde nicht belegt. Data hatte wegen eventueller Lecks, die übersehen worden sein mochten, davon abgeraten.

Data und Ro versuchten mit der konvertierten Energie eines Phasergewehrs die Klimaanlage zu reaktivieren. Worf bezweifelte jedoch, daß mehr als eine Umwälzung der verbrauchten Luft das Resultat sein konnte. Inzwischen hatten die Kinder ihre Sitze und Sicherheitsgurte. Der Rest war zusammengezwängt wie Sardinen, die bekannte terranische Delikatesse.

Worf schickte zwei weitere Leute durch die Luke. Ausdünstungen wallten ihm in die Nase, die nach purem Schweiß, aber auch Furcht und Schrecken rochen. Er beschloß, die Luke so lang offenzuhalten, wie er es vertreten zu können glaubte. Angesichts der Verhältnisse im Innern des Wracks schätzte er sich geradezu glücklich, noch im Freien zu sein. Er freute sich nicht gerade darauf, sich auch hineinzuquetschen – bis er das Geräusch hörte.

Es klang nach Hunderten von Baumstämmen, die gleichzeitig zerknickten, einem Berg von Gesteinsschutt, der mit vierhundert Stundenkilometern heranrumpelte, und Brandung, die mit elementarer Wucht gegen eine Küste donnerte; das alles verschmolz zu einem dunklen, dumpfen, grauenvollen Grollen. Nun schubste Worf die restlichen Kolonisten energisch durch die enge Luke.

»Hinein!« schrie er sie an. »Los doch, ein bißchen plötzlich!«

Er konnte die eigene Stimme kaum noch hören. Das Donnern erfüllte seine gesamte Sinneswahrnehmung. Unter der sich nähernden Flutwelle erbebte der Untergrund. Verzweifelt spähte Worf ein letztes Mal in den starken Regen, hielt rundum nach eventuell zurückgebliebenen Siedlern Ausschau. Er sah keine.

Der Klingone sprang durch die Luke in das Wrack. Nie hatte er sich schneller bewegt. Schwungvoll drehte er das Stellrad. Er klammerte beide Fäuste ans Stellrad, als könnte er es mit bloßen Körperkräften der Flut verwehren, die Luke zu zertrümmern. In unmittelbarer Nähe spürte er eine zweite muskelbepackte Gestalt. Er wandte den Kopf und sah, wie Gregg Calvert die andere Hälfte des Stellrads packte.

Indem sie aus vollem Hals schrie, lief die Frau, die sich Louise Drayton nannte, aus dem Wald auf die Lichtung. Sie hatte zu lange gezögert. Als sie beobachtete, daß die Siedler sich an dem Hügel sammelten, hatte sie nicht recht durchschaut, was die Menschen vorhatten. Jetzt jedoch stand es eindeutig fest. Etwas Entsetzliches wälzte sich durch den Wald heran. Die Kolonisten brachten sich in Sicherheit.

»Hilfe!« kreischte die Romulanerin in den fürchterlichen Sturmwind, der ihre Worte augenblicklich verwehte. »Hilfe!« heulte sie. »Laßt mich hinein!« Sie wollte gegen die Einstiegsluke hämmern, glitt aber im Lehm aus und stolperte in den Dreck.

Das schaurige Donnern schwoll zu derartiger Lautstärke an, daß die Frau die Hände auf die Ohren pressen mußte, nur um bei Verstand zu bleiben. Sie zwang sich dazu, den Blick zu heben, hatte vor, die Luke zu suchen. In diesem Moment sah sie eine titanische, blutrote Woge, hoch wie Romulus' Skyline. Sie trieb Bäume vor sich her wie ein Häufchen Reisig. Das Getöse war ungeheuerlich, zerriß der Frau die Trommelfelle, aber sie schaffte es nicht, den Blick abzuwenden – sie wußte, die Woge war das letzte, was sie je sehen sollte.

Die Flutwelle überrollte die Romulanerin mit der Gewalt einer Lawine. Ein Schwall zerborstener Baumstämme stürzte auf sie herab.

# 19

Die gigantische Woge wälzte sich über das Schiffswrack hinweg, schwemmte es aus dem Krater und riß es eine Strecke weit mit. Kolonisten und Klingonen purzelten übereinander, brüllten laut vor Furcht. Das Wrack zitterte und ächzte wie ein von einer Harpune getroffenes Tier.

Baumstämme krachten gegen den Rumpf wie von Riesen geschwungene, übergroße Trommelschlegel. Durch Lecks rieselte Wasser auf die entsetzten Insassen. Scheußliche Knarr- und Knirschgeräusche übertönten beinahe das allgemeine Schreckensgeschrei.

Wolm versuchte, die kleineren Kinder, die an die improvisierten Sitze gegurtet worden waren, zu schützen. Doch ein starker Ruck schleuderte sie gegen die inaktive Instrumentenkonsole. Benommen schüttelte sie den Kopf. Sie spürte Hände, die sich darum bemühten, ihr beim Aufstehen behilflich zu sein.

Abermals durchfuhr ein Stoß das Wrack. Myra Calvert taumelte in Wolms Schoß. Gemeinsam kamen die zwei Mädchen wieder auf die Knie und krochen zurück zu den verängstigten Kindern. Sie schlangen die dünnen Arme um die Kleinen, umfingen sie fest. Von der Decke sprühte Wasser auf sie herunter. Fortgesetzt wurde das Schiffswrack umhergeworfen.

Als der Tsunami gegen den alten Frachter prallte, hatten Data und Fähnrich Ro soeben über der Brücke in einem Wartungsgang der Lebenserhaltungssysteme ein paar Leuchtkörper zum Flackern bringen können.

Ro stürzte bäuchlings nieder. Mit der heilen Hand krallte sie sich an ein Rohr.

Am schlimmsten für sie war das Geschrei der vielen Hilflosen, das von unten heraufschrillte. Ihr graute vor der Möglichkeit, daß das Wrack sich überschlug. Jedes Schwappen der Flut schaukelte es hin und her, auf und ab. Ro hatte das Gefühl, die grauenvollste Achterbahnfahrt ihres Lebens durchzumachen.

»Troi an Data!« gellte Deannas Stimme aus dem Insignienkommunikator des Androiden. »Ich bin an der Frachtraum-Innenluke. In den Frachtraum dringt Wasser ein. Es gelingt uns nicht, die Luke zu schließen!«

»Ich komme«, gab Data gelassen zur Antwort. Er wandte sich an Ro. »Aus diesem Wartungsgang haben wir Zutritt zum Turboliftschacht und können die Flüchtlinge umgehen.«

Ro folgte dem Androiden. Auf allen vieren krabbelten sie beide durch den verschmutzten Wartungsgang. Aus dem Dunkeln spritzte brackiges Wasser auf Ros Haare. Sie mißachtete den Schmerz in ihrer Schulter, verdrängte aus ihren Gedanken die Gefahr, daß die Wunde aufplatzte. In Anbetracht der Aussicht, daß sie eventuell alle in dieser rostigen Büchse ertranken, durfte sie auf ein wenig Blutverlust keine Rücksicht nehmen.

Sie sah, wie Data sprang, nach dem Drahtseil griff, das in der Mitte des Liftschachts baumelte, und dann daran abwärts kletterte. Ro biß die Zähne zusammen und tat es ihm nach. Der Anprall des Drahtseils gegen ihr Brustbein verursachte Ro stärkeren Schmerz als das Pochen in ihrer Schulter. Trotzdem konnte sie sich an dem Drahtseil halten und ins unterste Deck des demolierten Frachters hinabklettern.

Sie betrat es nur Sekunden später als Data, konnte ihn aber zuerst nirgends sehen. Dann bemerkte sie, daß er ein Abdeckgitter herausgetreten hatte, um sich zu dem darunter befindlichen Korridor Zugang zu verschaffen. Sie schlüpfte durch die Öffnung und hüpfte hinunter. Schmerzhaft landete sie auf dem noch empfindlichen Fußknöchel.

Verdammt noch einmal, dachte sie unwillig, ich bin selbst ein Wrack. Voraus hörte der Fähnrich Stimmen. Kaum war sie überhastet um eine Biegung des Korridors geschlittert, bot sich ihr ein Anblick, bei dem ihr das Blut in den Adern zu gefrieren drohte.

Deanna Troi und Raul Oscaras stemmten sich mit der Kraft der Verzweiflung gegen eine Luke, versuchten sie zu schließen. Doch an den Rändern sprudelte lehmiges Wasser herein. Nach dem Druck des Wassers zu urteilen, mußte der Frachtraum schon vollgelaufen sein.

Oscaras' von Schmutz besudeltes Gesicht war knallrot und schwammig geworden; er wirkte, als müßte er gleich in Ohnmacht fallen. »Die Gummidichtungen sind morsch«, keuchte er. »Darum bleibt die Tür nicht zu …!«

Data regte keinen Finger, um ihn und Troi zu unterstützen. »Bitte treten Sie zur Seite«, sagte der Androide.

»Wenn wir das tun«, japste Deanna, »wird hier innerhalb von Sekunden alles überflutet.«

»Vielleicht nicht«, erwiderte Data. Er faßte an seinen Gürtel und hob eine lange, schwarze Peitsche. Er rückte den Griff in seiner Faust geringfügig zurecht; auf einmal fing die grünliche Peitschenspitze zu glühen und zu züngeln an.

»Bei allen Teufeln des Universums«, knirschte Oscaras, »was ist denn das für ein Ding?«

»Eine Elektropeitsche«, erteilte Data Auskunft. »Sie kombiniert künstliche Intelligenz mit Manipulation des Luftdrucks. Bitte achten Sie auf die Wirkung.«

Data tat einen Schritt zurück. Er entrollte die außergewöhnliche Waffe, während Oscaras und Deanna flink aus der Gefahrenzone eilten. Rings um die Ränder der Tür schoß Wasser hervor wie aus Schläuchen. Aber Data ließ mehrmals die Elektropeitsche knallen, und wahrhaftig wich das Wasser zurück.

»Die Optimalisierung des Luftdrucks ist nur zeitweilig«, stellte der Androide fest.

Mit Bewegungen, die beinahe zu schnell abliefen, um mit bloßem Auge beobachtet werden zu können, drehte Data den Peitschengriff in beiden Händen; auf diese Weise gab er der Waffe eine Reihe von Befehlen ein. Anschließend knallte er die leuchtende Peitsche über seinem Kopf an die Decke des Korridors. Der Peitschenstrang glomm wie Neon, während er sich an der Wand hinab auf die Tür zuschlängelte. Data nahm die Hand vom Griff. Der helle Strang wickelte sich um die Ränder der Tür.

Dann trat er zwei Schritte vor, packte mit den Fäusten das Stellrad in der Mitte der Luke und verschloß sie unter Aufbietung all seiner gewaltigen Kraft. Einen Moment lang pulste die Elektropeitsche noch, während sie sich in die Ritzen zwängte, die von den fauligen Gummidichtungen hätten ausgefüllt werden müssen. Nun sickerte kein Tropfen Wasser mehr durch die Luke.

Der Androide ging auf Abstand und wischte sich nonchalant Schmiere aus dem Gesicht. »Diese Notlösung müßte für etwa drei Stunden halten«, versicherte er. »Wir sollten uns zur nächsten Zwischenluke zurückziehen und sie auf konventionellere Weise wasserdicht verschließen.«

»Ich wette«, äußerte Deanna mit rauher Stimme, »Sie haben mit dem Instrument geübt.«

»Fast eine Stunde lang«, gestand Data.

Wieder rüttelte ein heftiger Ruck das Wrack. Ro verlor den Boden unter den Füßen. Sie stöhnte auf, als ihre verletzte Schulter aufs Deck prallte. Im nächsten Moment schob eine Hand sich unter ihren Arm und hob sie an, als hätte sie nur das Gewicht einer Stoffpuppe.

»Wir müssen nach oben zurück«, sagte Data. »Auf der Brücke bricht auch Wasser ein.«

Captain Picard schwang sich aus seinem Kommandosessel, als der Warptransit endete und auf dem Wandschirm der graue Planet Selva in Sicht geriet. »Steuerung«, rief er. »Standardorbit, Position eins Strich zwo acht, Mach zwo.«

»Aye, Sir«, antwortete ein junger weiblicher Fähnrich, dessen Finger augenblicklich über die Sensorkontrollen flitzten. »Einschwenken in Kreisbahn in zweiundzwanzig Sekunden.«

Es freute Picard zu sehen, daß die überwiegend blutjunge und noch unerprobte Brückencrew, die für die vielen fehlenden Mitglieder des Offiziersstabs einspringen mußte, sich mit professioneller Effizienz bewährte. Selbstverständlich hatten alle Beteiligten eine gründliche Ausbildung genossen; zudem zählten Rettungsaktionen zu den einfachsten Aufgabenstellungen einer Raumschiffsbesatzung.

Wahrscheinlich, dachte Picard, sind diese jungen Leute so ruhig, weil sie die Menschen, die da unten in Lebensgefahr schweben, nicht so gut kennen wie ich. Auf alle Fälle hatte die Ersatz-Brückencrew ihn schneller nach Selva befördert, als er es bei nüchterner Erwartung hätte hoffen dürfen.

»Versuchen Sie Neu-Reykjavik zu kontaktieren«, befahl der Captain.

»Bedaure sehr, Sir«, antwortete der Offizier an der taktischen Station. »Unser Sensorscanning zeigt an, daß die Region unter Wasser steht. Wir erreichen nicht einmal mehr den Anrufbeantworter.«

»Wann sind wir in Betriebsreichweite der Kommunikatoren?«

»In zehn Sekunden.«

Verkrampft stand Picard vor dem Wandschirm, dessen Bildfläche sich zusehends mit einer umwölkten Planetenkugel füllte. Selva sah so ungemütlich wie an dem Tag aus, an dem er den Planeten zum erstenmal gesehen hatte. Für einen längeren Moment stapfte der Captain hin und her; dann berührte er seinen Insignienkommunikator.

»Picard an Landegruppe. Bitte melden. Picard ruft Landegruppe. Bitte melden Sie sich.« Er wartete, wagte währenddessen kaum zu atmen.

»Hier Data«, antwortete auf einmal die Stimme des Androiden; sie klang, als hätte sich zwischenzeitlich nichts Erwähnenswertes ereignet. »Ich darf Ihnen glaubwürdig versichern, Sir, daß wir über Ihre Rückkehr froh sind. Es gibt insgesamt zweihundertachtundzwanzig Überlebende, von denen allerdings einige Verletzungen erlitten haben.«

»Wo stecken Sie?« stammelte Picard. »Wie haben Sie …? Ach, egal. Sollen wir Sie an Bord beamen?«

»Je eher, um so besser«, gab Data Bescheid. »Wir stehen bis zu den Knien im Wasser.«

»Alle Transporterräume volle Einsatzbereitschaft«, befahl Captain Picard. »Transferkoordinaten werden unverzüglich übermittelt.«

Alle Personen, die Commander Data umringten, brachen in Jubel aus. Rasch breitete die Nachricht sich unter den Schulter an Schulter auf der Brücke zusammengepferchten Leuten aus. Deanna beobachtete, wie Menschen und Klingonen sich herzlich die Hand schüttelten und auf den Rücken klopften.

Noch ungewöhnlicher wurde der Anblick, als sie gleich darauf zu verschwinden anfingen: Klingonen und Menschen dematerialisierten gemeinsam in hellen Energiesäulen. Wolm quiekte vor Vergnügen, als der Transporter sie in ihre Moleküle zerlegte. Turrok hingegen war den Vorgang schon gewöhnt und hob kaum noch die buschige Braue.

»Was gewesen ist, tut mir sehr leid«, sagte eine rauhe Stimme. Deanna wandte den Kopf und schaute in Raul Oscaras' tränenüberströmte Miene. »Ich habe mich geirrt. Von meinem Amt trete ich zurück. Aber ich habe zwei kräftige Hände, mit denen ich auf diesem Planeten etwas zum Aufbau beitragen kann. Vielen Dank für die Rettung.«

Die Counselor nickte. Doch ehe sie etwas antworten konnte, löste Raul Oscaras sich vor ihren Augen auf. So wie sich jetzt der Haß verflüchtigt, dachte Deanna. Befriedigt lächelte sie, als das Innere des alten Frachters aus ihrer Sicht verschwand.

Vierundzwanzig Stunden später saßen Fähnrich Ro und Myra Calvert im Gesellschaftsraum des zehnten Vorderdecks. Mit zwei Strohhalmen teilten sie sich einen doppelten zilchtronischen Tantenkuß-Cocktail, den Guinan allerdings durch Alkoholfreiheit entschärft hatte. Die beiden ließen sich beim Schlürfen des bittersüßen Saftgemischs Zeit; das machte die farbenprächtig gekleidete, dunkelhäutige Frau, die ihnen am Tisch gegenübersaß, äußerst ungeduldig.

»Und was ist dann passiert?« wollte Guinan wissen. »Nun spannt mich bloß nicht auf die Folter.«

Ro zuckte mit den Schultern. »Die Leiche von Louise Drayton, oder wer sie gewesen ist, haben wir nicht gefunden. Ebensowenig eine Spur der acht Kolonisten, die im Dorf geblieben waren. Hätten die Klingonen das alte Frachtschiff nicht einigermaßen intakt gehalten, könntet ihr jetzt nach uns allen suchen ... und würdet wahrscheinlich nichts finden.«

»Du meine Güte«, stöhnte Guinan. »Und da denken wir immer, der *Weltraum* sei 'ne gefährliche Gegend. Gestern abend hatte ich hier ein paar Siedler zu Gast. Sie sagten, sie gehen zurück.«

»Sie möchten ganz von vorn anfangen«, bestätigte Myra der Wirtin. »Man weiß jetzt ziemlich genau, wie weit ein Tsunami das Festland überschwemmt. Deshalb ist nun klar, wo gesiedelt werden kann. Und es liegt reichlich Holz herum, das sich als Baumaterial eignet.«

»Aber du bleibst nicht auf Selva?« fragte Guinan.

Die rothaarige Zwölfjährige schüttelte den Kopf und lächelte. »Mein Vati und ich haben für die nächste Zeit von Abenteuern die Nase voll. Wir fliegen zurück zur Erde... Und vielleicht besuche ich in ein paar Jahren die Starfleet-Akademie.« In unverhohlener Bewunderung ruhte ihr Blick auf Ro.

»Und was ist mit den Klingonen?« fragte Guinan. »Wie viele von ihnen haben sich für Selva entschieden?«

»Fast alle«, antwortete Myra. »Sie haben vor, den Wiederaufbau gemeinsam mit den Siedlern anzupacken. Man kann sich gegenseitig eine Menge zeigen.«

»Zwei jüngere Klingonen, Wolm und Turrok, haben sich dafür entschieden, mit dem klingonischen Raumschiff zu den Heimatwelten zu fliegen«, erzählte Ro. »Sie wollen im Imperium Schulen besuchen und sich dann wieder auf Selva niederlassen.«

Die attraktive Bajoranerin schüttelte den Kopf. »Ich habe mich auf Selva nie so richtig wohl gefühlt«, gab sie zu. »Aber die Siedler haben den Ehrgeiz, von vorn anzufangen. Und die Selva-Klingonen haben dort bisher beharrlich ums Überleben gekämpft. Sie und die Siedler haben durchaus zahlreiche Gemeinsamkeiten, und beide sind an einem Ausgleich interessiert.«

»Hmm«, machte Guinan versonnen. »Ich werde mal lieber den Synthehol-Vorrat aufstocken. Wenn Commander Riker morgen an Bord zurückkommt, will er eine Feier veranstalten. Wie schön, daß du wieder bei uns bist, Ro.«

»Du hattest recht«, bemerkte die Bajoranerin. »Man hat mich dort unten gebraucht.«

»Gebraucht zu werden«, sagte Guinan, »ist das Wichtigste im Leben.«

Die Wirtin schmunzelte und schlenderte davon, um sich ihren Pflichten zu widmen. Während Myra den restlichen Saft schlürfte, schaute Ro zum Sichtfenster hinaus. Aufgrund der Warpgeschwindigkeit sah man die Sterne als Streifen vorübersausen.

Ihr Lebtag hatte Ro sich als unzulänglich empfunden. Weder hatte sie den Tod ihres Vaters verhindern, noch das Leid ihres Volkes lindern können. Nie war es ihr gelungen, sich zurechtzufinden, zurechtzukommen. Immer war sie die Fremde geblieben, die Außenseiterin. Aber derartige Selbstvorwürfe waren genauso destruktiv wie der offene Fanatismus, der auf Selva geherrscht hatte.

Wenn die Siedler und die Klingonen es schaffen, Frieden zu schließen, dachte Ro, kann ich vielleicht eines Tages auch Frieden mit mir selbst machen. Den Versuch ist es wert.

# STAR TREK™

in der Reihe
HEYNE SCIENCE FICTION & FANTASY

## STAR TREK: CLASSIC SERIE

*Vonda N. McIntyre*, Star Trek II: Der Zorn des Khan · 06/3971
*Vonda N. McIntyre*, Der Entropie-Effekt · 06/3988
*Robert E. Vardeman*, Das Klingonen-Gambit · 06/4035
*Lee Correy*, Hort des Lebens · 06/4083
*Vonda N. McIntyre*, Star Trek III: Auf der Suche nach Mr. Spock · 06/4181
*S. M. Murdock*, Das Netz der Romulaner · 06/4209
*Sonni Cooper*, Schwarzes Feuer · 06/4270
*Robert E. Vardeman*, Meuterei auf der Enterprise · 06/4285
*Howard Weinstein*, Die Macht der Krone · 06/4342
*Sondra Marshak & Myrna Culbreath*, Das Prometheus-Projekt · 06/4379
*Sondra Marshak & Myrna Culbreath*, Tödliches Dreieck · 06/4411
*A. C. Crispin*, Sohn der Vergangenheit · 06/4431
*Diane Duane*, Der verwundete Himmel · 06/4458
*David Dvorkin*, Die Trellisane-Konfrontation · 06/4474
*Vonda N. McIntyre*, Star Trek IV: Zurück in die Gegenwart · 06/4486
*Greg Bear*, Corona · 06/4499
*John M. Ford*, Der letzte Schachzug · 06/4528
*Diane Duane*, Der Feind – mein Verbündeter · 06/4535
*Melinda Snodgrass*, Die Tränen der Sänger · 06/4551
*Jean Lorrah*, Mord an der Vulkan Akademie · 06/4568
*Janet Kagan*, Uhuras Lied · 06/4605
*Laurence Yep*, Herr der Schatten · 06/4627
*Barbara Hambly*, Ishmael · 06/4662
*J. M. Dillard*, Star Trek V: Am Rande des Universums · 06/4682
*Della van Hise*, Zeit zu töten · 06/4698
*Margaret Wander Bonanno*, Geiseln für den Frieden · 06/4724
*Majliss Larson*, Das Faustpfand der Klingonen · 06/4741
*J. M. Dillard*, Bewußtseinsschatten · 06/4762
*Brad Ferguson*, Krise auf Centaurus · 06/4776
*Diane Carey*, Das Schlachtschiff · 06/4804
*J. M. Dillard*, Dämonen · 06/4819
*Diane Duane*, Spocks Welt · 06/4830
*Diane Carey*, Der Verräter · 06/4848
*Gene DeWeese*, Zwischen den Fronten · 06/4862
*J. M. Dillard*, Die verlorenen Jahre · 06/4869

*Howard Weinstein*, Akkalla · 06/4879
*Carmen Carter*, McCoys Träume · 06/4898
*Diane Duane & Peter Norwood*, Die Romulaner · 06/4907
*John M. Ford*, Was kostet dieser Planet? · 06/4922
*J. M. Dillard*, Blutdurst · 06/4929
*Gene Roddenberry*, Star Trek (I): Der Film · 06/4942
*J. M. Dillard*, Star Trek VI: Das unentdeckte Land · 06/4943
*David Dvorkin*, Die Zeitfalle · 06/4996
*Barbara Paul*, Das Drei-Minuten-Universum · 06/5005
*Judith & Garfield Reeves-Stevens*, Das Zentralgehirn · 06/5015
*Gene DeWeese*, Nexus · 06/5019
*D. C. Fontana*, Vulkans Ruhm · 06/5043
*Judith & Garfield Reeves-Stevens*, Die erste Direktive · 06/5051
*Michael Jan Friedman*, Das Doppelgänger-Komplott · 06/5067
*Judy Klass*, Der Boacozwischenfall · 06/5086
*Julia Ecklar*, Kobayashi Maru · 06/5103
*Peter Morwood*, Angriff auf Dekkanar · 06/5147
*Carolyn Clowes*, Das Pandora-Prinzip · 06/5167
*Diana Duane*, Die Befehle des Doktors · 06/5247
*V. E. Mitchell*, Der unsichtbare Gegner · 06/5248
*Dana Kramer-Rolls*, Der Prüfstein ihrer Vergangenheit · 06/5273
*Michael Jan Friedman*, Schatten auf der Sonne · 06/5179 (in Vorb.)
*Barbara Hambly*, Der Kampf ums nackte Überleben · 06/5334 (in Vorb.)
*Brad Ferguson*, Eine Flagge voller Sterne · 06/5349 (in Vorb.)

STAR TREK: DIE NÄCHSTE GENERATION

*David Gerrold*, Mission Farpoint · 06/4589
*Gene DeWeese*, Die Friedenswächter · 06/4646
*Carmen Carter*, Die Kinder von Hamlin · 06/4685
*Jean Lorrah*, Überlebende · 06/4705
*Peter David*, Planet der Waffen · 06/4733
*Diane Carey*, Gespensterschiff · 06/4757
*Howard Weinstein*, Macht Hunger · 06/4771
*John Vornholt*, Masken · 06/4787
*David & Daniel Dvorkin*, Die Ehre des Captain · 06/4793
*Michael Jan Friedman*, Ein Ruf in die Dunkelheit · 06/4814
*Peter David*, Eine Hölle namens Paradies · 06/4837
*Jean Lorrah*, Metamorphose · 06/4856
*Keith Sharee*, Gullivers Flüchtlinge · 06/4889

# STAR TREK™

*Carmen Carter u. a.*, Planet des Untergangs · 06/4899
*A. C. Crispin*, Die Augen der Betrachter · 06/4914
*Howard Weinstein*, Im Exil · 06/4937
*Michael Jan Friedman*, Das verschwundene Juwel · 06/4958
*John Vornholt*, Kontamination · 06/4986
*Mel Gilden*, Baldwins Entdeckungen · 06/5024
*Peter David*, Vendetta · 06/5057
*Peter David*, Eine Lektion in Liebe · 06/5077
*Howard Weinstein*, Die Macht der Former · 06/5096
*Michael Jan Friedman*, Wieder vereint · 06/5142
*T. L. Mancour*, Spartacus · 06/5158
*Bill McCay/Eloise Flood*, Ketten der Gewalt · 06/5242
*V. E. Mitchell*, Die Jarada · 06/5279
*John Vornholt*, Kriegstrommeln · 06/5312
*Laurell K. Hamilton*, Nacht über Oriana · 06/5342 (in Vorb.)
*David Bischoff*, Die Epidemie · 06/5356 (in Vorb.)

STAR TREK: DIE ANFÄNGE

*Vonda N. McIntyre*, Die erste Mission · 06/4619
*Margaret Wander Bonanno*, Fremde vom Himmel · 06/4669
*Diane Carey*, Die letzte Grenze · 06/4714

STAR TREK: DEEP SPACE NINE

*J. M. Dillard*, Botschafter · 06/5115
*Peter David*, Die Belagerung · 06/5129
*K. W. Jeter*, Die Station der Cardassianer · 06/5130
*Sandy Schofield*, Das große Spiel · 06/5187
*Lois Tilton*, Verrat · 06/5323 (in Vorb.)

DAS STAR TREK-UNIVERSUM, 2 Bde.,
**überarbeitete und aktualisierte Neuausgabe!**
von *Ralph Sander* · 06/5150

*William Shatner/Chris Kreski*, Star Trek Erinnerungen · 06/5188

*Phil Farrand*, Cap'n Beckmessers Führer durch
STAR TREK – DIE NÄCHSTE GENERATION · 06/5199 (in Vorb.)

Diese Liste ist eine Bibliographie erschienener Titel
KEIN VERZEICHNIS LIEFERBARER BÜCHER!

# Star Trek

## Die nächste Generation

Das Raumschiff Enterprise unter dem Kommando von Captain Kirk ist bereits Legende. Knapp ein Jahrhundert später setzt Captain Picard mit einer neuen Crew, einem neuen Schiff und neuen Abenteuern die Tradition fort.

06/5142

Eine Auswahl aus über 25 lieferbaren Bänden:

Peter David
**Eine Lektion in Liebe**
06/5077

Howard Weinstein
**Die Macht der Former**
06/5096

T.L. Mancour
**Spartacus**
06/5158

Bill McCay/Eloise Flood
**Ketten der Gewalt**
06/5242

V.E. Mitchell
**Die Jarada**
06/5279

Wilhelm Heyne Verlag
München

# Star Trek
## Deep Space Nine

Eine weitere Serie im Star Trek-Universum: eine geheimnisvolle Raumstation weit draußen in der Galaxis, von vielen intelligenten Spezies besucht und am Rande eines Wurmlochs gelegen, durch das die Routen zu den entferntesten Bereichen der Milchstraße führen - und weit darüber hinaus.

Außerdem erschienen:

Peter David
**Die Belagerung**
06/5129

K.W. Jeter
**Die Station der Cardassianer**
06/5130

Sandy Schofield
**Das große Spiel**
06/5187

Wilhelm Heyne Verlag
München